JN319219

闇を裂く道

吉村昭

文藝春秋

目次

編集部より

本書には、差別的表現あるいは差別的表現ととられかねない箇所が含まれています。が、著者は既に故人であり、作品が時代的な背景を踏まえていること、作品自体は差別を助長するようなものではないことなどに鑑み、原文のままとしました。

尚、本文中で、厳密には訂正も検討できる部分については、基本的に原文を尊重し、最低限の訂正にとどめました。明らかな誤植等につきましては、著作権者の了解のもと、改稿いたしました。

闇を裂く道

熱海町
十国峠(日金山)
熱海峠
鷹ノ巣山
672
来宮
梅園
玄岳
798
丹那トンネル
田代
軽井沢
名賀
畑
丹那断層
深沢川
新山
奴田場
鬢ノ沢
丹那
静岡県
冷川
函南村
函南
桑原
冷川
柿沢川
畑毛
大竹
平井
柏谷
奈古谷
上沢
八ッ溝
大土肥
長崎
韮山
間宮
仁田
来光川
韮山村
東海道
東海道本線
三島町
大場
新田
狩野川
塚本
境川

地図作製・高野橋康

一

大正七年三月上旬――

新聞記者の曾我圭一郎は、小田原駅の前に立っていた。

駅の線路には、小田原、熱海間を走る軽便鉄道の小型の蒸気機関車がとまっていて、水の補給をうけている。駅前の茶屋には、饅頭やだんごを食べながら茶を飲んでいる数人の男女が縁台に腰をおろし、機関車に眼をむけたり話しこんだりしていた。

曾我は、その日、午前十時すぎに東京駅発の汽車に乗った。二時間二十分ほどで国府津駅につき、下車して駅弁と茶を買い、小田原までの電車の中でそれを食べた。

かれの行く先は熱海で、東京の霊岸島や国府津から船でゆくこともできるが、旅の目的が、湯治でも物見遊山でもなく、新たに建設される鉄道についての取材であるので、レールの上をたどってゆく必要があった。

かれは、静岡、名古屋、大阪へは何度か行ったことがあるが、汽車は、国府津から松田、御殿場と迂回し、沼津へむかう。その路線は箱根線（現在の御殿場線）とも言われ、東海道線の中でも勾配が急であることから箱根越えの難所とされている。

曾我は、国府津から小田原方向に入ったことはなく、船で熱海に行ったこともない。仕事の旅ではあったが、温泉として名高い熱海に足をむけるのが楽しみでもあった。かれは、旅に出る前、あらかじめ鉄道院に行き、小田原、熱海間に軽便鉄道がひかれるまでの経過をしらべてきていた。

明治中期までは、熱海へゆく湯治客や避寒客は、小田原から歩く者が多かったが、人力車や駕籠に乗ってゆく者もいた。

そのうちに、熱海に別荘をもつ東京、横浜の実業家が中心になり、富士屋、気象万千楼など熱海の一流旅館の主人もわずかながら資本を出し、鉄道を建設することが計画され、工事がおこなわれた。それによって、明治二十九年三月二十日、小田原、熱海間全長二五キロに単線レールが敷設され、開業した。

しかし、それは、静岡県の藤枝、焼津間や関東方面にみられた人車鉄道であった。数名の客をのせた小さな客車を、二、三人の男が押してゆく。一日六往復で、途中、米神、江ノ浦、真鶴、吉浜、門川、伊豆山にそれぞれ停車場があり、上り、下りの客車がすれちがえるようになっていた。

男たちは、汗まみれになって押してゆき、線路が下り勾配になると、ひらりと客車の踏み板にのる。客車は、速度をはやめてくだってゆく。時には、脱線し、客が体をうって怪我をすることもあった。

運賃は、上等が一円三二銭、中等九九銭、下等六六銭で、これらの等級の別も、上等、中等にそれぞれ敷物があたえられるだけのものであった。所要時間は、通常三時間半であった。

客車を人が押す人車鉄道は十一年間つづき、明治四十年十二月からは軽便鉄道になり、蒸気機関車が走るようになった。機関車と言っても、長さ三・三メートル、高さ二・一四メートル、幅一・三九メートルの小型のもので、客車が一輛連結されていた。

「発車しますから、お乗り下さい」

学生帽のような帽子をかぶった若い車掌が、大きな声で言った。

曾我は、旅行鞄を手に客車に近づき、ステップをふんで内部に入った。茶屋で休息していた者たちも、風呂敷包みや行李を手に乗ってきた。

板ばりの席は窓を背に向かい合っていて、前に坐った人と膝を互いちがいにしなければならぬほど内部はせまい。下駄をぬいで座席に坐る女もいた。

やがて汽笛が鳴り、蒸気を吐く音がして発車した。震動がはげしく、レールのつぎ目に車輪のあたる音が体にひびく。機関車の煙突から吐かれる煙が後方に流れていた。

町なかをぬけ、海岸にそって石橋山の麓をすぎる。山の中腹の所々に白いものがみえるのは、梅の花であった。

客車がきしみながら揺れるのに身をまかせていた曾我は、眠気をおぼえた。昨夜は、同僚の記者とおそくまで酒を飲み、今朝も早く起きて家を出たので、睡眠不足であった。かれは、眼をとじた。

今日の朝刊の活字が、よみがえった。米をはじめ食料品の価格がうなぎのぼりに高騰（こうとう）し、庶民の生活が圧迫されていることが具体的に書かれていた。大戦景気で世情は浮き立っているが、物価の異常な上昇によって、貧しい者の生活は苦しい。

世界大戦が起ったのは、三年八カ月前の大正三年七月であった。

ヨーロッパ列強の間で急激に植民地獲得競争がはげしくなり、先進国であるイギリスは、フランス、ロシアと協調し、これに対して新興勢力のドイツは、オーストリア、ハンガリー、イタリアと同盟をむすび、対決していた。やがてオーストリアの皇太子が暗殺されたことがきっかけで戦端がひらかれ、たちまち世界大戦に拡大した。

日英同盟をむすんでいた日本は、ドイツに宣戦布告をし、陸海軍は、ドイツの海軍基地であった中国の青島（チンタオ）を攻撃、占領した。

戦争勃発にともなってヨーロッパ諸国の経済は麻痺（まひ）状態におちいり、日本の貿易産業は大打撃をうけた。が、やがてイギリス、ロシアに対する軍需品の輸出が急増し、大戦景気で好況をむかえたアメリカむけの生糸などの輸出もふえ、日本の経済は今までにない活気をおびた。

鉱山成金、船成金などの成金がぞくぞくと出現したが、成金とは、将棋の歩が敵陣に入ると金に成ることからきた造語で、それが、大戦景気を象徴していた。

曾我は、いつの間にか眠りの中に落ちていた。軽便鉄道の汽車が、駅に発着するのをかすかに感じるだけであった。

突然、強い衝撃に眼をさました。なにが起ったのかわからなかった。汽車が停止し、客車が少し傾いている。

「脱線です。申し訳ありませんが、下車してください」

車掌が、驚いた風もなく言った。

乗客たちは席を立ち、線路ぎわにおりてゆく。その落ち着いた表情に、脱線が決して珍しいことではないのを、かれは知った。

車掌が、客席の下に横たえてある直径三寸（九・一センチ弱）、長さ七尺（二・一メートル強）ほどの丸太をかかえて、客車の外に出た。曾我も、その後にしたがった。

機関車から降りてきた中年の機関手が、車掌とともにレールからはずれた車軸の下に丸太をさしこんだ。

「手を貸して下さい」

車掌の言葉に、男の乗客たちが丸太に近づき、曾我も丸太の下に手をさし入れた。掛け声をかけ、丸太を持ち上げると、客車が浮き上がる。それを何度もくり返し、ようやく車輪がレールの上にのった。

「御苦労様でした。ここは、よく脱線する所です」

車掌が、帽子をとって頭をさげた。

丸太が、客車の中にもどされ、曾我は、乗客たちと客車に乗った。汗が首筋を流れ、かれは手拭いでぬぐった。

汽笛が鳴り、客車が動きはじめた。

いつの間にか、汽車は海を見おろす山の中腹を走っている。脱線すると、客車が機関車とともに海に落下するような恐れを感じたが、子供でも走れば追いつくような速度なので、そのような危険はなさそうだった。

汽車が駅につき、上りの汽車を待った。曾我は、車掌がおりて岩肌に流れる水を飲んでいるのを眼にし、席をはなれた。掌でうけた水は冷たく、うまい。海の色は美しく、初島が近々とみえ、大島の島影もかすんでいた。

上りの汽車が来て、曾我の乗った汽車が動き出した。

下り勾配になったが、汽車の速度は相変わらずおそい。線路がカーブしていて汽車が曲ると、前方に町が見えてきた。

かれは、席を立ってデッキに出ると町を見つめた。家並みがつらなり、旅館らしい三階建ての建物も寄りかたまってみえる。所々に細い煙突が突き出ていて、白いものが噴き出ている。それは、煙ではなく湯気で、高々とふき上げているものもある。

これが、温泉地として名高い熱海の町か、と思った。町の背後の丘陵の中腹から麓にかけて屋根のみえる家々は、政財界人たちの別荘なのだろう。

汽笛が長くひびき、汽車は駅に近づいてゆく。かれは、客席の方にもどった。

汽車がとまり、かれは車掌に切符を渡して下車した。駅前には、襟に旅館名を染めぬいた番頭が小さい旗を手にして立っていたが、曾我の泊る鈴木屋の番頭はいなかった。駅前に人力車のたまりがあって、下車した商人らしい男と家族がそれに乗り、番頭の案内で町の中に入ってゆく。

かれは、懐中時計に眼を落とし、二時四十分すぎであることを知った。東京を出てから四時間半でたどりついたことになる。

かれは、駅員に鈴木屋への道筋をたずね、ゆるい下り傾斜の道を歩き出した。

左手に海がひろがり、船着場もみえる。道の片側に米屋、醬油屋、薪炭屋などの店が並び、前方の所々に湯煙があがっている。二階建て、三階建ての旅館がつらなっていて、階上の手すりにもたれた客が道を見下ろしたり、海に眼をむけたりしていた。

予想した通りかなりの規模をもつ温泉町だ、とかれは思った。東京、横浜に住む者にとって、夏の暑さを避ける温泉地は箱根、伊香保で、冬の寒さをしのぐ温泉町は、熱海しかない。

湯治場にすぎなかった熱海が温泉町として注目されるようになったのは、西南の役後であった。

明治維新後の混乱もしずまり、新政府の首脳者たちが、東京に近い熱海に来て疲れをいやすようになった。かれらは、東京、または国府津から汽船で、他の者は小田原から人力車で熱海に入った。

その後、政府の大官や財界人がぞくぞくと熱海に足をむけるようになり、伊藤博文、山県有朋(やまがたありとも)、大隈重信(おおくま)、三条実美(さねとみ)、岩倉具視(ともみ)らの大臣をはじめ、大山巌(いわお)、渋沢栄一、伊達(だて)宗城(むねなり)、品川弥二郎、牧野伸顕、長与専斎(ながよ)、佐藤尚中(しょうちゅう)ら著名な者が、熱海に逗留(とうりゅう)した。三菱の創設者岩崎弥太郎などは、書生二人と女性四十八人を連れ、柳橋の芸者を一週間交替で招くほどの豪遊もした。

明治十四年には、伊藤博文、黒田清隆、大隈重信、井上馨(かおる)が熱海に集まり、憲法制定の会議もおこなっている。

明治二十一年十一月に皇室の御用邸が完成し、病弱の皇太子（後の大正天皇）の避寒療養地とされたことが、熱海の印象をさらに好ましいものにした。そのころから、上流階級の別荘熱がたかまり、浅野、蜂須賀両侯爵をはじめ華族、大官、財界人の別荘がぞくぞくと建てられた。文人の訪れも多く、早稲田大学教授として小説、演劇に革新的な運動をくりひろげていた坪内逍遥(しょうよう)が、最も熱海に親しんだ。

熱海の名を全国的なものにしたのは、尾崎紅葉(こうよう)が発表した小説「金色夜叉(こんじきやしゃ)」で、熱海を舞台とした貫一、お宮の物語として大評判になった。

「金色夜叉」は芝居になり、「熱海の海岸散歩する」にはじまる歌も、町々を縫って歩く演歌師によって全国にひろまっていった。その小説の舞台になった熱海の地名は、庶民の胸に深くきざまれ、松のある海岸に「金色夜叉」を記念する碑を建てようという計画が、地元の者の間に起っていた。

旅館の並ぶ道を歩いていった曾我は、門柱に鈴木屋と書かれた大きな木札のかかった旅館を見出し、門を入った。熱海の一級旅館は、富士屋、相模屋、気象万千楼などで、鈴木屋は二級であった。かれが鈴木屋に宿をとろうとしたのは、鉄道院の富田保一郎技師たちが投宿していることを知っていたからであった。

曾我が熱海にきた目的は、これから本格的な工事の開始される丹那山トンネルの取材をし、それを記事として新聞にのせるためであった。その工事責任者が富田で、曾我は、かれから話をきき、さらに現場を見たかったのである。

帳場から出てきた番頭に、鉄道院の紹介で来た新聞記者であることを告げ、富田が逗留しているか、とたずねた。

「はい、ほかの技師の方々とお泊りでございます。朝早くお出掛けになり、日が暮れてからもどられます」

膝をついた番頭が、淀みない口調で答えた。

曾我が泊りたい、と言うと、番頭は立ち、帳場の奥に入っていった。宿泊は予約が習わしになっているので、即答はできかねるようだった。

中年の男が、番頭と出てきて、膝をついて頭をさげ、主人だと名乗り、

「何泊の御予定でございましょうか」

と、たずねた。

「二泊」

「普通は、短くても七泊のお客様ばかりでございますが、ちょうど都合がよろしゅうございます。三日後においでになるお客様の部屋があいております」

主人は、おだやかな表情で言うと、番頭に顔をむけた。

断られるかも知れぬ、と思っていた曾我は、安堵し、靴をぬいだ。

番頭が、かれの鞄を手にした。曾我は、主人に茶代を渡し、番頭の後から階段をのぼり、一室に入った。

障子をあけると、海がみえ、漁船が所々にうかんでいる。茶卓の前に坐って煙草をすっていると、女中が茶を持ってきた。

かれは女中に、熱海で観る所は？　とたずねた。女中は、まず御用邸のことを口にし、景勝地として錦ヶ浦、魚見崎、そして、梅園の梅が見ごろだ、と言った。

かれは、うわの空できいていた。頭には、取材をする丹那山トンネルのことしかうかんでこなかった。

曾我は、丹那山トンネルの工事計画について、一カ月前から鉄道院に日参し、資料を閲覧させてもらい、その計画の背景について調べあげ、その工事が、日本の鉄道にとって画期的なものであることを知り、心のたかぶりをおぼえていた。

明治維新が成って、明治五年五月七日、東京の品川、横浜間に敷設されたレールに初めて汽車が走った。所要時間は三十五分、運賃は上等一円五〇銭、中等一円、下等五〇銭で、犬は二五銭とし、客車以外の車に首輪つきで乗せるか箱に入れる規則になっていた。

品川から新橋までのレールも敷設され、九月十二日には新橋、横浜間の鉄道開通式がはなばなしくもよおされた。

約二万の群衆が新橋駅周辺をうずめる中を、明治天皇が、九輛連結の客車の三輛目にのり、各大臣、外国公使等とともに横浜にむかい、新橋へ引き返した。天皇が乗車した折りには、祝砲百一発がはなたれ、花火、軽気球もあげられた。

この開通をきっかけに、日本の鉄道建設がはじめられた。

最大の目標は、東京と関西の神戸をむすぶ路線であった。

どこに線路を敷設するかについて、東海道ぞいにする意見と中山道ぞいにする意見とが対立した。

中山道案は、陸軍の強い主張によるもので、他国と戦争になった場合、東海道ぞいに鉄道を敷設すれば、海上からの艦砲射撃で破壊されるおそれがあるので、山間部の中山道ぞいが望ましい、というのである。これによって、中山道ぞいに決定し、測量がすすめられた。が、碓氷峠を越えて鉄道をしくことが困難であることがあきらかになり、陸軍側を説得した結果、東海道ぞいに敷設することになった。

横浜から鉄道は西へのびて国府津に達したが、そこから沼津までの工事は難航した。箱根越えの路線（御殿場線）で、急勾配が連続し、トンネルも七カ所うがたねばならなかった。最も長い五八〇メートルの第二号トンネルは、湧水がはげしく工事はとどこおり、そのため工事請負人は倒産した。豪雨による流失事故も発生し、明治二十二年二月一日、ようやくその工事を終え、静岡までの線路敷設も完成し、新橋、静岡間が開通した。静岡駅の建設工事では、近くの丘から土を運んだが、崩れた土で作業員二十余人が圧死する事故も起った。

神戸方面からも、東へ東へと線路がのび、木曾川の橋が完成したことによって、新橋、神戸間の東海道線が全通し、大正二年には全線の複線化も完成した。

明治末年までには、信越、奥羽、中央、山陽、鹿児島、長崎、東北、高崎、関西、函館の各本線が全通し、大正に入ってから北陸線、磐越西、東線が開通している。

日本の主要幹線である東海道線は、線路の改修、機関車、客車などの改良によってその内容を充実させていった。速度もはやくなり、明治二十九年九月には新橋、神戸間にはじめて急行列車が走り、十七時間二十九分で運転した。その後、三十九年四月に初めての特急というべき最急行列車が登場、十三時間四十分で走った。この最急行列車で、初めて急行料金が設定された。

旅客に対するサービスも、徐々に向上した。駅に売店、食堂がもうけられ、駅弁が、明治十八年に宇都宮駅で売られたのを初めとして主要駅で扱われるようになった。

車内サービスは、私営であった山陽線が最もすぐれていた。路線が瀬戸内海ぞいにある関係で、汽船などの海上輸送に対抗するため、乗客により快適な旅を、ということを会社の経営方針にしていた。容姿のととのった清潔な少年を募集して列車ボーイとし、客車でのサービスにつとめさせ、夏には、一、二等客に蚊帳を貸した。

明治三十二年に食堂車を連結したのも、山陽線が最初であった。神戸の自由亭という洋食屋が調理をうけおい、西洋料理一等七〇銭、二等五〇銭、三等三五銭で客に供した。その他、コーヒー五銭、菓子六銭、ビール二五銭、ウエスケ（ウイスキー）グラス一杯一五銭などであった。この食堂車は、東海道線などにも連結されるようになり、和食堂車も登場し、朝食二〇銭で食事時間は二十分以内に制限されていた。

寝台車も山陽線が最初で、中央の通路をはさんで両側に二段ベッドが据えられていた。つづいて東海道線の列車に連結された寝台車は、個室式のものであった。

政府は、山陽線をはじめとした各地の私有鉄道を国有化することに決定し、明治四十年十一月一日、それを完了した。これと同時に鉄道院が創設され、初代総裁に逓信大臣後藤新平が就任した。かれは、鉄道の整備に積極的に取り組み、鉄道員の制服、制帽をさだめ、駅長、助役には緋色の帯をつけた帽子を着用させた。

また、旅客運賃の改正にも手をつけ、距離の遠くなるにつれて運賃の比率を低くする方法をさだめた。これによって、新橋、下関間は三等六円一一銭、二等九円一七銭と一割以上安くなった。かれは、さらに線路の幅を欧米なみの広軌にしようと強く主張したが、反対意見が多く、実現にはいたらなかった。

外貨を得るための外国人旅客の誘致にもつとめた。外国の一流旅行会社との提携のもとに、英文のポスター、案内書を発行し、温泉、名所への優待乗車券なども売り出した。この業務をおこなうために、交通公社の前身であるジャパン・ツーリスト・ビューローを設立した。

大正三年十二月には、ルネッサンス様式の煉瓦づくり三階建ての東京駅舎が完成、東海道線の始発着駅になった。

東海道線は、東西をつなぐ大動脈として、日本の発展をうながす原動力になった。人間の交流による政治、文化、経済などの充実はもとより、貨物列車の運行によって物資の動きも活潑化した。機関車、客車、駅は整備され、欧米各国にひけをとらぬまでになっていたが、路線の点では問題点が多く、その最大のものは、国府津、沼津間の箱根線であった。

東京駅を出発した列車は、平坦な地を西にむかって進むが、国府津駅から上り勾配となる。酒匂川の谷にそってのぼり、箱根外輪山の外側をまわって富士山の裾野をくだり、沼津にいたる。この路線は、沿線の景色にめぐまれていたが、千分の二五の勾配が一九キロ以上もあり、補助の機関車をつけなければのぼることはできなかった。

このため、食堂車も東京から国府津間までで、そこで切りはなして箱根越えをした後、沼津からあらたに食堂車を連結させて西へ進むという処置がとられていた。

さらに豪雨があると土砂くずれが起り、しばしば不通になった。

鉄道院内では、この急勾配の箱根線を通らぬ新しい路線を建設し、東海道線の輸送力を増強させるべきだ、という意見がたかまった。そのためには、国府津から小田原、真鶴、湯河原、熱海をへて三島、沼津へと線路を敷設する方法が考えられた。しかし、箱根から天城（あまぎ）にかけては山脈がつづいていて、当然、その山脈をつらぬく長いトンネルを建設しなければならない。

このトンネルを掘るのが最大の難関と思われたが、もしもそれが実現すれば、線路は平坦で、しかも距離は大幅に短縮され、列車のスピードも飛躍的に増すことはあきらかだった。

後藤鉄道院総裁は、この新しい路線の実現が可能かどうか、鉄道管理局長に調査を命じた。

調査にあたったのは、技師辻太郎であった。辻は、国府津から小田原に入り、熱海までの地を綿密に踏査し、そこからトンネルをうがつ丹那盆地に足をふみ入れた。そして、三島に出て沼津まで調査をおこない、箱根線の状態もしらべ、明治四十二年十一月一日、後藤総裁に復命書を提出した。

この復命書で、辻は、国府津から箱根線にたよらず、小田原、熱海をへて三島、沼津に通じる新路線を建設することが絶対に必要である、と説いていた。小田原から熱海まで数個の短いトンネルをうがたねばならないが、風光のよい海がトンネルを出るたびに見えて旅客の眼を楽しませ、湯河原、伊豆山、熱海へゆく温泉客も激増し、鉄道院に多くの収入をもたらす、と記した。問題の丹那盆地の下をつらぬくトンネルも、技術が急速に進んでいるので十分に可能だ、とむすんでいた。

辻の復命書は、鉄道院の内部に大きな反響をよび、新路線建設計画の気運がたかまった。

この復命書につづいて、山口準之助技師が工事費の見積書を作成し、さらに尾崎錦太郎技師が実地調査をおこなって、鉄道院は、計画の実現にふみ出した。

後藤総裁は、翌明治四十三年七月二十七日、信越、北越、北陸、近畿方面の鉄道状況の視察に東京を出発した。その一行には、復命書を提出した辻技師もくわわっていた。

近畿地方の視察を終え、東海道線の列車で東京にもどる途中、一行は、八月九日、大水害による線路の寸断で、静岡県の島田駅で下車しなければならなくなった。二日前からの大雨で、土砂くずれや鉄橋の破壊がいたる所で起り、鉄道は麻痺（まひ）状態におちいっていたのである。

豪雨は翌日夜までつづき、被害は、太平洋沿岸の静岡県から宮城県までの広範囲におよび、天明以来の大水害と称された。内務省は、被害状況について死者、行方不明者一、四五二名、全壊流失家屋八、七五九戸、浸水家屋四四三、二一〇戸と発表した。

後藤は、随員とともに船で帰京したが、豪雨に弱い箱根線が甚（はなは）だしい打撃をうけて全線不通になっていることを知った。また、箱根温泉では旅館の福住楼が激流で流失して十六名の宿泊客が行方不明になり、小田原附近の水害も甚大であるという報告もうけた。

小田原から熱海、三島にぬける新路線の計画に強い熱意をいだいていた後藤は、新路線の予定地が水害に弱いのではないか、という不安をいだいた。

かれは、辻技師を呼び、新路線予定地の水害状況の視察を命じた。

十三日は、またも大雨で、その中を辻は列車で新橋駅をはなれ、国府津におもむき、小田原から熱海に通じる路線予定地を歩いて調査した。六日間にわたって踏査した辻は、路線予定地に被害はない、と報告した。

後藤は安堵し、翌四十四年五月、測量隊を現地に派遣した。

隊長は佐藤古三郎技師で、十五名の職員とともに出発した。測量隊は二班にわけられ、第一班は、山中栄一技手が主任となって国府津、熱海間の測量、第二班は間瀬治郎吉技手のもとに、トンネルをうがつ地をふくむ熱海から沼津間の測量に取り組んだ。

この測量に入る前、湯河原温泉から熱海を通らず、直接三島へむかう路線も考えられた。が、トンネルを掘る途中で温泉が噴き出すことが予想され、掘った土砂を捨てる場所もないことから、湯河原案はつぶれ、大正二年一月十三日、熱海を通る熱海線が決定した。

測量は、熱海から三島にむけて掘られる七、八〇四メートルにおよぶ長いトンネルに焦点が集中した。

大正二年十月には、トンネルの真上にある丹那盆地を中心に三角測量がおこなわれた。三千個所に基点をもうけ、長さ十五尺（四・五メートル強）の丸太に白いペンキを塗ってポールとして立てたが、濃霧でポールがみえぬ日が多く、十二月下旬にようやく終了した。つづいて四年六月にも第二回の三角測量をおこない、十二月にも測量をして正確を期した。

この年の六月二十三日に、小田原から熱海までの鉄道敷設とトンネル工事指揮のため、熱海線建設事務所（後に熱海建設事務所と改称）が、東京の新橋駅舎内にもうけられ、所長に富田保一郎技師が就任した。

この間、政府部内には、予算の関係で工事に対する反対の声も多かった。後藤鉄道院総裁が、工事を積極的に推進しようとしているのは、かれが熱海に別荘をもっているからで、その路線開通によって利益を得ようとしているのだ、という中傷意見もあった。このため、床次（とこなみ）竹二郎が鉄道院総裁になって間もなく工事中止が命じられた。が、大隈内閣になって総裁に仙石貢（せんごくみつぐ）が任ぜられ、再び工事計画が推し進められることになった。

これによって、鉄道院の技術陣は、本格的なトンネルの計画設計にとりくんだ。

その基本的な問題は、トンネルを単線型二本にするか、複線型にするか、であった。単線型二本とは、トンネルを二本ならべて掘り、上り線と下り線とを別々のトンネルで通す方法で、複線型は、上り線も下り線も通せる大きなトンネルを一本掘ることであった。

小さい単線型トンネルは、むろん、のしかかってくる土の圧力も弱く、掘るのに容易であった。そのため、日本のトンネルのほとんどが単線型であった。

技師たちは、熱海から三島方面にむかってトンネルを掘る場所の地質が、くずれやすい軟弱なものであったら、単線型トンネルをえらばねばならぬ、と考えていた。しかし、それまでの地質学者の説では、トンネルを掘る予定地の地質は硬い安山岩、集塊岩などの火山岩からなっている、とされていたので、複線型の大きなトンネルを掘ることに意見が一致した。

単線型にくらべて、複線型には多くの利点があった。もしも、トンネル内で列車の脱線事故があった場合、複線型では復旧作業に資材などを容易に運び入れることができ、早めに完了させることが可能であった。また運行する機関車から吐き出されるトンネル内の煙も、複線型であればかなり薄められるはずであった。このようなことから、トンネルは、複線型にすることが決定した。

熱海線の工事予算総額は二千四百万円で、重巡「妙高」型一隻の建造費とほとんど同額であった。このうちトンネル工事費には七百七十万円が計上され、完成は七カ年と予定された。

その間、大正四年の春には理学博士横山又次郎が、トンネルの真上にあたる函南村の丹那盆地におもむき、その附近を歩いて、地形と露出した岩などをたよりに地質を調べた。

踏査を終えた横山は、熱海温泉の旅館富士屋で調査結果をまとめた。これによると、丹那盆地は富士火山帯の大きな噴火口跡で、地質は硬い安山岩であるとし、トンネルを掘るのに支障はないが、高い地熱のある部分もあって暑熱に苦しめられる、と推定した。

ついで、理学博士鈴木敏も丹那盆地に入り、ほぼ同じような報告をし、トンネルを掘るのに危険はないと判定した。これらの報告によって、工事の事前調査はすべて終了した。

いよいよ工事開始にあたって、鉄道院は、工事の設計、指導、監督にあたるが、作業は民間の土木会社に請け負わせる方法を採用した。

トンネルは、熱海、三島両方向から中心にむかって掘り進むことになり、熱海口と三島口をそれぞれ請け負う会社が物色された。その結果、過去十年間に最も多く鉄道トンネルの工事を手がけた鉄道工業会社と鹿島組（現在の鹿島建設ＫＫ）がえらばれた。

大正六年十一月、鉄道工業会社社長菅原恒覧と鹿島組代表の鹿島精一が、新橋駅二階にある熱海線建設事務所に招かれた。事務所長富田保一郎から、請負人にえらばれたことを告げられた菅原と鹿島は、光栄であると言って快諾した。

しかし、熱海口、三島口のどちらをえらぶかが難問だった。

熱海口は、熱海温泉をひかえて浴客が多く、物価が高い。土木工事の根拠地としては、きわめて条件の悪い土地であった。それにくらべて、三島口は、近くに大竹という小さな村落があるだけの山間部なので、飯場を自由に作ることができ、物価も安かった。

当然、三島口の方を請け負う方が有利で、富田所長は、くじびきでどちらを請け負うかをきめることにした。菅原がくじをひくと、そこには熱海口と書かれていて、それによって鹿島組が三島口を担当することに決定した。

トンネルを掘るには、岩に穴をうがつ削岩機を使用し、坑道に電燈をつけるなど大量の電力が必要であった。その電力を、附近一帯に電力を供給している富士水電株式会社からうけることになり、交渉の末、一キロワット一銭六厘ということで話し合いがまとまった。これによって、トンネル工事の準備は完全にととのった。

曾我は、これらのことを鉄道院におもむき、熱海線建設事務所にも行って調べ、特集記事をつくるため熱海にやってきたのである。

曾我は、夕刻までには時間があるので、どてらを着て鈴木屋旅館を出ると、梅園に足をむけた。

前方に梅林がみえ、かれはその中に入っていった。梅園は、明治時代の代表的な医学者で内務省衛生局長の任にもついた長与専斎が、明治十八年に熱海に来て、梅林を行楽の場所とするよう提唱した。熱海に親しんでいた横浜の豪商茂木惣兵衛がこれに応じ、梅林を造成して新たに梅三千株を植えた。

花はさかりをすぎ、散っているものもあった。それでも、白梅、紅梅が見事で、かれは、短い橋を渡りながら梅の花を見て歩いた。縁台に腰をおろしている品のいい老夫婦の姿もあった。

梅園を出たかれは、町の中を歩いて旅館にもどった。

部屋に入ると、女中が手板を手にやってきて、

「お伺いに参りました」

と、言った。

かれには意味がつかみかねたが、渡された板に記されている文字をみて、すぐに納得した。板には刺し身をはじめ副食物の品名が書かれていて、それを客が、自分の好みに応じてえらぶ習わしであることを知った。

かれがいくつかの副食物を指さすと、女中が紙に鉛筆で書きとめた。

「鉄道院の富田所長が帰ってきたら、私が会いたいと言っている、とつたえてくれ」

曾我は、女中に言った。

女中は、承知いたしました、と答え、廊下に出ていった。

かれは、温泉につかり、部屋にもどると座ぶとんを並べて身を横たえ、少し眠った。

電燈がともり、女中が食事をはこんできた。かれは、銚子をかたむけて酒を飲み、箸を動かした。さすがに魚は新鮮で、美味であった。

銚子を三本からにした頃、廊下に膝をついた女中が、障子を細目にあけ、

「所長様がおもどりになられ、どうぞおいで下さい、とのことです」

と、言った。

かれは立ち上がり、ノートと鉛筆を手にすると、部屋を出た。

女中が廊下を進み、角を二つ曲ると、大きな部屋の前で足をとめて膝をつき、

「お連れいたしました」

と、声をかけた。

すぐに障子がひらき、作業服を着た若い男が、

「どうぞ」

と、言った。

かれは、部屋に入った。二間つづきの部屋に、数名の男が坐って酒を飲んでいる。外から帰ってきたままの服装であった。

頭髪の薄れた肩幅のひろい男が、富田です、と言った。顔は浅黒いが、品のいい顔立ちをしている。

曾我は挨拶し、富田の前にあぐらをかいて坐った。

「まあ、一杯いかがです。手酌でどうぞ……」

富田は、銚子を曾我の前に置いた。

「遠慮なくいただきます」

曾我は、渡された杯に銚子をかたむけた。

「わざわざ東京からいらしたのですね。私になにか御用でも……」

富田は、おだやかな眼をして、たずねた。

「トンネル工事のことを記事にしようと思いましてね。一時は、山本権兵衛内閣時代、無用の長物だと工事中止が発表されたりしましたが、いよいよはじまるようで……。日本最長の笹子トンネル（四、六五六メートル）より三千メートルも長く、しかも複線型

だというのですから、われわれも重大な関心をもちますよ」

曾我は、杯を手にして言った。

「それで、私になにをおたずねに？」

「工事をはじめるにあたって、準備がどの程度ととのっているのか、現場をみさせていただきたいのです」

「そういうことですか。だれか、地図でお教えしなさい」

富田が言うと、二十四、五歳の技師らしい男が、手もとの地図をひろげた。

曾我は近寄り、地図に視線をおとした。

「トンネルの熱海口は、ここから掘ります」

男の指さした個所は、梅園の近くであった。

トンネルからは大量のズリと言われる土砂が出る。それを捨てる場所がなければならないが、男は、坑口に近い来宮(きのみや)の田、畠、山林、草地からなる谷の傾斜地を、坪一円七五銭で六、五〇〇坪を買収ずみだ、と言った。

ついで、男は、和田磯海岸を指さした。そこは、船ではこんできた工事用資材その他の荷揚げ場にさだめられていて、そこからトンネルの坑口まで軽便鉄道ではこぶための線路敷設工事が進められており、完成は近い、という。

曾我は、それらを克明にノートにメモした。

男は、三島口の大竹村落の坑口附近でも坪八三銭で六、〇〇〇坪を買収、その地を土捨て場に予定し、また、資材運搬の軽便鉄道工事が、駿豆鉄道の大場駅から坑口まで進められていることも口にした。

「時間がありましたら、丹那盆地へも行ったらいかがです。トンネルの真上にあたる所です」

富田が、言葉を添えた。

曾我は、熱海口の現場を見てから丹那盆地にゆき、そこから三島口に出てみよう、と思った。

「いつからトンネルを掘りはじめるんです？」

曾我は、富田の前にもどった。

「掘ることは掘るのですがね」

富田の顔に、急に不機嫌そうな表情がうかんだ。

「なにか困ったことでもあるんですか？」

曾我は、富田の顔をうかがった。

富田は口をつぐみ、他の技師たちも黙って酒を飲んでいる。

「記事にはしない、と約束してくれますかね」

富田が、眼をむけた。

曾我は、なにか重要なことであるのを感じながら、

「約束します」

と、答えた。

「電力のことなんですよ」

富田の顔に、苛立ち(いらだ)の表情がうかんだ。

「トンネル工事をするには、御承知のように削岩機を使い、ダイナマイトの爆煙を送風管で坑外に排出し、坑道には電燈をつける。これには、大量の電力がいる」

富田は、言葉をきると、杯に酒をそそいだ。

「当然、その手配はしたのです。初めは、天城山から流れくだる狩野(かの)川に水力発電所をつくろうという案が出ましたが、その権利はすでに買われていて諦めざるを得ませんでした。そこで、この附近一帯に電力を供給している富士水電という会社からもらうことになりました。その話をすると、会社の社長は大喜びで、一キロ一銭六厘という約束をとりかわした。ところがです」

富田の顔は、紅潮した。

「一昨日、社長を呼んで電力の打ち合わせをしたところ、一キロにつき二倍にあたる三銭二厘でなければ供給できぬ、というのです。一年半も前の口約束を今持ち出されても困る、と言いましてね。大戦景気で、電力料金もあがっていると言うんです」

曾我は、無言でうなずいた。世界大戦で各工場はフル操業をし、それに電力供給が追いつかぬので二倍に値上りしているのだろう。電力会社も、この機会に利益を得ようとしているにちがいない。

「今日も交渉してみましたが、むこうは一歩もゆずらず、私も腹が立って席を蹴ってきましたよ。約束を破るような会社から買いたくもないしね」

富田は、憤りにみちた口調で言った。

契約書もかわしていないのだから、約束不履行を訴えるわけにもゆくまい。重要な電力のことなのに、口約束だけですましていた富田に、金銭のことには無頓着な技師らしさを感じた。

「電力供給がなければ、工事は延期になりますね」

曾我は、同情した。

「いや、やります。予定通り今月末にははじめますよ。削岩機の代わりにツルハシで掘り、カンテラを使う。なるべく早く、電力問題はなんとか解決策を考えますがね」

富田は、杯に手をのばした。

「労務者は集まっているんですか。好景気で賃金の高い工場などにゆく者が多いようですが……」

「それはたしかで、労務者集めには苦心しています。しかし、鉄道工業会社も鹿島組も実績がありますからね。以前に仕事をした全国の親方に声をかけると、労務者たちをひき連れて駈けつけてきてくれていますよ。それも、腕のすこぶるいいトンネル掘りを連れましてね」

富田の顔に、ようやく笑いの表情がうかび出た。

翌朝、女中の声で眼をさました。

半身を起した曾我は、頭痛に顔をしかめた。前夜は、午前一時すぎまで飲んだが、富田をはじめ技師たちは酒が強く、いつの間にか杯を茶碗にかえて飲み、空の銚子が壁ぎわに長く並べられていた。

「ブン屋さん。所長の言った電力のことは書くなよ、いいな」

中年の体の大きい技師に何度も肩をたたかれながら言われたことが思い起された。技師たちはよく笑い、電力問題など忘れたようだった。

曾我は、手拭いを手に浴場へゆき、湯につかって足をのばした。曇りガラスの窓は明るく、空はよく晴れているようだった。

部屋にもどると、ふとんはたたまれ、やがて朝食がはこばれてきた。

なに気なく富田たちのことを女中にきくと、一時間ほど前に朝食をすませ、出掛けていったという。曾我は、かれらの強靭な体と仕事に対する情熱を感じた。

洋服に着がえ、鳥打帽をかぶると、ノートを手に旅館を出た。

かれは、梅園にゆき、その近くに予定されているというトンネルの坑口がどのあたりか探ってみた。が、樹木と岩肌がつづいているだけで、見当はつかなかった。梅園には、散策する人の姿がみえ、小鳥のさえずりがきこえるだけで、あたりは森閑としていた。

かれは、和田磯海岸の荷揚げ場に足をむけた。

大湯のかたわらを過ぎた。そこは間歇泉で、はげしい音をたてて熱湯が一定の時間をおいて噴きあがるというが、旅館や別荘がふえて湯をひいたので、噴きあげる回数もへっているという。大湯には湯気がただよっているだけで、湯の噴きあがる気配はなかった。

糸川べりの小路をくだり、海岸に出た。砂浜がつづく海岸には、松がつらなっている。かれは、海ぞいに南の方向に歩いていった。

前方に飯場がみえ、そこが和田磯海岸の荷揚げ場であることを知った。技師の言った通り、そこから狭い線路が敷かれていて、傾斜の上方にのびている。

曾我は、線路の枕木をふんでたどっていった。線路は、伊東街道を横ぎり、和田川にかけられた木橋を渡っている。左に大きくカーブして山の中腹をまわり、そこからほとんど直線に近い線をえがいて梅園の方向にむかっていた。

前方からトロッコが三台、男たちに押されてかたわらをすぎた。樹木のかげをまわると、百メートルほど先でツルハシがふるわれているのが見えた。線路は、そこまで敷かれていて、前方に眼をむけると梅園がみえた。完成間近だと言った若い技師の言葉が、実感として感じられた。

かれは疲労をおぼえ、線路のかたわらの石に腰をおろし、陽光に光るツルハシの動きをながめていた。

その日、かれは、来宮神社に行き、土捨て場として鉄道院が買収したという地を見おろした。そこは、雑木林と荒地が斜面にひろがる谷で、その後方に海がみえる。トンネルから掘り出された土砂が、その谷を埋めつくすのか、と思うと、あらためてトンネル工事の規模の大きさが感じられた。

かれは、建てられた飯場も見てまわり、夕方、疲れきって旅館にもどった。

入浴後、酒を飲みながら夕食をとった。

「魚がうまいのは当然だが、沢庵がうまいな」

酒をはこんできた女中に、かれは言った。

「おいしゅうございましょう。駅の周辺の畠と、伊豆山の山中にある開拓村の七尾でいい大根がとれるので、それをどの旅館でも沢庵にします」

女中は、自慢するような口ぶりで答えた。

かれが一人で酒を飲んでいると、昨夜、地図をひろげて荷揚げ場や土捨て場の位置を教えてくれた技師が、部屋にやってきた。

「明日、丹那盆地に行かれますか」

「その予定です」

「所長が盆地への道をお教えしろ、というので御説明に参りました」

技師は、地図をひろげた。

曾我は、ノートを持ってきて、略図を書いた。道は梅園のかたわらから西へ山道をたどり、峠を越えて函南村の丹那盆地におりる。その盆地には、丹那区と畑区の集落があり、二時間半も歩けばたどりつくという。

「素晴らしい所ですよ。別天地のように景色がよく、人情もあつい。私も、測量に行って三カ月ほど滞在しましたが、丹那に川口さんという、昔、名主をした旧家があり、私たちを温かくもてなしてくれました。測量隊員は、川口家やその他の家に分宿して測量をしましたが、もしお泊りになるなら、川口さんに頼めば快く承知してくれるはずです」

技師は、思い出すような眼をして言った。

丹那盆地で一泊するかどうかは、行った折りの都合にしよう、と曾我は思った。

「測量隊員たちは、心から優遇してくれた丹那盆地の人たちに対する感謝の気持ちを、なにかの方法でつたえたいと考えましてね。トンネルを丹那山トンネルと名づけたのです」

技師は、頰をゆるめた。トンネルにはほとんど山という文字がつくので、丹那は盆地ではあるが、そのような名称にしたという。

曾我は、技師に礼を述べた。技師は、地図をまるめて廊下を去った。

ノートを旅行鞄におさめた曾我は、ふたたび杯をとった。旅館の中で宴会がひらかれているらしく、三味線の音や歌声がきこえ、笑い声も起っている。女中が廊下をせわしなく往き来する足音もしていた。

かれは、杯をかたむけつづけた。

翌朝、曾我は、弁当をつくってもらって旅館を出た。

梅園のかたわらをすぎ、坂道にかかった。勾配は急で、くねった道がつづいている。両側に樹木がならび、野鳥の声がしきりであった。

朝食の折りに、女中が、毎朝、丹那盆地の農家の女たちが野菜、鶏卵などを入れた籠（かご）を背に山越えをして熱海に売りにくる、と言った。夜明け前に家を出てくるというから、すでに彼女たちは、熱海の町の中を歩いているのだろう。

曾我は、山道をたどりながら、七年後には自分の歩いている道の真下に掘られたトンネルの中を、何輛もの客車を連結させた蒸気機関車が走っていることを想像し、不思議な気持ちがした。

鉄道の後進国であった日本で最初に鉄道トンネルが掘られたのは、大阪、神戸間の石屋川トンネルであった。お雇い外国人のイギリス人鉄道技師ジョン・イングランドが指導にあたり、明治四年に完成した。長さはわずか六一メートル、幅四・六メートル、高さ四・六メートルで、工費は四万六百七十円であった。

明治十一年八月には、京都、大津間の逢坂山（おうさかやま）トンネルが起工された。全長六六四・八メートルで、日本人技師だけで着工し、後の国鉄総裁ともいうべき鉄道頭（てつどうのかみ）の井上勝が、陣頭指揮にあたった。生野（いくの）銀山で働いていた坑夫たちが呼び寄せられ、かれらは、カンテラの光をたよりにツルハシで掘り進み、十二年九月十二日に貫通、翌年六月二十八日に完成し、列車が走った。

このトンネルについで、敦賀、長浜間の柳ケ瀬トンネルが起工した。それまでのツルハシによる手掘りから、初めてダイナマイトと削岩機を使用した機械掘りが採用された。トンネルの長さは、逢坂山トンネルの倍以上の一、三五二メートルで、三年十カ月をついやして明治十七年四月に完工した。

その後、トンネル工事には見るべきものがなかったが、明治二十九年十二月には、画期的な大工事がはじまった。

中央線の笹子山脈をつらぬく四、六五六メートルの大トンネルであった。総指揮にあたったのは古川阪次郎技師で、初めて水力発電による坑内電燈をつけ、電話、扇風機をすえ、資材の運搬に電気機関車も使った。工事は難航したが、六年二カ月後の明治三十六年二月に完成した。

この笹子トンネルが日本最長だが、起工寸前の丹那山トンネルは、それより三、一四八メートルも長い。しかも、笹子トンネルが単線型であるのに丹那山トンネルは複線型で、規模ははるかに大きい。

曾我は、山道をたどりながら、このトンネルを貫通させることは、東海道線を名実ともに日本の大幹線にし、鉄道工事史上、測り知れない大きな意義があるのを感じた。かれは、息を喘がせながらくねった道をのぼりつづけた。

一時間ほど歩いた頃、前方から馬の手綱をひいた五十年輩の男が、山道をくだってきた。馬の背には、炭俵（すみだわら）が盛り上がるようにくくりつけられている。

曾我は、足をとめて道の片側に身を寄せ、近づいてきた男に、

「函南村から来たのですか」

と、声をかけた。

男は、鉢巻きをといてお辞儀をし、歩みをゆるめると、

「さようでございます」

と、答えた。

「その炭を熱海の旅館に売りにゆくのですね」

曾我は、手拭いで首筋の汗をぬぐった。

「いえ、旅館ではありません。炭屋さんに売りにゆくのです」

男は、おだやかな表情で答えた。

曾我は、うなずいた。

男は、再び頭をさげ、かたわらを過ぎていった。

函南村からは米も熱海にはこびこまれているという。おそらく米の収穫を終えた時期には、米俵を背にした馬の列が山道を熱海にむかうのだろう。函南村にとって、熱海は、経済的な恵みをあたえてくれる町にちがいない。

かれは、歩き出した。

子供づれの女が通り、老いた男がすぎた。かれらは例外なく挨拶してすぎ、子供も頭

をさげた。

急に樹林がきれ、あたりがひらけた。峠にたどりついたらしい。

坂道をのぼったかれは、足をとめた。眼下に思いがけぬ光景がひろがっていた。それは、いかにも盆地というにふさわしい地形で、三方が低い山にかこまれ、平坦な地に田畠のひろがりがみえる。光っているのは川で、池らしいものもある。草木は、まだ緑の色をみせていないが、点々と田畠の中に散る藁ぶき屋根の家々が、おだやかな田園らしいたたずまいをみせている。若い技師が、別天地のようだと言っていたが、曾我の眼にも砂漠の中のオアシスのようにみえた。

学者は、噴火口の跡だというが、たしかにそのような地形をしている。しかし、荒々しさはなくおだやかな線につつまれていて、噴火口が湖になり、その水がひいた跡だという説もあって、その方がふさわしいように思えた。

かれは、しばらくの間、丹那盆地をながめていた。疲れも忘れ、眼が清冽に洗われる思いであった。

盆地へくだる道は、熱海側とちがってゆるやかな傾斜だった。樹木もなく、陽光が降りそそいで明るい。空腹をおぼえたかれは、道のかたわらの石に腰をおろし、弁当の竹の皮をひらいた。握り飯に、佃煮と沢庵が添えられている。かれは、盆地を見おろしながら握り飯を口にはこんだ。都会であわただしい記者生活を送っているかれは、久しぶりに気持ちが安まるのを感じていた。

旧名主の川口家は、丹那盆地の中央にあった。あたり一帯は田で、その中に樹木の生いしげった小さな高台があり、そこに大きな家が建っていた。

玄関で奥に声をかけると、すぐに当主の川口秋助が出てきた。六十年輩の男で、曾我が、富田熱海線建設事務所長の紹介をうけて東京からきた新聞記者だと言うと、すぐに家の中に通された。

川口に予定をきかれた曾我は、丹那盆地を見た後、トンネルの三島口である函南村の大竹附近に行き、そこから沼津へ出て、帰京する、と答えた。

「それなら、今日はこの附近をお歩きになって、明朝早く沼津にむかわれると良い。今夜は、私の家にお泊り下さい」

川口は、旧家の主らしいゆったりした口調で言った。

これから道を急げば、日没までに三島の町にたどりつくことはできそうだったが、それでは十分に現場をみる余裕はない。川口の好意をうけいれる方がいい、と思った。

「それでは、お言葉に甘えさせていただきます」

曾我は、頭をさげた。

出された茶が、ひどくうまい。茶どころであるからだ、とも思ったが、水質がいいからなのだろう。

「ここまで歩いてくる途中、水がきれいなのに驚きました」

曾我は、盆地を流れる川にハヤがひらめいていたのを思い出しながら言った。

「富士山や箱根の山に積る雪のとけ水が、いたる所に湧き出ています。水質がよく、しかも豊かです。水田など水が多くて困るほどです」

川口は、口もとをゆるめた。

曾我は、林の中を歩いてこようと思い、腰をあげた。川口は、案内に立ちたいが、飼育している乳牛のことで訪れてくる人がいるので失礼する、と言った。

曾我は、川口の家を出ると畦道(あぜみち)を進んだ。小川に膝まで水につかった子供たちが、大きな笊(ざる)を突き立て、そこへ魚を追いこんでいる。あげた笊の中には、川魚が何尾もはねていた。

かれは、水の豊かなことに呆(あき)れた。流れがいたる所にあり、大きな水車がまわっている。村には、水の流れの音と匂いがみちていた。

咽喉(のど)がかわいたので、一軒の農家に入り、水を飲ませてもらった。その水は、家の裏手を流れる小川から直接樋(とい)でひき入れたもので、丹那盆地に住む人たちが、小川の水を飲んでいることを知った。

湧水地の近くには、ワサビも栽培されていた。ワサビ田に清流が絶え間なく走り、それが光りながら樹林の中に消えていた。かれは近づき、掌で水をすくって口にふくんだ。歯にしみ入るような冷たさで、かすかに樹皮の匂いがしていた。

ホルスタイン種をふくむ乳牛が多く飼われているのも、眼についた。牧場もあって、牛が放牧されている光景に、外国にでも来ているような錯覚にとらわれた。

やがて日がかたむき、小川の水面が西日にかがやいた。かれは道をひきかえし、川口の家にもどった。

夜、川口と酒を酌み合った。

乳牛のことを口にすると、川口の眼に輝きが湧いた。明治二年、仁田大八郎という村の有力者が牛三十頭を購入して放牧したのがはじまりであったが、四年後に疫病で牛が一頭残らず死んだ。仁田は、それにこりることもなく、川口秋助を誘って乳牛と軍用馬の繁殖を手がけ、つぎつぎに牧場をひらいた。

仁田の死後、川口が、ホルスタイン種を導入して乳牛の飼育につとめ、村民にも酪農をすすめて、現在では四百戸以上の農家で乳牛が飼われているという。しぼった牛乳は、缶に入れ、馬車で三島町にある東洋加工品製造株式会社と森永練乳工場にはこび、買い取ってもらう。

「困るのは夏です。小川で冷やすのですが、三島にはこぶ途中、暑さで品質が落ち、加工乳としてしか引き取ってもらえません」

川口は、笑った。

自然に、熱海線建設事務所の測量隊の話になった。かれらは、ポールをかついで基点に立て、測量する。早朝に出かけ、日没まで作業をつづけた。山にのぼり、テントを張って野宿したこともしばしばだった。山肌をけずり茅を刈ったりして、ポールを見やすいようにしたともいう。

地質調査にやってきた学者も、随行の者とともに川口の家に泊った。学者は、地形をしらべ、露出した岩石を観察して歩きまわった。

「その先生が、この丹那盆地は、大きな噴火口の跡だ、と言ったのには驚きましたよ。将来、噴火することがあるのでしょうか、とたずねましたら、完全な死火山だから絶対にそんなことはない、と断言してくれましたので、安心しましたが……。私は、地形や石などを調べただけで、トンネルが通る深い地下のことまでよくわかるものだと思い、おききしました。ところが、先生は、千里眼ではないのだから正確なことはわからんよ、と笑っておられました」

川口は、頬をゆるめた。

曾我は、トンネルの三島口まで敷設される軽便鉄道の線路工事について、たずねた。

「一昨年の夏からはじめましたからね、もう、ほとんど出来ています。村の人も雇われて、手間賃かせぎができ、喜んでおりますよ」

川口は、村の有力者らしい口調で言った。かれは、トンネルが開通した折りには、トンネルの三島口に函南村の駅をもうけてもらうよう鉄道院に陳情するつもりだ、とも言った。

曾我は、造りの凝った部屋に案内され、敷かれたふとんに身を横たえた。深い静寂の中に、水の流れる音がきこえていた。

翌朝、川口が、案内の老人をつけてくれた。曾我は、川口に礼を言って家を出た。

その日も、春らしいのどかな天候で、盆地をつつむ山々の稜線がくっきりみえる。農家の庭先には、白梅や紅梅が咲いていた。

曾我は、盆地の中央を流れる柿沢(かきさわ)川ぞいの道を、草鞋(わらじ)をはいた老人のあとからついていった。所々に水車が水を光らせながらまわり、小川で米をといでいる女の姿もあった。平井区に入り、北へむかった。細い山路を上ったり下ったりして進んだ。人もほとんど通らぬ路のようであった。

「ここらあたりは、蛇の多い所で……」

老人が、歩きながら言った。

生いしげった樹木が両側からおいかぶさり、暗い。沢の水の流れる音がしているだけであった。樹木に蔓(つる)のからまった藪(やぶ)の中に入った老人が、岩の露出した斜面の前で足をとめ、

「ここからトンネルを掘るそうです」

と、言った。

山の斜面をころがり落ちたらしい大きな岩石が、いくつもあり、谷川がかたわらを流れている。思いがけず侘(わび)しい地であるのに驚いたが、たしかにそこが坑口予定地らしく、地面が人の足でふみかためられ、煙草の吸いがらやマッチ棒が落ちていた。

小路が下方に通じていて、それをおりてゆくと川に突きあたった。冷川(ひえかわ)で、豊かな水が流れている。曾我は、川岸の近くに棟割り長屋のような建物が並び、さらに新しく建

物をつくっている多くの男たちの働く姿をみた。

「技師さんが住む家と飯場です」

老人が、川下への道を歩きながら言った。

前方に線路の敷設工事がおこなわれていて、それが坑口まで駿豆鉄道の大場駅からトンネル工事の資材などをはこぶ軽便鉄道であることを知った。

道をさらにくだると、川の合流点があり、農家が点在していた。大竹の村落であった。川にかかった橋のかたわらに、理髪店と雑貨屋がある。そのような店があるのが、土地には不釣り合いに思えた。

「トンネル工事がはじまりますと、工事人やその家族がここらあたりにたくさん住みますでしょう。それを知って、一昨年、神奈川県の足柄(あしがら)上郡から移ってきた人が、店を開いたのです。おそらく繁昌しますでしょう」

老人は、足をとめた。

この地点からは敷設されている線路づたいに歩いてゆけばよいので、曾我は、老人に礼を言った。老人は、足ばやに道を引き返していった。

曾我は、線路の枕木をふんで川下にむかった。線路は丘陵の麓にそって敷設されていて、平坦な田園地帯を西にむかってのびている。右手に富士山がみえ、三島の家並みもかすかに眼にできた。線路は、川にかかったいくつもの橋を渡ってつづいている。

前方に駿豆鉄道の大場駅がみえてきた。線路は、そこで終わり、大場駅が軽便鉄道の起点であることを確認できた。

かれは、駅に行って時刻表をたしかめ、電車がくるまで一時間ほどあるのを知り、駅前の茶屋に入った。海苔巻きと稲荷ずしを註文し、出された茶を飲んだ。鉢巻きをしめた男が、馬車を駅前の樹木につなぎとめ、車に腰をおろして弁当をつかっていた。

曾我は、海苔巻きを口にしながら、取材が順調に終わったことに満足していた。熱海線建設事務所長の富田技師は、電力供給がうけられないので手掘りで工事をはじめることをもらし、それは決して記事にはしないで欲しい、と言っていた。工事関係者は、世論に気をつかい、原始的な工法で工事をすることが一般に知られるのを恐れている。約束したかぎり、それは守らねばならないが、削岩機を使う機械掘りがおこなわれるようになった折りには、手掘りではじめたことを書いてもさしつかえはあるまい、と思った。

温泉地の熱海は、のどかであったが、資材運搬の線路が敷設され飯場も建てられている。おそらく工事が開始されれば、静かな熱海の町にダイナマイトの発破音がとどろき、騒然とした空気につつまれるだろう。

丹那盆地の美しい光景が、眼の前にうかんだ。清らかな水が流れる小川。川魚のひらめき。ゆるやかにまわっていた水車。あれほど美しい水がいたる所に流れる地はないのではなかろうか。盆地に住む人たちの人情がいいのは、豊かな水に身も心も洗い清められているからなのだろう、と思った。

小さな電車が、定刻に姿をみせた。かれは、茶屋を出て、駅に行った。

電車が、動き出した。前方に富士山がみえ、雪の輝きが眼にしみた。車体がきしみながらゆれ、動きは緩慢だった。

やがて電車が三島の町に入り、東海道の道筋をたどって沼津駅につき、かれは下車した。五年前に沼津の町は大火にみまわれたが、その痕跡はみられず、家々が建ちならび、馬車や大八車の往き来もひんぱんで、東海道線の主要駅のある町らしい活気にみちていた。

駅舎の中に入ったかれは、午後二時三分発の東京行き普通列車があるのを知り、急いで切符を買ってホームに行った。五分ほどして大垣発の列車が到着し、かれは客車の中に入った。

構内には、機関車の吐き出す黒煙が濃く流れていた。箱根越えにそなえて列車の後部に補助機関車が一台つけられるので、発車までに数分の時間があった。

やがて、機関車が連結されたらしく、金属音がするとともに客車がゆれた。汽笛が長々と鳴り、列車が動きはじめた。

列車は徐々に速度をあげ、町の中を走ってゆく。すぐに家並みがきれ、田畠が両側にひろがった。左手に、富士山が山波の上からのぞいている。かれは、窓ぎわに腕をもたせて沿線の風景に眼をむけた。

左右に山肌が近づき、列車は、上り勾配にさしかかった。つらなった客車をひく機関車と後から押す機関車から吐かれる黒煙が、窓の外を乱れ合いながら流れている。窓はすべてしめきってあるが、隙間から入ってくる煙で車内がかすみ、煙のにおいも強くなった。

勾配がさらに増し、列車の速度がおそくなった。煙を吐く音がはげしくなり、二台の機関車が、可能なかぎりの出力をあげて、喘ぐように進んでいるのが感じられた。

裾野駅をすぎると、いよいよ線路が千分の二五の急勾配になった。しかも、S字状にカーブし、列車は、左へ右へと蛇行しながらのぼってゆく。そこは、難所の一つで、出力の乏しい機関車が使用されていた頃には、車輪が空転してとまってしまうことがしばしばだった。それをふせぐため、機関手の助手が、屋根にのぼって線路上に砂をまくという危険な作業もしなければならなかった。

大正時代に入って新型の機関車が配備されてからは、そのようなことをせずにすむようになったが、それでも時折り、車輪が空転する音がひびく。曾我は、以前にその個所をすぎた時、若い男がデッキから飛びおりるのを見たことがあったが、それが十分可能なほど列車の動きはおそい。

二台の機関車でのぼってゆく列車の前部の機関車と客車をつなぐ連結器が、はずれることも時にはあった。その場合、後部の機関車の力だけではどうにもならず、客車の列がかなりの速度で逆もどりし、沼津近くまで下りてしまい、後退してきた機関車を再び連結し直さねばならなかった。

列車は、急勾配の線路をのぼってゆく。両側は一面の田で、左方向に広大な裾野をひく富士山が、窓いっぱいにひろがっている。裾野は早春の樹林におおわれているが、中腹から頂にかけて雪がかがやいている。列車の運行の上では難所だが、沿線の風光の点では、東海道線随一の路線であった。

列車は、さらにのぼってゆく。富士山の裾野が大きくひろがり、やがて、列車は、御殿場駅のホームにすべりこんでいった。

御殿場駅は、箱根越えの路線で最も高い位置にあって、列車は、そこから国府津駅まで急な勾配をくだってゆく。

列車は、停止した。反対側の線路では、貨物列車の荷の積みおろしがさかんにおこなわれていたが、客車とちがって、貨物列車は重量があるので、前部に機関車二台と後部に機関車一台が連結されている。曾我の乗っている客車の機関車をふくめて五台の機関車から濛々（もうもう）と吐かれる煙で、あたりは黒く煙っていた。

煙を通して、駅前にならぶ旅館、商店、運送店がかすんでみえた。路上には荷馬車の往来もしきりで、御殿場が東海道線の主要駅をもつ活気にみちた町であるのが感じられた。が、丹那山トンネルが貫通して国府津から小田原、熱海、三島をへて沼津へぬける新路線が開通すれば、御殿場は、支線の町にすぎなくなる。鉄道敷設による町の盛衰のはげしさを知っている曾我は、御殿場の町の将来を想像し、感傷的な気持ちになった。

汽笛が鳴り、列車が駅をはなれた。

右手に渓流が近づき、それに沿って線路はくねりながらつづいている。流れにかかった橋を渡った列車は、山間部に入った。カーブをすぎると、視野から消えた渓流が、再びあらわれ、列車は、急勾配の線路をくだってゆく。

御殿場駅までは客車の列をひき、そして押していった二台の機関車は、逆に客車がすべりおりるのを食いとめようとしている。機関車の煙を吐く音は、相変わらずはげしい。

線路は曲りくねっていて、駿河(するが)小山駅をすぎると、両側に山肌が近々とせまり、トンネルに入った。車内は闇になり、煙がみちた。

曾我は、そのトンネルを手はじめに長短七つのトンネルがつづき、乗客を煤煙(ばいえん)で苦しませていることを知っていた。煙のにおいが強くなったが、そのうちに車内に徐々に明るみがさし、列車は、トンネルをぬけ出した。

その瞬間を待っていたように、乗客たちが一斉に窓をあけた。新鮮な空気が流れこんできて、車内の煙がうすらいでゆく。曾我は、深く息をすった。

しかし、次のトンネルは近づいていて、かれは、他の乗客たちとともに窓の止め金から手をはなさず、トンネルの入口がみえると、急いで窓をしめた。そのトンネルは短く、すぐに窓をあける音が車内にみちた。

曾我は、景色どころではなく、止め金をつかんだまま列車の進行方向をうかがっていた。長いトンネルに入り、それをぬけると、また長いトンネルに列車がすべりこんでいった。

そのトンネルに入った時、窓をしめるのがおそい乗客もいて、闇の中に濃い煙が流れ込んできた。曾我は、手拭いで鼻をおおい、顔をしかめた。車内ではしきりに咳(せ)きこむ声もきこえている。

そのうちに、ようやく明るみがさし、列車は、トンネルを出た。

曾我は、急いで窓をあけ、息をついた。渓流の輝きがみえ、山は、さらに深くなった。

列車は、トンネルに入ることをくり返し、やがて、徐行すると山北駅のホームに入っていった。乗客たちの顔は、一様に煤(すす)けていた。

駅につく直前に通りぬけた長いトンネルでは、その路線が開通後、滑稽(こっけい)とも思える工夫がされていたことを、曾我は耳にしていた。

東京駅始発の列車は、国府津駅から山北駅をへて、急勾配のそのトンネルに入る。附近は、上昇気流がはげしく、山北駅側のトンネルの入口から御殿場方向の出口にかけて吹き上げていた。急勾配の線路を喘ぎながらのぼる機関車の速度はおそいので、後部の補助機関車から吐かれる黒煙をまきこんだ気流にたちまち追いつかれ、前部の機関車の前方には煙が充満する。そのため、視界はとざされ、機関手も助手も煙で窒息状態におちいる。

このような現象が起らぬようにするためには、気流がトンネル内を走るのをふせぐ以外に方法はなかった。それについてさまざまな意見が出された結果、列車の後部がトンネル内に入ったと同時に、山北駅側のトンネルの入口に布製の幕をおろして気流がトンネル内に流れこむのを阻止することになった。

トンネルの入口に小屋がもうけられ、一日三交替でそこに詰めた係員が、幕おろしに従事した。これは、この路線が開通した明治二十二年から十年間つづけられ、その後、馬力の強い機関車が登場して速度も増し、気流に追いつかれることもなくなったので、幕も撤去されたのである。

山北駅は、規模の大きい駅であった。上り列車の後に連結されていた補助機関車は、この駅で切りはなされ、また、東京から国府津をへて御殿場にむかう下り列車も、この駅からはじまる急勾配にそなえて、後部に補助機関車が連結される。この作業のため、特急、急行をふくむ上り、下りの列車は、すべて山北駅にとまるのである。

駅には、大きな機関区がもうけられ、駅員、保線区員をふくめて千人近い鉄道員が配置されていた。山北町は、鉄道の町としてにぎわいをみせていた。駅のホームには濛々と黒煙が流れ、その中を駅弁売りが売り声をあげて歩いていた。

やがて汽笛が鳴り、後部の補助機関車を切りはなした列車が発車した。線路の勾配はゆるく、やがて両側に平坦な田畠がひろがった。山間部から平野に出たのだ。

列車は、速度をあげた。右手に流れる川では、釣り竿をのべている人の姿もみえた。レールのつぎ目にあたる車輪の音も、軽快にきこえた。

曾我は、あらためて箱根越えの路線が、東海道線最大の難所と言われていることを実感として感じた。

夏に名古屋へ往復した時の不快な経験が、思い起された。車内は暑いので窓は明け放しにしてあり、二台の機関車の煙突から吐かれる煙が、容赦なく流れこんでいた。列車が急勾配にかかると、速度がおそくなるので車内に流れこむ煙の量も多く、堪えがたいものになった。

やがて、御殿場駅をすぎ、連続する七つのトンネルにさしかかると、苦しみは最高潮に達した。煙で咽喉が痛くなり、眼から涙がにじみ出た。列車が山北駅についた頃には、汗の流れる顔や首筋に煤がはりつき、眼のふちも鼻孔も黒くなっていた。

熱海線が開通すれば、乗客たちは、このような苦しみから解放される。列車は、山北駅または沼津駅で補助機関車を連結したり切りはなしたりする必要もなく、機関車一台にひかれて疾走できる。当然、それによって速度ははやまる。曾我は、熱海線の開通が時代の大きな要請であるのを強く感じた。

列車は進み、松田駅をすぎた。左手の丘陵のふもと一帯に、紅色をまじえた白いものがひろがっているのがみえた。それは、あきらかに梅の樹で、おびただしい数であった。小田原は梅干しの産地として名高いが、このあたりで栽培される梅が漬けられるのだろう、と思った。

列車は、下曾我駅をすぎ、国府津駅のホームに入っていった。

国府津は、箱根線の入口にある東海道線の主要駅で、それにふさわしい規模を持っていた。機関車に石炭と水を補給するため、列車が発車するまでには時間があったので、曾我は、ホームにおりると、洗面場に急いだ。

すでに数人の乗客たちが集まっていて、顔の煤を洗い流している。曾我は、水を掌でうけてうがいをし、顔を丹念に洗った。

その場をはなれたかれは、手拭いで顔や首筋をぬぐいながら、腕時計に視線を落とした。針は、四時四十分をさし、沼津から国府津まで二時間半以上かかったことをしめしていた。熱海線が開通すれば、各駅停車の普通列車でもその区間を一時間程度で通過するはずで、急行列車ならさらに時間は短縮される。

かれは、海の輝きに眼をむけながら、熱海線の開通が、東海道線を名実ともに日本の大動脈とさせるのだ、と思った。

二

丹那山トンネルの工事は、熱海口から開始されることになった。

大正七年三月二十一日朝、熱海町の梅園近くにある坑口予定地の山肌の前で、起工式がもよおされた。

丹那山トンネルは、日本最長の、しかも複線型の画期的なものであったが、国府津から熱海をへて沼津にいたる熱海線の一部にすぎないことから、起工式は内輪でおこなわれた。坑口予定地の前に四本の笹竹が正方形に立てられ、その間に注連縄が張られていた。中央におかれた祭壇には御神酒、鯛、野菜が供えられ、かたわらに茅の枝を突きさした盛砂がつくられていた。

熱海線建設事務所長富田保一郎をはじめ鉄道院の技師、技手と、熱海口を請負う鉄道工業会社の工事関係者らが集まっていた。

白装束の来宮神社の神主が進み出て、お祓いをし、工事の無事完成、人身事故のないことを祈願する祝詞をとなえた。富田らは、神妙な表情で頭をたれていた。

近くの梅園の梅は、すでに散ってしまっていたが、静かな雰囲気なので足をふみ入れる湯治客は多かった。かれらは、祝詞の声を耳にして集まり、少しはなれた所にたたずんで式をながめていた。トンネル工事がはじまることは新聞で報道され、熱海の町でも話題になっていたので、湯治客たちは、それがトンネルの起工式であることに気づいているようだった。

祝詞が終わると、富田が祭壇の前に進み出て柏手をうち、一同それにならって拝礼をした。

富田の手に、技手から鎌が渡された。富田は盛砂に近づき、そこに突き立てられた茅を鎌で刈り、ついで鍬を手にして、その刃先を盛砂に突き入れた。これによって起工式は、終了した。

富田は、技師たちにむかって、

「この丹那山トンネルの工事は、わが国最大規模のものであり、多くの技術的困難が待ちかまえていると覚悟しなければならない。只今、工事の完成と無事故祈願の祝詞をあげていただいたが、われわれは、神の御加護のもとに技術者魂を発揮し、知識経験をすべて傾けて貫通にむけ邁進したい」

と、言った。

かれは、さらに声をたかめ、

「明朝、予定通り坑口附近の切り取りを開始し、トンネル工事に入る。なお、三島口からの工事も、近々開始予定である」

と告げ、訓示を終えた。

坑口予定の山肌には、その位置をしめす杭がななめに何本もうたれていた。富田たちは、それに眼をむけて、しばらく立っていたが、やがて連れ立って熱海の町の方へおりていった。祭壇をかこむ笹竹の葉と注連縄につけられた白い四手の紙が、沖から渡ってくる潮風にゆらいでいた。

和田磯海岸の荷揚げ場の倉庫には、船で送られてきた工事用資材が積みあげられていた。

熱海口の坑口までの線路は敷設されていたが、まだ蒸気機関車を使えるまでには至っておらず、その日は、トロッコにのせた資材が作業員たちの手で押され、坑口附近にはこばれた。その運搬作業は日没時までつづけられ、トロッコが往き来した。

翌日の午前六時、坑口予定地の前には、技師をはじめ多くの労務者が集まった。富田所長は、少し高い所に立ち、かれらを見守っていた。技師が、甲高い声で仕事の手順を説明し、工事開始を告げた。

技師の指示で、山肌にツルハシがふるわれた。その附近の土質は、温泉の影響と風化によって変質した赤褐色の粘土に玉石のまじったもので、不良であった。いわゆる崩場であった。

トンネルの入口にあたる坑口まで掘り進むことができたのは、五日後の三月二十七日であった。

いよいよ、本格的なトンネル工事が開始された。坑門が整備され、トンネルの入口にふさわしく大阪窯業株式会社製の良質の煉瓦が積まれ、ぬりかためられた。セメントが詰められた樽がトロッコで和田磯海岸からはこばれ、坑門附近に並べられていた。

すでに日本では、明治十七年四月に完成した柳ヶ瀬トンネルで、削岩機で孔をうがち、そこにダイナマイトをつめて岩石を破壊する新式工法が採用され、当然、丹那山トンネルでも機械掘りをおこなう予定であった。が、富士水電株式会社からの電力の供給がないので、ツルハシにたよる以外になかった。幸い土が粘土質なので、ツルハシによる方法でも掘り進むのに支障はなかった。

しかし、照明もカンテラで、淡くゆらぐ灯をうけてツルハシをふるう坑夫の姿は、江戸時代の金山や銀山の労働に従事した者のそれと差はなかった。

富田所長をはじめ技師たちは、原始的な手掘りにたよらざるを得ないことを嘆いていたが、工事予算から考えて、二倍の電力料金を要求する富士水電株式会社から供給をうけることはできない。手掘りでは工事の進行も大幅におくれることはあきらかで、富田は、それを解決しなければ、予定されている七年間の工期内に完成させることは不可能であるのを知っていた。

丹那山トンネルの工事計画を推しすすめた技術陣は、掘進する方法に新しいオーストリア掘削法を採用することに決定していた。

ヨーロッパでは、早くからアルプスの山々をつらぬく長いトンネルを掘ることをしていただけに、トンネル工事の技術は世界最高の水準を維持していた。オーストリアの技術もその一つで、開発された工法は比較的軟い地質に有利であり、掘り進む間に、地質が硬くなった場合もそれに応じることができるので、丹那山トンネルを完成させるには最も適した工法だ、と判断したのである。

丹那山トンネルは複線型の広いトンネルで、常識的に考えてみても、トンネルが広ければ広いほど、掘ってゆく途中、上方からはもとより横からの土の圧力も大きく、崩れ落ちる確率が高い。

これを防ぐために、まずせまいトンネル（導坑）を掘ってゆき、それを十分固定させてから、その導坑の上方と両側を掘りひろげる方法がとられていた。この工法を基礎として、硬い地質の場合はアメリカ式、比較的軟い個所ではオーストリア、イタリア式、さらに軟い場合はイギリス、ドイツ、日本式が有効とされていたが、丹那山トンネルでは、最新のオーストリア方式を応用した掘進方法をとることにしたのである。

まず、トンネルの底の部分に、高さ二・五メートル、幅三メートルほどの小型のトンネル——底設導坑を掘る。上方や横から土が崩れてくるおそれがあるので、少し掘ると、支保工（しほこう）といわれる良質の松の太い丸太を鳥居のように組み、丸太と丸太の間に丈夫で厚い松板を張り、上方と横からの土圧をふせぐ。

導坑が掘り進められるにつれて、支保工が鳥居の列のようにのびてゆく。その導坑の底部に狭い線路を敷き、トンネルの先端で掘りくずした岩石や土砂をトロッコにのせて坑口から外に運び出す。

導坑が数百メートル掘り進められると、後方の作業班は新たな作業をはじめる。導坑の上方と横を掘り、定められたトンネルの大きさまで順を追ってひろげてゆく。太い丸太と板で土圧をささえながらトンネル全形の掘削が終わると、煉瓦を積んでかため、トンネルは出来上がるのである。

工事のはじまった熱海口では、地質が軟弱であったが、坑夫は、カンテラの灯をたよりにツルハシをふるって掘り進んだ。一日三交替で八時間ずつ働き、昼夜の別なく作業がおこなわれた。しばしば粘土質の土がくずれたが、素速く支保工をつくって進んだ。

かれらは、坑夫としての高い誇りをもち、規律を忠実に守り礼儀も正しい。そのような態度が、事故をふせぐことを、かれらは十分に知っていた。

坑口から六〇メートルほど掘り進んだ頃、粘土質であった地質が黒い安山岩に変わった。硬い地質になったことは、崩れ落ちる危険が少くなったことを意味していたが、その反面、ツルハシで掘るのは容易ではなく、坑夫たちにきびしい労働を強いることになった。

梅雨の季節に入り、熱海の町は雨で白くけむる日が多くなった。トンネルの最先端である切端で掘りくずした土石（ズリ）は、シャベルでトロッコにのせられ、それを労務者が押して坑口へはこび出し、さらに土捨て場に持って行って捨てられた。

ツルハシでの作業は困難をきわめたが、工事を開始してから三カ月後の六月二十四日には、導坑が坑口から九五メートルの位置にまで達した。

梅雨があがり、陽ざしが強くなった。熱海の砂浜では、早くも子供たちが泳ぐ姿がみられるようになった。

和田磯海岸から坑口にむけてすすめられていた線路敷設とそれに附随する工事が、七月五日にすべて完成した。船で送られてくる工事資材などを揚げる和田磯海岸の荷揚げ場も、野面石で頑丈につくられていた。また、線路が伊東街道を横断する個所には踏切がもうけられ、山田こよという線路近くに住む主婦が踏切番をつとめ、白、赤の小旗を手に交通の安全を期した。

その日にそなえて、船で軽便の蒸気機関車K２００型二台が、陸揚げされていた。ただちに機関車が、資材をのせた数輛の貨車をひいて、和田磯海岸を出発した。機関車は、黒煙を吐きながら伊東街道を横切って和田川にかけられた橋をわたり、天神山の山腹をまわって、トンネルの坑口に達した。

熱海の町の者たちは、機関車の走る姿を興味深げに見つめた。それまでトロッコを人が押していた資材の運搬も、軽便蒸気機関車の登場によって能率が飛躍的にたかまった。

その頃、鹿島組が請け負いをしている三島口でも、トンネル工事が開始されていた。熱海口が軟い粘土質の地質であるのと対照的に、三島口の坑口附近は硬い安山岩であった。電力がなく削岩機は使えないので、三島口でも坑夫はツルハシにたよる以外になかった。

熱海口で資材運搬の軽便蒸気機関車が走ったのについで、三島口でも駿豆鉄道の大場駅を起点に坑口までの線路と附随工事が、七月十四日に完成をみた。

熱海口での工事用資材その他は、船で熱海町に陸揚げされていたが、三島口へ投入される資材は東海道線の沼津駅から駿豆鉄道で大場駅に送られ、そこから新たに敷設された軽便線で坑口まではこぶことになっていた。

軽便蒸気機関車二台が配置され、数輛の貨車をひいて走った。大場駅を出発した機関車は、平坦な耕地の中を走り、川にかかった七つの橋を渡って坑口に達する。その附近には、すでに多くの官舎と飯場が建ちならんでいた。

機関車に小さな客車が連結されることもあり、そこにはトンネル工事に従事する労務者やその家族たちが乗っていた。

　これらの設備はととのったが、熱海口、三島口でのトンネル工事の進行は遅々としていた。それは、原始的な手掘りにすべての原因があった。

　工事の総指揮にあたる富田所長は、この問題を解決する方法について技師たちと協議した。富田は、工事予算はふくらむが、自力で火力発電所を設けて電力を得る以外に方法はない、と判断した。が、発電所を完成させるにはかなりの日数を要し、その時まで手掘りをつづけさせるわけにもゆかなかった。

　さまざまな意見が出され、検討した結果、応急対策として、蒸気の力による空気圧搾機で削岩機を動かす方法を採用することに決定した。

　富田は、ただちに熱海、三島両口の坑口の外に蒸気汽缶を据えた仮動力所をもうけることを指令した。

　技師たちは、その設置を急いだが、思いがけぬ障害にさえぎられた。蒸気汽缶を入手しようとしても、世界大戦の好景気で奪い合いになっていて、品不足が深刻であった。それを、あえて手に入れようとすれば、驚くほどの金を支払わねばならなかった。かれらは当惑し、あれこれ模索した末、古い蒸気機関車の蒸気汽缶をそれにあてることになった。

　熱海、三島両口で仮動力所の据えつけがようやくはじまったのは、十月に入ってからであった。据えつけ工事は急いで進められたが、その間に、世界情勢に大きな変化が起っていた。十一月十一日、四年四カ月にわたってつづけられていた第一次世界大戦が終結したのである。

大正三年七月に第一次世界大戦が勃発した直後、日本の経済界は、深刻な不況にみまわれた。戦場となったヨーロッパ諸国の経済機能が麻痺し、日本からヨーロッパむけの輸出はとだえ、また工業製品その他の輸入も激減して、景気はたちまち低落した。

しかし、翌年の夏近くになると、意外にも不況から好況に転じた。ヨーロッパの交戦国から軍需品の註文が殺到し、大戦景気で好況をむかえていたアメリカからの生糸その他の買い付けも増したので、輸出が伸びはじめたのである。また、ヨーロッパ各国の輸出先であったアジア諸国や南米では、ヨーロッパ各国の代わりに日本の商品を求める傾向が強くなり、その方面への輸出も活潑化した。

思わぬ好景気に国内は沸いたが、それにともなう物価の上昇が庶民の生活を苦しめるようになった。物価指数は、大戦勃発時に比較すると平均二倍以上になり、それに比べて労働者の賃金は五〇パーセントあがったにとどまっていたため、労働争議が各地で続発した。

丹那山トンネルの工事が開始されて間もない大正七年七月二十三日、富山県下新川郡魚津町で漁民の妻たちによる米騒動が起った。小漁民の収入は一日平均五十銭ほどで、妻たちが船に荷をはこんで得る賃金も十銭から二十銭であった。これに対して、大戦勃発時に十二、三銭であった米一升の値段が四十銭以上にも暴騰していたので、生活ができぬ状態になっていた。
漁民の妻たちは、米屋や富豪の家に押しかけて米の安売りを求め、これに同調した千余名の町民も加わり、大規模な米騒動に発展した。しかし、米価はさがるどころか、なおも急上昇をつづけたので、米騒動は各地に飛び火し、たちまち全国にひろがった。それは一道三府三十七県にわたり、加わった者は百万人を越えた。

これを鎮静化するため警察力が動員されたが抑圧できず、延べ六万名近い軍隊が出動した。大衆運動に、このような多くの兵力が投入されたことは前例のないことであった。新聞は、政府の無能な物価対策をはげしく攻撃し、総理大臣寺内正毅（まさたけ）は責任をとって内閣総辞職に踏み切った。九月二十九日、立憲政友会総裁の原敬（たかし）が首相に就任し内閣を組織した。爵位のない衆議院議員が首相になったことはなく、国民は、原敬を「平民宰相」として、その登場に期待を寄せた。

やがて、第一次世界大戦が、ドイツ国内の革命によって終結した。平和は訪れたが、世界情勢は社会思想の拡大によって大きく揺れうごき、その影響は日本にもおよんで、激動の時代に足をふみ入れた。

その年の十二月二十七日朝、熱海町の横磯の海に汽船が錨（いかり）を投げた。それは、東京湾汽船の東京、下田間を往復する定期便で、前夜、東京湾の霊岸島を出港、熱海に寄港したのである。

横磯の船着場から、艀（はしけ）が汽船にむかって横づけになった。歳末であるだけに湯治客の下船は絶えていたが、汽船から十名ほどの男女が艀に乗り移り、船着場にむかってきた。船着場には、旅館の番頭たちとともに熱海線建設事務所の所員たちの姿も見え、工事関係者が東京からやってきたのか、とも思われたが、女や子供がまじっているのが異様であった。

艀がつき、口髭をはやした男が、まず船着場にあがり、建設事務所員たちと挨拶をかわした。艀は再び船着場をはなれ、汽船にむかっていった。

汽船から艀に荷が積まれるのがみえ、しばらくして艀が引き返してきた。艀には家具、寝具をはじめ毛布やゴザでつつまれた荷が積み上げられていて、それらが運送店の者たちの手で船着場にあげられた。艀は、また汽船にむかった。

もどってきた艀には、多くの品物が積まれていたが、車夫らしい男とともに一台の人力車がのせられていた。人力車の車体は漆塗りで、家紋のついた風格にみちたものであった。

汽船から長い汽笛の音がひびき、錨をあげた船は、ゆるやかに舳先をまわして沖の方向に去っていった。

上陸したのは医師山形文雄とその家族で、薬剤師、数名の看護婦、車夫をともなっていた。山形は、日本医学校（日本医科大学の前身）出身の外科医で、卒業後、故郷の山形県米沢市に帰って医院をひらいていた。亡父は裁判官で土地の信望があつく、山形の診療も的確なので多くの患家を得ていた。

山形医師のもとに鉄道院の役人がおとずれてきたのは、その年の夏で、思いがけぬ申し出をした。熱海線建設工事の中で最大の工事は、丹那山トンネル工事で、それに従事する者たちには、負傷したり病気におかされたりする者が出ることが十分に予想されていた。鉄道院では、優秀な医師を現地に常駐させたい、と考え、その適任者に山形の名がうかび、役人が熱海に鉄道院嘱託医として赴任することを懇請にきたのである。

　意外な申し出に、山形は驚いた。米沢市で開業医として安定した生活を送っているのに、遠く熱海まで行く必要などない。鉄道院嘱託医の手当は月額五十円だというが、開業医としての収入の方がはるかに多く、山形は辞退したが、役人は、ぜひ再考を、と言って帰っていった。

　山形は再考の必要などないと一笑に付していたが、日がたつにつれ気持ちが動くのをおぼえた。米沢市は愛する故郷であったが、火災が多く、実際に災害にもあっていたのでうんざりした気持ちにもなっていた。

　開業して間もなく家が類焼によって焼失し、その後、家を建て直し、医療器具も新たに購入して医業を再開した。しかし、昨年五月二十二日、再び米沢市の大火によって家は全焼した。その火災は、全市の六〇パーセントを焦土と化した大火で、市の中心部は全滅し、焼失家屋は三千戸近くにもおよんだ。

　山形は、二度の火災に気落ちしながらも家を新築し、医院の看板をかかげた。が、火災が多い地だけに、いつ災害にみまわれるかも知れず、いっそ他の地に移った方がいい、とも思った。

一カ月後、再び役人がやってきて、具体的な条件を提示した。それによると、鉄道院嘱託医としての手当五十円は、鉄道院が二十五円、丹那山トンネルの熱海口の請け負いをしている鉄道工業会社が二十五円をそれぞれ負担する。嘱託医であるかぎり、工事関係者の診療を優先的にしてもらうが、その診療がない場合は、開業医として町の者たちの治療にあたるのは自由である、という。

さらに役人は、熱海には湯治客が多く、また、財界人、高官たちの別荘も建てられているので、患家にことかくことはない、と説明した。

山形は、熱海が皇室の別邸もある著名な温泉町であるので、その地に行って医院をひらくのもよいかも知れぬ、と思った。妻に話してみると、彼女は即座に賛成した。冬、雪害になやまされる米沢市からはなれ、避寒地ともされている熱海に移住することを喜んだのである。

早速、承諾の返事をした山形は、あわただしく仕度にとりかかった。気がかりであったのは、医院に勤務していた薬剤師と四名の看護婦たちのことであった。山形は、かれらを手放す気になれず、熱海に行かぬか、と言ってみると、一人残らずついてゆくという。さらに、雇っていた車夫もお伴をさせていただきたい、と懇願するので、人力車とともに熱海へむかうことになった。

治療道具を梱包し、家財などとともに貨物列車で東京に送り、回漕業者の手で船積みの手はずもととのえられた。山形は、家族や看護婦たちを連れて東京に出ると、夜、下田行きの汽船に乗り、霊岸島をはなれて熱海についたのである。

山形は、家族や看護婦たちとともに、建設事務所員の案内で船着場をはなれた。山形が連れてきた車夫は、人力車をひいてその後につづいていた。

かれらは、鈴木屋旅館に入った。山形が医院をひらく家は上宿の温泉寺の裏手にあったが、医療器具の据えつけや荷物を運びこむのに時間を要するので、それまで鈴木屋旅館に腰を落ち着けることにしてあった。

山形は、旅館で一服すると、医院に予定されていた家を見に行った。料理屋であったという家だけに、いくつも部屋があり、玄関を入ったかたわらに診療室に恰好な広い部屋もあって、医院としては適していた。

その日、大八車で医療器具や家財などがはこびこまれ、山形の指示で、医療器具その他が適当な位置に据えられた。

翌日も荷ほどきがおこなわれ、夕方までには、すべて終了した。その夜は車夫が泊り、翌朝、山形たちは旅館をはなれて家に移った。山形は、米沢市から持ってきた山形医院と墨書した縦長の木の板を、軒の下にかけた。

熱海、三島両口にそれぞれ一名の鉄道嘱託医を置くことになっていたが、嘱託医がきまったのは三島口の方が早く、八カ月前の四月二十五日に医師伊藤要治が着任し、坑口に近い函南村大竹に医院をひらいた。かれは、肺結核を病んでいて、新鮮な空気、水、食料にめぐまれたその地に赴任することは、体に良い結果をあたえるにちがいないと考え、すすんで嘱託医を引き受けたのである。しかし、病状はかえって悪化し、十月十六日に辞表を出して、その地を去った。

鉄道院と三島口を請け負う鹿島組では、後任の嘱託医を物色した。その結果、阿部房治が、そのすすめに応じた。阿部は、東京慈恵会医院医学専門学校（東京慈恵会医科大学の前身）を卒業し、浅草で開業していた。かれは、鹿島組から熱心に勧誘され、豪放な性格でもあったので、それに応じたのである。

かれは、山形医師が熱海に赴任してから二十日後の大正八年一月十六日に、前任者の伊藤が住んでいた家に家族とともに着任した。阿部は、函南村の住民たちへの一般診療にも熱心で馬に乗って往診し、夜も提灯（ちょうちん）を手に歩きまわった。

山形も一般診療にあたり、家紋つきの人力車に乗って患家まわりをした。二人の医師は、それぞれの地の住民たちに得がたい医師として尊敬されていた。

その月の中旬、待望の仮動力所が熱海口の坑口の外で完成し、運転可能になった。

一月二十三日、熱海口の導坑は坑口から二〇二メートルの位置に達していたが、その切端に最新鋭のライナー二六番型とBCRW四三〇型の削岩機が初めて持ちこまれ、仮動力所から送られる圧搾空気で始動した。

坑夫をはじめ技師たちの顔は喜びに輝き、切端の岩肌に音をたてて食いこんでゆく削岩機のノミを見つめていた。岩肌には、一メートルほどの深さをもつ細い孔（あな）がうがたれ、岩粉が散って、あたりは白く煙った。

坑夫は穿孔作業をつづけ、十八個の孔がうがたれた。それらの孔に、岩鼻製作所製の桜印ダイナマイトの筒が、一列に押しこまれ、装塡がすべて終わると、火薬係がカンテラの灯ですべての導火線に点火し、走って切端をはなれた。

導火線の長さは、円型にうがたれている孔の群の中心部が最も短く、外側にゆくにしたがって長くなっている。そのため、まず中心部のダイナマイトが爆発して、順次、外側にむかって起爆し、切端の岩の全面が一メートルほどの深さで崩れ落ちるのだ。

発破の音がとどろき、飛散した岩粉で坑内はさらに白くけむった。それが一時間ほどでうすらぐと、物かげに退避していた作業員たちが、トロッコを押して切端に近づいていった。かれらは、崩落したズリをトロッコに積み、それを押して坑口にむかった。

ズリ出しが終わると、人夫頭が、設計図通り導坑を掘り進めるため切端の岩肌の中央に朱色の中心線を縦に描いた。そして、人夫頭の指示で、坑夫が再び削岩機にとりついた。

はるか後方では、導坑を掘りひろげる作業がつづけられていたが、その作業でも削岩機が乾いた音を立てて孔をうがち、ダイナマイトが装塡されていた。発破がかけられるたびに、その音が熱海の町に砲声のようにとどろいた。

トンネルの全形まで掘りひろげられると、煉瓦が積まれ、かためられる。その作業についているのは女たちが多く、独身の者もいれば労務者の妻もいた。

削岩機の使用によって、工事は順調に進みはじめた。導坑が掘進されてゆくのを追うように、四百メートル後方では、導坑を掘りひろげる作業が秩序正しくおこなわれていた。

三島口でも六月に仮動力所が完成、十九日から削岩機が使用され、工事は一段の進行をみた。

秋をむかえ、空気は澄んだ。

熱海の町には、家々の軒先や樹木の間に沢庵に漬けられる大根が干され、柿の実も彩りをそえていた。

坑口附近には、トロッコが往き交い、軽便蒸気機関車が資材をはこんできていた。その前面の斜面には段状の田がひろがり、黄金色の稲穂が波打っていた。梅園から流れてくる川が、坑口の前にある丸山の裾をまわって深い淵をつくり、作業から解放された坑夫たちが川に釣り糸をたれている姿もみられた。

三島口の坑門附近も、濃い秋色につつまれていた。宿舎に住む労務者たちと丹那村大竹区の住民は、親密度を増していた。村人たちは、夏には西瓜を売りにくるし、野菜、卵なども安い値段で売る。沼津方面から魚の行商人も入ってきていた。

神奈川県から移住してきていた山崎理髪店には技師や労務者たちがやってきて、店主は手を休めるひまもない。同じ神奈川県から移住してきていた橋本雑貨店も繁昌をきわめていた。

熱海の町には、むろん電燈がともっていたが、三島口の坑口がある大竹の村落には電気はひかれていず、夜になると宿舎にはランプの灯がともされた。

十月下旬、熱海口の導坑は坑口から五三四メートルの位置にまで進んだが、工事開始以来、初めての湧水にみまわれた。発破をかけた直後、くずれた岩石の上方から豪雨のように水が落ちてきたのである。が、崩落の危険はないと推定され、そのまま工事は進められた。予想通り湧水はその個所だけで、不安はうすらいだ。

熱海、三島両口の掘削工事は順調に進み、大正九年を迎えた。

その頃、日本の経済界は、明治維新以来、最もはげしい変動期をむかえていた。

第一次世界大戦が終結すると、戦場となったヨーロッパからの輸出品がとだえたことによって暴騰していた金属、化学製品などが急暴落し、大戦景気が一変して不況においったのである。しかし、その不況も前年の三、四月頃に底をつき、それから戦時中をはるかに越える好況がおとずれた。ヨーロッパの戦争被害が予想以上にはげしく、復興資材の註文が日本にもむけられ、大好況をむかえたのである。

この需要をみたすために各企業は、大規模な設備投資をおこない、投機熱も異常なほどにたかまった。物価の暴騰もはげしく大戦前の約三倍にも達し、生活難におちいった労働者は賃金の引き上げを強く求め、大争議が各地で起った。

大正八年には、七月に東京の十六の新聞社の印刷工が、翌月には東京砲兵工廠（こうしょう）職工六千人、ついで神戸の川崎造船職工千六百人、室蘭日本製鋼所職工千七百人が、それぞれ賃金引き上げのストライキをおこなっていた。九年に入っても、その傾向はさらにたかまり、二月には八幡製鉄所職工二万人による大争議が発生した。

丹那山トンネルの工事現場では、新聞に大きく報道されるこれらの争議が話題になっていた。しかし、労務者の賃金は一般よりも高く、ことに坑内で働く者のそれは、危険手当がついてかなりの高額であった。そのため、かれらの間に賃金に対する不満の声はきかれなかった。

二月下旬、熱海口の導坑は、坑口から七〇一・五メートルの位置にまでのびた。

その日、発破をかけると、突然、音をたてて岩盤から無臭のガスがふき出し、カンテラもローソクの灯も消えてしまった。そのうちに労務者たちが頭痛を訴えはじめたので、ただちに工事は中止された。

坑外に出た労務者たちは、しばらくたつと気分も回復したが、ガスが悪性のものであることはまちがいなく、建設事務所では対策について協議した。

この席でも、電力のことが大きな問題になった。電力がないので坑内に換気装置がなく、悪性ガスが発生した場合、それを坑外に排出することができず、今後、工事を進める上で障害になることが予想された。

手掘りで掘り進んでいた時は坑内の空気もきれいだったが、削岩機を使用しはじめてから事情が一変し、削岩機からは岩粉が散り、さらにダイナマイトを仕掛けると岩がくだけ散って粉塵と硝煙が充満する。坑夫たちは、それが消えるまで「煙休み」と称して、一時間ほど休息をとるのが常であったが、このような状態では工事の進行はとどこおり、衛生上からも電力による換気設備を設置する必要があった。富田所長は、火力発電所の工事を積極的に推しすすめることを指令した。

当面の問題としては、悪性ガスに対する処置をどのようにすべきかが急務とされた。

しかし、換気設備がないかぎり、そのまま工事を続行せざるを得ず、ガスが発生した場合は、ただちに工事を中止して坑夫たちを切端からはなれさせることを定めた。ただし、ガスは無色無臭で、発生したかどうかを確認することは不可能に近い。ガスで労務者が倒れ、悲惨な死亡事故に発展するかも知れなかった。

「カナリヤを使ったらいかがでしょう」

若い技手が、突然のように言った。

「カナリヤ?」

中年の技師が甲高い声をあげ、他の者たちも発言をした若い技手の顔をいぶかしそうに見つめた。かれらは、ききまちがえではないか、と思っているようだった。

「小鳥のカナリヤか?」

他の技師が、たしかめるようにたずねた。

「はい。カナリヤは、よく鳴きます。それを切端の近くに置いておけば、もし、ガスが流れた場合、鳴き声をあげなくなるはずです」

技手は、淡々とした口調で答えた。

少しの間、沈黙が流れた。かすかに口もとをゆるめる者もいた。

「それは、いい思いつきだ。早速、カナリヤを手に入れ、切端に置こう」

富田所長が、沈黙をやぶった。無臭であり色もない悪性ガスの発生をカナリヤの鳴き声によって知るのは、突拍子もない考えだが、たしかに妙案だった。

翌日、発言をした技手が、所長命令で小田原に行った。かれは町の中を歩いて小鳥を商う店を見つけ、カナリヤの入った籠を三つ買い、熱海にもどった。

その日から、カナリヤの籠が切端の近くに吊された。発破をかける前に、坑夫は籠を手に退避所にしりぞき、ダイナマイトが起爆した後、煙がうすらぐと再び籠を切端の近くに持ってゆく。

カナリヤは美しい声で鳴き、それが坑夫たちの気持ちをやわらげた。かれらは休息時間に餌をあたえ、湧き水を容器に入れた。

カナリヤは、時折り、不意に鳴くのをやめた。坑夫たちは、それに気づくとすぐに籠を手にして切端を急いではなれ、ガスがうすらぐのを待ってから籠を持って引き返し、再び工事をはじめた。

導坑が掘進するにつれて、ガスの発生は絶えた。カナリヤは、休みなくさえずりつづけていた。

その頃、火力発電所の建設が本格的に開始されていた。

熱海は用地買収が容易ではないので、三島口の坑口から六〇〇メートルの位置にある大竹区の村落内に用地を確保し、工事がすすめられた。担当者は電気専門の山根幸人技師で、田熊式四〇〇馬力の蒸気汽缶四台、アメリカのアリスチャルマー会社製の蒸気タービン、発電機各一台を購入した。予定される発電能力は二、五〇〇キロワットであった。

発電所が完成すれば、換気設備が作動して坑内の空気も浄化される。むろん、削岩機は、蒸気力によらず電力で操作され、また坑内には電燈がともされて工事も容易になる。発電所の完成が待たれた。

切端で崩された土石（ズリ）は、労務者がトロッコを押して坑口の外に運び出す。それは、途中で何度も休まねばならぬほどの重労働で、導坑が掘り進められるにつれて運ぶ距離も長くなり、労働は一層きびしさを増した。熱海口、三島口ともに一キロメートル近くまで掘り進んでいたので、ズリをトロッコで運び出すにはかなりの時間を要した。

そのため馬と牛を使用することになり、熱海口では六頭の牛が集められ、三島口では馬が調達された。

牛馬は、それぞれ空のトロッコ三台をひいて坑口から切端にむかった。坑内は電燈がなく真の闇で、牛、馬は、手綱(たづな)をとる者の持つカンテラの明かりをたよりに進み、切端にたどりつく。そこでトロッコにズリが積まれ、牛、馬は、それをひいて坑口に引き返して土捨て場にゆく。これによって能率が上がり、人件費の節約にも役立った。

ズリ出しを終えた牛や馬は、坑口の外で飼料をあたえられて休息をとる。係りの者は馬を近くの川に連れて行って体を洗ったり、牛の体を藁（わら）で拭いたりしていた。

　半月ほど過ぎた頃、三島口で馬の事故が起った。

　その日、ズリを積んだトロッコをひいて坑口に進んでいた馬が、突然、暴れ出した。手綱をもつ男の手にしたカンテラの淡い灯だけの闇に、馬が恐怖を感じたのである。男は驚いて制止しようとしたが、馬はたけり狂い、足を曳（ひ）き綱にからめて骨折してしまった。馬の甲高いいななきをきいて集まってきた労務者たちは、倒れた馬の足を綱でしばってトロッコにのせ、坑口の外に運び出した。足を骨折した馬は殺す以外になく、処理業者に渡され、運び去られた。

　馬の事故は、その後もつづいた。臆病な性格の馬は闇を恐れ、不意の音に驚いて暴れ、足を骨折する。その度（たび）に、馬は、大八車で処理場に運ばれた。三島口のズリ出しを請け負っていた親方は相つぐ馬の死をあわれみ、霊を慰めるため自費で馬頭観世音（ばとうかんぜおん）の像を建立（こんりゅう）し、香華（こうげ）をそなえた。

　熱海口で使っていた牛には、事故はなかった。牛は馬より力が強く、歩く速度はおそいが闇も恐れずトロッコをひく。そのため、三島口でも馬の使用をやめて牛に切りかえることになった。

　三島口では丹波（たんば）牛を集めた。それは、体が大きく力もあって、熱海口で使っていた牛がトロッコ三台をひくのに、丹波牛は十台もひく。落ち着いた動きでズリを満載したトロッコをひいて、坑外に運び出し、能率が向上した。

しかし、牛そのものに事故はなかったが、熱海口の坑道で、坑内夫が重傷を負う出来事が起った。牛は物音も立てずに歩く。その坑内夫は、闇の中から突然、姿をあらわした牛に驚き、あわてて逃げたため支保工の丸太に体を打ちつけて顔を強打し、腕も骨折したのである。

この事故は、今後も起ることが予想された。それを防ぐため牛の首に鈴をつけさせることにしたので坑道には悠長な鈴の音が往き来するようになった。

そのうちに、坑内労務者の間から牛の排泄物に対する苦情が建設事務所派出所に持ち込まれるようになった。坑内に悪臭がただよい、糞に足をすべらせて倒れる者もいる。派出所では、専門の処理係をもうけ、糞をスコップですくってトロッコで坑外に出させる処置をとった。

五月十五日、鉄道院が鉄道省に昇格し、元田肇（はじめ）が初代大臣に就任して、十八日、麴町（こうじまち）永楽町の鉄道省に初登庁した。

熱海線の工事は、鉄道省の最も重要な事業で、十月には、まず国府津、小田原間六・二キロの線路敷設と附帯工事が完成、十月二十一日に開通式がおこなわれた。

小田原は、東海道の大宿場町であったが、東海道線が国府津から御殿場まわりになったことによって鉄道の恩恵から見放され、さびれがちであった。が、熱海線の新計画で東海道線が通ることになり、町は沸きかえっていた。それだけに国府津との間に鉄道が開通したことは、町にとって大きな喜びであった。

開通式は、午前十一時から小田原駅構内の貨物ホームに朱と白の横幕をはって盛大にもよおされた。千名を越える招待者が、羽織、袴（はかま）やモーニングに山高帽をかぶって式場をうずめた。

小田原町長今井広之助の開会の辞についで、鉄道技監杉浦宗三郎が元田肇鉄道大臣の祝辞を代読した。また、熱海線建設事務所長富田保一郎が挨拶し、東京鉄道局長大道良太、神奈川県知事井上孝哉、神奈川県選出議員森恪（つとむ）らの来賓祝辞がつづいた。最後に、陸軍大将大島義昌の発声で、万歳を三唱、午後一時に式典を終わった。その後、園遊会に移り、にぎわいは夕方までつづいた。

熱海口からの導坑工事は順調に進んでいたが三島口は、難航していた。思いがけぬ湧水に、工事の進行がとどこおりがちになったのである。

最初に湧水にみまわれたのは、坑口から三三五メートル掘り進んだ個所で、発破をかけた後、坑道の天井から水が驟雨（しゅうう）のように落ちてきた。その個所をすぎると湧水は絶えたが、四一八メートル、八〇二メートルの位置でそれぞれ水が噴出し、さらに一、〇二二メートルに達すると、湧水が一段とはげしくなり掘削は中止された。切端附近は水があふれ、坑夫たちの腰までつかる。それを坑外に排出するのが先決になった。

派出所では、坑道の床の中央に幅六〇センチ、深さ三〇センチの松板でつくった樋（とい）を埋めさせたので、湧水は、樋を走って坑外に排出された。この排出溝の工事に手間取り、ふたたび掘削工事がはじめられたのは一カ月後であった。

その後も掘り進むにつれて湧水がはげしくなり、坑口から一、一〇五メートルの位置では水が滝のように流れ落ちるようになった。噴出する水の量をはかると、一昼夜で三、五〇〇万リットルにも達することがあきらかになった。これは約三万人が使う水道の水量に相当し、十五町歩の田を灌漑できる量でもあった。

労務者たちは、あたかも豪雨の中で仕事をするような状態になった。しかも湧水は冷たく、体が冷える。このため蓑と饅頭笠がくばられ、かれらは、それをつけて作業をおこなった。トロッコをひく牛も、湧水個所にくると水を浴び、背に水しぶきをはねさせながら通りすぎる。坑外に出てきた牛の体からは、水がしたたり落ちていた。

湧水に悩まされながらも掘削はつづけられ、十一月上旬には、三島口の導坑も坑口から一、三六三メートルまでのびた。地質は、坑口附近はかたい安山岩で、一三七メートルから二四四メートルまでは良好な凝灰岩であったが、その位置をすぎると所々に安山岩がまじり、一、三六三メートルで急に地質の悪い集塊岩に一変した。湧水がさらに増して土圧も大きくなり、掘り進むことは危険になった。

工事着手前に地質調査をおこなった学者たちの報告では、掘り進むうちに火山帯の高熱になやまされる、とあった。しかし、坑内温度は、いくぶん坑外より高めの程度で、その点では心配がなかった。

学者の報告書には湧水のことは全くふれられていず、技師たちは、その内容に不信の念をいだいた。地質調査と言っても、トンネルの上方にあたる丹那盆地の地形や露出した岩石をしらべただけのもので、それは推測の域を出ないものであったのである。

三

大戦後の好況は不安定で、戦争が終結してから一年四カ月後の大正九年三月に、それまでうなぎのぼりに上昇していた東京の株式相場が、突然、大暴落した。

これがきっかけで商品市場にも恐慌が起り、五月中旬には、商品市場の投機で最も目立った動きをしていた横浜の貿易商茂木惣兵衛商店が莫大な損害をうけた。熱海の梅園の造成に資金を投じた茂木の破綻（はたん）だけに、熱海の町でも大きな話題になった。

この戦後恐慌は、政府の救済措置によって鎮静化したが、不況はそのままつづいた。物価は高く、労働者の賃金引き上げを要求する大争議が相変わらず起り、翌十年三月十四日には足尾銅山でも争議が発生した。社会主義者の運動も激化し、世情は騒然としていた。

熱海の町は、平穏な空気につつまれていた。

梅園の梅は散り、桜が花弁をひらきはじめていた。坑道内の掘削現場は奥に進んでいたので、ダイナマイトの発破がしかけられても起爆音がかすかにきこえるだけであった。海には漁船が浮かび、定置網も張られていた。細い雨が旅館の屋根をぬらし、湯煙がさかんにただよっている。資材運搬の軽便蒸気機関車は煙を吐いてのどかに走り、東京、下田間の航路を往復する汽船も寄港し、艀(はしけ)が下船客と荷物を横磯の岸にはこんでいた。

四月一日は、春らしいのどかな日であった。

丹那山トンネル工事現場では、毎月一日と十五日が休日であったので、前夜からつづけられていた掘削工事も正午で終わり、坑口附近はひっそりしていた。ズリ出しのトロッコをひく牛は小屋につながれ、資材運搬の機関車も、坑口附近と和田磯海岸の荷揚げ場の引き込み線にそれぞれ停止していた。

労務者たちは宿舎で寝ころんだり、連れ立って町の中を歩いていた。海浜では、磯遊びをする子供たちや貝などを拾う女の姿がみられた。労務者たちは磯で釣り竿をのべ、家族は、潮干狩りに興じていた。

作業は休止していたが、それでも坑内に入ってゆく者はいた。その日までに導坑は、坑口から一、三六三メートルの位置に達していて、その切端から二〇メートル手前に支保工を組み立てるため十名の者が入っていった。

かれらは、カンテラの灯(ひ)をたよりに慎重に支保工の組み立てをおこない、作業も終えて、午後二時すぎには外に出た。詰所の附近でおそい昼食の弁当をとったかれらは、それぞれの宿舎の方へ帰っていった。

かれら以外に休日出勤をして坑内で作業をしている四つのグループの者が、三十四名いた。

その一つは、鉄道省熱海線建設事務所の建築工夫長である細川治平をリーダーとする川瀬亀蔵配下の十三名と鳶職の二名であった。かれらは、坑口から三一七メートルの個所を中心に、翌日から前後八メートルの側壁に積む煉瓦をかためるモルタルづくりをするため、セメント、砂、水をまぜる作業に従事していた。

煉瓦は、運搬途中に泥などがついていて、それでは側壁にうまくはりつかないので水洗いしなければならず、二人の女の労務者が、一枚一枚水をかけてタワシで洗っていた。

その作業現場に、カンテラを手にした二名の男が、坑口の方から近づいてきた。労務者たちは、作業の手をとめて頭をさげた。熱海線建設事務所の技手である田畑謙と請負いの鉄道工業会社社員の前田恭助であった。田畑たちは、その部分に煉瓦を積んでも差しつかえないかを検査するため入坑してきたのである。

かれらは、カンテラの灯を側壁にむけ、入念にしらべてまわった。その附近の地質は、かたい輝石安山岩で良質であった。導坑を掘った時もトンネルの全形まで掘りひろげた折りも、少しの土圧もうけることなく掘り進むことができた。そのような個所であったので、側壁にも全く異常がみられなかった。

田畑技手らは、煉瓦積みの準備作業の責任者である細川工夫長に、翌日から予定通り煉瓦積みをするように、と指示し、その場をはなれて午後三時すぎに坑外に出た。

細川のグループが作業をしている個所から奥の方では、鉄道工業会社の人夫世話役の安田克作が、十名の労務者を指揮して、掘りひろげた所から出たズリをトロッコに積みこんでいた。導坑の切端から出たズリは、牛にひかせたトロッコで坑外に運び出すが、坑口に近いその附近では、労務者がトロッコを押して運び出していたのである。

その附近では、二人の雑役が、排水溝の樋の掃除をしていた。さらにその奥では、導坑を中心に掘りひろげる作業をしている三人の坑夫もいた。

第四のグループは、鉄道工業会社の社員である飯田清太ら三名であった。かれらは、坑内見廻りの当番で、煉瓦積みの準備作業をしている個所をすぎ、切端の方へ歩いていった。それぞれ手にしたカンテラの灯を天井や側壁にむけながら、坑道の奥へ進んだ。

坑道内は、森閑としていた。

坑口の外の詰所には、二人の当直の係員がつめていた。作業が休みであったので、二人は、なすこともなく茶をのんだり煙草をすったりしていた。

板壁にかかっていた時計の針が四時二十分をさししめした時、二人は、同時に椅子から立ちあがり、顔を見つめ合った。異様な音がとどろくのを耳にし、詰所の建物がはずんだようにゆれるのを感じたのだ。

かれらは、詰所の外に出た。轟音が、坑内からきこえてきたことはあきらかだった。

坑内に走りこんだ二人は、坑道の奥から黒いものが押し寄せてくるのを眼にし、立ちすくんだ。それは土埃で、突風のように走りすぎ、二人の体は、大きくよろめいた。

そのすさまじい土埃の凪は、坑道の奥で崩壊が起ったことをしめしていた。二人は、今にも自分の頭上から土石が崩れ落ちてくるような恐怖におそわれ、坑口にむかって急いで引き返し、坑外に出た。

一人が、熱海線建設事務所熱海口派出所の方へ走っていった。坑外には、坑内から吹き出てきた土埃が濛々とたちこめている。立ちつくした係員は、顔を青ざめさせて坑口を見つめていた。

その煙の中に、動くものが見えた。

係員は、眼を大きくひらいた。それは男で、よろめきながら坑口から出てくると、前のめりに倒れた。係員が走り寄り、男を抱き起した。男の額の皮膚がさけて肉が露出し、血が顔から胸にかけて流れている。肩の骨が折れたらしく、片腕が曲って垂れていた。

「山が抜けた」

男は、うわごとのように同じ言葉をくり返した。眼は光を失い、体がはげしく痙攣（けいれん）している。

後方の道にあわただしい足音がしてきた。振り向いた係員の眼に、建設事務所の所員が走ってくるのが見えた。

所員たちが、係員の抱いている男に走り寄った。

「なにが起った」

所員の息をあえがせた声に、男は、

「山が抜けた」

と、低い声で答えた。

技師たちは、絶句し、坑口に眼をむけた。坑外に立ちこめていた土煙はうすらぎ、四十雀の鳴き声が妙にうつろにきこえていた。

男の体は担架にのせられ、労務者の手で下り傾斜の坂道をはこばれていった。夕闇がひろがり、下方の熱海の旅館や家に灯がちらつきはじめていた。

休日で静まりかえっていた熱海口の坑口附近は、たちまち騒然とした空気につつまれた。崩壊事故発生の報をうけた熱海線建設事務所熱海口派出所では富田所長以下全所員が駈けつけ、請け負いの鉄道工業会社の社員も緊急招集をうけた。

事務所の主任技師竹股一郎が、鉄道省嘱託医山形文雄の医院に急ぎ、そこで手当てをうけていた重傷者から事情聴取をおこなった。

その労務者は川瀬亀蔵配下の男で、坑口から三一七メートルの個所で、明日からはじまる側壁に煉瓦を積む準備作業に従事していた。

かれは、他の労務者たちよりも坑口に近い所で作業をしていたが、突然、大音響とともに肩に石があたるのを感じた。カンテラは消え、かれは倒れたが、辛うじて立ち上がると土埃の立ちこめる中を手さぐりで坑口にむかった。その間、後方で二度か三度、土石がくずれ落ちる音をきき、その度に突風で体を支保工の丸太にたたきつけられたという。

「ほかに逃げられた者はいなかったのか」

竹股の問いに、男は、首をふるだけであった。

この証言によって、崩壊したのは、煉瓦積み準備作業をしていた個所を中心とした部分であることがあきらかになった。

竹股は、すぐに坑口の近くにいる富田所長のもとにもどり、これをつたえた。

その個所は、崩壊事故が起きた一時間半前に田畑技手ら二名が入念に検査をおこなった場所であった。田畑が呼ばれ、血の気の失せた顔で富田に検査結果を報告した。それによると、あらゆる点で異常とみとめられるものはなく、田畑に同行した鉄道工業会社の前田恭助もその証言を支持した。

原因の究明は後のこととして、崩壊事故に遭遇した者たちの救出を急がねばならなかった。

富田は、技師たちを連れて坑内に足をふみ入れた。

カンテラの光の群れが、坑道内を少しずつ進んでゆく。崩壊した折りの土埃が立ちこめていたが、進むにつれて濃くなった。いつ新たな崩落が起るかも知れず、かれらは耳をすまし、視線を天井と側壁に走らせながら一歩一歩坑道の床をふんでいった。

坑口から二八〇メートルほど進んだ時、突然、岩石の崩れ落ちる音がとどろき、かれらは、おびえたように足をとめ、後へ退いた。土埃をまじえた風が坑奥から吹きつけ、カンテラの大部分が消えた。うろたえた声が所々で起り、マッチがすられ、カンテラに灯がともされた。土圧をささえた支保工のきしむ音が、前方でしきりにきこえていた。

富田たちは、しばらくその場で身じろぎもせず立っていた。一個所が崩落すると、その衝撃が他の部分にも影響をあたえ、保たれていた土石の均衡がみだれて、つづいて崩壊が起る。トンネルを掘ることは、人間の生活をより便利にするための行為だが、大自然に対する挑戦であることに変わりはない。それまで維持されてきた地中の秩序が、それによって激しくかきみだされる。

工事関係者は、そのことを十分に知っていて、謙虚な態度で一筋の道をうがってゆく。トンネルの大きさそのままに掘ることは控え、まず、せまい導坑を掘り、頑丈な支保工を組み立てて少しずつ前進する。この掘進によって、地質、湧水の度合いをさぐり、測量の精度をたしかめながら掘り進んでゆく。それは、あたかも大自然の機嫌をそこねまいとするような神妙な進み方だ。

導坑が確実に固定されてのびてゆくと、はるか後方でトンネルの大きさまで掘りひろげる作業がおこなわれる。それも、上方、左右の上方についで横と、順序をふんで扉型に掘りひろげ、それが完了すると、初めて煉瓦をアーチ状に積み上げてモルタルでかため、トンネルの全形が完成する。

このようなつつましい仕方でトンネルを掘り進んできたのだが、崩壊事故が起ったのは、大自然の怒りが爆発したことをしめしている。わずか一時間三十分前に、専門の技術者たちが点検して全く異常がないと判定した個所が、突然、崩落したことは、大自然が、人智でははかり知れぬものを秘めているからにほかならない。

時折り岩石のくずれ落ちる音に、富田たちは山全体が憤りに身をふるわせているような恐れを感じ、厳粛な気持ちになった。

先頭に立つ富田の足がうごき、技術者たちもそれにつづいた。カンテラの灯をうけたかれらの顔には血の気がなく、眼におびえの色がうかんでいた。カンテラの群れが少しずつ進み、灯をうけた支保工の丸太の影が、ゆらぎながら側壁にうごいている。

足をとめた富田が前方にカンテラの灯をかざし、技術者たちもそれにならった。霞のように土煙がたちこめ、トンネルの全断面に大きな岩石が土とともに積みかさなっているのが見えた。それは坑口から二九〇メートルの位置で、その奥で崩落した岩石や飛散した支保工の丸太や板が、その地点まで押し出してきていることをしめしていた。

そこまでくる間、人の姿はなく、崩壊事故が起った直後、坑口からよろめき出てきた労務者以外に難をさけることができた者は皆無であるのを知った。

富田たちは、その場に立って土石と丸太などの堆積を見つめていた。

崩壊個所を確認した富田は、対策をたてるため坑口にむかって引き返した。その途中、何度も後方で土石の崩れ落ちる音が坑道内にとどろき、土煙をあげた風が吹きつけてきてカンテラの灯が消えた。

坑口から出た富田たちは、坑外が騒然としているのを眼にした。休業日で宿舎などにいた労務者たちが駈けつけてきていて、カンテラ、提灯、懐中電燈の光が乱れ合って動いている。その中を、坑内に入っている者の家族が狂ったように叫び合いながら走りまわっていた。

富田たちは、労務者や家族たちに取りかこまれた。叫び声が富田たちに浴びせかけられ、富田は、甲高い声で崩壊した地点の状況を説明した。

言葉をきると、女たちが、

「所長さん、早く助けて」

と、口々に叫んだ。

「全力をかたむけて救出にあたる」

富田は力をこめて答え、とりすがる女たちの中をぬけて詰所に入った。

かれは、重だった技術者を呼び寄せた。まず、状況を確実につかむ必要があり、そのことから協議に入った。

崩壊個所は、脱出した唯一の労務者の証言通り、煉瓦積みの準備作業をしていた坑口から三一七メートル附近であることは確実であった。その労務者は、自分の近くに十一名の者が作業をしていたと述べていることから、それらの者が下敷きになっていることが予想された。さらにその労務者は、坑道の奥の方で、導坑を掘りひろげていた坑夫たちと、そこから出たズリをトロッコに積んでいた者たちがいたことも口にした。それらの者が、はたして難をまぬがれたかどうか。

常識的に考えて、崩壊したのは限られた部分で、トンネルすべてが圧壊することなどない。崩壊した土石がトンネル内を埋める範囲は、数十メートルであるのが通例であった。

こうしたことから推測すると、坑道の奥の方で作業をしていた者たちが、土石でおしつぶされることなく生存している望みは十分にある。つまり、かれらは、崩壊した土石で坑口への道を断たれ奥にとじこめられている、と想像された。

崩壊個所にいたと思われる者をふくめて、何人が坑道内に入っていたかを確認する必要があった。その調査を命じられた鉄道工業会社の社員が、坑口にある詰所の係員に聴取をおこなった。詰所には入坑者の氏名が記録されていたが、それ以外に臨時の仕事で入っていった者がいるかも知れなかった。

社員は、駈けつけてきていた家族からの話もきいて四十八名という数字をはじき出し、それらの氏名もたしかめた。

その調査報告をうけた富田は、一応、崩壊個所で十一名が土石の下敷きになり、その奥で三十七名の者が退路を遮断され、とじこめられている、と判断した。もしもそれが事実であるとしたら、生存の望みがあるのは三十七名で、かれらを一刻も早く救出しなければならなかった。

土石によって坑口との通路を遮断された坑内には、死の危険をはらむ要因が数多くある。坑内には、悪性ガスが少量ではあるが発生していて、それが坑外に流れ出なくなったため坑道内に充満するおそれがあった。湧水個所もいくつかあって、水位があがれば、かれらを水死させることにもなる。入坑時刻が時刻だけに、弁当を持って入った者がいるはずはなく、飢えにもさらされる。また、坑内の地熱は高く、それが蓄積されれば内部の者たちは高熱に喘ぎ、それによって死亡することも十分に考えられた。

かれらを死から救い出すには、一刻も早く救助坑を掘って、かれらとの連絡路を作らねばならなかった。

設計図を中心に、現場の予想図がえがかれ、救助坑をどこに掘るべきかを検討した。技師と現場係の親方たちが、はげしい議論をかわした。かれらは、自分の知識、体験をすべてかたむけ、最も有効な救助坑について意見を述べ合った。

トンネルの天井をやぶって崩壊した土石は、坑口方面と坑奥方面に押し出している。いわば、崩壊した天井を頂きに、山のような形でひろがっているはずだった。

最初に出された意見は、坑道の天井にそって崩壊した個所を突破する救助坑を掘ろう、というものだった。それは、鉄道工業会社に所属する桂組の宗像坑夫長の主張だった。山型になった土石の頂きの部分を掘り進むのだから、それが最も短い距離であった。

しかし、この意見には、はげしい反対の声があがった。もしも、そこに救助坑を掘ってゆけば崩れ落ちた穴の部分を通ることになり、その部分の土石は当然崩れ落ちやすい。救助坑を掘っていった者たちが土石に圧しつぶされる確率は、きわめて高く、新たな犠牲者を出すだけにすぎない、というのだ。

富田も、その反対意見に同調し、天井にそって救助坑をうがつ案を却下した。

ついで出されたのは、トンネルの床にそって救助坑を掘る、という意見であった。山型にくずれ落ちた土石の最下部を掘り進むので、最も距離は長い。この点については条件が悪いが、床の中央に坑内で湧く水を流す排水溝があり、それをたどって進めば確実に崩壊個所を突きぬけ、坑道の向う側に達することができる。

これには反対する者はなく、この案を採用することになった。

新たな意見が出された。崩壊個所は、当然、上方から土石がくずれ落ちやすくなっている。むしろ、その個所をさけてトンネルの側面にそって救助坑を掘り、崩壊個所の向う側に出るべきだ、という。

この案について、討議がおこなわれた。

意見を提出した技師は、トンネルの側面はすでにコンクリートでかためられているので、少くとも一方の横からは土圧をうけることはなく危険は少いと主張した。たしかに、トンネルの側面をたよりに進むのは心強く、安全度も高いので賛成の声が多く、富田も、それを採用することを決定した。

これによって、床にそったものと、左側の側壁づたいに掘り進む二つの救助坑を掘ることになった。

「救出作業開始」

富田所長の命令で、協議にくわわっていた者たちは散った。

老練な坑夫たちによって救助坑を掘る二つの班が編成され、その工事に要する資材の調達があわただしくはじめられた。

まず、床にそって第一救助坑を掘ることになり、屈強な労務者たちがえらばれた。

富田は、現場で直接指揮をとるため先頭に立って、坑内に足をふみ入れた。カンテラをさげて進み、崩壊個所に近づいた。後につづいてきた労務者たちは、トンネルを完全にふさいで押し出してきている土石に立ちすくんだように足をとめ、身を寄せ合って見つめた。

富田は、技師や親方たちと崩落した土石の堆積の端に近寄り、床に視線を据えた。そこには、坑内で湧く水を坑外に排出するため松の板でつくった深さ三〇センチ、幅六〇センチの樋が埋められていた。

富田たちの眼に、カンテラの灯をうけて流れている水がみえた。崩れた土石で流れがさまたげられているらしく、いつもの二分の一ほどの量であったが、流れていることは排水溝の樋が坑道の奥とつながっている証拠であった。

富田たちは、水の動きをみつめた。流れは半量であっても、崩壊個所の向う側で湧いている水は排出されていて、水が充満するまでにはかなりの時間がかかるだろう。それに、樋は、救助坑を掘り進む上で有力な手びきの役目をもつ。

かれは、親方たちに、救助坑の入口にあたる部分の土石その他をとりのぞく作業にとりかかるよう命じた。

親方の声に労務者たちが、崩壊した個所に進み出た。

押し出された土石の中には、倒れた支保工の丸太や土圧をおさえていた松板などが、乱雑にまじっている。

「仲間を救い出すのだ。急いでやれ」

親方の怒声に近い声に、労務者たちは一斉に作業をはじめた。土をスコップですくい、丸太や板をかついでトロッコにのせた。それらが満載になると、トロッコが坑口にむかい、入れ替わりに新たなトロッコが近づいてくる。支保工にいくつもカンテラがつるされ、その明かりの中で土石の除去作業がすすめられた。

ようやく片付けも終わり、老練な坑夫たちが入坑してきて、第一救助坑を掘る作業にとりかかった。時刻は午後七時三十分で、事故が発生してから三時間十分が経過していた。

救助坑は、とじこめられた者を救い出せればよいので、人間が這(は)って通れるだけのたぬき穴といわれる小型の坑道であった。

坑夫は、水の流れる樋の中に腹ばいになって、黒松の丸太を土中に深く打ちこみ、カスガイで鳥居のような形をした小さい支保工の枠(わく)を組み立てた。ついで、その枠にそって矢木(やぎ)と称する頑丈な樫(かし)の板をカケヤをふるって前方に打ちこんだ。これによって崩れる土石をふせぎ、板でかこまれた枠の内部の土石をとりのぞく。このようにして、前へ前へと救助坑を掘り進んでゆくのだ。

救助坑は、床の樋にそって掘り進められたが、すぐにそれが容易ではないことを知らされた。崩壊と同時に支保工の丸太、板がすべて倒壊しているので、矢木を打ちこもうとしても、岩石やそれらの丸太などにさえぎられ、打ちこめない。

岩石はツルハシでくだき、さらに丸太や板は鋸（のこぎり）を使って切り、それを外へひきずり出す。この作業中にも、岩や丸太を動かすので土石がゆるみ、すさまじい音を立てて崩れ落ちる。その度に、作業をしている者たちは、急いで後にさがった。

第一救助坑の工事についで、左側の側壁ぞいに第二救助坑を掘る作業もはじめられた。その二つの工事には、それぞれ二十名の坑夫が従事した。

救助隊の最大の関心事は、崩壊個所の向う側に、はたして生きている者がいるかどうかであった。脱出者の証言からも、また常識的に考えてみても、崩壊個所は限られていて、その向うにいた者たちが難をまぬがれ、生存している確率は高い、と想像された。しかし、坑道内には悪性ガスが発生しているだろうし、湧水の増量など思いがけぬことが起り、死の危険にさらされていることは疑いなかった。

生死をさぐる方法が、ただ一つあった。

トンネルの床には、最先端の切端から坑口まで直径二〇センチの送風管がのびていた。長さ四メートルの鉄管をボルトでつなぎ合わせたもので、坑外から新鮮な空気を圧搾機で送りこんでいた。頑丈な鉄管なので、土石が崩れ落ちても破れることはほとんどない。崩壊事故があった場合、閉じこめられた者と救助隊の間で、その鉄管が唯一の連絡の役目を持っていた。閉じこめられた者が金槌などで鉄管をたたくと、音が救助隊にもつたわる。互いにたたくことによって、通信に似た連絡ができる。これは、トンネル工事関係者の間で鉄管信号と称されていた。

また、鉄管の中に救助隊が食物などを入れ、長い竹竿で押して閉じこめられた者に送りこむこともできる。また縄を通せば、それを使って双方が手紙や物品などをやりとりすることも可能であった。

富田は、第一、第二の救助坑の工事が開始されてから一時間後の午後八時三十分、鉄管信号をこころみさせた。

一人の技手が膝をつき、鉄管を金槌で強く乱打し、すぐに耳を鉄管に押しつけ、他の者もそれにならった。

耳をすましたが、応ずる音はきこえない。閉じこめられた者が鉄管からはなれた所にいて、金槌の音を耳にしていないとも考えられ、技手は休みなく金槌で鉄管をたたきつづけた。

さらに、鉄管のつぎ目をはずし、管に口をあてて声をかぎりに叫び、管に耳をあてたが、もどってくる声はなかった。

「どうだ、なにかきこえるか」

富田が、声をかけた。

技手は、

「なにも……」

と、暗い眼をして答えた。

「休みなくたたくのだ。かれらは必ず生きている」

富田は不安をふりはらうように言うと、ふたたび作業現場にもどっていった。

床の排水溝にそった救助坑の掘進は、難航していた。矢木を打ち、内部の土や石をバケツに入れて、四つんばいになった労務者が手送りして出す。倒壊した支保工の丸太や線路、枕木、金属製の枠材などが乱雑に重なり合っていて、それらを取りのぞくのに多大の労力を要した。

その第一救助坑の工事が開始されてから一時間三十分経過した午後九時、救助坑から這い出してきた坑夫が、

「一人発見しました。死んでいます」

と、言った。

かれの眼には涙がうかんでいた。坑道内に、一瞬、静寂がひろがった。

予想はしていたが、死体発見の声に、富田をはじめ技師たちは立ちつくし顔をゆがめた。その発見によって、崩壊が、脱出者の証言通り側壁に煉瓦積みをする準備作業をしていた個所で起り、そこで仕事をしていた者たちが土石におしつぶされたことが確実になった。

発見した坑夫が、ふるえをおびた声で説明した。かれが矢木を打ちこみ、その内部の

土石をとりのぞいている時、突然、土の中から土と血のこびりついた男の顔があらわれた。むろん絶命していて、首の骨が折れているらしく頭が体と直角にかたむいていた。かれは、驚いて救助坑から這い出てきたという。

　富田は、すぐに遺体の収容を命じた。

　親方の川瀬亀蔵が、救助坑にもぐり、三人の労務者がそれにつづいた。富田たちは、身を寄せ合って穴の入口を見つめていた。土がバケツで手送りされて出され、しばらくすると労務者たちが後ずさりして這って出てきた。

　地下足袋をはいた足がのぞき、遺体があらわれた。最後に、眼に涙をうかべた川瀬が出てきた。富田たちは遺体に合掌した。

　支保工に使われる松板の上に遺体がのせられ、川瀬が着ていた袢纏を顔にかぶせた。四人の労務者が板の四隅をつかみ、崩壊場所をはなれ、坑口にむかった。

　遺体が発見されたことは、すぐに坑外につたえられた。安否を気づかっていた家族たちが、坑口に走り寄った。

　坑外に遺体を運び出してきた労務者たちを家族がとりかこみ、袢纏がのぞかれた。中年の女が、悲鳴に似た泣き声をあげ、遺体にしがみついた。遺体は山形県生まれの佐藤慶蔵、五十歳であった。

　鉄道嘱託医の山形が、看護婦とともに近づき、すでに命が絶えていることを確認した。周囲に、激しい泣き声が起った。佐藤の家族は、泣き叫びながら遺体の血と土に汚れた顔を手でさすっていた。

坑外には救護所の天幕がはられていて、遺体は、その中に運びこまれた。看護婦の手で顔、手、足が洗い清められ、遺体は担架にのせられて山形医院に運ばれていった。

坑外では、人の動きが一層はげしくなっていた。救護所以外に家族のための天幕もはられ、飯場の者たちによって炊き出しもおこなわれていた。

和田磯海岸の荷揚げ場からは、救助坑掘削に必要な資材をのせた貨車をひいて軽便蒸気機関車が到着、資材をおろすと引き返してゆく。坑内からはズリ（土石）を積んだトロッコが出てきて、土捨て場の方へ押されていった。

死体の発見によって、救助坑を掘る現場には沈鬱な空気がひろがっていた。

第一、第二の救助坑の掘進が遅々としていることに苛立った富田は、第三の救助坑を掘ることを指示した。それは、右側の側壁にそって進む坑道で、工事は午後十一時半から開始された。これによって、崩壊個所の中央の下部と左右の側壁にそった計三本の救助坑が掘り進められることになったのである。

崩壊事故は、発生直後、熱海線建設事務所熱海口派出所から小田原の事務所を通じて東京の鉄道省に電話で急報された。

鉄道省では、ただちに救護隊を編成、鉄道病院の桜井外科医長の一隊を列車で出発させた。また、報告をうけた静岡県保安課では、警部、警部補と医師二名を急派し、電話で三島警察署長に巡査五名を現場に急行させるよう指令した。さらに事故発生を知った新聞各社の記者も、写真係とともに熱海へ急いだ。

深夜になっていたが、坑外の人の動きは一層あわただしいものになっていた。早くも、三島警察署の巡査五名が現場に到着した。かれらは、提灯を手に警察署を出発すると函南村をすぎ、峠をこえてきたのである。それにつづいて東京の新聞記者たちが姿を現わし、鉄道病院の医師たちもついた。夜空には細い月がかかり、海に漁火が散っていた。

夜が明けて間もなく、三島口を請け負う鹿島組の伊沢という親方が、配下の坑夫、支保工組立夫十数名を連れてやってきた。熱海の建設事務所派出所から三島口の派出所に事故発生が電話でつたえられ、かれらは応援のため夜道を急いでやってきたのである。

伊沢は、坑夫たちをひきつれて坑内に入り、三本の救助坑掘削作業が甚だ難航しているのを知った。

原因の一つは、土石の中に金属製の枠がまじっていることにあった。それは、側壁に煉瓦を積む時に使われるもので、それが掘進をさまたげていたのである。富田は、枠を切断するには酸素ガス切断機がなくては不可能なので、鉄道省に依頼し、送られてくるのを待っていた。

これを知った伊沢は、切断機を持ってこさせようと考え、すぐに坑外に出ると、三島口派出所に電話をかけ、派出所主任の片桐嘉靖技師に救出作業の状況を説明し、切断機を送ってくれるよう依頼した。

片桐技師は、救助坑の掘進が困難をきわめていることに衝撃をうけた。

伊沢は、煉瓦を積む時に使われる金属の枠が、救助坑の前進をさまたげているという。たしかに煉瓦を積む個所には、それらの金属枠が多く使われていて、それが土石や倒壊した支保工の丸太、厚板と重なり合っていては、掘進も容易ではない。その中を、坑夫たちは、四つん這いの姿勢で、丸太を鋸で切り、岩石をとりのぞいている。それは想像しただけでも至難のわざで、自分も出来るだけの助力をしなければならぬ、と思った。

かれは、すぐに部下に命じ、三島町に行って町工場をさがしまわって、酸素ガス切断機とガスボンベを借りてくるように言った。また、鹿島組の責任者に、優秀な坑夫と支保工組み立ての者を集めてくれるよう依頼した。

二時間ほどした頃、三島町に行っていた者たちが、酸素ガス切断機とガスボンベをリヤカーに乗せてもどってきた。

片桐は坑夫たちとともに出発し、労務者たちはリヤカーをひいてそれにしたがった。山道を半ば走るように進み、丹那盆地に入った。牧場には乳牛が草をはみ、農家には水車がゆるやかにまわっている。その地下を貫く予定のトンネル内で、悲惨な事故が起っているのが信じられぬようなのどかな風景だった。

かれらは盆地を横切り、熱海へ通じる山道をのぼっていった。

その頃、救助坑の作業がおこなわれていた現場では、喜びにみちたささやきが交わされていた。

中央の床ぞいに掘り進んでいった第一救助坑の坑夫が、坑内から後ずさりして這い出てくると、五個の濡れた木片を富田らにしめした。坑夫の話によると、排水溝の樋から五個の木片が流れてきた。それが縄で連結されているので、閉じこめられている者たちのなにかの合図ではないか、と思い、持ち出してきたという。

たしかに木片を縄でつないであることは異様で、閉じこめられている者たちが、生きているのをつたえるため流したとも考えられた。

まちがいなく合図だ、と言う者が多く、崩壊個所の向う側に生存者がいることは確実だ、という空気がひろがった。

続々とつめかけた新聞社の記者たちは取材に走りまわり、坑内にも入ってきて崩壊個所の情景をフィルムにおさめたりした。

記者たちは、それぞれ第一報を本社に電話で送ったが、「東京日日新聞」には、

〝工夫四十八名　隧道内に生埋（め）　目下掘出中で生死不明　熱海線の大椿事〟

という見出しのもとに、左のような記事が掲載された。

「一日午後四時二十分、熱海町熱海線丹那山東口（熱海口）大トンネル内約百五十間（二七〇メートル）奥に於て、煉瓦積工事中……一大音響と共に岩石崩壊し、現場に作業中の煉瓦積工夫僅に一名のみ逸早く入口に免れたるも、其他の六名及びそれより先方にて掘削作業中の四十二名の工夫は、何れも生死不明にて、目下数十名の工夫廿名宛にて交替にて必死に掘出し工事中なるが、入坑者の家族が安否を気遣ひて泣叫び居る様、酸鼻を極めつつあり」

坑内に四十八名がいるというのは熱海線建設事務所の発表であったが、その数字があやまりであることが、その日の正午すぎにあきらかになり、訂正された。

前日の午後四時二十分に事故が発生した直後、肉親の姿が見えぬ家族たちがまちがいなく遭難したと考え、坑口に集まった。事務所では、それらの家族たちの声も参考にして遭難した者を四十八名とした。しかし、その後、遊びに行っていて自分の宿舎にもどってきた作業員もいて、あらためて遭難者の再調査がおこなわれ、正確な人数と氏名が判明したのである。

崩壊した個所で煉瓦積み準備作業をしていたのは、熱海線建設事務所建築工夫長細川治平（山形県出身）、鉄道工業会社作業員辛島勇（大分県）、京野鉄三（秋田県）、岩淵惣助（岩手県）、織田竜市（大阪府）、佐藤慶蔵（山形県）、森梅二郎（京都府）、若松栄蔵（鹿児島県）、長田要市（長野県）、白木勇（同）、女子作業員佐藤ヤスエ（山形県）、若松エイ（鹿児島県）の十二名で、佐藤慶蔵はその日、遺体となって発見されていた。

佐藤の遺体については、警察官立ち会いのもとに検視がおこなわれたが、それによると佐藤は坐って作業をしたままの姿勢で即死したことが判明した。このことからみて、佐藤が少しの前ぶれも感じることなく作業に専念していた折りに、突然の崩壊で圧死した、と推定された。

この検視結果の報告をうけた富田は、煉瓦積み準備作業をしていた作業員全員に生存の望みはないと判断したが、この点について記者にただされた富田は、

「生きている者が必ずいると信じて、作業を進めている」

と、答えた。

崩壊個所の奥にいたと推定される者は、調査の結果、二十一名であることがあきらかになった。

その中で、鳶職平井福松（神奈川県）、古内玉之助（栃木県）は、やはり煉瓦積みの準備作業を手伝うため入坑していたので、難にあった確率が高かった。また、排水溝の掃除をしていた鉄道工業会社の作業員永井誠一郎（秋田県）、大垣米次郎（富山県）が、どのあたりで働いていたかも不明であった。

これらの状況をまとめた結果、まちがいなく崩壊個所の奥にいた者は十七名である、と断定した。

少くとも、崩壊個所である煉瓦積み準備作業現場から一〇〇メートル奥では、導坑を掘りひろげていた三人の男がいた。それは、鉄道工業会社の坑夫長である号令（現場主任）小椋熊三（島根県）、坑夫駒場周七（栃木県）、栗田敏蔵（愛知県）であった。そして、そこから掘りくずされたズリをトロッコに積み、坑外に運び出すため働いていた作業員たちがいた。安田克作（富山県）を世話役とした鉄道工業会社の作業員扇野多作（静岡県）、勝又七衛（同）、西村伊三郎（徳島県）、遠田重一郎（山形県）、遠田嘉之次（同）、池田勇次（同）、武田周次（秋田県）、斎藤末蔵（同）、伊藤三之助（同）、伊藤忠太郎（同）の十一名であった。

問題は、坑内見廻りに入っていた鉄道工業会社の飯田清太（新潟県）、門屋盛一（愛媛県）、谷口栄平（群馬県）の三人が、どの位置にいたかであった。崩壊した煉瓦積み準備作業現場のあたりを歩いていたか、それともそこを過ぎて奥の方に進んでいたか。三人とも鉄道工業会社に所属している優秀な人材だった。

飯田は、攻玉社工学校研究科を卒業後、鉄道工業会社に入社、工事主任として現場の指揮にあたっていた。三十三歳であった。

門屋は、長崎三菱造船所工業補修学校を卒業し、三菱の端島（はしま）炭鉱、崎戸炭鉱等で働き、前年に鉄道工業会社に入社して丹那山トンネル工事に従事していた。かれは、会社の桂組の小頭（こがしら）兼現場主任で、二十六歳であった。谷口は、門屋が信頼していた坑夫で、坑夫の立場から飯田と門屋の坑内見廻りに随行していたのである。

飯田と門屋は、鉄道工業会社の社員の中では異色の存在であった。会社は、鉄道省から請け負いを託されているので、社員は、とかく鉄道省の熱海線建設事務所員に遠慮している傾向が強かった。しかし、二人は、派出所の主任技師竹股一郎に積極的な進言をしていたが、その一つに排水溝の問題があった。坑道内には湧水個所があるのでそれを坑外に排出する溝をつくるべきだ、と強く主張していたのである。

竹股は、富田所長の許可を得て、深さ三〇センチ、幅六〇センチの松板でつくった樋を床に埋め込む工事をみとめてもらったが、それが完成したのは五日前で、第一救助坑はその排水溝ぞいに掘り進められていたのである。

四

この日、朝から坑外には、多くの人々がつめかけていた。

静岡県保安課では、地元の応援を仰ぐため熱海町の内田市郎左衛門町長に要請の電話をかけた。町長は、早速、消防組、在郷軍人会に連絡をとり、それに応じた人々が旗を押し立てて坑外に集まっていた。また、近くの網代（あじろ）、多賀村からも応援の村人がやってきていた。

救護所の天幕には鉄道病院と書かれた大きな旗が立てられ、病院の桜井外科医長と鉄道省嘱託医の山形らが看護婦とともにつめていた。また、警察官の臨時派出所ももうけられ、その指示で工事関係者以外が坑内へ入ることは禁じられた。

救助坑の掘削は、遅々としていた。

前夜七時半からはじめられた中央下部の第一救助坑は、朝をむかえてもわずかしか進んでいず、しかもその個所で停止していた。坑夫がその位置まで掘り進むと、太い松材が溝に落ちていて前進がはばまれた。横になっているのなら鋸で切断して進むことができるが、縦に落ちて溝を完全にふさいでしまっているので、溝をつたわって進むことができなくなったのである。

そのまま掘り進むことは不可能であることを確認した富田は、技師たちと協議の末、やむを得ず迂回坑をつくるよう指示した。救助坑の先端から三・四メートル引き返した個所で、右手に一・二メートル掘り進み、そこから排水溝と平行して進むことになったのである。

坑夫は再び救助坑にもぐりこみ、右への坑道を掘りはじめた。

左側壁ぞいに進んだ第二救助坑も、難航をきわめていた。掘りはじめて五・一メートル進んだ位置で、早くも金属製の枠に前方をさえぎられた。坑夫は、それをはずそうとしたが、少しも動かず掘進はその場で停滞していた。

わずかに作業が順調だったのは、右側の側壁にそって掘られていた第三救助坑であった。側壁は煉瓦を積めばよいまでにコンクリートでかためられていたため、それを利用できたので有利であった。が、それでも坑夫たちは、体を横たえたまま作業をしなければならず、ズリもバケツで手送りされていて、大きな労力を強いられていた。

そのような困難な作業がおこなわれている折りに、三島口派出所主任の片桐技師が、鹿島組の坑夫らと酸素ガス切断機をはこんで坑内に入ってきた。

富田ら技師たちをはじめ作業をしている坑夫たちは、前夜から一睡もせず働きつづけていた。

坑道の奥には悪性ガスの発生が予想され、とじこめられていると思われる者たちの安否が気づかわれていた。富田は、今日いっぱいには救助坑を貫通させたいと新聞記者に述べていたので、「東京日日新聞」の第二報には、

〝開通は二日夕刻〟

と、報じられていた。

しかし、正午頃には、そのようなことは全く絶望であるという空気が支配的になった。最初に作業が開始された中央の排水溝をつたわって進んだ第一救助坑も、太い松丸太にさえぎられ、三・四メートル引き返して、右へ迂回せざるを得なくなっている。左側の側壁ぞいに進んだ第二救助坑は停止状態にあり、わずかに右側の側壁ぞいの第三救助坑に動きがみられるだけであった。

片桐技師が持ちこんだ酸素ガス切断機は、沈滞していた作業隊に活力をあたえた。第二救助坑は、金属枠に行く手をさえぎられていたので、早速、作業員が切断機を穴の中に持ちこんだ。やがて、切断がはじまり、救助坑の中からはじけるような音とともに青白い光がひらめくようになった。

片桐は、三島口から応援にきていた親方の伊沢や連れてきた坑夫らとともに作業をながめていたが、なすこともなく立っているのが堪えきれなくなった。三本の救助坑は、すべて鉄道工業会社の坑夫たちが掘進作業をしていて、鹿島組の者がそれに手を出すことは、はばかられた。が、選りすぐった坑夫たちを連れてきていた片桐は、手をこまねいている気にもなれず、

「おれたちも、一本、救助坑を掘らせてもらおうか」

と、伊沢に声をかけた。

「出来れば、やらせてもらいたいですね。坑夫たちもその気持ちで応援に来たのですから、喜んでやってくれるはずです」

伊沢が、光った眼を片桐にむけた。

「どこを掘る？」

片桐が、たずねた。

「上でしょうね」

伊沢が、即座に答えた。

その返事は、片桐が考えていることと一致していた。救助坑は排水溝づたいが一本、左右にそれぞれ一本、新たに掘るとすれば崩落した土石の最上端の個所しか残されていない。

片桐は、トンネル全面をおおう崩落物の最上端に眼をむけた。

富田が、その部分に救助坑を掘ることをしていない理由は、かれにも十分理解できた。トンネルの天井を破って崩れ落ちた土石は、トンネルの奥と手前に押し出してきている。いわば、破れた天井の部分を山頂に土石が裾をひいているようにひろがっている。山頂附近に救助坑を掘れば、向う側までの距離は最も近い。しかし、崩落した個所だけに救助坑など掘れば、さらに土石が崩れ落ち、おしつぶされる確率が高い。

片桐は、無言で立っていた。伊沢は新しい救助坑を掘るとしたら、上の部分しかないという。難航をきわめる作業を見つめている伊沢の配下の坑夫たちの眼には、傍観しているのに堪えられぬような光がうかんでいる。かれらは、伊沢のひとことで、そこに救助坑を掘る作業にすすんで取りくむだろう。

しかし、危険が余りにも大きく、救助坑が崩れ落ちる土石でつぶされ、坑夫が圧死することも予想される。その折りには家族たちの泣き叫ぶ声をきかねばならず、働く者の生命を確実に守るのが自分の使命だ、とも思った。

トンネル屋という言葉が、胸に湧いた。山に人工の穴をうがつのは自然の秩序を乱すことであり、トンネル工事に従事する者は絶えず崩壊事故を予想しなければならない。それを避けるために些細な物音、空気の動きに細心の注意をはらう。

妻が出産した折りには一週間坑内に入らぬ習わしがあり、女が坑内に入るのをかたく禁じる現場もある。それは、山の神――女神の嫉妬を買い、山が荒れるからだという。迷信だと言って笑うのは容易だが、それほど神経を使わねばならぬ危険な職場だ。

そのような注意をはらいつづけていても、事故は起り、現実に眼前の崩壊現場では死体が発掘され、多くの者が絶望視されている。トンネル屋とは、常に死を覚悟しての職業だと言ってもいい。

崩壊個所の向う側には、二十名近くの男たちが生きたまま閉じこめられていると推定されている。救助坑が早く到達しなければ、かれらは一人残らず確実に死ぬ。救助坑を掘っている者は死の危険に自分をさらし、死を目前にした者を救い出そうと努力している。それがトンネル屋というものなのだ。

かれは、伊沢のかたわらをはなれると、蜜柑箱に坐って作業を見守る富田に近づいた。

富田の前に立った片桐は、

「お願いがあります」

と、声をかけた。

富田が、かれに眼をむけた。富田の顔はどす黒く、頬がこけて別人のようにやつれている。前夜から一睡もしない眼は充血していた。

「私たちにも、救助坑を一本掘らせてくれませんか。選りすぐった者たちを連れて応援に来たのです。親方もそれを望んでおります」

片桐の顔から視線をそらせた富田は、しばらくの間、黙っていたが、

「どこを掘るというんだね。まさかあそこじゃあるまいな」

と言って、崩落した土石の最上端に眼をむけた。

「はい。あの個所です」

片桐は、たじろぐこともせず答えた。

富田は視線を前にもどし、深く息をつくと、

「初めに鉄道工業の宗像という坑夫長が、距離が短いから上を掘ろう、と言った。しかし、危険きわまりないし、そんなことはさせられぬ。救助する者に犠牲者が出たらなに

もならぬからな」

と、暗い眼をして言った。

「それは、十分承知しております。私たちは万全の注意をはらい、一センチずつ進みます。他の救助坑のほうが早く貫通するでしょうが、このまま手をこまねいて見ているわけにはゆきません。たとえ貫通しなくとも、救助坑を掘ったというだけで気がすむのです」

片桐は、声を強めて言った。

竹股主任技師が、近づいてきた。かれの顔にも疲労の色が濃い。

「どうしたのですか」

竹股が、富田と片桐の顔を見た。

「片桐君が、鹿島組の者を使って上から掘りたい、と言っている」

富田の眼は、前方にむけられたままだった。

竹股が片桐を見つめたが、すぐに作業現場の方に視線をそらせた。

重苦しい沈黙がつづいた。救助坑の穴からは手送りされるバケツが出ていたが、入っている土は少量だった。

「いかがでしょう。どの救助坑の作業もはかばかしくありません。たとえ効果はなくとも、三本の穴より四本の穴を掘った方がよいと思います。危険なのでやめさせましたが、十分に注意に注意をかさねて四本目を掘らせてみませんか」

竹股が、とぎれがちの声で言った。

富田の眼に思案するような光がうかんでいる。片桐は、かれの横顔を見つめた。

「やってみるか」

富田の口が、かすかに動いた。顔に苦渋にみちた色がひろがっていた。

この一言で、中央上部に第四番目の救助坑が掘られることになった。

あわただしく準備がはじめられ、片桐は伊沢とともに中央の最上部に這い上がり、救助坑の小さな坑門がつくられるのを見守った。

第四救助坑の掘削作業が開始されたのは、午後二時すぎであった。

予想されたことではあったが、作業は危険にみちていた。土石を少しでも取りのぞくと、空間に上方から土石が崩れ落ちてくる。その部分は、まだ崩壊がつづいているような感じであった。

片桐の表情は、暗かった。

夜に入り、現場で指揮をとっていた富田や技師たちの体力は限界を越え、かれらは足をふらつかせながら坑外に出ると、宿舎の方へ歩いていった。坑夫たちも交替をすると、現場近くに仮設された休憩所に入り、倒れるように身を横たえた。すぐに荒い寝息が起っていた。

その夜の作業も、困難をきわめた。丸太を切るだけでも数時間を費やし、岩は石工がノミでわずかずつけずりとる。各救助坑の進度は、一時間平均一二センチから二七センチにすぎなかった。

午前三時すぎに、仮眠をとった富田が現場に姿をあらわし、他の技師たちと作業の進行を見守った。

四月三日の朝を迎えた。

その日も、各救助坑の掘進作業はほとんど成果がみられなかった。右手の側壁にそって進められていた第三救助坑では、他の救助坑より進度が早かったが、大きな岩石にさまたげられて掘削がとどこおった。それに、その附近の地熱がたかまり、坑夫たちは高温になやまされるようにもなっていた。

また、左手の側壁にそった第二救助坑では、正午に穴の入口から七メートルの位置に達したが、そこで大きな岩石に行く手をはばまれた。そのため石工を入れ、ノミでけずる作業がはじめられた。

中央下部を掘る第一救助坑では、午後一時すぎに穴に入っていた坑夫がうろたえたように這い出てきた。土にまみれた顔をしたかれの眼には、異様な光がうかんでいた。

「人がいます。まだ生きています」

かれは、恐怖にみちた表情で叫んだ。

静寂がひろがり、人々の眼が坑夫の顔にむけられた。技師や労務者たちが、坑夫のまわりに走り寄り、蜜柑箱に坐っていた富田も立ち上がった。

人々の質問に、坑夫がふるえをおびた声で説明した。

矢木を打ち込む作業をはじめた時、頭上でかすかな呻き声を耳にした。土をかいてみると、トロッコを走らせるレールと太い丸太が重なり合い、その上のわずかな空間に、こちらに向いた顔がみえた。さらに、レールの上から腕も垂れているという。

「男か、女か」

親方の声に、坑夫は無言で首をふった。

富田が、

「生きているのだな」

と、坑夫に念を押した。

「はい」

坑夫は、答えた。

「そうか、すぐに救出だ。それから、救護所にも連絡しろ」

富田は、口早に指令した。

にわかに人の動きがあわただしくなり、坑口にむかって数人の者が走っていった。救助坑に入っていった親方が、すぐに出てくると、たしかに人がはさまれていて生きていることを富田に報告した。休息をとっていた老練な坑夫がカンテラを手に救助坑の中に入ってゆき、二人の坑夫がそれにつづいた。

しばらくすると、嘱託医の山形が診療鞄を手に看護婦とともに駈けてきた。その後から、戸板を持った労務者も姿を現わした。

富田たちは救助坑の前に集まり、カンテラの明かりがもれる小さな穴の入口をみつめていた。鉄棒についで鋸が送りこまれ、小さなシャベルが穴の中に入れられる。ロープという声に、太い綱も消えた。坑夫たちは、いつまでたっても出てこない。穴の入口近くには山形が看護婦とともに立っていた。

坑夫たちが穴から出てきたのは、一時間近くたってからだった。生存者が引き出されてくるのかと思い、山形が乗り出したが、最後に出てきた坑夫の手にはカンテラがつかまれているだけだった。

「生き埋めになっているのは男ですが、どうしても出せません」

坑夫の顔は土と汗でよごれ、指の先からは血が流れていた。

生き埋めになった者はレールと太い丸太二本が重なり合った上にいて、土石にはさまれている。体をひきおろす空間はなく、レールと丸太をとりのぞかなければ引き出せない。そのためレールを動かしてみたところ、上方から土石が沈み、生き埋めになった者にのしかかってきた。レールを動かすのは危険なので丸太を鋸でひきはじめ、三分の一ほど切り口をつけた時、丸太が折れ、上方から岩が沈んできて生き埋めになった者の足を圧しつぶした。

「レールと丸太を截断（せつだん）したら、あの生き埋めになった者はまちがいなく圧し殺されます。それどころか広い範囲に新たな崩壊が起って、この救助坑だけではなく他の救助坑もつぶれてしまうかも知れません」

坑夫は、疲れきった表情で言った。

生存者がいるということに浮き立っていた現場の空気は、一転して重苦しいものになった。富田をはじめ技師たちは、言葉もなく坑夫の顔を見つめていた。

崩壊個所で煉瓦積み準備作業をしていた者たちの親方である川瀬亀蔵の足が動き救助坑に近づくと、床におかれたカンテラを手に内部に入っていった。

富田たちが、穴の入口に眼をむけていると、しばらくして川瀬が救助坑から這い出てきた。頬に涙が流れ、眼が赤い。

川瀬は、一人の男の名を口にすると、顔を伏せた。唇をかんだ口から、すすり泣きの声がもれた。

「引き出せそうもないか」

富田が声をかけると、川瀬は何度もうなずいた。

労務者たちの間から嗚咽（おえつ）の声が起り、しゃがみこんで頭をかかえる若い男もいた。富田は、蜜柑箱に腰を落とした。眼にうつろな光がうかんでいた。

「容態を見て来ます」

山形が診療鞄を手にして歩き出し、救助坑の入口に近寄った。膝をついて診療鞄を胸に抱くようにし、カンテラを手に、ぎごちない動きで中に這いこんでいった。

山形の突然の行為に富田は驚き、立ち上がった。救助坑はいつ圧壊するか知れず、坑夫なら、それを敏感に察知して退避するが、素人の山形にはできるはずもない。富田は立ちすくんだ。

十分ほどすると救助坑の入口が明るくなり、山形が後ずさりして這い出てきた。白衣もズボンも土によごれ、立ち上がった顔も土だらけであった。

「いかがでした」

近寄った富田が、声をかけた。

「注射器を思いきりのばし、腕に強心剤を打ってやりました。助けて、と言っていましたが、あの出血では持ちません」

山形は、沈痛な表情で答えた。

富田は仮休憩所に入り、技師や親方たちを呼び寄せ、山形も招いた。あらためて山形に、生き埋めになっている者の状態の説明を求めた。

山形は、大腿部から足先が岩石で圧しつぶされ、そこからかなりの出血がみられる、と言った。横向きになった顔は土砂をかぶり、鬱血のため紫色に腫れあがっていて、うめき声がかすかにもれているが、おそらく意識はすでに失われている。助けて、と言ったが、それは注射をさした時の痛みで、わずかに意識がもどったにちがいないという。

「いつ絶命してもおかしくない状態です」

山形は、医師らしい口調で断言するように言った。

重苦しい沈黙がつづいた。

「どうする」

富田が口をひらいたが、答える者はいなかった。

前々日の午後七時半からその救助坑を掘る作業をはじめたが、途中で大きな丸太にさえぎられ、引き返した位置から右へむかって掘り進んだ。それだけの時間を費やしたのに、わずかに入口から七メートルしか進まず、生き埋めになっている労務者の姿を発見した。しかし、かれを救出することは不可能で、その労務者も死の寸前にある。

決断をくだすべきだ、と、富田は思った。たとえ七メートルとはいえ、それは坑夫たちが死の危険にさらされながら一センチずつ指先でかくようにして進んだ距離だ。その努力を無にしてはならぬ、と思った。

崩壊個所の向う側には、多くの生存者が救出を待っているはずで、一刻も早くその地点までたどりつかねばならない。生き埋めになった者には気の毒だが、このまま救助坑の掘進をつづけさせるべきだ、と考えた。

「まことに忍びがたいことだが、閉じこめられている多くの人命を救うことを第一とし、このまま作業を進める」

富田が、自らを励ますように言った。

技師たちは、かすかにうなずいた。

「所長さん。また救助坑へ入れさせて下さい。私の配下の者です。生きている間に最後の別れをしてきたいのです」

川瀬が、言った。

富田は、無言でうなずいた。

川瀬が、仮休憩所を出て行き、十分もたたぬ間にもどってきた。

「もう仏になっていました。大声をあげても答えません。どうぞ、作業をおはじめ下さい」

川瀬は、顔をゆがめると休憩所の外に出ていった。

第一救助坑の作業が再開されたのは、午後六時すぎであった。坑夫たちは、数珠(じゅず)を首からさげて救助坑の中に入っていった。

それから間もなく、鉄道省の大井客貨車工場から新式の酸素ガス切断機とガスボンベが到着、現場に送りこまれてきた。これによってレール、金属製枠材の切断も容易になった。

翌四日、中央上部の第四救助坑は土石の崩れるのに堪えながら作業をつづけ、午後一時ごろには穴の入口から七・二メートルの位置にまで達していた。が、そこで巨大な岩石に突きあたり、前へ進むことが不可能になった。

この救助坑の指揮にあたっていた片桐技師は、ダイナマイトで破砕する以外にないと考え、富田に許可を申し出た。

富田は、決断をくだしかねた。ダイナマイトを使用すれば、ただでさえゆるんでいる土石その他が衝撃によって大きく動く。それは下方の中央部、左右両側につくられた三つの救助坑に影響をあたえ、最悪の場合は圧壊するおそれもあった。

富田は、その岩石をさけて迂回路はつくれぬか、と片桐にただしたが、岩石は大きく、それは不可能だった。

左の側壁にそって掘り進んでいた第二救助坑は前日の正午に岩石に行く手をはばまれ、石工がノミで割っているが、そのまま停止状態にある。今また、第四救助坑も巨岩につきあたって掘進が不可能になったのである。

富田は、思案の末、ダイナマイトを使用することに許可をあたえた。第四救助坑は最上部にあって、ダイナマイトを爆発させても、その圧力は上方にむかい下方にむかう力は少い。かれは、下方の三つの救助坑が、それによって圧しつぶされることはない、と判断したのである。しかし、危険がないとは言えぬので、他の三つの救助坑の坑夫たちをすべて外に出し、退避させた。

片桐の指示で第四救助坑に削岩機が持ちこまれ、岩に多くの孔がうがたれた。それが終わると伊沢が救助坑に入り、ダイナマイトがつぎつぎに送りこまれた。カンテラの灯で導火線が点火され、伊沢が土石の傾斜をすべりおりて退避所に走った。

爆発音が起り、救助坑から煙がふき出し、あたりがけむった。

しばらくしてから、伊沢がカンテラを手に救助坑に入り、すぐ出てきた。

「うまくいきました」

かれは、片桐に近寄ると口もとをゆるめた。

片桐は、第四救助坑に入ってみた。

伊沢の言った通り、巨大な岩石が見事に破砕されていて、くだけた岩片をとりのぞいて前へ進むことが可能になっていた。救助坑から出てきた片桐は、富田にその旨を報告した。

発破が終わり危険が去ったので、他の三つの救助坑に坑夫たちがもどり、もぐりこんだ。しかし、かれらは、すぐにそれぞれの救助坑から出てきた。一様にかたい表情をしていた。

かれらは、親方を通じて富田に苦情をうったえた。救助坑はつぶれてはいないが、支保工の丸太に、例外なくゆがみが生じているという。ダイナマイトの起爆力が崩壊した土石などに少からぬ影響をあたえ、今後、さらにダイナマイトを使用すれば、せっかく掘り進んだ救助坑がすべて圧壊するおそれは多分にある、と言った。

富田は、その訴えをいれ、今後、二度とダイナマイトを使用することを禁じた。

その日の午後四時すぎ、中央下部の第一救助坑を掘り進んでいた坑夫が、死体一個を発見した。それは、前日、生き埋めになり死亡した労務者と全く同じように、救助坑の上部に重なり合ったレールと太い丸太の上の土石にはさまれていた。すでに絶命していたが、引き出すことは不可能で、そのまま掘り進むことになった。

崩壊後三日間が経過し、しかも地熱が高いので、死体は腐敗しはじめていた。近くに二個の死体がある第一救助坑の内部には、はげしい腐臭がみちていた。坑夫は手拭いで鼻をおおって作業をつづけたが、こらえきれず坑外に出てくる。

富田は、熱海の町から高級なフランス製の香水を取り寄せ、それを鼻をおおう手拭いにしみこませた。が、それもすぐに消散し、効果はない。

鉄道省の保安課に電話で良い方法はないかと問い合わせた結果、山椒油がよいということになり、それをとりよせた。しかし、それも二、三時間、腐臭をまぎらすことができただけで、再び苦しめられた。そのため、片脳油、樟脳水などがつぎつぎに試みられたが、いずれも思わしくなく、線香をたくのが最も効果があることを知った。

第一救助坑に入ってゆく坑夫は、首から数珠をかけ、手拭いで鼻をおおう。坑内からは線香の煙と匂いが流れ出て、現場一帯にただよう。それは現場を墓地に似た雰囲気にさせ、その場にいる者たちに悲愴な気持ちをいだかせていた。

坑口の外にもうけられた救護所の天幕には、山形が看護婦たちとつめていた。救護所には、四本の救助坑の作業が遅々としてはかどらぬ状況が刻々とつたえられていた。救護所では、救助坑が貫通して崩壊個所の向う側にいる者が救出されることを想定し、それにそなえた準備をととのえていた。

しかし、山形は、このような事故に遭遇したことはなく、救出された者たちにどのような処置をほどこしてよいか知識はなかった。

かれは、東京から駈けつけてきていた鉄道工業会社の専務取締役鈴木太郎吉が過去にトンネルの崩壊事故を経験していることを耳にし、鈴木に会って教えを請うた。

鈴木は、閉じこめられた者は食物を長い間口にしていないので、普通の米飯などをあたえるとはげしい胃腸障害を起す、と言った。そのため、まず重湯のようなものをあたえ、順次、粥、米飯に移行させるべきだ、と指示した。

また、閉じこめられた坑道の奥では炭酸ガスの発生などで燈火が消えていることが予想され、かれらは、闇の中ですごしているので瞳孔が完全にひらいている。そのようなかれらを救出し、そのまま明るい場所に連れ出すと、眼が順応できず失明の恐れがある。それを避けるため、救出と同時に眼を布でおおい、徐々に光にならしてから布をとりのぞく慎重さが必要だ、とも言った。

山形は、鈴木の助言にしたがって、眼をおおうガーゼと布をいつでも使用できるように用意させた。さらに、いつ救出したという連絡があるかわからないので大釜に重湯をつくらせた。また、注射器には薬液をつめ、酸素ボンベも多数用意させた。

かれは、万全の態勢をととのえて待機していたが、坑内からは救出の連絡はない。その日作った重湯は腐敗したので捨て、翌日、また重湯を釜で煮た。

その日、夜に入って、作業現場に悲痛な空気がひろがった。中央下部にうがたれた第一救助坑の坑夫は、坑奥に空気を送る送風管とほぼ平行して掘り進めていたが、その鉄管で空気が坑奥に送られていないことを知ったのだ。

直径二〇センチの鉄管は長さ四メートルで、それがボルトでつなぎ合わされ、坑奥にのびているはずだった。が、場所によっては鉄管と鉄管を装甲ゴム管で連結した個所もあり、そのゴム管が圧しつぶされているのを発見したのである。崩壊直後、送風管を何度も金槌でたたき鉄管信号をこころみたが、少しの反応もなかった理由が、これによってあきらかになった。

送風管のゴム管が圧しつぶされ、事実上、断ち切れているという報告をうけた富田は、ゴム管をとりのぞき、その部分から坑道の奥にのびている鉄管をたたいて信号を送るよう命じた。

坑夫は、すぐに金槌を手にして救助坑にもぐりこんでいった。しかし、しばらくして救助坑から出てきた坑夫は、金槌でくり返し鉄管をたたいてみたがなんの反応もない、と報告した。

富田をはじめ技師たちは、顔をこわばらせた。

坑奥には悪性ガスの発生が予想され、しかも地熱がたかまり、気温が華氏百度（約摂氏三八度）近くに達していることは確実と思われた。ガスと地熱は、送風管で坑外の新鮮な空気が送りこまれることによってうすらいでいるはずだ、と考えられていたが、送風管が途中で断たれ、期待がむなしいことを知ったのだ。さらに、ゴム管をとりのぞいた送風管で鉄管信号をこころみたのに、なんの反応もないことは、すでに全員が息絶えている証拠にも思えた。

富田は、最悪の事態を覚悟した。

四つの救助坑の進度は、最も早く手をつけた中央下部の第一救助坑で一時間一五・二センチ、左側の第二坑で一二・二センチ、右側の第三坑二七・四センチ、最後にはじめた中央上部の第四坑も一八・三センチで、平均一八・三センチ弱でしかない。崩壊した距離はどの程度か予想はつかず、そのような遅い進み方では、いつ向う側に到達できるかわからない。送風管は断ち切られ、坑奥にとじこめられた者たちを生きているうちに救出することは絶望と考えるのが、冷静な観方(みかた)にちがいなかった。

富田にとって、それは悲しいことであり辛いことであったが、ただ一つの慰めは、かれらを救出しようと全力を傾けてきたことであった。

坑夫たちは、仲間の生命を救おうとして、死の危険にさらされながら休む時間も惜しんで救助坑を掘ることに専念している。坑夫たちも、坑奥に閉じこめられた者たちが生きている確率は少いことを知っているはずだが、一センチでも余計に掘ろうとつとめている。

富田は、救助坑を掘り進めるのは死体収容のためなのだ、と、ひそかに胸の中でつぶやいた。閉じこめられ、そして死をむかえた者たちも、自分たちの努力に感謝してくれるにちがいない、と思った。

十時すぎ、富田は仮眠をとるため現場をはなれ、坑外に出た。待ちかまえていた新聞記者たちが、かれを取りかこんだ。

多くの記者たちがいるのを眼にしたかれは、崩壊事故が社会的な大事件となっているのを実感として感じた。

日本で最初の鉄道トンネルの崩壊事故は、明治十一年に起工、二年後に完工した全長六六四・八メートルの逢坂山トンネルで起り、明治十二年八月に坑夫二名、労務者三名が圧死している。その後、これといった事故はなくすぎてきたが、今度の事故は、すでに三名の圧死が確認され他の三十名の生存の望みもない。報道陣が、これを大々的に報じようとしているのも当然のことであった。

富田の気落ちしたような表情に、事態が思わしくないのを察した記者たちは執拗に質問を浴びせかけた。富田は、送風管が切断されていたことを口にし、率直に悲観的な感想を述べ、足をよろめかせながら宿舎の方へ去った。

この富田の談話は、大きな記事になって報道された。

〝（華氏）百度余の地熱で全部蒸され死にか〟という大見出しについで、

〝救助坑の貫通期は全く不明
　暗然として富田所長語る〟

という小見出しのもとに、その談話が活字になっていた。

「救助坑は既に崩壊の中心点を過ぎたらしいから、貫通も遠くはあるまいと思ふが、何しろ坑の事であるから的確な崩壊間数（距離）を知り得ないので、何時貫通を見るかは予知されぬ。然し一刻も早く生存者を救ひ出さなければならぬので全力を尽して作業を急いで居るが、救助坑の貫通するまで果たして彼等が生きて居るか如何か甚だ心許ない」

この談話についで、〝一工夫語る〟として、

「恐らく一人も生きては居りますまい」

という老練な坑夫の感想も添えられていた。

その夜も、四つの救助坑では、坑夫が交替をくり返しながら休むことなく作業をつづけていた。しかし、五日午前六時をむかえても各救助坑の進度は憂うべき状態であった。中央上部の第四救助坑では前日の同時刻から二十四時間にわずか一・九七メートル弱進んだにすぎず、他の坑道はさらにそれを下廻っていた。

ことに左の側壁ぞいに進んでいた第二救助坑では、入口から一〇・六メートルの位置で岩石と砂のまじり合ったきわめて軟弱な個所に突きあたり、進行が完全にとまっていた。

富田は、再び現場に姿をあらわしていたが、頰のこけた顔には悲しげな色がうかび、蜜柑箱に腰をおとすように坐ると口をつぐんでいた。技師、親方、労務者たちは、たがいに視線をそらせ合っていた。

五

富田が崩壊個所の奥に十七名の者が難をまぬがれてとじこめられていると推定したこ

とは、たしかに的中していたが、十七名のうち十一名は、一個の大きな石がなければまちがいなく死亡していた。それは、安田克作を世話役とした鉄道工業会社の作業員扇野多作、勝又七衛、西村伊三郎、遠田重一郎、遠田嘉之次、池田勇次、武田周次、斎藤末蔵、伊藤三之助、伊藤忠太郎であった。

かれらは、崩壊個所の煉瓦積み準備作業現場から一〇〇メートル奥にいた。そこでは、坑夫長小椋(おぐら)熊三と坑夫駒場周七、栗田敏蔵の三人が導坑の上方を掘りひろげる作業にとりくんでいた。

ズリ（土石）が掘りくずされると、それが大きな漏斗(じょうご)に落ち、下におかれたトロッコでうける。安田ら十一名は、ズリをトロッコで坑外に運び出す作業をしていた。

そのうちに、掘りくずされた土とともに大きな石が漏斗の中に落ち、漏斗の穴をふさいでしまった。それではズリが漏斗からトロッコに落ちないので、作業を中断し、一同で石を漏斗から取り出す仕事にとりかかった。ようやくその石を漏斗の外に出した直後、大崩壊が起った。

もしも、その石が漏斗に落ちることなく作業が順調に進められていたら、かれらはズリを満載したトロッコを押してその場をはなれ、坑口へむかっていたはずであった。時間を逆算してみると、大崩壊が起った頃、トロッコはちょうどその個所を通過中で、全員が圧死していたことは確実であった。つまり、その石によって奇蹟的にも死をまぬがれたのである。

鉄道工業会社の工事主任飯田清太は、桂組の小頭兼現場主任の門屋盛一と坑夫谷口栄平とともに、ズリ出しをしていた安田らの作業現場から、さらに一二〇メートル奥にいた。かれらは、カンテラで側壁をしらべながら切端方向にむかって歩いていた。

午後四時二十分、突然、坑口方向で大轟音とともに激しい地響きが起り、すさまじい突風が走ってきて、飯田は倒れた。カンテラの灯が消え、あたりは闇になった。

門屋のうろたえた声がし、飯田は、その声の方に這い寄って門屋の肩をつかんだ。石がはねながら側壁に鋭くあたる音がし、支保工の丸太が折れる音もきこえてくる。谷口が闇の中で飯田にしがみついてきた。

あたりは、土煙がたちこめているらしく、息が苦しい。頭が錯乱していたが、坑口方面で大崩壊が起ったことを知った。

飯田の耳に、ふたたび崩壊音がとどろき突風が走った。かれは顔を伏せ、門屋たちの体を強く抱きしめていた。

飯田は、今にも頭上の土石が大音響とともに崩れ落ちてくるような恐怖にかられていた。門屋と谷口も同じ思いらしく、かれらの体のふるえがつたわってきていた。

かれらは、声を発することもできずうずくまっていた。大崩壊は終わったようだったが、それでも石がくずれたり、支保工が折れる音もしてくる。その度に、かれらの体にふるえが起った。

時間がどれほどたったのか、意識はなかった。

「山が抜けた」

初めて声を発したのは門屋だった。声は、かすれていた。

「カンテラ」

飯田は口を動かしたが、自分の声とは思えぬしわがれた声であった。

谷口が飯田の体からはなれ、マッチをする音がした。淡い光に、谷口の恐怖でゆがんだ顔が浮かび上がった。かれは、マッチの光をかざしてカンテラを探している。

光が消え、谷口の這う音がして、再びマッチがすられた。飯田は、はげしくふるえるマッチの火がカンテラに点火されるのを見た。谷口が、カンテラを手に這い寄ってきた。

三人は、互いに顔を見つめ合った。

飯田は、錯乱した気持ちをおさえることにつとめた。自分たちがいる位置を冷静に考えねばならぬ、と思った。

三年前に工事が開始されて以来、導坑は、坑口から一、三六三メートルまで掘り進められている。その導坑を基礎にして、上方、横へと掘りひろげる工事がおこなわれ、それは坑口から三一七メートル附近まで完成し、明日から煉瓦積み作業がはじめられる予定になっている。

その個所から一〇〇メートル切端に近い導坑では、天井を掘りひろげ、そこから出たズリをトロッコに積む作業がおこなわれていた。さらに自分たちは、その作業現場から一二〇メートル奥の導坑内にいる。どの個所が崩壊したのか。地質の悪い部分はないはずで、かれには崩壊の原因がわからなかった。

土石におしつぶされた者がいるのかどうか。

かれは、自分の役職をふりかえった。坑内にいた者の中で工事主任という最上級の役職についている身であり、冷静な判断のもとに行動しなければならぬ立場にある。崩壊は坑口方面で起き、最も奥にいるのは自分たち三人で、生きているのは自分たちだけかも知れぬ、と考えた。

「ほかの連中は、無事でしょうか」

片膝をついている門屋が、坑口の方に顔をむけながら言った。眼が異様に光っている。

飯田は、その眼に門屋がようやく落ち着きをとりもどしているらしいのを感じたが、崩壊音が起った坑口方面で作業をしていた多くの者たちの安否が気遣われた。

「行ってみよう」

飯田が、立ち上がった。足がふらついた。

かれは、大音響とともに吹きつけてきた突風で倒れた時、カンテラを落としていたので、それを探して灯をともした。

飯田が歩き出すと、門屋と谷口がつづいた。時折り、前方から土石の崩れる音や支保工の丸太や板が折れる乾いた音がし、そのたびに、かれらは体をすくませて足をとめ、あたりの気配をうかがった。

土煙が濃くなり、坑道の床に土石が散っている。遠い海鳴りに似た音が体をつつみ、山全体が呻き声をあげているように感じられた。

かれらは一歩一歩足をふみ出し、立ちどまることをくり返しながら進んだ。足もとの排水溝を水が動いているが、崩壊でくずれた土石が溝をふさいでいるらしく、流れがゆるくなっている。土煙で咽喉が痛くなった。

歩きながら、生きているのは自分たちだけかも知れない、と思った。崩壊事故で坑内作業をしていた者たちは、いち早く坑外にのがれ出たか。それとも土石におしつぶされたか。

かれは、天井や側壁にカンテラの灯をむけながら進んだ。

足をとめ、眼をこらした。

土煙でかすむ前方に、淡い光がかすかにゆらいでみえる。かれはカンテラをつかんだ手をのばし、門屋たちもそれにならった。

光の先に、こちらにむけられた眼がみえた。一つではなく、二つ、三つと数を増した。不意に、呻き声とも悲鳴ともつかぬ叫び声がし、眼の群れがこちらに近づいてきた。人の体がぶつかってきて、飯田は、多くの男たちに抱きつかれた。うわごとのように意味不明の言葉を叫びつづける者や、体をふるわせて泣き声をあげている者もいる。飯田は、それらが導坑を掘りひろげ、ズリをトロッコで運んでいた者たちであることを知った。

「主任さん」

かれらの後ろに立っている男が、声をかけてきた。

顔をあげた飯田は、カンテラを手にした同じ鉄道工業会社の世話役である安田克作と、そのかたわらに立つ坑夫長の小椋熊三の顔を見出した。

「安田、小椋」

飯田は、はずんだ声をあげた。

「みな、無事か」

かれは、声をかけた。

「はい。私の配下の者に怪我人もおりません」

安田の声には、わずかではあったが世話役らしい落ち着きが感じられた。

「私の方も……」

坑夫長の小椋も、答えた。

飯田は、作業員たちの体を押しわけて安田たちに近寄った。

「山が抜けたな」

「はい、抜けました」

小椋は答えたが、顔は死人のように青白い。飯田は、自分もかれと同じような表情をしているのだろう、と思った。

「バレ口（崩壊個所）は、どのあたりだ」

「わかりません。私たちは、ここから二〇メートルほど坑口に近い所で作業をしておりました。突然、大音響がし、二度の崩壊がありましたので小椋坑夫長とともに配下の者を連れて、ここまで退いてきました」

安田は、せまい坑道に立っている者たちに視線をむけた。

飯田は、自分たち以外にかれらが難をまぬがれていたことに深い安堵を感じ、心強さも感じた。しかも安田と小椋は、経験も豊富な頼りになる男たちであった。

人員調べをおこなわねばならぬ、と、飯田は思った。小椋も安田も全員無事だと言っているが、行方不明になっている者がいるかもしれなかった。

「点呼をして、員数確認をしてくれ」

飯田は、小椋と安田にしわがれた声で命じ、上衣のポケットから紙と鉛筆を取り出した。

ふと、時刻を確認することを思いつき、カンテラの灯をかざして腕時計を見つめた。針は、四時四十分をしめしている。

まず、小椋が自分の配下である駒場周七、栗田敏蔵を確認した。ついで安田が、配下の者の名を一人一人呼び、それに答える声がすると、氏名を飯田に告げる。

飯田は、それらの氏名を紙に書きとめた。自分では平静をとりもどしていると思っているのに、鉛筆がはねるように動き、字はいちじるしく乱れている。安田の配下の氏名は扇野多作、勝又七衛、西村伊三郎、遠田重一郎、遠田嘉之次、池田勇次、武田周次、斎藤末蔵、伊藤三之助、伊藤忠太郎。

さらに飯田は、自分の氏名につづいて同行していた門屋盛一、谷口栄平の名も書き添えた。

飯田は、紙に書きとめた氏名を指で数えた。

「小椋坑夫長とその配下二名、安田世話役とその配下十名、おれのところが三名、計十七名だ。それ以外にはいないな」

飯田の声に、小椋と安田が相違ない旨を答えた。

十七名か、と、飯田はつぶやいた。かれは、坑口に近い個所で煉瓦積み準備作業をしていた者たちがいたことを思いうかべていた。かれが門屋と谷口を連れて坑内見廻りのためその個所を通りすぎた時、建築工夫長細川治平と短い言葉をかわし、細川の指揮のもとに仕事をしていた作業員たちが、頭をさげた。

その人数は十数名いたようだったが、かれらは果たして難をまぬがれたのか。手拭いで頰かむりをしていた女の作業員が、二人いたことも思い起した。

突然、坑口方面で土石の崩れる音がし、風が走ってカンテラの灯が消えた。悲鳴が起り、飯田の体にしがみついてきた者もいた。

飯田は、闇の中であたりの気配をうかがった。

「マッチだ。カンテラに灯をつけろ」

門屋の声がした。

所々でマッチのすられる音がし、光が動いて、それがカンテラにつぎつぎに点火され、再び男たちの顔が浮かびあがった。かれらの顔はひきつれ、眼に恐怖の色がうかんでいる。

崩壊は鎮まらず、土石の崩れる音がつづいている。飯田は、崩壊個所から少しでもはなれた方がよいと考え、

「奥の方に移動する」

と、言った。

飯田が歩き出すと、作業員たちは、背を丸め、体を押し合うようにしてその後につづいた。

飯田が足をとめたのは、一〇〇メートルほど歩いた個所で、それは落盤時に飯田たちがいた場所であった。時折り、後方で崩落音がとどろき、風が吹きつけてくる。作業員たちは、カンテラの灯を吹き消されまいとして胸に抱きかかえるようにしていた。

ようやく土石のくずれる音がしなくなったのは、午後四時五十五分であった。

不気味な静寂がひろがった。坑道内には、排水溝を流れる水の音がしているだけだが、溝が途中で土石にふさがれているらしく水が溝からあふれはじめていた。

十七名の者は、その場に立っていた。声を発する者はなく、カンテラの灯にうかぶ顔は青白い。

一時間ほどが経過した。坑内の空気が冷え、寒さをおぼえて体をふるわせている者も多かった。

飯田は、坑外の情景を想像した。

むろん、崩壊事故の発生は坑外にいた者たちも気づき、その報告をうけた鉄道省熱海線建設事務所長の富田をはじめ鉄道工業会社の社員や各組の親方、作業員たちが、坑口に駈けつけたはずだった。富田ら技術陣や親方たちは坑内に入って崩壊個所をたしかめ、状況判断につとめて、少くとも自分たち十七名が坑道の奥にとじこめられていると推定したにちがいなかった。

富田たちは、その推測にもとづいて、自分たちを救出しようと崩壊個所に救助坑をうがつ作業に取り組み、すでに掘進をはじめているかも知れない。

「主任。鉄管信号をやってみましょう」

門屋が、飯田の前に立った。

飯田は腕時計をみた。午後五時五十分で、富田たちが救出作業に手をつけている頃に思え、信号を送れば、それがかれらに伝わるだろう、と思った。

「よし、やってみよう」

飯田は、答えた。

鉄管信号を送るには、送風管のボルトでつなぎ合わせた接続個所をはずさねばならないが、ボルトをゆるめる道具は手もとにない。送風管の所々にはめられている装甲ゴム管を破る以外になかった。

飯田は、坑夫の谷口と床にのびている送風管をカンテラの光でしらべながら、坑道の奥にむかって歩きはじめた。鉄管をボルトでしめた部分がつづき、ようやく装甲ゴム管が連結されているのを見出したのは、四〇メートルほど進んだ個所だった。

谷口が、ツルハシをゴム管にたたきつけた。管は丈夫だったが、やがて裂け、それを取りのぞいた。

谷口が金槌で鉄管を乱打し、飯田もかれとともに鉄管に耳をつけた。が、床を流れる水が鉄管に吸いこまれる音がするだけであった。

飯田は、鉄管の口に顔を押しつけ、

「おーい」

と、声をかぎりに叫んだ。

しかし、何度くり返してみても応答する声は耳にできなかった。

まだ救出作業がはじまらず、送風管のかたわらに救助隊が来ていないのだろう、と思った。少し時間をおいてから、また、信号を試みようと考え、門屋たちのいる場所に引き返した。

「なにか応答が……」

門屋が、たずねた。

「なにも……」

飯田は、首をふった。

坑道内には、湧水の流れる音がするだけで森閑としている。

飯田は、崩壊個所がどこなのだろう、と思った。その場所に近づくことはきわめて危険であったが、今後の身の処し方を考えるにはそれを確認しておく必要があった。

「バレ口を探ってくる」

飯田は、門屋と谷口に眼をむけた。

二人はうなずき、飯田が歩き出すと、その後にしたがった。

かれらは、カンテラを天井や側壁にむけながら慎重な足どりで進んだ。再び崩壊が起ることが十分に予想され、かれらは耳をすまし、周囲に視線を走らせていた。

飯田が足をとめ、前方を見つめた。歩き出してから一六〇メートルほどの地点であった。かれらは、体をかたくして視線を据えた。二〇メートルほど前方に崩落した土石がトンネルの全面をおおっている。巨大な岩石にまじって、ささくれ立った支保工の丸太が所々に突き出ている。

無言で立っていた飯田は、背後で、

「やられたな」

という門屋の悲痛なつぶやきを耳にした。

飯田は、崩落した土石に視線をむけながら、うなずいた。やられた、という言葉は、多くの作業員たちが土石で圧しつぶされたことを意味している。

土石の堆積から約二〇メートル坑口にむかった場所では、建築工夫長の細川が、十数名の者を指揮して煉瓦積み準備作業をおこなっていた。崩壊は、その頭上で起り、土石がかれらの上に落下したことは確実だった。飯田は、かれらが坑外にのがれ出たのではないかと期待していたが、それが裏切られたことを知った。

おだやかな表情で自分と言葉を交わした細川、タワシで煉瓦を洗っていた二人の女作業員の姿などが思い出され、かれらがすでに死者になっていることに深い悲しみをおぼえた。

飯田が土石の堆積に背をむけて歩き出すと、門屋たちも無言でそれにつづいた。多くの圧死者を出した事故の大きさが、身にしみて感じられた。

前方にカンテラの灯が見え、男たちの顔がこちらに向けられていた。

「バレ口は、どこでした」

小椋坑夫長が、声をかけてきた。

「ここから一八〇メートルほど坑口にむかった場所に、バレが押し出してきている」

「すると?」

「そうだ。煉瓦積みの準備をしていた者たちは、まちがいなくやられている」

飯田は顔をしかめ、口をつぐんだ。

沈黙が流れ、小椋たちは視線を落とした。飯田は深く息をついた。

生きているのは自分たち十七名であることを、飯田は知った。崩壊個所の向う側では、富田所長の指揮で救助坑の掘進作業がおこなわれ、自分たちを救出しようと全力をかたむけているはずであった。

かれは、十六名の生死が自分の肩に重くのしかかっているのを感じた。時計をみると、六時二十五分であった。

「鉄管信号をやれ」

かれが指示すると、谷口が作業員一人を連れて坑道の奥に入っていった。

しかし、もどってきた谷口は、全く応答がない、と報告した。飯田は、三十分おきに信号を試みることを谷口に命じた。

かれらが寄りかたまっている場所は天井から湧水が落ち、気温が低かった。飯田は門屋と相談し、坑道の一〇〇メートル奥に移動することをきめ、男たちをうながしてその場をはなれた。移動した場所は、導坑の天井が掘りひろげられている個所であった。

飯田は、湧水が導坑に充満するおそれもあるので、天井の掘りひろげられた部分に板で中二階に似たものをもうけ、そこにあがって救出を待とう、と考えた。

門屋は、その意見に賛成した。

切端には、支保工に使う乾燥した多くの松板が送りこまれていたので、それを持ってきて桟敷（さじき）を作ることになり、その役を安田が引き受けた。安田は、配下の作業員三名をえらび、空のトロッコを押して切端の方へむかった。切端までは約七〇〇メートル以上もあり、レールの上をトロッコの進む音が遠ざかっていった。

午後七時に、谷口が鉄管信号をおこなったが、応答はなかった。飯田と門屋は責任上、これらの経過を紙に記録した。

トロッコが導坑の奥から近づいてくる音がしてきたのは、七時半近くであった。カンテラの灯がみえてトロッコが姿をあらわし、飯田たちの前でとまった。トロッコを押してきた者たちの顔には汗が光り、体から水蒸気がゆらいでいた。

作業員たちが、トロッコに満載された松板をおろした。天井は左右に深く掘りひろげられているので、その上に板をつぎつぎにあげて床をはり、細長い桟敷を作った。

飯田は、全員に桟敷にあがるよう命じた。桟敷の上は、床がはられているので冷気は感じられなかった。男たちは、たがいに肩を寄せ合い、一列になって坐った。

飯田は、燈火を節約する必要を感じ、全員が手にするカンテラを集め、そのなかの五つをのぞいてすべて消した。かれの計算では、五昼夜の燈火が確保できるはずであった。

湧水の存在が不気味であった。天井から豪雨のように湧水が落ちている個所が多く、それは床にうめこまれた排水溝で坑外に排出されるようになっている。が、排水溝が崩落した土石でつまっているらしく、わずかな量の水が吸われているにすぎない。

崩壊事故が起ってから、岩盤のゆるみで湧水量が増しているようであった。このまま閉じこめられていれば水位が上昇し、溺死（できし）することも予想される。

飯田は、水の状態をさぐるため門屋をうながして桟敷から降りた。かれらは、カンテラの灯をかざしながら排水溝に吸われる水を見つめ、湧水個所を調べてまわった。信号を試みるためにつなぎ目をはずした送風管に、水が流れこんでいるのもたしかめた。

二人の顔に、安堵の色がうかんだ。湧水量から計算して、それが全く坑外に排出されなくとも、自分たちのいる桟敷まで水位があがるには少くとも六日間を必要とする。排水溝と送風管に水が流れこんでいるので坑道内に水が充満するおそれはない、と判断した。

二人は、桟敷の上にあがった。

飯田は、

「水攻めの心配は全くない」

と、男たちに言い、理由を説明した。

飯田の顔を見つめていた男たちは、かすかにうなずいた。

「必ず救助坑が貫通し、おれたちは救出される。それまで元気を出して待つのだ」

飯田は、かれらの不安を追いはらうように言った。

「本当に助かるのでしょうか」

若い作業員が、おびえきった眼をむけた。

「助かる。絶対にだ」

飯田は、力をこめて言った。

男たちの顔にうかんでいた不安の色が、わずかながらもうすらいだようであった。

「体力を保つためには、眠るのが一番だ」

門屋が、男たちに声をかけた。

男たちはうなずき、板の上に身を横たえた。窮屈であったが、体と体が密着しているので互いの体温が通い合い、保温に好都合であった。深い疲労で、かれらの間からすぐに寝息が起った。時刻は午後九時であった。

飯田は、側壁に背をもたせかけて坐り、かれらをながめていたが、すぐに眠りの中に落ちていった。

しばらくして人の気配を感じ、眼をあけた。谷口がカンテラを手に桟敷から坑道におりてゆく。金槌を手にしているので、鉄管信号を試みようとしているのを知った。

やがて、送風管をたたく音がし、耳を鉄管にあてるらしく音が少しの間やみ、そのうちに、また、たたく音がきこえる。三十分ほどして谷口が坑道をもどってくる足音がし、飯田は、その重い足音に応答がないことを知った。

飯田は、しばしば眼をあけ、そのたびに腕時計を見た。針は午前零時をすぎ、四月二日になったことを知った。

午前二時、門屋が金槌を手に桟敷からおりてゆくのを見、鉄管をたたく音をきいた。その後、飯田も鉄管信号をこころみた。

かれは、カンテラの光で紙に、

四月二日
午前二時　鉄管音響信号
午前四時　音響信号

と、書きとめた。

やがて、男たちがつぎつぎに体を起した。時刻は午前五時で、いつもその頃起床する習慣なので自然に眼をさましたのだ。

かれらは、無言であった。深い息をついて頭をたれたり、おびえたような眼を側壁にむけたりしている。時折り、かれらは桟敷からおりて坑道を流れる水を飲み、放尿する者もいた。

「腹がへった」

一人が、息をつくようにつぶやいた。

その言葉に、飯田は空腹感が激しくつきあげてくるのを感じた。前日、飯場で昼食をとってから十八時間が経過している。いつもなら今頃は温かい味噌汁と丼飯(どんぶりめし)で朝食をとっているのだと思うと、激しい苛立ちを感じた。

鉄管信号が通じれば、互いに通信ができると同時に、食物が長い竿(さお)で鉄管を通じて送りこまれ、飢えもまぬがれる。すでに救出作業が開始されているのに、なぜ、鉄管に応答がないのか理解できない。もしかすると、崩落した岩石で鉄管が途中でおしつぶされてしまっているのだろうか。

九時三十分、飯田たちは、また送風管を乱打し、管の口にむかって叫んだが、耳をすましてもなんの音もきこえなかった。

男たちの顔に、空腹にたえきれぬ表情が濃くなった。かれらは、空腹感を少しでもいやそうとしてしきりに水を飲んでいた。

十二時、鉄管信号をこころみたが、またも反応はなかった。

飯田は、空腹にたえきれなくなった。気が狂いそうであった。男たちは生唾をのみ、唇をかんでいる。眼に異様な光がうかんでいた。かれらは身を横たえているかと思うと、体を起す。激しい飢えに、どのようにしていたらよいのかわからぬようであった。

午後二時半、飯田は谷口と鉄管をたたきつづけたが、無駄であった。

金槌を手に鉄管のかたわらをはなれた飯田は、よろめいて支保工の丸太にもたれた。膝頭に力がうしなわれ、意識がかすんだ。谷口が歩いてゆくが、足がふらつき、今にも倒れそうに体がゆれている。

「なんでもいいから食いたい」

飯田は、胸の中で叫んだ。

男たちの集まる場所にもどった飯田は、岩肌に背をもたせて坐った。

かれは、谷口に、二時間半ごとに鉄管信号をするよう弱々しい声で命じた。信号に応答があれば自分たちが生きているのを救助隊に報せることができ、食物も管を通じて送りこまれてくる。その信号が、ただ一つの頼りであった。

かれは、眼を閉じた。

少し眠ったかれは、眼をうすくあけた。カンテラの灯に男たちの姿がかすんでみえる。

急に、かれの眼が大きくひらかれた。二人の男が、なにかを食っている。口を動かし、のみこんでいる。

飯田は、かれらが手にした丸い形をした物を見つめた。米俵の両端を蓋(ふた)する桟俵(さんだわら)であった。坑夫は作業をする折りに桟俵を腰にむすびつけていて、休息をとる時、そのまま腰をおろす。座ぶとんの代用であった。二人の男が食べているのは桟俵の藁(わら)であった。一筋ずつ引きぬき、口に入れている。かれらは飢えに堪えきれず、藁を食べている。

飯田は、恐ろしい情景に体をかたくした。飢餓地獄がはじまっている、と思った。地上とちがって坑道内には土と石しかなく、坑外から持ちこまれているのは松の丸太、板だけで、口にできるものは藁以外にない。

飯田は男たちの姿を見つめた。かれらは暗い表情をし、黙々と口を動かしている。やがて、他の者たちも桟俵を手にし、藁を引きぬきはじめた。飯田は、その中に人夫世話役の安田や坑夫長の小椋もいるのを見た。さらに門屋が桟俵を引き寄せるのにも気づいた。

錐(きり)が腹にもみこまれるような空腹感におそわれ、飯田は、近くにある桟俵に手をのばした。それをほぐし、藁を引きぬいて口に入れた。嚙(か)んでみたが、味はない。藁は稲の茎だが、植物であることに変わりはなく、体に少しは力をつけてくれるのではあるまいか。

牛、馬の飼料に刻まれた藁がまぜられることから考えても、藁には滋養がふくまれているはずだ。かれは、嚙みつづけたものをのみこみ、さらに藁を引きぬき、口に入れた。

やがて、水を飲んだかれは、紙に、

午後三時　空腹ニ堪ヘズ　遂ニ一筋ノ『ワラ』ヲタヨリニ　カヂリダス
衰退ノ状アリ　身体フラフラシ出ス

と、書きとめた。

藁をかむことをやめた男たちは、身を横たえた。かれらの顔には絶望の色が濃くうかび、声を発する者はいない。坑道内には水の流れる音がしているだけであった。

五時、門屋は、金槌を手に送風管のかたわらに膝をつき鉄管をたたいた。飯田が近寄り、鉄管に耳をつけたが音はきこえない。

二人は、弱々しい声で言葉を交わした。

鉄管信号に反応がないのは、送風管の鉄管が途中で切断されているとしか考えられないが、岩石が落下しても鉄管が破れるはずはなかった。所によって鉄管と鉄管をむすぶのにゴム管が使われていて、それが圧しつぶされ、送風管が断たれているとしか思えない。

救助隊は、救助坑を掘ってこちらにむかっている。掘進作業につとめる坑夫たちの耳には、前方の土石の中から送風管をたたく音がつたわっているのではあるまいか。かれらは、それによって生存者がいるのを知り、ゴム管が圧しつぶされている個所まで掘り進み、鉄管を通して食物を送り込んでくれるのではないだろうか。

鉄管信号に応ずる音がしないのは、ゴム管が圧しつぶされた個所までかれらが達していないのか、それとも掘進するかれらに、その音がきこえないのか。

二人は、足をふらつかせながら男たちが身を寄せ合っている場所にもどった。

門屋は、支保工の丸太に背をつけて坐った。男たちのほとんどは体を横たえている。その姿をながめながら、門屋は死が間近にせまっているのを感じた。

藁をかみはじめた男の姿を眼にし、自分の手も無意識に藁にのびた時、かれは死を予感した。救助坑はいつかは貫通し、救助隊の者たちがここにもやってくる。が、かれらが眼にするのは、すでに息絶えた十七個の遺体だろう。

湧水の水位があがって水死することを恐れたが、排水溝と送風管に水が吸われていて、その懸念は解消した。問題は坑内に発生している悪性ガスで、送風管が機能していないため、やがてそれが坑道内に充満するはずであった。口にできるものと言えば藁しかなく、飢えとガスによって自分たちの生命は確実に断たれる。死の訪れは一日後か、二日後か。

二十六年間生きてきた自分の肉体が、間もなく冷たい死骸になることを思うと、恐ろしかった。が、発見された時、ぶざまな死を人の眼にさらしたくはない。従容とした死でありたい、とかれは胸の中でつぶやいた。

門屋は、死は運命と思っていさぎよく諦めねばならぬ、と自らに言いきかせた。しかし、自分の過去をかえりみて、死ぬにも死にきれぬ思いであった。

かれは、長崎三菱造船所工業補修学校を卒業後、三菱系の炭鉱会社で働いていたが、世界大戦勃発後、会社をやめた。大戦景気で世情が沸きに沸いているのを傍観できず、自分もこの機会に大金を手にしたいと考えたのである。

かれが目をつけたのは、材木であった。好景気で企業家は工場の設備拡大をはかり、多額の金をつかんだ投資家は家屋の新築、増築をしている。そのため材木の需要は急に増していた。かれは、父をはじめ親戚、知人から資金をかき集め、材木業をはじめた。

ねらいは的中し、仕入れた材木は価格の暴騰で予期以上の高値に売れ、大きな利益を得た。これに気をよくして、かれは材木を買い集めることに奔走した。

かれは、一般の投資家と同じように戦争が長くつづくと予想し、大量買い付けをした。が、大正七年十一月、突然のように戦争は終結、同時に好況は一転して大不況になった。材木の価格も暴落し、かれは、価格が今に回復するだろうと期待したが、値はさがる一方で、結局は数千円にのぼる莫大(ばくだい)な借金をかかえ、倒産した。

かれは、投資してくれた親戚、知人に、いつかは必ず返済すると頭をさげてまわり、再び給与生活者にもどらざるを得ず、鉄道工業会社に就職した。若気の至りであったとは言え、傷は余りにも大きかった。かれは、勤めてからも月々の給与の半ば近くを返済にあてていたが、そのような僅かな金は焼け石に水であった。弟の忠夫と貞一は、かれの苦しみを察して故郷をはなれ、鉄道工業会社の作業員になって、その返済に力を貸してくれていた。

門屋は、一生かかっても全額返済しなければならぬ、と、かたく心にきめていたのに、そのような負債を背負ったまま死をむかえることはやり切れない思いであった。

ただ一つの救いは、二人の弟を事故にまきこまずにすんだことであった。前日、飯田たちと入坑する時、休日で暇を持て余していた弟たちは、門屋たちの坑内見廻りについてゆく、と言った。門屋は、休日には体を休ませなければいけない、とたしなめ、かれらを宿舎に残してきたが、それによって弟たちが死をまぬがれたことは幸いだった。

妻のマツヨのことが思われた。妊娠している妻は、坑内でとじこめられた自分の生死を気づかって半狂乱になっているだろう。郷里の愛媛県にいる両親、上司の桂組の親方などの心痛も想像される。

門屋は、遺言状を書こう、と思った。体力が残っているうちに、書き残しておかねばならぬ、と考えた。

門屋は、紙と鉛筆をとり出し、カンテラの淡い灯をたよりに、鉛筆を動かした。

遺言ノコト

一、身ハ坑夫号令（現場主任）トシテ、此ノ変死ニ遭フモ、責任上一点ノ苦シミヲ感ゼズ静カニ死ニ就クナリ。

一、親分（桂組代表者）始メ郷里ノ親並ニ兄弟ヲ思フ心ハ筆ニツキズ。

一、生レテ二十六年、何ヲナスコトナクシテ数千円ノ負債ヲ負ヒテ、此ノママ死スルコトヲウラム。

一、不幸中ノ幸、忠夫、貞一ノ出坑セシハ、天ノ未ダ捨テザルトコロ。両人ハ帰国シテ父ノ業ヲ次（継）グベシ。

一、マツヨハ、同棲以来ヨクコノ不甲斐ナキ男ニツクシクレタリ。今ハノキハニ一言感謝ス。妊娠中ノ児ヲ分娩セバ、切畑ノ父母ニ託シ置キ、未ダ若キ身柄故、遠慮ナク再縁セヨ。

一、予ハ責任上喜ンデ死ノ途ニ入ル。

四月二日午後五時
心気ノ元気アル内ニ誌シ置ク
丹那山隧道東口（熱海口）十七哩六十五鎖五十節ノ処ニテ
桂事務所　門屋盛一

紙と鉛筆をポケットにおさめた門屋は、カンテラの灯に眼をむけた。

救助坑が貫通し、救助隊によって遺体が収容された時、自分のポケットに入った遺言状も発見されるだろう。莫大な負債を負ったままでは死ぬにも死にきれない思いだが、この遺言状によって、最後の最後まで負債のことを気にしていたことを知った債権者たちは、自分の誠意だけは認めてくれるにちがいない。

かれは、かすかな心の安らぎをおぼえて眼をとじた。

その後も鉄管信号をつづけ、午後十時にはその日の最後の信号として三十分間、送風管を乱打したが、応答はなかった。

翌四月三日午前五時、またも信号をこころみたが無駄であった。鉄管信号は絶望となり、ただ一つの期待は、救助隊が掘削をつづけているはずの救助坑の進行状態だった。

飯田は、門屋をともなって崩壊個所に近づいた。温泉が湧いているらしく、トンネルをおおう土石から湯気が立ちのぼっている。救助坑はその堆積にむかって掘り進められているはずだった。

飯田と門屋は、耳をすました。が、堆積の内部からはなんの音もきこえない。救助坑の先端は、まだ遠いらしい。二人は、男たちの待つ場所に引き返した。

その日も、かれらは藁をかんだ。水を口にふくまぬと藁が咽喉を越えぬので、よく水を飲み、そのため何度も放尿をした。かれらは坐っているのも大儀で、身を横たえていることが多かった。

午前十時――

安田と小椋が、崩壊個所に行って調べてくると言い、飯田は許した。

かれらは、カンテラ一個を手に坑口の方にむかって去った。飯田は、疲労をおぼえて体を横たえ、眼をとじた。

三十分ほどした頃、かれは、甲高い声に眼をさました。体を横たえていた男たちのほとんどが起きあがり、桟敷の上から坑道に立つ小椋と安田を見おろしている。

「どうしたのだ」

飯田は不吉な予感におそわれ、身を起すと男たちに声をかけた。

「坑夫長が、バレ口の方でなにか音がするのをきいた、と言っているのです」

若い作業員が、上ずった口調で言った。

飯田は、立ち上がると急いで桟敷から坑道におりた。

「本当か」

かれは、小椋と安田の顔を見つめた。

「はい。なにかたたくような音と人声らしいものも……」

小椋が、言った。

その言葉を耳にした男たちが、桟敷の上からつづいておりてきた。かれらの眼は、喜びで輝いている。飯田は、体が熱くなるのを感じた。音がしているのは救助坑が近づいていることをしめしている。

「よし、行ってみよう」

飯田は、小椋たちをうながして歩き出した。その後を男たちが列をつくってつづいてくる。飯田は足をふらつかせながらも小走りに坑口の方にむかって進み、崩壊個所に近づき、立ちどまった。

飯田は、あらためてたずねた。

「かすかでしたが、矢木をうつような音が……」

 小椋が、トンネルの全面をおおう土石に視線をむけながら、つぶやくように言った。

救助坑を掘り進めるには、矢木と称する丈夫な樫の板をカケヤで打ち込み、土圧をふせいで土を掘りくずし除去する。矢木をうつ音がしたことは、救助坑の先端が近づいている証拠であった。

飯田は耳をすまし、背後に立つ男たちも身じろぎもせず立っている。かれらは長い間立っていた。深い静寂がひろがっていて、物音はきこえない。

三十分ほどして、飯田は、

「まちがいなく聞こえたのだな」

と、小椋と安田の顔に眼をむけた。

「坑夫長は聞こえた、と言いましたが、私には……」

安田が、低い声で言った。

小椋は、首をかしげた。

「たしかに聞こえたような気がしたのですが……」

その声は、自信がないらしく弱々しかった。

飯田は、小椋の空耳（そらみみ）なのだ、と思った。

崩落した土石の中には、支保工に使われている丸太や板が乱雑にまじっている。土石が沈んで丸太か板が折れ、その音がカケヤで矢木を打つ音にきこえたのだろう。人声も土石のくずれ音をききまちがえたのにちがいない。

飯田は、小椋に錯覚だ、と言おうとしたが、背後に立つ男たちを意識し、口をつぐんだ。かれらは小椋の報告を喜び、自分の後からついてきた。小椋の空耳だ、と言えば、かれらは失望する。かれらの気力を維持させるには、小椋の報告を否定してはいけないと思った。

「救助坑が近づいているのは、まちがいないようだ。さらに掘り進んでくれば、音もはっきりきこえてくる」

飯田は、男たちに眼をむけて言うと、その場をはなれ、坑道を引き返した。男たちは、無言で後についてきた。

桟敷にあがった飯田は、紙と鉛筆をポケットから取り出し、

「午前十時頃、矢木打ノ音カスカニ聞ユル様ダ」

と、記した。それは、男たちを意識した文章だった。

門屋も鉛筆を手にしたが、

「午前十時……人間ノ声ト作業ノ音ヲ聞クト言フ者アリ」

と、客観的な書き方をした。かれは、飯田が小椋の言葉を信じているような態度をとったのは、男たちを失望させまいとする配慮によるものであることを知っていた。門屋

は、小椋の錯覚なのだ、と思った。

門屋は、工事関係者としての意見を書き残しておく必要がある、と考えた。

丹那山トンネル工事は、鉄道省の熱海線建設事務所が設計し、それにもとづいて工事を監督している。請負会社の鉄道工業会社と鹿島組は、それぞれ熱海口、三島口を担当し、多くの坑夫と作業員をかかえる親方たちを集め、工事を推しすすめている。門屋も、飯田とともに鉄道工業会社の社員で、閉じこめられた他の十五名も会社に雇われた親方たちの配下の者たちであった。

会社の社員は、工事を請け負っているというひけ目から、熱海線建設事務所員に対してとかく遠慮する傾向が強い。事務所の指示に不満をいだくことも多いのだが、それに反撥することはしない。しかし、門屋と飯田は例外で、排水溝の件でも、二人は、湧水を坑外に排出することが絶対に必要だと考え、事務所に行って溝を早急に作るよう強く訴えた。その熱意に屈した事務所では、切端から坑口まで排水溝を坑道の床にうめこむ工事をおこない、完成した。もしも、それがなかったら、閉じこめられた自分たちは、水攻めにあう恐れがあったのである。

門屋は、崩壊事故で坑道内に閉じこめられた工事関係者として、鉄道省の工事指導に対する率直な意見を書き残したい、と考えた。それは、今後の工事を順調に推しすすめる上で参考になるはずだし、さらに日本のトンネル工事の技術向上にも役立つにちがいなかった。

書く紙がないので、かれは、ダイナマイトを包むのに使われたボール紙を探し出し、それに鉛筆を走らせた。

まず、崩壊原因について思いあたる筋があることを記した。それは、崩壊事故の起った前日の三月三十一日に、その個所の天井で土が崩れ落ち、ただちに土を埋めこんで元通りにしたが、それが大崩壊の前兆ではなかったか。それを軽視したのは重大な過失であり、自分にも責任の一端がある、と反省した。

つづいて、坑内設備の点について筆を進めた。

かれは、三菱の端島炭鉱や崎戸炭鉱などで働いたことがあるが、同じ坑道でも丹那山トンネルの工事現場とはちがって、はるかに設備がととのっていたことを指摘した。坑内にはケーブル線がひかれていて電燈が煌々(こうこう)とともり、明るい中で作業ができた。それに、電話の設備もあり、坑外との連絡も容易だった。

丹那山トンネルでは、かれと飯田の建設事務所に対する強い主張によって排水溝がもうけられたが、炭鉱では、水のことがきわめて重視され、むろん立派な排水溝があった。排気にも十分な注意がはらわれ、電力による送風管が二本、切端から坑口までのびていた。

これにくらべて、丹那山トンネルでは、電燈はなく、カンテラの淡い灯をたよりに工事を進めている。むろん電話線もひかれていず、送風管も一本しかない。もしも、電話設備があり、電話線が崩壊個所で切断をまぬがれれば、とじこめられた者が救助隊と連絡をとって土石の崩れ落ちた範囲もつたえることができ、救助坑の掘進に助言をあたえられるはずであった。

また、送風管が二本あれば、一本が圧壊しても、他の管で鉄管信号を送ることができ、食物その他も送りこめる。鉄道省は、費用を惜しむ余り坑内設備に力を入れていない、と記した。

基本的に、丹那山トンネルを複線型にしたのは無謀であった、と、かれは書いた。日本では、単線型のせまいトンネルを掘るのが常で、複線型にするなら、それに応じた高度な技術が必要である。が、鉄道省の技術陣は、今までの古い技術でこれに取りくみ、それが今回の大事故をひき起した最大の原因だ、と断定した。

鉛筆を置いたかれは、文章を読み直した。

会社の社員は、熱海線建設事務所の所員を、旦那と呼ぶ。へりくだった態度で、所員の指示を批判することもせず、すべてを受けいれる。そのようなことが、事故のもとにもなっている。かれは、自分の不満をすべて記したことに満足し、ボール紙を腹がけの中におさめた。

午後になると、呼吸が苦しくなり、頭痛を訴える者が多くなった。最も恐れていた炭酸ガスが立ち込めるようになったのである。

そのうちに、酸素が欠乏したらしくカンテラの灯が細くなり、マッチをすってもつかなくなった。

飯田は、窒息死の危険もあると考え、門屋たちと相談して移動することをきめた。そして、坑道の奥と坑口方面をしらべさせ、坑口に近い方が、炭酸ガスの量も少く安全であることをたしかめた。

ただちに桟敷の床がはずされ、一人が一枚ずつ松板をかかえて、その場をはなれた。一列になって坑口方向にむかうかれらの体は、ふらついていた。

移動した場所は、それまでいた所と同じように導坑の天井部分が掘りひろげられていたので、かれらは板をあげて床をはり、中二階状の長い桟敷をつくった。その場所では、カンテラの灯が大きくなりマッチの火もついた。

かれらは、桟敷の上に這いあがると倒れるように横になり、息をあえがせていた。午後四時三十分すぎであった。その場所は、崩壊した土石が押し出している個所から六〇メートルの位置にあった。

板を手に歩いたため体力もつきたのか、藁をかむ者もいず、体を横たえたまま眼をとじていた。不思議に空腹感は消え、咽喉のかわきをおぼえるだけであった。

門屋も横になっていたが、飯田は元気であった。かれは、桟敷からおりてスコップで湧水をすくい、男たちにそれを飲ませたりしていた。男たちの中には意識もうすれたらしく、うわごとを口にしている者もいた。

時計の針が、四月四日午前零時をまわった。

勝又七衛が、呻き声をあげはじめた。藁を食い冷たい水を飲みすぎたため激しい腹痛を起したことはあきらかだった。飯田は、かたわらに坐り、勝又の背をさすって励ましの言葉をかけていた。

午前一時過ぎ、飯田は、ぎくりとしたように体をかたくし、耳をすました。坑内には深い静寂がひろがり、わずかに湧水の流れる音がしているだけであったが、かれの耳に水の音とはちがう音がきこえた。それは、かすかな物音であったが、あきらかに板を連続的に打つ音であった。やがて、音は絶え、再び静寂がひろがった。

矢木を打つ音だ、と思った。音は崩壊個所の方からきこえた。

かれは、支保工に背をもたせて坐っている谷口が、耳をすますように身じろぎもせず眼を光らせているのに気づいた。

「聞いたか」

かれは、声をかけた。

「はい。矢木を打つような音が……」

谷口が、うなずいた。

飯田は、胸に熱いものがつきあげてくるのを感じた。谷口も耳にしたかぎり、それは決して空耳ではない。

「みんな聞け。今、まちがいなく、バレ口の方で矢木を打つ音がしているのをきいた。おれだけではない。谷口もはっきりきいた」

飯田は、ふるえをおびた声で叫んだ。

男たちの眼に喜びの色がうかんだが、体を起したのは数人だけだった。

かれらが歓声をあげて立ち上がるのを期待していた飯田は、不安をおぼえた。かれらには身を起す力さえ失われていて、このままでは救出される前に絶命する者もいるにちがいない。飯田は、かれらの気力をふるい立たせねばならぬと、考え、

「救助坑が近づいている。おれたちは必ず救い出される」

と、声を強めて言った。

飯田は、さらにかれらに希望をあたえるため、どのあたりまで救助坑が掘り進められてきているかをたしかめよう、と思った。それには専門の坑夫に矢木の音で推測させる以外にない。

最も的確な判断をくだせるのは、豊かな知識、経験をもつ坑夫長の小椋だった。が、かれは、五十三歳という最年長であるだけに体の衰えがはげしく、眼をとじて横になっている。また、二番めに年長の四十歳である坑夫の駒場周七も、立つと激しいめまいに襲われるので横臥したままであった。

飯田は、谷口に近づくと、崩壊場所まで行って、救助坑の先端がどのあたりまで近づいているかを確認するよう命じた。

「承知しました」

谷口はカンテラをとりあげ、栈敷から坑道におりた。

「十分に注意しろよ」

飯田は、声をかけた。

谷口はうなずき、坑口方向にむかって歩いてゆく。飯田は、カンテラの灯がゆれながら遠ざかるのを見つめていた。大半の者が体を横たえ、坐っているのは門屋と安田だけであった。

三十分ほどすると、坑口方面からカンテラの灯が近づき、姿をあらわした谷口が桟敷の上にあがってきた。

「どうだった」

飯田は、谷口の顔を見つめた。

「矢木を打つ音が、つづいてきこえました。その音から推定して、救助坑は四十尺（一二メートル強）ぐらいまで近づいているようです」

谷口が、落ち着いた口調で答えた。

「四十尺か」

門屋が、つぶやくように言った。

飯田は、門屋に眼をむけた。その距離を救助坑が何時間で貫通できるか。

「一時間につき、どれほど掘り進められると思う？」

飯田が、門屋にたずねた。

「まず、一尺（三〇センチ強）でしょうね」

門屋の言葉に飯田はうなずき、

「常識的に考えて、そのぐらいだろう。すると、四十時間か。順調に掘り進んでくれば、明日中には貫通する計算だ」

と、男たちにきこえるような声で言った。

しかし、四十時間という時間は決して短くない。空腹感がうすらいでいることもあるが、かれらは藁をかむこともしなくなっている。体が衰えきっていて、尿をするのに立つこともせず寝たまま垂らしている者さえいる。かれらが貫通時まで生きていられるかどうか、確率は低い。

飯田は、体を横たえた。頭に靄(もや)に似たものが立ちこめていて思考力は薄れ、体が宙にういているように感覚は失われている。死が間近にせまっているのが、かれにも察せられた。かれは深い息をつくと眼を閉じ、眠りの中に落ちていった。

午前六時、かれは門屋に起された。男たちは眠っているのか、それとも体を起す力がないのか、寝たままでいる。

カンテラを手にした門屋の動きで、崩壊個所に行こうとしているのを察し、飯田もかれにつづいて桟敷からおりた。坑道を進み、崩壊個所に近づいて足をとめた。

しばらく耳をすましていると、矢木を打つ音がつづいてきこえた。それは、四十尺よりも近い個所のように思え、夜を徹して救助坑の掘進作業が推しすすめられているのが感じられた。

「排水溝かトロッコの線路づたいに救助坑を掘ってきていますね」

門屋が、崩壊した土石を見つめながら言った。

たしかに、矢木を打つ音は土石の堆積の最下部からきこえてくる。

「なぜ、上から掘らぬのだ」

飯田が、腹立たしげに言った。

崩壊した土石の頂きに近い部分は最も距離が短く、そこに救助坑を掘れば短い時間で貫通する。

床ぞいに掘り進んでくるのなら、送風管ぞいに進むべきであった。そのようにすれば掘進する坑夫の耳に鉄管信号がきこえるはずだし、管を通して食物を送りこむこともできる。なにを愚かなことをしているのだ、と、かれは激しい苛立ちをおぼえた。

桟敷の上にもどった飯田は、鉛筆を手にし、

愈々(いよいよ)（床の）下水ノ上ヲ進行シ来(きた)ルモノト認ム。上部来ラバ三日晩中ニ出ラレシモノヲ。最モ遺憾トスルハ、送風管ニ依(よ)リ食物ノ運搬ナキ事ナリ。老年技術者ノ沢山有ランニ、返ス返スモ遺憾ニ思フ。後日ノ為メ、特ニ此点ニ注意アラン事ヲ

と、憤りをこめて書きとめた。

飯田は、さらに、丹那山トンネルを複線型にしたことはまちがいであったという批判

も書いた。単線型の小さなトンネルにしたなら、おそらく崩壊事故は起らなかったはずだ、と、かれは信じていた。

門屋も、ダイナマイトを包んでいたボール紙に鉛筆を走らせた。それは、飯田の文章よりも怒りにみちたものであった。

崩壊した土石の頂きの部分に救助坑を掘れば、「既《すで》ニトックノ昔、貫通セシモノヲ……」と書いた。床ぞいに救助坑を掘り進めていることについても、鉄道省の愚劣な考え方によるものだ、と痛烈に非難した。崩壊個所を復旧するには、床の部分に小さい坑道を掘り、それを基礎に上方や横に掘りひろげてゆく。鉄道省は、その復旧工事を意識して、救助坑を床の部分に作っているのだ、として、

「鉄道省トシテハ、或ハ人命ヨリモ後ノ作業ノ便利ヲ思ヒテ、底設（床の部分）ヲ来リシモノト思フ」

と、その非情さに抗議していた。

午前八時すぎ、呼吸困難を訴える者が多くなり、飯田も息が苦しくなった。カンテラの光が小さくなり、二個が消えた。マッチをすってみたが火がつかない。いよいよ酸素が欠乏し、炭酸ガスが増してきたのを知った。

桟敷の上よりも坑道の方がいくぶん呼吸が楽なので、水のひろがる坑道の床に移動することになった。寝ていた者たちを起し、天井に近い部分に張られていた板を坑道におろさせた。飯田は、かれらの動きについて、

「大部分ハ、フラフラシテ、カロージテ上ヨリ、（板を）下ロス」

と、日誌に記した。

水位があがっていたので、丸太その他を置き、その上に板を長く並べて床にし、全員がその上に横臥した。その移動で、男たちの体力は完全に尽きたらしく、息をあえがせて眼をとじていた。

カンテラの光は幾分太くなり、呼吸も楽になった。しかし、今後、時間がたつにつれて酸素は欠乏し、飢えと呼吸困難で、やがて死が訪れるだろう。食物を口にしなくなってからすでに三日間が経過し、生きていることが不思議であった。

飯田は、今に一人ずつ倒れついには全員が死を迎えるのだろう、と思った。しかし、救助坑は近づいてきていて、貫通は時間の問題になっている。気落ちすることが最も危険で、自分は閉じこめられた者たちの指導的立場にあり、全員を無事に家族たちのもとにかえしてやる義務がある。かれらをふるい立たせるのが自分に課せられた使命であり、それにはまず自分の気力を充実させねばならぬ、と思った。

かれは、体を起した。

「さあ、みんな、元気を出すのだ。救助坑は近づいていて、必ずおれたちは救い出される。生きぬくことさえできれば、うまい飯も食え、酒もたらふく飲める。いいか、おれの故郷の追分(おいわけ)をうたう」

飯田は、横になった男たちを見まわすと、声をはりあげて越後追分をうたいはじめた。

〝舟底の枕はずして啼く浜千鳥、寒いじゃないかえ、波の上、渡る浮世は、うつつか夢か、夢とうつつのもつれ合い、もつれもつれてとけない髪に、たれがしたぞえ、させたぞえ〟

かすれた唄声が、坑道の奥にこだました。

かれの眼に、涙が湧いた。新潟県の故郷にいる親、兄弟のことが思い起された。事故発生は親たちも知り、神仏に無事を祈って夜も眠れず心を痛めていることだろう。

唄い終わると、男たちの間からすすり泣く声がもれた。かれらも、それぞれ故郷のこと、肉親のことを思い出しているにちがいなかった。

その場所も息苦しくなり、午後二時に崩落した土石のひろがる個所から四〇メートルの位置に移動し、再び水の上に丸太を置き、板を床に敷いて身を横たえた。

移動して間もなく、土石の堆積の中から、矢木を打ち込む音がきこえてきた。かなり甲高い音であった。

「救助坑が近づいてきたぞ。元気を出すのだ」

飯田は、男たちをはげました。

男たちは、横臥したままうなずいていた。

しかし、二時間ほどたった頃、恐ろしい現象が起りはじめた。カンテラは五個ともっていたが、一個ずつ消えていった。それは、酸素の欠乏によるものではなく燃料が尽きてきたからで、午後五時半には遂に一個だけになり、六時にはそれも消えてしまった。

深い沈黙が流れた。飯田は、なんという濃い闇だ、と思った。黒々とした厚い壁に体がかたくつつみこまれているような感じで、頭上からせまる闇が重く、今にも発狂しそうであった。

「明日は、必ず救助坑が貫通する。それまで体力を消耗させぬように眠ろう」

かれは、部下たちが闇を恐れているのを察して声をかけた。

闇の中からは、応える声はなかった。

飯田は、体を横たえ、闇に眼をむけた。明日は貫通すると言いはしたが、もしもその期待が裏切られた場合、精神錯乱を起す者が出るにちがいなく、かれ自身にも自信はなかった。

かれは、眼をとじた。

飯田は、人声で眼をさました。闇の中に明るみがさしている。かれは、体を起し、夢をみているのだ、と思った。淡い光がみえる。

夢ではないことを知った。

「その光は……。どうしたのだ」

かれは、光を見つめた。

「私が、手探りで水を飲みに行きましたら、カンテラが手にふれたのです。マッチの火をつけてみますと、ともったのです。燃料はわずかしかありませんが……」

谷口が、眼を輝かせながら言った。

その光に、横臥していた者たちも身を起し、カンテラの灯を見つめている。かれらの顔には喜びの色がうかんでいた。

飯田は、時計を灯にかざした。針が六時をさしている。四月五日か、と、思った。記録することを思い立ち、

四月四日、午後六時ヨリ五日午前六時迄ガスキエテ　暗黒。

四月五日　午前六時、偶然ガス一個発見……光明ヲ認ム、一同貫通セシ如キ元気ヲ出ス

と、記した。

男たちは、その灯をたよりに床下の水に口をつけて飲んだり、水の中におりて放尿したりした。

しかし、正午近くなると、その灯は細くなり、やがて消えた。再び濃い闇が、体を包みこんだ。

飯田は、光のともっていた個所に眼をむけていた。声を発する者はなく、息をつく音と身じろぎする音がきこえるだけであった。

「今日は、まちがいなく救助坑が貫通する。元気を出して頑張るのだ」

かれは、声を強めて言った。

「主任さんの仰言(おっしゃ)る通りだ。それまで、ゆっくりと体を休ませておくのだ」

小椋の低い声がきこえた。

飯田は、涙ぐんだ。小椋は体の衰弱がはげしく、ほとんど寝たきりになっているが、老練な坑夫長として男たちをはげますことを忘れないでいる。最初に息をひきとる者がいるとしたら、おそらく小椋にちがいなかった。そのような体であるのに飯田の立場を理解し、協力してくれている。

飯田は、小椋に感謝した。

小椋の言う通り体を休ませねばならない、と、かれは自分に言いきかせ、身を横たえた。

その直後、突然、かれは、はねるように起き上がった。大音響がとどろき、突風が走り、砂礫(されき)らしいものが顔にあたった。周囲に悲鳴が起り、体がぶつかってきた。

轟音は崩落した土石の堆積の方からきこえ、再びその個所に崩壊が起ったことを知った。今にも頭上から土石が落下するような恐怖に襲われ、飯田は、背筋がかたく凍(こお)りつくのを感じた。

マッチがすられたが、風でたちまち消えた。その一瞬の光で土埃が立ちこめているのが見え、周囲に激しく咳(せ)きこむ音が起っていた。

轟音がやんだと思った瞬間、巨大な岩が落ちたらしく激しい地響きがして体がはずんだ。しがみついている男たちの間から泣き声とも悲鳴ともつかぬ叫び声が一斉に起った。

飯田も、冷静さを完全に失っていた。闇が恐ろしく、新たな崩壊音が轟くのを耳にしたかれは、しがみついている男の体を激しく押しのけ、頭に両手をあててうずくまった。崩れた土石が、坑道にたまった水に落ちる音がつづき、支保工の柱が、乾いた音を立てて折れる音もしている。

男たちは、錯乱状態におちいっていた。泣きながら意味不明の言葉を叫びつづける者もいれば、激しい動きで水の中を這うようにしているらしい者もいる。闇が、嵐のようにゆれていた。

飯田は、死を覚悟した。土石の崩落する音が絶え間なくきこえ、体がはずむ。その音響が坑道の奥にこだまし、かれの恐怖を一層つのらせた。

「ひと思いに死のう」

絶叫する声が、きこえた。それは絶えず涙ぐみ、おびえたような眼をしていた二十六歳の作業員の声であった。

「バレ口に飛びこもう。このままでは石に圧しつぶされるだけだ。それなら、いっそ自分から身を投げて死んだ方が、ましだ」

それに応える声は、きこえない。

そのうちに、

「おれも飛びこむ。このまま虫けらのように死ぬのはいやだ」

その声は、泣いていた。

男たちの間から、叫び声がつぎつぎに起った。

「ひと思いに、男らしくいさぎよく死のう」

一人が立ち上がり、それにつづく気配がした。

飯田は、愕然とし、うろたえた。一人の作業員の言葉に大半の者が同調し、実行に移そうとしている。完全な闇の中で轟く崩壊音に、かれらは恐怖のあまり狂乱状態におちいり、自ら命を絶とうとしている。その気持ちもわからぬではなく、自分も思いきって死んだ方が楽だという思いもある。しかし、指導者として、かれらの自殺を傍観しているわけにはゆかない。

「意気地なしめ。ぶん殴るぞ」

飯田は、闇にむかって叫んだ。眼から涙があふれ出た。

「飛びこんで死ぬのが、いさぎよいというのか。男らしいというのか。死ぬのは、いつでも死ねる。あくまでも生きぬき、それで力つきて野垂れ死ぬのが、いさぎよい男の死に方だ。貴様らは臆病なだけだ。死ぬよりも生きている方が、はるかに辛い。それに堪えて生きようとするのが、男だ」

また、崩落音がし、風が走った。

「もしも、どうしても飛びこむと言うのなら、まず、おれを殺してからにしろ。おれは野垂れ死ぬまで生きぬく」

飯田の声は、ふるえていた。

「そうだ。主任の言う通りだ。おれも生きぬく」

その声は、門屋だった。

男たちは、沈黙している。

飯田は、男たちの気配をうかがった。だれかが突然叫び声をあげて崩壊個所に突き進み、他の者たちもそれにつづくような予感をおぼえた。それとも半狂乱になったかれらは、自分にのしかかってきて殺すかも知れない。

小椋の声がした。

「みんな、頭を冷やすのだ。そんなに死に急いでどうする」

つづいて、安田が、

「親や女房、子供のことを考えろ。あくまでも生きようとして、今まで頑張ってきたのだ。死んでは元も子もないではないか」

と、言った。

飯田の眼から、新たに涙が流れた。自分を支持し男たちの動きを阻止しようとしている門屋たちの気持ちが嬉しかった。

土石が水に落ちる音がつづいている。

そのうちに、男たちが膝をつき腰をおろす気配がし、かれらの間からすすり泣く声がもれた。号泣する声もきこえてきた。飯田は、深い安堵を感じた。男たちはようやく錯乱状態を脱し、落ち着きをとりもどしている。危機を回避できたのを知った。

崩壊音が休みなくつづいている。その音に、かれは暗澹とした気持ちになった。今日中には救助坑が貫通し救出されると予想していたが、ふたたび起った崩壊で作業はまちがいなく中断されている。それどころか救助坑が圧壊し、救助隊員に犠牲者が出ているかも知れない。

救助坑を復旧し、再び掘進がはじまるのはいつのことか。貫通するまで生きているのは不可能だろう。おそらく自分たちは全員死に絶えているにちがいない。

かれは、深く息をついた。

やがて、崩壊音が絶え、坑道内に湧水の流れる音がしているだけになった。

飯田は、一同を勇気づけるためマッチをすった。明るい光に、青ざめた男たちの顔がうかび上がった。時計をみると午後五時すぎであった。

光が消え、闇が体をつつみこんできた。

「飯田さん。懺悔をきいて下さい」

門屋のうるんだ声がした。

飯田は、すでに門屋が死を覚悟しているのを感じた。門屋は大戦景気に便乗しようとして三菱の炭鉱をやめて材木業を営み、戦争終結とともに押し寄せた不況で破産したことを口にした。

「債権者に多大な迷惑をかけ、死は決して恐れませんが、申し訳ない思いで一杯なのです」

かれの声は、ふるえていた。

人の体を踏むようにして近づいてきた駒場も、告白をはじめた。東京に出てきて相場に手を出し、故郷の田畠まですべて売り払って勘当されたが、両親にひとこと詫びを言って死にたい、と言った。つづいて他の者たちも、些細なことまで口に出して懺悔した。

飯田は、相槌をうってききながら、全員がすでに死を予感しているのを感じた。一時は狂乱状態におちいったが、その気持ちがしずまると深い諦めが根をおろしたのだろう。

かれらの懺悔する声は静かで、淡々としていた。

懺悔が終わると、かれらは、幼い頃の思い出話や親のことを口にしたりし、すすり泣く声もきこえていた。やがて、かれらは気持ちが落ち着いたらしく、身を横たえる気配がし、寝息も起りはじめた。

飯田も眠気におそわれ、横臥すると眼をとじた。

夜半に尿意をおぼえ、闇の中で手さぐりをして水の上に放尿した。

飯田は、マッチをすった。午前二時で、四月六日を迎えたことを知った。

かれは、マッチ箱の中をのぞき、愕然とした。崩壊が起ってから何度かマッチをすったが、いつの間にか箱にマッチ棒が一本しか残っていない。男たちが持っていたマッチ棒は、無駄に使うのを防ぐため、すべて飯田が集めてあったが、それが尽きようとしている。カンテラの燃料が絶えてから時折りともすマッチの光が、どれほど一同を励ましたか知れない。その光がなくなると、完全な闇の世界になる。

かれは、身を横たえた。底知れぬ絶望感が胸にしみた。

仮睡して起きたかれは、全員にマッチ棒が一本しかないことを告げ、点火した。かれは、時計の針を素早くたしかめ、紙に、

「四月六日、午前五時半、愈々最後ノ点火」

と、書いた。が、光が消え、闇の中で見当をつけて、

「マッチモナシ、ガスモナシ、此後ハ只、天ニマカスノミ」

と、鉛筆を動かした。

飯田は、四月五日午後二時から五時すぎまで再び起った崩壊で、救助坑の作業は中止されたと推定したが、それは事実であった。

四本の救助坑から、坑夫たちが顔色を変えて急いで這い出てくると、建設事務所の技師たちに、

「山が鳴っていて、作業どころではない」

と、訴えた。

その後、崩壊がおさまっても、かれらは圧死をおそれて作業にかかることを強く拒否した。

富田は、技師たちに作業再開を厳命した。技師たちは、坑夫たちに安全であることを

しめすため自ら救助坑の中に這いこんでいった。崩壊で救助坑が圧壊する寸前であるかも知れず、それは死を覚悟した行為であったが、かれらは、それぞれ救助坑の先端までたどりつき、坑道が安全であることをたしかめて引き返してきた。

技師たちの行為によって、坑夫たちの恐怖もうすらぎ、救助坑の中にもぐりこんでいった。午後八時すぎであった。

各救助坑の作業は、困難をきわめていた。岩石に進行をさまたげられると、それをノミでくだき、大きな岩石に突きあたると、それを避けて左右に、または上方に坑道を掘る。そのため救助坑はいちじるしくくねっていた。

支保工の丸太や板を鋸で切り、鉄材を酸素切断機で切断することを繰り返していたので、各坑の進度は遅々としていた。それまでに掘削された長さは、中央の床面ぞいに進む第一救助坑が二一・九メートル、左の側壁ぞいの第二救助坑が一七・六メートル、右の側壁ぞいの第三救助坑が三四・九メートル、天井部分の第四救助坑が一二・七メートルであった。

富田たちは、最も進んでいる第三救助坑の貫通に期待をいだいた。これは、坑内にいる新聞記者たちにもつたえられ、「救助坑貫通近し」という空気も濃くなっていた。

三島口から応援にきた鹿島組の掘る第四救助坑の進度は、作業開始がおくれたこともあって最もおそかった。その個所は崩壊口であるだけに巨大な岩石が多く、迂回したり高さを変えたりするなど困難な作業がつづいたので、坑道はいちじるしく蛇行していた。

坑夫を監督する伊沢は、翌六日朝、作業を指揮する片桐技師に作業の中止を申し出た。右側壁ぞいの救助坑が最も早く貫通をみるのはあきらかで、最もおくれている第四救助坑を掘り進めるのは、もはや意味がない、という。

「なにを言うか。おれたちは、ただ掘ればよいのだ。他の救助坑のことなど考えず一センチでも前進するのだ」

片桐は、声を荒らげて言った。

伊沢は、その勢いに、

「わかりました」

と答え、作業現場に引き返していった。

翌七日の午後六時、第一救助坑の坑夫が、進行方向の土中に男の死体を発見した。引き出すことが可能であったので、一時間近くを費やして救助坑の外に出した。腐爛(ふらん)した体は圧しつぶされていて、辛うじて身もと確認ができたほどで、用意された棺におさめられて坑外に運び出された。

十時すぎに富田が睡眠をとるため坑口の外に出た。雨が激しく落ちていて、傘を手にした新聞記者たちの、貫通はいつ？　という質問に、

「一両日中には……」

と、答えた。また、閉じこめられた十七名の者の生死については、

「残念ながら不明です。身動きもできず水を飲んで生きている者がいるかも知れない。

「全部死亡してはいないと思う」

と、言葉をえらびながら答え、宿舎の方へ降雨の中を歩いていった。

翌八日も、雨は降りつづいていた。

四本の救助坑の作業は、疲労しきった坑夫が死力をつくして推し進めていたが、最も進度の早い右の側壁ぞいに掘られている第三救助坑に、現場の関心は集中していた。崩壊個所の距離を推測した結果、その救助坑の貫通は間近だと考えられた。

閉じこめられた十七名の生死については、全員死亡しているという意見が支配的であった。事故発生からすでに八日が経過し、飢えと疲労で死んでいる確率が高く、さらに坑内に炭酸ガスが充満し窒息死していると判断された。この想定にもとづいて、作業現場には、ひそかに多くの棺が運びこまれていた。

富田は、木箱に腰をおろしたまま四本の救助坑の入口を見つめていた。頬は瘦せこけ眼窩はくぼんで、別人のように変貌していた。

夜に入り、現場では、救助坑から出されるわずかなズリがトロッコに積まれ、いずれの救助坑も華氏百度平均の高温で坑夫も作業員も汗にまみれて働いていた。

床にそって掘られている第一救助坑の坑内は、土石にはさまれた死体の腐敗がさらに進み、その臭気をまぎらすための線香が多くたかれ、坑口から煙が濃く流れ出ていた。坑夫も作業員も手拭いで鼻をおおい、作業ははかどらなかった。

貫通が期待されている第三救助坑の掘削に従事する者たちの動きは、活気にみちていた。富田は、その坑口を見つめ、技師たちも坑口の近くに立っていた。貫通という声が今にも坑夫からあがるのではないか、と待ちかまえていた。

時計の針が午後九時をすぎ、長針が二十分をさした時、

「あいたぁ」

という絶叫する声がきこえ、富田は立ち上がった。

かれは、救助坑から這い出した坑夫が足をふらつかせながら近づき、

「あいたぁ」

と、再び叫ぶのを見た。

富田は、一瞬、自分の眼を疑った。右の側壁ぞいを掘り進む第三救助坑の貫通を待っていたが、叫んでいるのは、トンネルの天井部分を掘削している第四救助坑の坑夫だった。その坑道の進度は四本の救助坑の中で最もおそく、貫通を期待されている第三救助坑の三分の一ほどの長さしかない。その坑道が、「あいた」ことが信じられなかった。

富田は駈け寄り、坑夫は技師、親方、作業員などにとりかこまれた。交替で休んでいた坑夫たちも、仮休憩所からとび出してきた。

「あいた」

初老の坑夫の眼は、大きくひらかれていた。

「まちがいないな」

坑夫の親方である伊沢が、肩をつかみ、激しくゆすった。

泥だらけの顔をした坑夫は、興奮しきった眼で何度もうなずいた。

「どのぐらい、あいたのだ」

伊沢の言葉に、坑夫は両手の指で環をつくってみせた。夏蜜柑ほどの大きさだった。

「本当に突きぬけたのだな」

伊沢が念を押すように言うと、坑夫は再びうなずいた。

片桐技師が、富田所長の前に立った。

「伊沢親方にすぐに入らせ、確認させます。私も入ります」

富田は、うなずいた。

片桐が伊沢とともに富田たちの前をはなれ、第四救助坑の入口にのぼってゆくと、坑の中に這いこんでいった。

富田たちは、寄りかたまって立っていた。眼は輝き、無言で見合わせる顔には喜びの表情がうかんでいた。

二十分ほどして、片桐につづいて伊沢が救助坑の入口に姿をみせ、小走りにおりてきた。

「たしかに、あいています。ただし右側に軟弱な崩壊土砂があり、その土砂をふせぐ工事を約一〇フィート（三メートル強）しないと、完全な穴はあけられません。あいた位置は救助坑の入口から九〇フィートの所です」

片桐は、咳きこむような口調で言った。

「小さな穴から、なにか見えなかったか」

富田は、片桐を見つめた。

「真っ暗でなにも……。カンテラを穴に近づけましたが、なんの気配もありません」

片桐の言葉に、富田たちは無言であった。

ただちに第四救助坑に坑夫が入り、崩壊土砂を防ぐ工事がはじまった。丈夫な樫板や支保工の丸太が送りこまれた。

片桐の報告で、閉じこめられた十七名の死が確実視された。しかし、内部からなんの反応もなかったのは、かれらが動くことも声を発することもできぬ半死半生の状態であるからだとも一応考えられ、万全の救護態勢をとることになった。

富田の命令で、坑外の救護所に貫通寸前をつたえる者がさしむけられた。救護所には山形が看護婦たちと天幕の中に詰めていて、その報告に酸素ボンベ、薬品、担架などをトロッコにのせた。トロッコは作業員に押されて現場に急ぎ、山形も看護婦とともに走った。また、宿舎に待機していた鉄道病院の桜井、小林医師のもとにも、使いの者がむけられた。

第四救助坑に小さな穴が貫通したことは、たちまち坑外にもひろまった。閉じこめられた者の家族たちは雨の中を坑口に集まり、新聞記者たちも駈けつけた。かれらは坑内に入ることを望んだが、警察官が作業関係者以外の入坑をかたく阻止し、坑口に立っていた。

熱海線建設事務所熱海口派出所の者や鉄道工業会社の社員たちが、ぞくぞくと駈けつけ、桜井、小林の両医師も医療具を手に坑内に消えた。

第四救助坑の防禦(ぼうぎょ)工事が終了したのは、午後十一時近くであった。ただちに、ズリがバケツで手送りされ、これによって人が辛うじて這って通れる穴が出来た。

その直後、最も進度の早かった右の側壁ぞいに掘り進んでいた第三救助坑から歓声があがった。小さな穴であったが、ひらいたのである。むろん、人が通れるまでには時間がかかり、第四救助坑が完全に貫通したので、他の救助坑の作業はすべて中止された。

坑道の奥に救助隊が入ることになったが、内部には炭酸ガスが充満していることが予想され、危険であった。むろん、崩壊が起れば圧死することもある。救助隊とはいえ、十七名の生存は考えられず遺体収容が目的であった。

人選がおこなわれ、若い林野技手と屈強な作業員四名が指名された。

「危険な場合は、すぐ引き返してくるように……」

富田は、かれらに指示した。

林野は、作業員たちとカンテラを手に所長の前をはなれ、土石の傾斜を登って第四救助坑の入口に近づき、膝をつくと坑内に身を入れた。

技師たちは、作業員に指示して仮休憩所を仮救護所にあてることにし、そこに医療具を運びこませた。救護所のかたわらには、蓆(むしろ)をかぶせた棺が積みあげられていた。

救助坑に入った林野は、穴が余りにも小さいのに驚いた。たぬき穴と俗称されているが、這った人間がようやく通れるほどの狭さであった。

　救助坑の内壁には丸太がくまれ、厚い樫の板で土圧をふせいでいる。かれは、頭を何度も丸太にぶつけた。このような狭い穴を掘り、矢木をカケヤで打ち土石にまじった丸太や鉄材を切断して掘り進んだ坑夫たちの苦労が、身にしみた。岩があると、それをよけるため救助坑は右に左に向きをかえている。岩の上をのりこえて掘られている部分もあった。

　かれは、激しい恐怖にかられていた。もしも、崩壊した土石が少しでも沈み、それによって丸太が折れれば自分の体はたちまち圧しつぶされる。土石にはさまれたまま息が絶えていたという死体のことが思い起され、一刻も早く救助坑の中を通りぬけたかった。

　二七メートル強という救助坑が、ひどく長いものに感じられた。屈曲した穴の中を這ってゆくのは体力を要し、息苦しい。背後からついてくる作業員たちの荒い息もきこえていた。

　ようやく、前方に穴の出口がみえた。かれは、力をこめて進み、ようやく穴の出口から這い出した。後続の者も穴の外に出て、カンテラをかざし、膝をついて坑道の内部に視線を走らせた。

　林野たちがいるのは、崩壊した土石や丸太の堆積の上だった。下方に湧水がひろがっていて、そこにカンテラの光が映っている。

　林野は、カンテラの灯が細くなっているのに気づいた。酸素が少く炭酸ガスの量が多くなっているらしい。呼吸が苦しく、徐々に激しさを増した。

坑道は漆黒の闇で、それが奥深くつづいている。水の流れる音がしているだけで深い静寂がひろがっていた。

死の世界だ、と、かれは思った。もしも生存している者がいれば、カンテラの光を眼にして救助隊が来たことを知り、余力をふりしぼって近寄ってくるか、それができなければ声をあげるはずだった。が、カンテラをかざしてみても動くものはなにもない。

林野は、足もとに注意しながら崩落した土石の傾斜をくだり、その後ろから作業員たちがつづいた。

傾斜の下には澄んだ湧水がたまり、そこに足をいれると膝頭の近くまでつかった。水は冷たく、崩壊した土石の中に流れこんでいて、かすかに動いていた。

林野は、恐るおそる水の中を進んだ。支保工の丸太の影が、側壁を動いてゆく。

一〇メートルほど進んだ時、林野は、ぎくりとしたように足をとめ、作業員たちの体も動かなくなった。

淡いカンテラの光が坑道の奥にのびているが、前方に異様なものが見えた。

水がひろがっていて、そこに丸太がおかれ、板が奥の方まで長く張られている。板の上になにかが並んでいる。

人間だ、と、かれは思った。体を接し合って横たわっている。背筋に、冷たいものが走った。閉じこめられた者たちは、水位のあがった坑道の床に板をはり、仰臥して救出を待ったが、体力がつき、そのままの姿で絶命している。かれらの不運が、胸にせまった。

林野は、作業員たちと身じろぎもせずに立っていた。

不意に、かれの眼が大きくひらかれた。背後に立つ作業員の間からも短い叫び声がきこえた。恐怖が全身をつらぬいた。

仰臥した人の中から、一つの体が動き、徐ろに半身を起した。顔がこちらにむけられている。生きている者がいる、と、かれは思った。胸に熱いものがつき上げてきた。足が動き、かれは、水をはねかせながら小走りに進み、作業員たちもつづいた。

カンテラの光に、せまい坑道の床の上に並んで仰臥している人間の体と、身を起している男の姿が、はっきりと浮かびあがった。林野は、坐った男がほとんど意識もうすれ、死の寸前にあるような気がした。鞭でたたくように気力をとりもどさせなければ、そのまま安堵から気がゆるみ、息絶えてしまうような予感がし、

「この野郎、しっかりしろ。まだ、今日は三日目だぞ」

と、怒声を浴びせかけた。

「ばかなことを言うな。今日は八日目だ。まちがいない」

坐った男が、答えた。

林野は、呆然とした。男の声は聴きとれぬほど弱々しいが、言葉はしっかりしている。

かれは、初めて男が眼を手拭いでおおっているのに気づき、さらに鉄道工業会社の社員

である現場主任の飯田であることを知った。奇蹟的にも、かれは生きている。

林野は、横たわった男たちの体に眼をむけたが、かれの口が半ば開いた。言葉は出なかった。奥の方まで並んで横たわっている男たちの体が、一斉に揺れている。その眼は手拭いでおおわれ、体の動きが急に激しくなった。

林野は、異様な声を耳にした。それは、食いしばった歯の間からもれるすすり泣きで、仰臥している体の中から起り、たちまちのうちにひろがった。体が大きくはずみ、泣き声が号泣に変わった。

林野の眼から涙があふれ出た。仰臥している者たちは、すべて生きていて、歓(よろこ)びで体をふるわせて泣いている。眼をおおった手拭いの間から涙が流れ、互いに手をかたくにぎり合っている者もいた。

林野は、仰臥した男たちを見まわしながら飯田に声をかけた。

「全員、無事なのですね」

「そうだ。死んでたまるか」

飯田の頬には、涙が流れていた。

林野は、うなずくと、作業員の一人に全員生存していることを富田所長に至急つたえるよう命じた。

作業員は、水をはねさせながら走り、土石の傾斜をのぼると救助坑の中に消えた。

「眼を手拭いでおおっておけ。そうしないと光で眼をやられ、失明するぞ」

飯田が、涙声で男たちに声をかけた。

男たちはうなずき、あらためて手拭いをしめ直す者もいた。飯田は、救助坑からカンテラの光がもれた時、全員に手拭いで眼をおおわせた。さらに、歓びの余り救助坑に走ると急激な動きで心臓麻痺などを起すおそれがあると考え、体を動かさせず仰臥させ、林野たちが近づくのを待っていたのだ。

二十分近くたった頃、救助坑からつぎつぎにカンテラの灯が湧き、十名ほどの男たちが水の中を走ってきた。

かれらが、一人一人仰臥した者たちの肩に手をかけると、男たちは救助隊員に抱きつき、号泣した。

救助隊員は、男たちを立ち上がらせて肩を貸した。小椋と駒場は衰弱がはげしく、立つことはもとより坐ることさえできなかった。そのため二人は、救助隊員に背負われた。助けも借りず歩けるのは飯田、門屋、谷口だけであった。

カンテラの灯の群れが、板の張られた床をはなれ、一列になって水面を光らせながら土石の堆積にむかった。手拭いで眼をおおった者たちが、救助隊員の力をかりて一人ずつ救助坑の中に入ってゆく。小椋と駒場は、寝たままの姿勢で救助坑に押しこまれ、前に入った救助隊員が両手をひいて穴の中を進んだ。

最後に門屋と飯田が救助坑に入り、手探りで坑道内を這っていった。

ようやく救助坑から這い出た飯田は、歓びの声とあわただしく指示する鋭い声を耳にした。

「よかった。よく生きていてくれた」

という声とともに、手、腕、肩を多くの男たちに強くつかまれ、抱きかかえられた。

「飯田、よくやってくれた」

それは、あきらかに富田のうるんだ声であった。

「はい。元気でおります。お世話をかけました」

飯田は、頭をさげた。

かれは、眼かくしをしたまま人に手をとられて歩き、テントの中に入った。仰臥したかれは、背に柔いふとんがふれるのを感じた。


飯田たち十七名が収容されたのは、坑道内にもうけられた仮救護所であった。そこには、嘱託医の山形文雄と鉄道病院から派遣された桜井、小林両医師が看護婦たちとともに飯田たちを待ちかまえていた。

ただちに、飯田たちに酸素吸入がおこなわれ、医師たちが脈搏(みゃくはく)をはかり、記録した。七〇から八〇と標準脈搏数の者が多く、最高は小椋の一〇八、最低は西村の四八であった。小椋と西村の脈搏が異常であるのは急に酸素吸入をさせたためと考えられ、酸素マスクをはずし、周囲に酸素ガスを発散させるようにした。

呼吸数は大半が一五で正常値より少かったが、小椋と西村が三五、一二と異常な数値をしめした。また体温はほとんどが平熱より低く三五度二分か三分、最高が三七度二分、最低が三五度で、医師たちはカンフル注射をし、少量の葡萄酒を口にふくませた。

医師の検査はつづき、尿が採取された。一様に濃厚で、ことに飯田と腹痛を訴えている勝又に蛋白量が多く、それに応じた処置がとられた。

体の衰弱度をはかるため握力の測定もおこなわれた。日本人の二十歳男子が四〇キロから五〇キロだが、救出された者は三〇キロ台で、ことに駒場が一五キロ、小椋は一〇キロに過ぎず、体力が極度に失われていることをしめしていた。

これら十七名の中で、医師たちを驚嘆させたのは飯田の検査結果であった。尿に高い蛋白量がみられたものの、脈搏、呼吸とも正常で意識ははっきりし、握力も右手五〇キロ、左手四五キロで、ほとんど体の衰弱はみられなかった。このまま坑道の奥に長くとじこめられていたとしても、最後まで生きているのは、かれであったにちがいなかった。

医師団は、かれらの処置について慎重に話し合った。飢えたかれらに用意した重湯を飲ませてやりたかったが、カンフル注射をし少量の葡萄酒もあたえたので、重湯が強い刺戟になるおそれもあると考えられ、時間をおいてからあたえることになった。安静が第一で、睡眠をとらせることにし、あらためて全員にガーゼと黒布で眼かくしをして、眠るように言った。仮救護所のカンテラの灯も細めた。

医師たちは、仮救護所を出ると、富田に救出した者たちの容態を報告し、衰弱しきっている者もいるが、適切な手当てと時間の経過によって全員が回復するだろう、と告げた。

富田は、その報告を喜び、医師たちの労をねぎらった。絶対安静を守らせるため家族の面会も一切禁止し、仮救護所の周辺は静寂を守るよう指示された。

九日午前四時、全員に砂糖を入れた少量の重湯を飲ませた。かれらは、うまそうに飲んだが、空腹感が消えているらしく、それ以上の量を要求する者はなく再び眠りに入った。

坑外では家族たちが集まり、しきりに面会をもとめた。しかし、救出された者が興奮するおそれがあるので、山形医師が安静が最も必要であると説明し、かれらが坑内に入ることを許さなかった。

午前八時、重湯五〇グラム、牛乳八〇グラムがあたえられ、かれらの体調は、かなり回復した。意識が薄れていた者たちも、しっかりした口調で話すようになった。しかし、最も衰弱のはげしい小椋と駒場は声を発することもできず、医師は大量の食塩注射をし、容態を監視した。

医師たちは、かれらの体力の消耗をおそれ、尿も寝たままバケツに排出させたが、眼をおおっていた黒布ははずし、ガーゼだけにした。

その日の新聞各紙の夕刊には、十七名の救出が大々的に報じられていた。「東京日日新聞」には、

〝救助坑遂に貫通して

生存者十七名救はる〟

という大見出しのもとに、第四救助坑が貫通して救出に成功した経過が記され、生存者氏名も列記されていた。と同時に、煉瓦積み準備作業をしていた十六名の作業員の全員死亡が確実になったことも報じた。

熱海の町では、十七名が奇蹟的に全員救出されたことに沸き立ち、泊り客をふくめた町の者たちがトンネルの坑外に群れをなして集まっていた。その一方、町では、十六名の死者の遺族に弔慰金をおくる動きがみられ、町長内田市郎左衛門が中心になって寄附金の募集をはじめた。

その日の午後、救出された者はほとんど元気になり、粥（かゆ）、牛乳があたえられた。午後六時、医師たちは、かれらが危険を脱したと判断し、仮救護所から鉄道工業会社の娯楽場に移すことを決定した。かれらは、眼かくしをされたまま担架にのせられ、坑口にむかい、坑外に出た。家族たちが走り寄って泣きながら体にしがみつき、集まっていた者たちの間から歓声があがった。担架の列は人々にかこまれ、娯楽場に入った。

医師団は、さらに静養させる必要があるとして扉をとざし、家族たちの面会も許さなかった。その夜、かれらには粥、鶏卵があたえられ、立って便所に行くことも許可された。

翌日、尿に蛋白がみられる飯田と勝又が、治療のため山形医院に入院した。山形は、新聞記者が飯田に会うことを許し、飯田は張りのある声で記者たちの質問に答えた。

飯田たち十七名が救出されて坑内の仮救護所に収容されて間もなく、治療にあたっていた医師たちは、飯田が坑内に閉じこめられている間しためた日誌を所持しているのに気づいていた。医師たちは飯田からそれを見せてもらい、坑内でかれらがどのように過ごしたかを知り、治療の参考にした。

医師から日誌のことをつたえきいた富田は、顔をこわばらせた。請負会社の鉄道工業会社の社員たちは、工事指揮にあたる鉄道省熱海線建設事務所員に従順であるのに、飯田は、遠慮することなく批判をし苦情も持ちこんでくる。閉じこめられた間に書いた日誌には、鉄道省の方針に対する反撥が書かれている確率がきわめて高い、と推測した。新聞記者たちは取材に奔走しているので、その日誌がかれらの眼にふれて鉄道省に対する批判が公表されれば、大事故の後だけに世の激しい非難を浴びる材料にされる。もしも、そのようなことになれば、丹那山トンネルの工事が中止の憂き目にあうことも十分に予想された。

富田は、仮救護所に行くと、医師が持っていた日誌を手に詰所に入って一字一句眼で追った。日誌には、徐々にせまる死の恐怖が生々しい筆致で記されていた。

富田は、四月四日午前七時の記述に眼をとめた。それは、飯田が崩落した土石の堆積の中から矢木を打つ音を耳にし、その音によって床の排水溝ぞいに救助坑が掘り進められてくるのを確認した折りの文章であった。

飯田は、床にそって救助坑を掘ってくることを愚かしい方法だとして、「上部来ラバ三日晩中ニ出ラレシモノヲ……老年技術者ノ沢山有ランニ、返ス返スモ遺憾ニ思フ。後日ノ為メ、特ニ此点ニ注意アラン事ヲ」と、記していた。

この点については、救助隊は床のみならず左、右と、飯田の言う「上部」のトンネルの天井の部分の計四本の救助坑をうがち、事実、「上部」の第四救助坑の貫通によって全員が救出されている。この一文は富田らに対する批判ではあったが、床にそってのみ救助坑が掘り進められていると考えたのは飯田のあきらかな誤解であり、富田は、このまま公表されてもさしつかえない、と判断した。

しかし、それにつづく文章を読んだ富田は、やはり日誌を読んでよかった、と思った。そこには、丹那山トンネルが複線型として設計されたことに対する批判が記されていた。これまで日本の鉄道トンネルのほとんどが単線型であるのに、はるかに広い複線型にしたのは無謀であり、今回の大崩壊事故の最大の原因は複線型にしたことにある、と断定していた。

この一文は、丹那山トンネルの設計・工事についての基本的な批判であり、鉄道省の方針に対するあきらかな挑戦であった。

丹那山トンネルを複線型にすることに決定したのは、世界の鉄道トンネルの現状を考え、日本の土木技術がそれを可能とさせると判断した結果であった。それを飯田は無謀であるとし、崩壊事故の最大原因だとみている。技術上の批判は歓迎すべきで、富田も、若い技師たちの話に耳をかたむけ、適切であると考えれば積極的に採用している。しかし、飯田の批判は、すでに推しすすめられている丹那山トンネル工事の全面的な否定であり、工事責任者として工事の進行のさまたげになるようなことは絶対に排除しなければならなかった。

もしもこの一文が新聞に発表されでもしたら、崩壊事故の原因は、ここにこそあった、とされ、激しい非難の声があがり、最悪の場合は工事が中止される事態に追いこまれることにもなる。また、これが公表された場合、飯田が苦境に立たされることも疑いの余地がなかった。鉄道工業会社の社員であるかれの批判文は、請負会社の鉄道省に対する批判とうけとられる。鉄道工業会社としては、飯田個人の考えであると釈明し、かれを解雇する処置をとるだろう。

富田は、飯田の将来もふくめて、この一文が公表されることは、あらゆる意味で好ましくない、と考えた。

しかし、飯田が日誌を持っていたことは医師たちが知っているし、それはすでに他の者たちの耳にも入っているにちがいなかった。日誌そのものの所在を否定することは不可能で、批判した個所を削除したものを公表する以外にない、と思った。

かれは、日誌を上衣の下にかくし、坑外に出ると熱海口派出所の事務室に入った。そして、批判文をのぞいた日誌を藁半紙(わらばんし)に書き写し、事務員にガリ版で刷ることを命じた。日誌は、後に処分することにし、官舎にもどると押し入れのふとんの下にかくした。

かれは、信頼のおける技師に、飯田のもとに行って複線型トンネルに対する批判文を削除した日誌を公表するが、削除したことについては決して口外しないようつたえることを命じた。すぐに仮救護所へ行った技師は、やがてもどってくると、飯田が確約したことを報告した。

間もなく、新聞記者たちが日誌のことをかぎつけ、公表をもとめた。富田は、ガリ版刷りの藁半紙をかれらに配った。

記者たちは、色めき立ってそれを記事にまとめ電話で本社につたえたが、原本の日誌をカメラにおさめたいので見せて欲しい、と執拗に迫った。富田は、頑として応じず、公表したものは日誌の内容と全く同じだ、という言葉をくり返した。

富田は、飯田の日誌以外に門屋が遺言状をしたためていたとは想像もしていなかった。門屋は、救出された後、その遺言状の後半に富田ら技術陣と鉄道省に対する批判を書いたことを後悔した。死を目前にしていたため激烈なことを記したが、自分の誤解もあるにちがいなく、第三者の眼にふれてはまずい、と思った。

そのうちに飯田の日誌を富田が問題視していることを知り、狼狽した。遺言状は、普通の紙に書いたが、批判文はダイナマイトをつつむボール紙の切れはしに書きとめてあって、腹がけの中に入れてあった。

かれは、親しい同じ桂組の谷川兵作を救護所に呼び、

「大事なものだ。あずかってくれ」

と、低い声で言い、遺言状とボール紙を腹がけから取り出して素早く渡した。

谷川は、重要なものと言われたので緊張し、たまたま警官を連れて坑内に入ってきた三島警察署熱海分署の一柳権二署長に手渡した。

一柳は、巡視を終えて署にもどり、自分の机の上に遺言状と批判文を書きとめたボール紙を置き、席をはなれた。

その折り、一人の新聞記者が、何か情報はないか、と署長室に入ってきて、机の上に紙と薄汚いボール紙があるのを眼にした。かれは、机に近づき紙を見つめ、それが門屋の遺言状であることを知り、興奮した。そこには、四月一日夕刻の大崩壊から翌二日午後五時までのことが書かれ、最後に、

一、予ハ責任上喜ンデ死ノ途ニ入ル。

四月二日午後五時

心気ノ元気アル内ニ誌シ置ク

丹那山隧道東口(熱海口)十七哩六十五鎖五十節ノ処ニテ

桂事務所　門屋盛一

と、記されていた。

記者は、飯田の日誌以外に門屋の遺言状があったことに狂喜し、それを急いで書き写

した。

すべて筆写し終えた記者は、そのかたわらに置かれたボール紙の切れはしを手にし、文字を追った。それは、門屋が四月四日午後八時に記した富田所長指揮の救出隊と鉄道省にたいする批判文であった。

記者の眼の輝きが、一層増した。死を目前にした門屋の技術者としての率直な批判は、きわめて重大な意味をもつものとして大きな反響を呼ぶことはあきらかだった。

その批判文を書いたのは、門屋とは思ったが、紙ではなくボール紙で、しかも筆がかなり乱れているので別人の筆になるものか、とも考えた。記者は、富田が飯田の日誌を頑として見せようとせぬことと、このボール紙の文章とを結びつけた。

記者が、批判文を飯田の日誌の一部と錯覚したのは無理もなかった。かれは、富田が日誌の原本を見せることを拒んだことで、その日誌に公表されては困る内容がふくまれ、その部分を削除してガリ版刷りのものを自分たちに渡したのだ、と推測していた。そうした疑念をいだいていた記者は、鉄道省の方針に反撥する文章の書かれたボール紙こそ、富田が削除した飯田の日誌の一部だ、と確信した。

かれは、あわただしくその文章を筆写したが、署長が部屋にもどってきたのでそれ以後の文章を写すのを諦め、署を出た。

記者は、それを素早く原稿にまとめ、本社に電話で送った。大きなスクープであった。

翌日、その記者の属す新聞に、

〝死に面して認めた
　悲壮なる生埋めの記〟

という大きな見出しで記事が掲載された。

まず、門屋の遺言状が紹介され、「予ハ責任上喜ンデ死ノ途ニ入ル」という部分が、大きな活字になっていた。

つづいて、〝天命ヲ待ツ〟という小見出しのもとに、飯田の日誌が掲載され、その後半部分に、門屋がボール紙にしたためたものが、あたかも飯田の書きとめたものであるかのように書かれていた。

内容は、救助坑が床にそって掘り進められているのは、「作業ノ方針ヲ過」ったもので、トンネルの最上部を掘り進んでくれば、「トツクノ昔、貫通セシモノヲ」と、救助作業を批判していた。それにつづいて、このような愚かしい作業は、「鉄道省トシテハ、或ハ人命ヨリモ後ノ作業ノ便利ヲ思ヒテ、底設（床の部分）ヲ来リシモノト思フ。

ガスハ消エタリ。空気ハ益々薄クナルバカリナリ。吾人等十七名ノ命モ既ニ定マル。後ハ記サズニ静ニ天命ヲ待ツ。

　四月四日午後八時」

と、記され、この部分も、大きな活字で組まれていた。

この記事を読んだ富田の驚きは、大きかった。飯田の日誌には、鉄道省が人命軽視をしているなどということは記されていず、新聞記者の捏造か、とも思った。

　かれは、部下に命じて調査させ、その結果、三島警察署熱海分署の一柳署長のもとに門屋の書いた遺言状があることを知り、ボール紙に記された文章を新聞記者が盗み読みし、記事にしたことを知った。

　新聞を読んだ門屋も驚き、自分の書いた鉄道省批判の一文が、あたかも飯田が書いたように扱われていることに呆然とし、飯田に迷惑がかかることを恐れ、医師を通じて富田に自分の書きとめたものであることをつたえた。

　富田は、門屋がこの文章以外に複線型トンネルについての批判も書いていることを知り、それらが書いてあるボール紙を没収した。


　救出されてから三日後の四月十一日には、全員が元気になり、衰弱の最も激しかった小椋と駒場の食欲も増し、柔い米飯に滋養のある副食物があたえられた。山形医院に入院していた飯田と勝又も退院し、鉄道工業会社の娯楽場にもどった。

　門屋は、悶々としていた。鉄道省批判の一文が新聞に報道され、富田は苦況に立たされている。門屋の所属する鉄道工業会社の幹部たちの困惑も、眼にみえるようであった。

　会社をやめ、弟たちを連れて故郷の愛媛県へ帰ろう、と思った。坑内にとじこめられた八日間の苦しみを再び味わいたくなく、二度にわたる崩壊事故の恐怖は、思い出すだけでも身がふるえ、このような危険な仕事はしたくない、と思った。

昼食をとっていた門屋は、部屋の入口に富田が姿をみせたことに気づき、箸(はし)の動きをとめた。富田のかたわらに立つ桂組の親方が自分を指さし、富田が近づいてきた。

門屋は、顔から血の気がひくのを意識した。怒声を浴びせかけられ、即刻、工事現場から追い払われるにちがいなかった。

富田が、坐っている門屋の前で足をとめ、片膝をついた。

「はっきりしたことを書いてくれたな」

富田の視線が、刺すように鋭い。が、顔に薄笑いがうかんでいる。

「あれは、お前の考え方だが、おれはちがうぞ。おれは、自分の考え方が正しいという信念をもって工事を指揮している」

「はい」

門屋は、体をかたくした。部屋にいる者たちが食事をやめ、息を殺してこちらを見つめているのが感じられた。

「お前がボール紙に書いたものは、おれが記念にもらっておく。お前は、ここを去ろうとしているな。そうはさせない。死線を越えて生きたのだ。この仕事はお前の生命だ。やめてはいかん。このトンネルの完成に力を注いでくれ、いいな」

富田の手がのび、門屋の手をかたくつかんだ。

門屋は、熱いものが咽喉につきあげるのを感じた。雲の上の存在に似た高等官二等の富田に、そのようなことを言われた門屋は感動し、

「死んだ気持ちで働きます」

と、答えた。

富田は、満足したようにうなずいた。

その日、医師団は全員が回復したと判断し、それぞれの宿舎に帰ることを許した。

夕方、富田が、鉄道省、鉄道工業会社の役員とともに娯楽場に姿をみせ、一同に慰めの言葉をかけた。これに対して、遭難者を代表し飯田が謝辞を述べ、まだ埋没したままの死体発掘に努力することを誓った。

かれらは、それぞれの宿舎にもどっていった。

四月十日、鉄道大臣元田肇から富田に、

「遭難者十七名ヲ救助シタルコトヲ喜ビ、諸子ノ多大ノ労ヲ謝ス。尚、此上トモ不明者ノ捜索作業ニ奮闘ヲ望ム」

という電報が寄せられた。

富田は、その日の午後から崩壊個所で埋没した遺体の発掘作業を開始させた。

また、救出された飯田らは、坑道の奥には一人も生存者はいないと証言していたが、万全を期してその奥をさぐることにした。そのため、十七名が救出された翌九日朝、捜索隊を救助坑から入らせたが、崩壊個所から一二〇メートル進んだ地点で引き返さざるを得なかった。炭酸ガスが充満していて、カンテラがすべて消え、危険になったからである。このことから考えて、飯田たちの救出がおくれれば全員が窒息死したことはあきらかだった。

送風管を修理し、ゴム管で坑道の奥に空気を入れて換気につとめ、翌十日朝に再び捜索隊が入った。が、前日より三〇メートル進んだだけで引き返し、さらに鉄管で送風をおこなった。翌朝、酸素ボンベを携帯して入坑した捜索隊は、ようやく切端に達した。

この結果、飯田たちの証言通り残存者はなく、また坑道内の支保工その他に異常がないことを確認した。

埋没死体の発掘は、中央の床にそった第一救助坑と左の側壁ぞいに掘り進めた第二救助坑によっておこなうことになり、作業が進められた。これらの救助坑から、枝をひろげるように坑道を掘ってゆくのである。

まず、第一救助坑では、九日午後三時に死体一個を眼にしたが、鉄材にはさまれていて引き出せず、翌十日午後十時に発見した死体は、苦心の末十一日午後十時半、収容することができた。

第二救助坑では、十三日午前四時に死体を発見、六時間後に発掘し、午後一時には女の死体を見出して、午後五時半に収容することができた。また、十四日には、崩壊個所で作業を指揮していた鉄道省熱海線建設事務所の建築工夫長細川治平の遺体が発見され、午後三時に発掘を終えた。

これを最後に死体の発見はなく、一応、捜索は打ち切られた。

遺体は荼毘（だび）にふされ、未発掘の遺体をあわせた合同葬がもよおされた。鉄道省と鉄道工業会社は、死者の遺族に二千円から四千円の弔慰金をおくった。

熱海町では、町長が遺族に対する弔慰金を募集し、事故の犠牲者に同情する全国の人々からも鉄道省と熱海町役場、警察署に寄附が寄せられ、四月十四日には三千四百円に達し、その後も続々と寄附金が送られてきた。

熱海の旅館では、事故発生後、三味線、太鼓などの使用をひかえ、夜になっても歌声や笑い声はきこえなかった。

熱海線建設事務所では、崩壊事故の原因糾明にあたり、さまざまな証言を総合した結果、その個所の地質が想像以上に悪く、それに気づかなかったのが原因であることがあきらかになった。粘土層をふくむ滑りやすい部分があり、そこを岩石が滑って動き、支保工の丸太がつぎつぎに倒れて大崩壊につながった、と判定された。

それにもとづいて、トンネルの修復工事が本格的に開始された。まず、左の側壁ぞいに掘られた第二救助坑を掘り進めて貫通させ、すでに貫通していた右の側壁ぞいに掘られた第三救助坑とともに、それぞれ補強した。その二つの救助坑を掘りひろげ、トンネルを元の型にまで修復することになった。

工事現場はようやく平静さをとりもどし、熱海の町でも、夜、旅館から酒宴のにぎわいがきこえるようになった。

五月七日、関東から東海地方にかけて大雨に見舞われたが、その直後、熱海の梅園の一部が陥没した。約一坪の広さで一メートルほどの深さのくぼみであった。この報告をうけた熱海線建設事務所では、測定の結果、そこがトンネルの崩壊事故現場の真上であることを確認した。つまり、崩壊してゆるんだ土石が徐々にしまり、そこにくぼみが生じたのである。

救出された者のうち、人夫世話役の安田克作の監督のもとに、ズリ出しをしていた作業員たちは、一つの石のことを忘れられなかった。作業中、ズリをうける漏斗に大きな石が落ち、それを取りのぞくのに時間を費やしたことで圧死をまぬがれた。安田たちは、自分たちが生きているのは、その石のおかげだとして坑内から石を出し、梅園の近くにある神社の境内に運び上げ、救命石と名づけて祭った。

六月七日、富田所長は鉄道監察官に転じ、東京帝国大学工科大学土木学科の二年後輩である青木勇が新所長に着任した。熱海口派出所主任の竹股一郎も、同日付で米子建設事務所長に栄転し、池原英治が主任になった。

富田は、翌年六月勲二等瑞宝章(ずいほうしょう)をうけ、全国の鉄道工事を監察していたが、病を得て十二月十八日死去した。

六

大崩壊事故が起ってから四カ月後の大正十年八月に、三島口のある大竹の村落に念願の火力発電所が完成した。

丹那山トンネル三島口から六〇〇メートルの冷川（ひえかわ）ぞいにある一、三〇〇坪の敷地に、三〇〇坪の発電所が建てられていた。そこには田熊式四〇〇馬力の蒸気汽缶四台、米国アリスチャルマー社製蒸気タービン、同社製二、五〇〇キロワット発電機各一台ほか機械類その他が据え付けられていた。三島口へはもとより熱海口まで電柱が立てられて高圧送電線がのび、三島、熱海両口とも二二、〇〇〇ボルトの受電設備もととのっていた。

白色の高い煙突から煙が吐かれて送電が開始され、熱海、三島両口では電力によって削岩機が作動し、坑内には電燈がともって、カンテラの灯にたよっていた内部は明るくなり、坑外にも電燈がつらなった。また、牛馬や人力にたよっていたトロッコも、九トンの電気機関車でひかれるようになった。

長い間、採算が合わぬという理由で電力供給をこばんでいた富士水電株式会社では、戦争終結によって好況が去ったため、電力料金を低くするから使用して欲しいと申し出てきて、三島口に火力発電所が完成した後も、執拗に頼みこんできた。

電力としては、火力発電によるものより安い料金ですむので、鉄道省とも協議の結果、火力発電所は停電の折りに使用することにし、電力を富士水電からすべてうけることに決定した。これによって、電力問題は解決した。

熱海口では、崩壊個所の修復工事が煌々（こうこう）とともる電燈のもとで進められ、掘り出されたズリは、電気機関車にひかれたトロッコで坑外に運び出されていた。

また、三島口では、順調に導坑が掘り進められ、掘りひろげられた個所には煉瓦がはられていたが、湧水が増す傾向がみられた。

不況は深刻化し、貿易の不振は空前のものになっていた。

原敬内閣は、教育の改善、交通通信機関の整備、国防の充実、産業奨励の四大政策をかかげ、積極政策をとっていた。鉄道の敷設が大々的におこなわれ、それが原内閣を支える政友会の地盤の維持、拡張に大きな力になっていた。また、軍備費は、それまでの最大規模となり、前年度の決算は歳出総額の四九パーセントにも達していた。

しかし、戦後の好況が不況に転じ、その政策は行きづまりをみせた。莫大な予算案が日本の経済力には過大で、増税が国民を圧迫していた。

労働者の生活は苦しく、社会運動の動きが活潑化するのにともなって、その年の夏から神戸川崎造船所、神戸三菱造船所、石川島造船所などで大規模なストライキがつづいて起り、政府は、きびしい弾圧の態度でのぞんでいた。

十一月四日、首相原敬が暗殺され、各方面に大きな衝撃をあたえた。

その日、原は、京都でひらかれる政友会近畿大会出席のため東京芝公園の私邸を自動車で出発し、東京駅におもむいた。午後七時三十分の列車に乗ることになっていて、見送りの各大臣とともに改札口にむかう途中、かすりの着物に茶の鳥打帽をかぶった青年が、群衆のなかから飛び出して、短刀で首相を刺した。傷は右肺部から心臓に達し、数分後、原は絶命した。犯人は逮捕され、取り調べの結果、大塚駅の転轍手をしている中岡艮一（十八歳）であることが判明した。

この事件によって内閣は総辞職し、大蔵大臣高橋是清が首相に推され、内閣を組織した。

熱海口では崩壊個所の復旧が進められ、三島口でも掘削が進められていた。三島口の湧水は、導坑が掘り進められるにつれて増加し、坑夫や作業員たちは流れ落ちてくる水を浴びながら作業をつづけていた。

十二月十四日、「時事新報」は、紙面を大きくさいて丹那山トンネル工事の論説を掲載した。

見出しは、

〝予断を誤つた鉄道省が
　丹那山隧道工事を放棄〟

というショッキングなものであった。それにつづいて、

〝今春惹起した大悲惨事以上の危険が〟

とあり、四月に十六名の生命をうばった崩壊事故を越す大事故の発生が予測され、そのために工事を放棄することに決定したという内容であった。

丹那山トンネルは、崩壊事故の折りに飯田清太ら十七名が奇蹟的にも生存、救出されたことで広く名を知られるようになっていたが、それだけに、この論説は読者に大きな

反響をまき起した。

論説は、「時事新報」の記者が、丹念に取材した末に筆にしたものであった。冒頭に、日本一の大トンネルの工事ではあるが、地質がきわめて悪く、すでに工事が難航し、「場合によつては一時中止するに至るやも知れぬ」という文章から筆を起していた。そして、この説は、鉄道省内を取材した結果、「幾多の動かす可からざる例証」をつかんだ、としていた。

四月一日の崩壊事故で惨死した者がいる反面、閉じこめられた十七名全員が奇蹟的にも生還したことで、世の人々は、その劇的な事件に驚き、喜んだ。が、鉄道省は、最新の科学的知識と深い経験で設計したはずなのに、このような事故に見舞われたことに深刻な衝撃をうけている。トンネルは三分の一が掘られているが、地質の悪さがはっきりし、鉄道省は、「貫通不可能の最後の」決断をしたようである、と記していた。

予算内で工事を終えることは「絶対に不可能」であり、たとえ予算を大幅にふやしても工事を完成できるかどうか甚だ疑問である。これは、「実に日本鉄道史初まつて以来の大失態である」と、きびしく非難していた。

ついで、工事放棄の理由があげられていた。丹那山トンネルと呼ばれているが、実際には丹那山という山などなく、海抜六四六メートルの滝知山の下をつらぬき、丹那、畑の村落の下を通って、三島町から一里半（六キロ）の位置にある函南村大竹で終わる七、八〇四メートルの日本最大のトンネルである、という前提のもとに、本論に入っていた。

まず、理学博士横山又次郎の実地踏査報告が紹介され、トンネルの通るのは火山地帯で、安山岩を表皮とした集塊岩と火山灰で地層が構成されている。集塊岩とは、亀裂が縦横に走る粗い岩で、春の崩壊事故も、このもろい岩が崩れ落ちたためである。

横山博士は、このことをはっきり予測していたのに、それを「無視した主任技師の責任甚だ大なるものがある」と追及し、掘進するにつれて、その学説が正しいことがわかり、これが工事不可能の根本原因である、と断じていた。

今後、予想される危険は、むろん崩壊だとして、熱海口の坑道内の様子を記していた。坑内は、いつ崩壊事故が起っても不思議がないほど、すさまじい土圧を受けている。簡単な丸太で支えている所はわずか一個所だけで、他は一尺五寸（四五センチ強）以上の松丸太を二重三重に並べて立て、辛うじて土圧を支えている始末だ。三個所の崩れやすい場所では、それらの丸太が一本残らず折れている。

このような状態なのに、慣れとはいえ坑夫たちは平気でいるが、このままトンネルを掘り進めて丹那火山の下の東西に走る地盤の大亀裂線にさしかかった時には、「如何なる結果が生ずるか実に戦慄すべき事である」と警告していた。

さらに坑内に湧水が激しく、これも工事中止の原因になっていることを指摘していた。トンネルの通る真上の丹那盆地は、湖であったという言いつたえがある。その下にひろがる集塊岩は亀裂だらけなので、土中にしみる雨水が集塊岩の中を、あたかも毛細血管の血のように滔々と流れている。

このためトンネル内では滝のように水が噴き出していて、坑夫はその水をまともに浴び、三時間交替でも一週間とは体が持たない。また、この水の存在で、集塊岩は一層崩落しやすくなっている。

このような危険にみちた状態であるのでトンネルの完成は不可能であり、仮に完成したとしても、トンネルの安全は永遠におびやかされるだろう、と結んでいた。

この論説は、丹那山トンネル工事に対する根本的な否定であり、それを計画した鉄道省への痛烈な非難であった。

これを書いたのは、青木槐三（かいぞう）という二十六歳の記者であった。かれは、トンネル工事がはじまってから鉄道省担当になり、丹那山トンネル工事に強い関心をもち、しばしば現場を訪れ坑内にも入っていた。「時事新報」は、かれの熱心な取材を評価し、それを論説として大々的に掲載したのである。

大事故があった後だけに、読者は強い衝撃をうけた。工事の真相を知って憂慮にたえぬという投書が「時事新報」に寄せられ、鉄道省には非難の手紙が殺到した。中には、省におもむいて責任者に面会を求める者もいた。

政界でも、その論説が問題になった。政友会に支えられた政府は鉄道建設に積極的で、多額の予算を組んでいる。野党である憲政会では、論説の内容が事実であれば政府の鉄道振興政策の不備をしめすものだという声が高く、政府攻撃の有効な材料だという意見もたかまっていた。

　こうした空気の中で、鉄道省内では、あわただしい動きがみられた。熱海線建設事務所の青木勇所長が、熱海、三島両口派出所主任とともに本省に呼ばれ、実情報告がおこなわれた。論説の一つ一つについて検討し、一部は事実であるが、大半は相違していることを確認した。論説では、鉄道省が工事中止をひそかに決断したらしい、とあるが、そのようなことは全くなく、「時事新報」の記者がだれから取材したのか、疑わしかった。

　鉄道省では、協議の末、この論説に対する反論を公表することに決定した。丹那山トンネルの完成は新しい東海道線を開通させるために不可欠のもので、工事を進める現場の士気を少しでも衰えさせるようなことは、あくまでも排除しなければならなかった。

　鉄道省は、「時事新報」の論説への反論として、「熱海線丹那山隧道工事の真相」と題する公文を発表した。発表の理由について、

「本月十四日、時事新報掲載の鉄道省丹那山隧道に関する記事は、事実全く相違せるを以て、茲に該隧道工事の真相を報道し、大方諸賢の資料に供することとせり」

　として、本文に入っていた。

　まず、工事開始に先立って地質学の権威である横山又次郎、鈴木敏両博士に地質調査を依頼し、その結果、工事に支障がないことがあきらかになったので工事を決定したいきさつが記されていた。つまり、鉄道省としては十分な自信をもって工事に着手したのであり、それは今も変わりはない、と力説した。

ついで、工事の進行状態について筆が進められていた。

熱海口では崩壊個所の復旧につとめ、三島口では掘削作業が鋭意進められていて、殊に三島口の工事は順調で、十一月には六〇メートル余も掘進している。「時事新報」の記事では、土圧がいちじるしく大きいので一尺五寸（四五センチ強）の太さの松丸太を二重にも三重にも並べて使用している、とあるが、実際は、最も太い丸太でも一尺一寸（三三センチ強）、大半は六寸（一八センチ強）か七寸（二一センチ強）である。その丸太と丸太の間隔も一・二メートルから一・五メートルで、二重にも三重にも並べているような事実はなく、これは単線型トンネルの支保工の並べ方と同じである。「新聞紙上に一尺五寸のものが一本残らず倒れ居るなどと記載せるは、妄も甚し」と、反論していた。

湧水については初めから予測していたことで、技術上十分な確信を持っているとして、坑夫が滝のような水を浴びている、と新聞に書いてあるが、水がかからぬよう仮の屋根などを作って作業させている、と記した。

すでに火力発電所も完成し、運搬に電気機関車を使用して工事は順調に進行している。丹那山トンネル貫通によって東海道線は日本の大幹線となるわけで、それを目ざして鉄道省は全力を傾けている。「従つて、時事新報に記載せるが如き放棄などは夢想だにせざる所なり」と、むすんでいた。

この鉄道省発表の文章は、各新聞に掲載された。

これに対して「時事新報」は、十二月十八日、〝学者の地質調査を全く無視せる丹那

山隧道の工事　理学博士横山又次郎氏談〟という見出しの反論記事をのせた。

横山の談話は、次のようなものであった。

「鉄道省の依頼をうけて地質調査をし、その結果をひろく学会に発表しようとした。が、内容が工事に好ましくない事実がふくまれているという理由で、鉄道省にかたく発表することを禁じられた。そのため、要点を書いたものを鉄道省に渡した次第で、今でもそれを残念に思っている」という内容であった。

七

大正十一年の正月を迎え、熱海の町では門松が立てられ、空に凧が舞っていた。トンネル工事に従事する者たちは、網代村でおこなわれる乗り初めの行事を連れ立って見物にゆき、紅白の幔幕、提灯、旗、吹き流しなどで華やかに飾り立てられた船を村民たちの間にまじって眺めた。

「時事新報」の非難記事の余波はしずまったが、鉄道省内では、工事の経過が社会の眼にさらされていることに注目し、工事を一層慎重に推し進めなければならぬ、という声が高かった。

その一つにトンネルの名称があった。「時事新報」の論文の中で、丹那山という山がないのに丹那山トンネルと名づけられているのはおかしい、という指摘があった。たしかにトンネルの上は滝知山で、滝知山トンネルと称すべきであった。

しかし、工事前の測量の段階で世話になった丹那盆地の住民に対する感謝から、丹那山トンネルと名づけたいきさつもあり、それを廃するのもためらわれた。丹那という言葉のひびきは好ましく、意見を交わした末、山を取って丹那トンネルと呼称することに決定し、それを関係方面につたえた。

その冬は雪が多く、一月二十二日には吹雪に見舞われた信越地方で列車が雪に埋没して軍隊が出動し、二月三日には北陸線親不知(おやしらず)、青海間で大雪崩(なだれ)のため列車三輌が圧壊するという大惨事が発生した。これにも軍隊が出動し救援活動をおこなったが、死者は九十名にものぼった。

丹那トンネルの熱海口の崩壊個所の修復工事は順調に進み、五月には、元通りの広さまで掘りひろげられ、煉瓦も張られて完成をみた。

この部分の土圧は激しく、松丸太の代わりに鉄材を支保工にした。が、それも圧力で曲り、きわめて危険になったので、さらに松丸太で補強し、ようやく土圧を食いとめることができた。

これによって、掘進作業は、本格的に再開された。削岩機は電力で作動し、ズリを満載したトロッコも電気機関車で運び出されるようになって、作業能率はたかまった。

一方、三島口では、工事はいちじるしく進んでいた。導坑を掘り進め、その後方で導坑をトンネルの広さまで掘りひろげる工事がおこなわれていた。が、導坑の進度が余りにも速いので、それを中断し、坑夫や作業員を掘りひろげる工事の方にまわすほどであった。

二月十六日、導坑は、坑口より四、九四〇フィート（一、五〇六メートル弱）の位置まで達した。

その個所で少量の湧水があったが、土圧が次第に加わり、翌日の午前五時、導坑の切端から九メートル手前の所で、すさまじい勢いで大量の水が土砂とともに噴出して支保工が将棋倒しになり、一五メートル手前の個所からも土砂が流れ出た。これまで予想以上に順調に掘進のつづけられていた三島口は断層にさしかかり、工事開始以来、初めての大難所に突きあたったのである。

水が激流のように坑内に噴き出し、崩壊の危機が大きくなったので丸太を立てて並べ、板を補強して崩壊の防止につとめた。

坑内は水びたしになり、水位があがりはじめた。この水を処理することが先決であったが、そなえられた排水溝では、なんの役にも立たなかった。そのため出水量を計算し、幅八〇センチ、深さ三〇センチの排水溝を二本作ることになり、作業員は膝上まで水につかって工事にとりくんだ。

溝は、坑口まで一、五〇〇メートルも作らねばならず、床の岩をくだいて埋設するので多くの労力を要し、それが完成したのは五月初旬であった。坑口にまでひかれた排水溝からは、澄みきった水が滔々と流れ、近くの川にしぶきを散らしながら落ちていた。

六月に高橋是清内閣が総辞職し、海軍大臣加藤友三郎が総理となって内閣を組織、鉄道大臣に大木遠吉が就任した。

梅雨の季節に入っていたが、晴天がつづき、各地で水不足がいちじるしくなった。しかし、丹那盆地では水田に水がはられ、川には豊かな量の水が流れて水車がまわっていた。

十五年ぶりという猛暑がやってきた。

排水溝が完成した三島口では、水の噴出する切端附近で苦しい闘いがつづけられていた。土砂の流出する導坑の土圧がいちじるしく、樫の板を土中にカケヤで打ちこむが、板がすぐに折れてしまう。やむなく松丸太を打ち込んだが、両側から土圧が押してきて高さ二・五メートル、幅三メートルの導坑が極端にせまくなった。

三島口派出所主任の片桐技師は、熱海線建設事務所長の青木勇や請負会社の鹿島組の技師たちと協議をかさねた。

湧水と土砂の流出という丹那トンネル工事開始以来、初めての軟弱な地質に、かれらは深刻な衝撃をうけていた。丸太も板もすさまじい土圧をおさえられぬことが決定的になり、線路のレールを三本組み合わせたものを板代わりに、送風管につかう直径二〇センチの鉄管を丸太代わりに使うことになった。

しかし、崩壊事故が発生した時、丸太や板なら折れる直前にミシミシという予告の音がして逃げることができるが、鉄管では、瞬間的に折れるので逃げるひまもない、という反対意見を口にする者も多かった。

この反対論を押しきって、レールと鉄管を使用した。が、これらは折れることはなかったが、レールは曲り、立てた鉄管もいびつになってねじ曲ってしまった。技師たちは、あらためて土圧の甚だしさに呆然とした。

三島口のある函南村大竹の樹葉が朱にそまりはじめ、空は澄んだ。やがて、紅葉の色がさめて枯れ葉が舞うようになった。気温は、低下した。

その頃になっても、三島口の導坑は一センチも進まず、切端附近ではすさまじい土圧との闘いがつづけられていた。鉄管がすべてねじ曲げられたので、その中に直径一二センチの鉄管を入れ、さらにセメントまでつめたが、それでも曲る。技師たちは、隙間なく鉄管を立てたが、それらが土圧に押されて導坑はさらにせばまった。このためこれ以上、導坑を掘り進めることは不可能だと判断し、工事は中止された。

かれらの意見は、きわめて悪い断層につきあたっていることで一致していた。これまで、工夫に工夫をかさね掘進しようとこころみたが失敗し、思い切った方法をとる以外になくなった。白熱した議論が交わされ、その結果、迂回して断層を突破しようということになった。

設計図がひかれ、切端から四五メートル手前の位置から四五度の角度で、右方向（南方向）に一八メートル導坑を掘り進める。その位置から、予定されたトンネルのルートと平行して進み、良質の地質になったら、予定線にもどるという迂回坑であった。

ただちに、切端から四五メートル手前で右方向にむかって導坑が掘り進められた。そして、予定ルートと平行して進み、その附近の地質は良好だったので、この方法は成功すると思われたが、三九メートル進んだ所で、音を立てて水がふき出してきた。それにも屈せず、さらに一二メートル進んだ所で、大量の土砂が水とともに流れ出てきて組み立てた丸太と板がすべて破壊された。それ以上、進むことはできず、この迂回坑は完全に失敗した。

大正十二年正月を迎え、熱海線建設事務所は重苦しい空気につつまれていた。

その頃、新聞記者の訪れが多くなってきていた。かれらは、三島口の導坑工事が、きわめて悪質な断層につき当たり一年近くも工事が停止しているのを知って、実情を見聞するためにやってきたのである。

一年ばかり前の「時事新報」の論説では、土圧が激しいため支保工の松丸太が二重、三重に並んで立ち、しかも折れているものもある、と記していた。これに対して鉄道省は、事実無根と反論したが、今では三島口の導坑の切端附近に松丸太の代わりにコンクリートをつめた二重の鉄管が隙間なく立ち、しかも曲っていた。

はからずも「時事新報」の論説通り、と言うよりはそれにも増したひどい状態になっていて、取材した記者たちは、工事は放棄されるおそれが大きい、という予測記事を書き、報道された。

技師たちは、途方にくれた。

新聞の記事通り、丹那トンネルの工事放棄という懸念もきざしたが、とりあえず南側の迂回坑が掘進不能になったので、北側から迂回する導坑を掘ることになった。切端から三七メートル手前の位置から四五度の角度で北にむかい、トンネル予定線に平行して進むことをきめ、一月二十五日、工事をはじめた。

建設事務所では、前方の断層がどのような長さなのか想像もつかず、苦悩の色を深めていた。それを探るために、土中にボーリングをして断層の規模をさぐってみては、という意見がたかまった。

トンネル工事の先進国である北欧などでは、地質をしらべるためボーリング機が使われていた。鉄道省でも、二年前にスウェーデンのクレリアス式ボーリング機製造会社から輸入してあったが、扱いがきわめてむずかしく、横黒線のトンネル工事現場に放置同様におかれていた。

建設事務所では、導坑の切端でボーリングのノミを突き入れて断層の状態をしらべてみることになり、鉄道省に頼んで横黒線の工事現場からボーリング機を取り寄せた。さらにクレリアス式ボーリング機製造会社の技師エリクソンを、三島口に招いた。

ボーリング機で最もむずかしいのは、ノミの先端にダイヤモンドを埋めこむ作業だった。鉱業用ダイヤモンド一・五カラットのものを六個から十二個つける。一カラットが二百円ほどしていたので、かなりの出費であった。

エリクソンの指導で、ノミが水平に導坑の切端からさしこまれた。一日にノミの入る長さはわずかで、かなりの日数を要した。磨滅したダイヤモンドも取りかえねばならず、三〇センチ突き入れるのに六円五十銭から二十五円も要した。このボーリングによる地質調査は、日本で最初の試みであった。

この作業中、三月六日、熱海線建設事務所長が青木勇から中村謙一に代わり、三島口派出所主任も、東京帝国大学工科大学土木学科を三年前に卒業して鉄道省に入っていた宮本保が就任した。

やがて、ボーリング結果がまとまった。それによると、切端から約一二メートルの間にきわめて悪質な断層破砕帯があって、地質がグザグザしているが、それを通りぬければ集塊岩、安山岩の良い地質であることがあきらかになった。

技師たちは喜び、北側に迂回した坑道を掘り進めるのに危険がないことも知り、工事を督励した。やがて、北側迂回坑は断層破砕帯を突破、トンネル予定線にたどりついた。つまり、迂回坑は断層地帯をぬけて、三六メートル先に出たのである。六月四日であった。

迂回坑がトンネル予定線にたどりついた個所は、さながら滝壺（たきつぼ）のようであった。水が多量に流れ落ち、笠と蓑をつけた坑夫たちは冷たい水を浴び、体も冷えるので四時間ごとに交替した。

この地点から、掘進を中止している導坑にむかって逆進することになった。作業が開始され、坑夫は膝近くまで水につかり、落下する水の中で削岩機のノミで岩肌に孔をうがち、ダイナマイトを装塡して発破をかけた。

梅雨が早目にあけ、七月に入った。

逆進作業に、すべてが集中され、水にぬれたズリが迂回坑をへて本導坑に送られ、トロッコで坑外に運び出されていた。

ボーリングによって逆進する導坑の前方に断層があると判断されていたが、その予測は的中した。その個所では、多量の水とともに土砂が流れ出た。

世情は暗く、六月五日には、共産党党員の第一次検挙がおこなわれ、七月七日には作家有島武郎が愛人波多野秋子と軽井沢の別荘で縊死自殺しているのが発見され、大きな話題になった。

政界の混乱も激しく、その中で、八月二十四日、病気がつたえられていた総理加藤友三郎が死去した。組閣は難航し、ようやく山本権兵衛海軍大将が総理に任じられ、三十一日、組閣を終えた。鉄道大臣には、山之内一次が就任した。

九月一日の朝が、明けた。

沖縄方面に発生した低気圧が九州から瀬戸内海をへて、その日の午前六時には本州を横断して北陸方面から東北東に進んでいた。さらに名古屋方面にも副低気圧が発生して東に進み、その時刻頃には三島、熱海を通過し、俄か雨が降った。

この低気圧の影響で湿度は高く、空はどんより曇っていた。熱海の海は靄が立ちこめ、町の家並みもかすんでいた。

午前十一時をすぎ、ようやく空も晴れ、旅館では客に出す昼食の支度にとりかかっていた。

熱海線は、小田原から早川、根府川とのび、前年の十二月二十一日には真鶴まで開通し、熱海まで八・八キロになっていた。そのため、東京からの客は、真鶴まで列車で来て軽便鉄道で熱海に入ることができるようになり、熱海線の線路が延長するのにともなって湯治客は増していた。しかし、夏期は避暑地である箱根に客をとられ、湯治客は少かった。

時計の針が、十二時二分前をさした直後、突然、大地に激烈な震動が走り、旅館が生き物のようにはね上がった。それは前ぶれにすぎず、さらに想像を絶した激しさにまでたかまった。

午前十一時五十八分四十四秒、東京市にある中央気象台の観測室におかれた地震計の針が動き、五秒後には、急に記録紙の上を生き物のように左右に走りはじめた。かなりの震動で、建物が音を立てて揺れ、屋根の瓦がすべり落ちる音が起った。

震動は、激浪が盛りあがるように激烈なものになって、地震計の針が記録紙の外に飛び出すまでになった。戦慄すべき烈震であったが、本格的な揺れはそれからで、遂に針が一本残らず飛び散った。

相模湾南西部を震源とするマグニチュード七・九の関東大震災が起ったのである。それは湾の海底の大変動によるもので、深さ一、三〇〇メートルの海底が、長さ二四キロ、幅二キロから五キロにわたって一〇〇メートルから一八〇メートルも陥落し、その反動で湾の北東部の海底が一〇〇メートル以上も隆起した。

相模湾沿岸の地域の震動は最もすさまじく、災害も甚大だった。神奈川県下の家屋倒壊数は、全壊四六、七一九戸、半壊五二、八五九戸、計九九、五七八戸で、全戸数の三六パーセント強にのぼり、この外に地震とともに発生した大津波で四二五戸が流失した。

千葉県下の被害も大きく、全壊一二、八九四戸、半壊六、二〇四戸、計一九、〇九八戸に達し、房総半島の館山町では戸数一、七〇〇戸の九九パーセントが倒壊した。

これらの地域に比べると、東京府の地震の程度は幾分弱かったが、それでも一六、六八四戸が全壊、二〇、一二二戸が半壊した。

東京の災害を悲惨なものにしたのは、地震と同時に発生した火災であった。市内十五区すべてで出火し、火元は一三四個所にのぼり、郡部でも四四個所から火の手があがった。地震の起った時刻が昼食の仕度をしている時で、竈（かまど）や七輪に火がおこっていて、それを消すゆとりのある人は少かった。また、天ぷら屋などの飲食店でも、激しい震動で油が鍋からあふれ出て引火した。

しかし、このような炊事の火による出火は少く、大半は薬品の落下によるものであった。それは、火元が学校、試験場、研究所、工場、医院、薬局などがほとんどであることからもあきらかで、棚等から落下した薬品が発火したのである。

これら一七八個所にのぼる火元のうち八三個所は、消防署員、民間人の消化活動で消しとめられたが、九五個所で発した火は強風にあおられて巨大な火の流れになった。さらに火災現場から飛び火して、東京市内だけでも一〇〇個所以上から火の手があがり、五八の大火系となって町々をなめつくした。

火災は、九月一日正午から三日午前六時までつづき、東京市の四三・五パーセントが焦土と化した。四八三、〇〇〇戸中三〇〇、九二四戸が全焼、死者、行方不明者六八、六六〇名、重軽傷者二六、二六八名に達した。

被害は、東京府、神奈川県、千葉県が最も大きく、これらの地に隣接した埼玉県では全壊四、五六二戸、半壊四、三四八戸、これにつづいて静岡県でも全壊二、二四一戸、半壊五、二一六戸を数えた。

静岡県下の地震についての記録は、貞観六年（八六四）七月に富士山の噴火によるものが最初であるが、殊に明応七年（一四九八）八月に起った地震は、津波も襲来して、被害が甚だしかった。この地震によって舞坂海岸が陥没し、遠州灘と浜名湖がつながったのである。

その後、富士山、大島の三原山噴火による地震が記録されているが、最も激烈な地震は、安政元年（一八五四）十一月四日に起った安政の大地震であった。伊豆方面では二子山で山崩れが起り、家々は崩壊し、殊に下田の地震は激しく大津波にも襲われて全滅、死者八五を数えた。静岡（市）では、城の石垣がくずれて市中に火災が起り、吉原、蒲原、江尻でも民家が一軒残らず焼きはらわれた。泊から東の地域と岡部ではすべての家が倒れ、島田、見付、白須賀の民家の大半が倒壊した。

火災が発生した地は多く、藤枝では六〇パーセントが焼失し、岩淵、金谷ではほとんどの家が倒れて、残りは全焼した。浜松では家屋の大半が倒壊し、残りの家もすべて灰になり、また、新居、舞坂には津波が押し寄せ、倒壊をまぬがれた家屋が流失した。

関東大震災は、この大地震につぐものであった。

被害の大きかったのは、県の東部にあたる賀茂、田方、駿東の三郡と沼津方面で、津波の襲来もあり、二、二九八戸が全壊、一〇、二一九戸が半壊、火災で全焼したものは五戸にとどまったが、六六一戸の民家が津波で流失した。死者、行方不明四四三名、重軽傷一、二四三名の多きに達した。

最も死者の多かったのは田方郡伊東町で、一〇九名を数えた。民家の大部分は倒れ、全壊二一九戸、半壊三九二戸で、前後二回来襲した津波で玖須美の家はほとんどが流失、二九四戸が波にさらわれた。

ついで、被害が大きかったのは熱海町で、全半壊四三四戸、死者九二名。網代村では二八二戸が全半壊、死者四名。函南村でも一六〇戸が全半壊、死者一名、多賀村で一一四戸が全半壊、死者四名であった。

熱海町では、烈震が六分間つづき、家が相ついで倒れ、屋根瓦がすべり落ちて土煙で町はおおわれた。旅館をはじめ家々から悲鳴をあげて飛び出した者たちは地面に倒れ、腰がぬけて起き上がれぬ者も多かった。

地震発生とともに、大湯の間歇泉(かんけつせん)に激しい変化が起っていた。その間歇泉は、温泉地の発展にともなって増加した旅館が温泉を掘って自家用にしはじめたことによって、噴出量は減少していた。それでも一日に一回、音を立てて二〇〇石(こく)の湯が噴きあがり、熱海の名物になっていた。烈震が大地を波のようにふるわせたと同時に、間歇泉が突然、すさまじい音とともに熱湯を噴出し、空高く上昇した。白煙が濛々と立ちこめ、土埃のひろがる町をおおった。

町の背後の山では地すべりが起り、人々は、悲鳴をあげて海岸へ走った。

初震から十分後、海面がにわかにふくれ上がり、すさまじい津波が急激に海岸へ突き進んできた。海辺に難を避けていた人々は、高みへ逃げようとして引き返したが、その上に激浪が水しぶきを散らしながらのしかかった。

海岸の新浜、清水、和田の人家は、すべて津波の中に消え、海上に運び去られた。高さ一二メートルの大津波であった。人々は、家や樹木にすがって海水の中でもがいていたが、さらに津波の第二波が襲来した。

伊豆山では、大規模な山崩れが起って全戸数の七〇パーセントが埋没、多賀村、網代村の被害も甚大であった。

道路、橋梁の破壊は至る所で起り、鉄道路線は全滅状態におちいった。殊に、震源地の相模湾ぞいを走る東海道線の被害はいちじるしく、機関車、客車ともすべて横倒しとなったものが多かった。

熱海線の根府川では、地震による悲惨な大事故が発生した。

東京発真鶴行き下りの第一〇九列車が、午前十一時四十分、小田原駅を発車、十一時五十八分すぎに根府川駅に近づいていた。そして、機関車のみがホームに進入した時、突然、列車が激しく揺れた。車輛が浮き上がり、列車は身をかしげると断崖をころげ落ち、四〇メートル下方の海岸にたたきつけられた。と同時に、崖の上に設けられた根府川駅とその周辺地域に地崩れが起り、駅の建物も線路も転落し、列車とともに海中に没した。乗客のうち辛うじて助かったのは泳ぎの巧みな学生三十余名と機関手一名のみで、百十一名が死亡した。

東海道線の御殿場線の被害もいちじるしく、御殿場駅は半壊し、駿河駅は全壊した。鉄橋は墜落して線路は曲り、駿河、山北両駅間のトンネルは崩壊した。これによって、東京、沼津間の鉄道は全滅した。

通信の杜絶によって、さまざまな流言がつぎつぎに流れ、東京、横浜を中心とした被災地の人々を恐怖におとし入れた。

流言は、まず「富士山大爆発」にはじまり、秩父連山の噴火説もひろまって、これらが新聞に報道され、流言が事実であるような錯覚をあたえた。大島をはじめとした伊豆

諸島が陥没したともつたえられ、「小樽新聞」は、号外を出して、

「小笠原、大島等は強震のため海原と化し、海上から視察するも島影をみとめ難く、海中に没したものらしい」

と、報じた。

さらに流言は、自然現象から社会的なものに移り、大地震発生後三時間ほどたった頃、さまざまな奇怪な流言にまじって、

「社会主義者が、朝鮮人と協力して放火している」

という説が流れ、夜になってから各地に来襲という説になり、これが爆発的な勢いでひろがった。

流言の発生地は横浜で、後に横浜地方裁判所検事局で徹底した追跡調査をおこなった結果、立憲労働党総理と称する横浜市に住む山口正憲という人物の行動が、その発生源であったことをつきとめた。山口は、地震発生後、附近の小学校に避難したが、余震と飢えにおびえていた避難民にむかって拳をふるって演説し、「横浜震災救護団」という団体の結成を提唱、自ら団長になった。

救護とは物資の調達を意味し、かれは、屈強な者たちをえらんで掠奪を指令した。かれらは、凶器を手に商店、民家を襲って金品をうばい、それは九月一日夕刻から四日午後二時まで十七件にのぼった。

この不気味な強盗集団と朝鮮人放火説がむすびつけられ、強盗は朝鮮人によるものだ

という臆測が流れて、たちまち野火のようにひろまった。その速度は驚異的で、横浜から東京へ、さらに千葉、群馬、栃木、茨城の関東一円から三日には福島県下にまで達した。

この流言について、後に内務省で徹底追及した結果、すべてが事実無根であることがあきらかにされたが、大災害によって精神異常をきたしていた避難民の大半はこれを信じ、民間人による自警団が組織された。かれらは凶器を手にし、慶応大学の銃器庫にまで押し寄せて銃等を持ち出す者さえいた。

流言を裏づけるような虚報が相つぎ、政府、軍、警察関係者も、事実と信じるまでになった。各地で自警団員による朝鮮人殺傷事件が続発し、後に政府は二三一名が殺害され、朝鮮人とまちがえられた日本人五七名、中国人四名も殺された、と発表した。

しかし、法学博士吉野作造は、在日朝鮮人学生たちの調査による二、六一三名が殺害されたという調査結果に注目した。そして、改造社の「大正大震火災誌」に「朝鮮人虐殺事件」と題する論文を書いたが、これは内務省によって発表を禁じられた。編集部は「……豊富なる資料と精細なる検討に依つて出来た鏤骨苦心の好文字であつたが、其筋の内閲を経……割愛」したと記した。

部外秘の法務府特別審査局編「関東大震災の治安回顧」の中で、朝鮮人による暴動、襲来の流言は、「明らかに幻覚であり、妄想であつた」と明記されているが、政府も警察も、ようやくこれが事実無根であることを知り、朝鮮人の保護と自警団員の大量検挙に手をつけた。

新聞報道にも流言が事実ではないという記事がみられるようになり、

「警視庁木下刑事部長は勿論、国際捜査の任に当たつた小泉捜査課長も『朝鮮人にして日本人を殺した者は一人も無い』と断言してゐる」

として、流言の発生について捜査しているという記事もみられた。

さらに、関東戒厳司令部は、関東各県に対し、

「(朝鮮人)ガ悪イ企テヲシテ居ル様ニ思フハ大マチガヒデアル。コンナ噂ニアヤマラレテ、之ニ暴行ヲ加ヘタリシテ、自ラ罪人トナルナ。一二ノ悪者ノ謀ニ、煽動ニ乗セラレル様ナ馬鹿ナ目ニ遇フナ」

という布達文をつたえ、各県当局は、これをビラ等で県民に伝達した。

これらの処置によって、震災で異常心理におちいっていた者たちも、ようやく平静をとりもどすようになった。

この事件と並行して、東京市の亀戸署内では、労働組合員平沢計七ら十三名が殺害される事件が起った。

地震発生後、警察は、天災に乗じて社会主義者が治安混乱をくわだてるのではないかと疑い、かれらを続々と検束した。平沢らは、留置された後、不穏の行動があったとして軍隊と警察署員によって殺されたのである。

さらに、九月十六日には、憲兵隊に連行された社会主義者大杉栄、妻伊藤野枝、甥橘

宗一を、東京渋谷憲兵分隊長兼麴町憲兵分隊長甘粕正彦憲兵大尉が部下とともに殺害するという事件も起った。

陸軍省は、この事件が一般にもれぬようつとめたが、時事新報社と読売新聞社の記者がこれを知り、九月二十日夕刻に号外を印刷した。警視庁は、陸軍省の指示でその号外を差し押さえた。

陸軍省は、事実をかくすことは不可能と判断し、戒厳司令官福田雅太郎大将を左遷、憲兵司令官らを停職処分にして甘粕大尉らを軍法会議に付した。わずか六歳の宗一まで殺したことで、「時事新報」は「陸軍の大汚辱」、「東京日日新聞」は甘粕大尉の行為を「軍人の敵、人道の賊」と激しい非難記事をのせた。

軍法会議の判決は、甘粕に懲役十年、その部下の一人が同三年で他は無罪になり、刑の軽さに呆然とする者が多かった。甘粕は、服役後三年で仮釈放されてフランスに渡り、満洲で終戦を迎え、昭和二十年八月二十日青酸カリによる自殺をとげた。

静岡県下の被害は、西にむかうにつれて軽微になっていた。それでも吉原地方では地割れが生じて井戸の水、湧水が黄褐色に変わり、鈴川駅附近では土地が陥没し、レールが沈下した。

電燈、電話線は切断されて、電柱は倒れたり傾いたりし、大宮、静岡方面では、余震におびえた人たちが屋外で夜をすごしていた。

東京、横浜方面の罹災者たちは各地へ避難したが、西へむかおうとする者が多かった。しかし、鉄道は杜絶し道路も壊滅していたので、徒歩で災害地をはなれ、西へ西へとむかい、それは大群衆になった。

国府津町に達した避難民の群れは御殿場線のレールづたいに歩き、その数は約一万名に達した。また、小田原まで来て箱根越えをする者も多く、一万六千名近くを数えた。

地震発生後、県東部の惨状を知った県知事道岡秀彦は、発生日の午後九時、部・課長以下庁員を非常招集し、機敏に救護態勢をととのえた。そして、翌朝五時には、県庁員で編成した七組の救護班、五組の衛生班を災害の甚だしい県の東部に急派した。さらに救護物資調達員を清水、浜松その他に派遣した。

県庁は、警察、軍隊、在郷軍人会、消防組、青年団、中等学校、宗教団体と協力して、罹災者の救援に活潑に動いた。

東京、横浜方面からやってくる避難民に対しては、沼津に救済本部出張所をもうけて、この受けいれにつとめさせた。出張所では、御殿場線のレールぞいにやってくる避難民を救護するため御殿場に接待所をもうけ、また箱根越えをしてくる者たちのために三島に支所を設置した。

三島町では、三島重砲兵旅団、青年団、在郷軍人会、男女中等学校生徒の協力を得て、派出所を箱根山の中腹にある接待茶屋に進めた。

避難民の姿は哀れで、ほとんどが裸足であった。傷つき病んでいる者も多く、青年団員たちは箱根町までのぼっていって、幼児や傷病者を接待茶屋まで背負ってくる。そこで傷病者に応急手当てをし、三島重砲兵旅団の砲車やトラックで三島町まで運んだ。九月十四日、雨に濡れた横浜の青年が、足に傷を負い、杖にすがって箱根越えをしてきた。それを見た三島高等女学校のたすきをかけた生徒が、腕をとって救護所に導き、応急手当てをほどこした。その中の二人の女生徒は乏しい小遣いを出し合って足袋を買い、青年の足にはかせた。このような情景は、随所にみられた。

鉄道、道路が壊滅していたので、海上交通が唯一の連絡路となった。その基地は清水港であった。

九月三日夜、新嘉坡丸が避難民七十名を乗せて清水に入港したのが最初で、東京、横浜から関西方面への連絡は清水港が中継基地になった。この避難民たちは、傷ついた者は手当てをうけ、食糧、衣類等をあたえられ、地震発生以来、避難民には無料になっていた列車で清水をはなれていった。

県では一三九隻にのぼる汽船、発動機船を雇い入れ、東京方面との連絡に使うと同時に、災害をうけた県の東部へ救護物資を運送した。清水には救済本部清水出張所を設置して、日を追って急増する避難民の救護にあたらせた。

政府も、地震発生後、海上交通によって救援活動をおこなうべきだと考え、海軍に軍艦の派遣を要請した。清水港に食料品を集め、これを軍艦で東京、横浜方面に運ばせようというのである。

最初に清水港に姿をみせたのは、建造後間もない新鋭潜水母艦「迅鯨」（八、五〇〇トン）で、九月四日未明入港、食料品を満載して引き返していった。翌日には、特務艦「膠州」（二、二七〇トン）が、災害の甚だしい小田原に送る米一、二〇〇俵をつんで小田原にむかい、巡洋艦「平戸」（四、九五〇トン）、「利根」（四、一〇〇トン）、「天竜」（三、五〇〇トン）が、運送の任についた。

東京湾には練習艦隊が碇泊していたが、品川から避難民をのせて清水にいたり、そこで救援物資を満載して引き返すことになった。

第一回目の任務に従事したのは巡洋艦「浅間」（九、八八五トン）で、九一〇名の避難民をのせて、九月九日、清水に入港した。その後、巡洋艦「磐手」（九、九〇六トン）、「天竜」「八雲」（九、八〇〇トン）、戦艦「陸奥」（三三、八〇〇トン）、「扶桑」（三〇、六〇〇トン）、巡洋艦「筑摩」（四、九五〇トン）ら延べ三四隻が往来し、練習艦隊司令部が清水の鈴与商店内におかれた。これらの艦船によって、清水に上陸した避難民は八四、九〇一名にも達した。

熱海の町は、孤立していた。

熱海線の小田原、真鶴間の線路は、山崩れや土地の陥没で全滅し、真鶴、熱海間の軽便鉄道も全く原形をとどめていなかった。

陸路としては函南村からの山道があるが、山崩れで埋没し、大きな地割れもあって歩行不能になっている所が十三個所もあり、橋も落下していた。また、熱海の浜は大津波の来襲で荒れ果て、船の接近もできず、全く孤立無援の状態であった。

熱海町では倒れた家が四三四戸もあり、そのうちの一五五戸は完全につぶれていた。町では、町会議員その他が招集されて、在郷軍人会、消防組、青年団の出動をうながした。幸い、火災の発生はなく、消防組員らは余震がつづく中を倒壊家屋の材木を取りのぞいて、下敷きになった人々の救出につとめた。二階家の場合、一階がつぶれただけで二階にいた者が死をまぬがれている例が多かった。圧死者もつぎつぎに掘り出され、戸板にのせられて寺に収容された。

海岸は、惨状を呈していた。破壊された船の残骸がひろがる中に、漂着した死体が散っていた。これらの死体をのせた戸板の列が、高みにある寺へ運ばれていった。

大湯の間歇泉は、相変わらずすさまじい音を立てて高々と多量の湯をふきあげ、白煙が町をおおっていた。

丹那トンネル熱海口の工事に従事していた者たちは、大地震発生と同時に先を競って坑外に飛び出した。トンネル内には異様な大轟音が波状的に走り、かれらは激しい恐怖におそわれて坑口にむかって走った。

しばらくすると、熱海線建設事務所熱海口派出所に、逢初山トンネル工事に従事する若い作業員が走ってきて、事故の発生をつたえた。逢初山トンネルは熱海から東京方向にむかって最も近い熱海線のトンネルで、全長四〇二メートルが予定され、掘削工事が進められていた。その坑口が地震とともに崩壊し、内部にいた者が閉じこめられたという。

派出所では、星野茂樹技師が技師や坑夫、作業員とともに現場へむかった。途中、伊豆山では山崩れで人家が埋没し、生き埋めになった者の救出作業がおこなわれていた。

現場についた星野たちは、坑口の上方から大量の土石が崩落しているのを眼にした。坑内に二十七名の坑夫、作業員が閉じこめられているという。

余震は激しかったが、現場の坑夫たちは、救助坑を掘る、というので、星野は許した。いつ山崩れが再び起るかわからず、危険きわまりない作業であった。作業は、夜を徹してつづけられ、六十時間後に、ようやく救助坑が貫通し、全員が救出された。

熱海口派出所の指揮下にある坑夫、作業員たちは、熱海町の救護作業にも積極的に協力していた。熱海の御用邸をはじめ町の寺や別荘が避難所にあてられ、家を失った者たちは、これらに収容されたが、余震をおそれて、夜、野外ですごす者が多かった。

寺に収容された遺体は六六体で、二六名が行方不明になっていた。負傷者も二百名以上を越え、町の山形医院と門田医院に運びこまれたが、むろん収容しきれず、小学校ほか二個所を救護所にあてた。

熱海には、陸軍第一衛戍（えいじゅ）病院熱海分院があったので、そこにいる軍医、看護婦たちも治療にあたった。食糧の炊き出しがおこなわれていたが、熱海精米運輸株式会社では倉庫に積まれていた在庫米をすべて放出し、配給した。

町に電気を供給していた富士水電株式会社では、六個所の発電所に被害があったが、送電力は残されていた。が、電線が寸断され、電柱の多くが倒れたり傾いたりしていたので、夜は暗黒の世界になった。ランプ、ローソクは火災を起す危険があるので、その使用は最小限度にとどめるよう消防組から指示された。

孤立した熱海に外部から県の救護班が入ってきたのは、九月三日であった。かれらは、日本赤十字社静岡支部に属している医師たちで、県の依頼をうけて医療救護班七つを編成し、第二班が熱海町の担当になった。

二日午前五時、かれらは、列車で静岡市をはなれて沼津市に到着し、自動車に乗って三島町をへて函南村に到着した。そこで一泊し、早朝、村人の案内で出発し、徒歩で熱海へむかった。山道は至る所で土石が崩れ落ちていて、亀裂、陥没の生じている所が多く、それらを越えてようやく熱海の町に入ってきたのである。かれらは、負傷者の手当てに専念し、伊豆山の救護所にもおもむいた。また、初島に舟を出して渡り、治療活動をおこなった。

熱海の災害の甚だしさと孤立化は、県にとって重大な問題となり、陸路による連絡路を一日も早く開く必要にせまられた。このため小田原からの陸路の復旧作業が開始され、大量の人数が投入された。埋没した路の土石をとりのぞき、仮橋を作る。作業は早朝から日没後までつづけられ、ようやく九月五日に人馬が通行できるまでになった。

その日、熱海の町の一部に電燈がともるようになり、また、清水港からの救援物資を積んだ発動機船も来て、町の者たちの不安も幾分薄らいだ。

行方不明者は津波にさらわれた者たちであったが、日がたつにつれて町の海岸や近くの磯に漂着し、それらは腐爛していたのですぐに荼毘にふされた。その後、捜索が広い範囲でおこなわれたが、結局、二十一名の遺体が未収容になった。それらは沖合遠く流され、発見されることはなかったのである。

九月十二日、天皇、皇后の意をおびた山県有道侍従が駆逐艦「浪風」で熱海についた。侍従は、その日の午前六時三十分、伊東に上陸して慰問後、八時に熱海にむかったのである。町長をはじめ町民たちは、海辺に並んで侍従を迎えた。町の中には、依然として間歇泉の湯が音を立てて噴き上げていた。

類をみない大地震によって、工事中の丹那トンネルの内部がどのような影響をうけているか、工事関係者は、大きな不安をいだいていた。熱海口では、大崩壊事故のあった部分がまたも崩落しているのではないか、と危ぶまれた。送電線が切断されているので、坑内の電燈は消えていた。

熱海線建設事務所熱海口派出所の所員たちは、逢初山トンネルの崩壊によって閉じこめられた者たちの救出を終えた後、丹那トンネル熱海口の坑内の状況調査をおこなった。

技師たちが、坑夫長らとともにカンテラを手に入り、トンネルの壁などを入念に点検しながら進んだ。余震がつづいていて、かれらは、その度に足をとめた。かれらは、数日がかりで崩壊個所まで進み、引き返した。調査の結果、坑口入口の部分に小さな亀裂が生じているだけで、他には全く異常がみられないことを確認した。

三島口のトンネル内でも同様であったが、坑口の近くに設けられていた変電所では送電設備にかなりの被害がみられたので、その修理にとりくんだ。熱海、三島両口とも、宿舎その他に倒れたものはなかった。

地震によって東京、沼津間の東海道線は全滅状態になっていたので、鉄道省は、応急措置をとった。下関と朝鮮の釜山間を運航していた「高麗丸」と「景福丸」を品川に回航し、九月七日から避難民をのせて清水港に送り、江尻駅（現在の清水駅）から列車に乗車させた。また、二十一日以後は一般の旅客もこの二隻の船で送り、罹災者は無賃であった。

線路、橋梁の被害は甚大だったが、車輛の損失もきわめて大きかった。機関車、客車、貨車計一、四三七輛が焼失し、四一四輛が破壊されていた。また、二五におよぶ列車が脱線転覆し、その車輛は二二一輛におよび、この事故で旅客一一七名、鉄道員一二名が即死、六三名が重傷を負っていた。

線路の復旧工事がはじめられたが、東海道線では御殿場線の山北、駿河間と馬入（ばにゅう）川の鉄橋の復旧が殊に困難であった。鉄道省では、地方の各鉄道局からの応援を得、さらに鉄道連隊、各地の青年団の協力のもとに工事を推し進めた。この結果、東海道線は、地震発生後二カ月近くたった十月二十八日に全線が開通し、列車が走るようになった。

熱海線の国府津、真鶴間の被害はいちじるしく、復旧成ったのは、さらにおくれて十一月十五日で、真鶴、熱海間の軽便鉄道も操業をはじめた。

十月中旬には熱海の全戸に電燈がともり、トンネル工事も再開された。間歇泉の湯の噴出は、いつの間にか衰えはじめていた。

余震がつづき、時には強震もあって、人々はその度に戸外に飛び出した。

大正十二年が暮れ、正月を迎えた。

政局は不安定で山本内閣は総辞職し、一月七日には、清浦奎吾（けいご）が首班となって内閣を組織した。その月の二十六日には、大正天皇に代わって摂政（せっしょう）の任についていた裕仁（ひろひと）殿下が、久邇宮良子（くにのみやながこ）女王殿下と結婚の大典を挙げられた。その冬は寒く、東京でも零下五度近くを記録する日が多かった。

熱海線建設事務所長に楠田（くすだ）九郎が就任し、三島口派出所主任に星野茂樹技師が着任していた。

三島口の坑奥では、水と土砂の流出した切端での作業が、坑口から一、五〇〇余メートルの位置で二年間も中断されていた。掘進は不可能で、そのため北側に迂回坑を掘り断層の向う側に出て、そこから逆に工事の中断されている切端にむかって導坑を掘り進めていた。

逆進工事は困難をきわめたが、その月の十九日に貫通し、切端とつながった。工事関係者は喜んだが、貫通はしたものの切端附近の導坑は、激しい土圧に押されて極端にせまくなっていたため、この導坑を掘りひろげる工事がはじめられた。寒気はきびしく、坑口近くの池には氷が張っていた。

二月十日は、日曜日であったが、福田清次、横山松太郎の二人の坑夫長が、十四名の坑夫らを連れて坑口から内部に入っていった。

かれらは、切端近くにゆくと、迂回坑から断層の向う側に出て、逆進している導坑を引き返し、切端の近くで導坑を掘りひろげる作業をはじめた。少しおくれて、坑夫の浅利柳三（三十二歳・大分県南海辺郡大入島村出身）が切端の近くに行ったが、尿意をおぼえて引き返し、坑内の仮設便所に入った。

その近くに火薬置場があって、火薬係の佐野芳太郎（三十六歳・静岡県富士郡富士根村出身）がいた。浅利は、前夜、作業をした者から山が暴れているという話をきき、事実、支保工の鉄管がかすかに音を立てて曲り山鳴りもしているのを不気味に思って、そのことを佐野と話し合った。

作業現場にゆくため、北側迂回坑に入ろうとして歩き出した浅利は、突然、大音響とともに吹きつけてきた突風でよろめいた。事故だと直感したかれは佐野に声をかけ、坑口にむかって走った。

後方に眼をむけると、土砂と泥水が支保工の鉄材、丸太とともに導坑いっぱいにひろがって押し寄せてくるのが見えた。

かれは、急いで佐野と天井に這いあがったが、下方には土砂をふくんだ泥水がすさまじい勢いで走ってゆく。二人は、天井の電線をつかんでぶら下がりながら必死に坑口方向にむかった。

崩壊が起った時刻は午前九時二十分で、浅利が佐野と坑口から外に走り出たのは四十分後であった。

報せをうけた三島口派出所では、派出所主任星野茂樹以下技師たちが坑口に急ぎ、請負会社の鹿島組の親方たちも作業員たちとともに駈けつけ、坑内に入った。

かれらは、足をとめた。前方に泥がみえ、それは奥にゆくにしたがってうずたかくなっている。

星野は、身のふるえるのをおぼえた。辛うじて逃げ出すことのできた浅利と佐野の証言では、崩壊事故が起ったのは切端附近だというが、星野たちの立ちどまったのは切端から三八一メートルの地点であった。水をふくんだ土砂が、そのような長い距離を押し出してきたことは、崩落した量が想像を絶したものであることをしめしていた。

崩落した土砂によって迂回坑の入口も完全にとざされたことは、確実であった。迂回坑から切端のむこうに入って作業をしている者たちは、切端附近の崩壊に驚き、迂回坑から逃げようとしたにちがいない。が、泥土が迂回坑の入口をふさぎ、閉じこめられたはずであった。

星野主任は、一昨昨年の熱海口の崩壊と同じ規模の大事故が発生したことを知った。

崩壊個所に近づかねばならぬが、土砂は水をふくんで泥状になっていて、進むにも進めない。奥の方は、床から四メートル近くの高さまで泥が押し出していて、進めば、たちまち泥の中に沈んでしまう。そのため、泥の上に松板を敷きならべて進むことになった。

星野は、閉じこめられた者の数と氏名を調べるよう部下に命じた。

その結果、坑夫長福田清次（四十二歳・兵庫県出身）、坑夫長横山松太郎（三十二歳・大阪府）、支保工組立夫羽田文作（三十四歳・山梨県）、同松本源太郎（四十四歳・滋賀県）、同伊藤唯次（大分県）、坑夫上田浅次郎（三十六歳・佐賀県）、同高橋吉太郎（三十八歳・秋田県）、同福本伯太郎（金白竜・二十八歳・朝鮮慶尚北道）、同三上清太郎（三十六歳・広島県）、同小林金一（三十歳・岐阜県）、同井上近秋（二十五歳・静岡県）、同渡辺盛（三十六歳・栃木県）、同児玉長太郎（四十二歳・福島県）、作業員玉城新助（三十二歳・沖縄県）、同柏鉄之助（茨城県）、同安藤一郎（二十七歳・静岡県）の十六名であることがあきらかになった。

星野は、東京市の新橋にある熱海線建設事務所に事故発生を電報でつたえ、さらに長距離電話で楠田九郎所長に詳細を報告した。

事務所では、ただちに鉄道省に報告、さらに静岡県知事宛に、

「熱海線丹那隧道西口（三島口）坑内崩壊シ、従事員十六名埋没セリ」

の電報を発した。

事務所では、楠田所長が庶務係主任吉田良平らをともない、また本省からは建設局長八田嘉明（よしあき）が工事課長久保田敬一とともに東京を発し、三島口に急いだ。急報をうけた熱

海口派出所でも、技手伊藤孝治が坑夫、作業員らを連れて三島口にむかった。

その間、泥の上に松板を敷きならべながら導坑の切端まで進んだ技手の報告があった。それによると、切端の上部は異常がなく、下部から土砂が噴出したことがあきらかになった。その附近の泥土の量は床から四メートルの高さで、予想通り北側迂回坑の入口は、完全に泥の中に埋もれているという。

閉じこめられた者たちが作業をしていた切端の向う側は、坑道の長さがわずかしかなく、それなのにあたかも滝壺のように水が噴き出していた。その水を坑外に出すため排水溝がもうけられていたが、流れ出てくる量は、崩壊した土砂でさえぎられていて三分の一にへっている。水位が時間とともに急激に上昇していることはまちがいなかった。

やがて、八田建設局長と楠田所長一行が到着、ただちに坑内に入って、星野らと協議をおこなった。

閉じこめられた十六名の救出について意見が交わされ、さまざまな案が出された。その結果、二つの方法が決定した。

一つは、このままでは坑奥の十六名が水攻めにあって溺死することは確実なので、その部分の水を出来るだけ坑外に出すため排水溝を掘ることになった。状況を調査の結果、右側の側壁にそって掘ることが妥当と認められた。

第二は、救助坑の掘削であった。切端の上部は異常がないので、その部分から北側迂回坑にむかって下り傾斜の穴を掘り、迂回坑に連結する。それが貫通した後、おそらく迂回坑に充満しているであろう泥土を排出して迂回坑に入り、閉じこめられた者たちを救出しようという。

この二つの作業準備が、ただちに開始された。時刻は、崩壊事故発生後十二時間四十分たった午後十時であった。

静岡県警察部では、多数の警察官を派遣、また衛生部の医師も三島口に急いだ。鉄道省でも鉄道病院の桜井、鈴木両医師と看護婦を出発させた。

救助坑の本格的な掘削作業がはじめられたのは、十一日午前三時半であった。その救助坑は、広さが直径一・八メートルのもので、二七・二メートル掘り進めれば北側迂回坑の上部に達し、貫通するはずであった。

切端から坑口にむかって押し出してきている泥土を取りのぞく必要があった。

三島口のある函南村では、事故発生を知って村長石和寅之助が村議と協議し、消防組、青年団の出動を指令した。これによって、消防組、青年団は、その日の朝、三島口坑口に急ぎ、救出作業に協力することを申し出た。星野は感激し、トンネル内の泥土を坑外に排出する作業に従事して欲しい、と要請した。

かれらは、スコップをかついでトンネル内に入り、押し出してきている泥土と流れる水の量に呆然としながらも、作業をはじめた。泥をすくってトロッコに入れ、トロッコは、電気機関車にひかれて坑口にむかう。かれらの体は、たちまち泥だらけになった。

この動きを知った中郷村、錦田村の消防組も、その後、作業に加わった。

救助坑は、その日の午後九時までに四メートル掘り進んだ。夜も作業は進められ、翌十二日午前六時四十分には、さらに二・六メートル進み、計六・六メートルの長さになった。一時間平均三〇センチ強で、この割合で掘り下げていっても、北側迂回坑の天井に到達し貫通するのは六十八時間を要し、十五日までかかることが予想された。

十六名が閉じこめられた坑奥は、湧水が噴出していて、水位はすでに天井までとどいていると想像された。それなのに、貫通まで七十時間近くかかることを考えると、全員を救出できる望みは薄かった。坑口附近には、閉じこめられた者たちの家族がつめかけ、狂ったように泣き声をあげていた。

八田建設局長は、東京に引き返すことになり、新聞記者たちの救出についての質問に答えたが、この談話は、

「経験者の話を総合するに、残念ながら九分迄生存の見込みはない。想像する処、彼等は土砂に埋められた上に、水に浸されて無残なる状態に置かれてゐるのであらう」

と、報じられた。

それでも、生存の可能性は残されているとして、坑口の近くに救護所が設置された。三島口担当の鉄道省嘱託医阿部房治が詰め、鉄道病院の医師、静岡県衛生部員も医療具、薬品を運びこんで待機していた。

トンネル内の泥は、消防組、青年団の懸命の作業で徐々に排出された。これに参加した人員は、作業員をふくめて十二日に五一〇名、翌日には七八八名の多きを数えた。そ

の結果、泥の高さは一メートル強低くなった。また、その日、右側壁ぞいの排水溝も完成し、奔流のように水が流れ出して、トンネル内の水位は大いに低下した。

その日も救助坑の掘削は順調に進み、翌十四日午前四時半には二六メートルまで掘り進んだ。北側迂回坑の天井まで一・二メートルの位置に達したのである。

星野は、久保田工事課長と話し合い、長いノミを岩盤に入れて迂回坑まで突き通してみることになった。

ノミがうなりを生じて岩に食いこんでゆく。そして、正確に一・二メートル入った時、迂回坑に突き出るのが感じられた。と同時に、ノミの間から水が九〇センチの高さで勢いよく噴き上がった。このことから、迂回坑は天井まで水が充満していることが判明し、閉じこめられた者たちが生存している望みはさらに薄くなった。

ダイナマイトで発破をかければ、迂回坑との間の岩がくだけて救助坑は貫通する。が、その折りには、水圧の高い迂回坑の中の水が爆発するように噴き出し、その勢いでふたたび大規模な崩壊事故が起ることが十分に予想された。

これを防ぐには、迂回坑の水を出来るだけ減らす必要があった。救助坑は、斜め上方から迂回坑にむかって掘り下げられていて、迂回坑の水を流出させるには、救助坑の床の部分を下方に掘りひろげ、迂回坑と水平にしなければ、水が救助坑から流れ出ない。

東京から再び三島口にもどっていた八田建設局長を中心に協議がおこなわれ、救助坑の床を下方に長さ二〇メートルにわたって掘り下げることに意見が一致し、十五日午前零時から作業が開始された。

一方、トンネル内の泥土の排除は進み、また新たに作られた排水溝によって水位はさらに低下した。

現場は、すさまじい光景を呈していた。排水溝には激流のように水が流れ、水煙があがっている。作業員たちは、膝まで泥水につかりながら働き、疲れた者たちが泥の中に横になり、寝息を立てている者もいる。

楠田所長、星野派出所主任は、常に現場にいて、請負会社鹿島組代表者鹿島精一とともに、ほとんど睡眠もとらず坑夫たちを督励していた。坑外からは握り飯がトロッコで運びこまれていたが、作業する者たちを喜ばせたのは粉ミルクであった。これは、三島町が、町にある精乳会社に要請して入手したもので、三島口派出所に無償で提供したのである。

救助坑では、床の掘り下げ作業が進み、ようやく十九日午前四時半に、迂回坑と水平の位置になった。これによってノミで孔をあければ、そこから迂回坑の水が排出できるようになった。

トンネル内にうずたかくつもっていた泥土は、函南、中郷、錦田の村民たちの応援で、二十日午後までには最も奥の地点まですべて坑外に運び出された。

かれらは、泥まみれになって、六時間交替で働きつづけた。これに従事した人数は、函南村消防組延べ七一四名、青年団延べ三四〇名、在郷軍人会一〇名、中郷村消防組延べ四一七名、錦田村消防組延べ一〇五名で、かれらは作業を終え、二十一日に全員引き揚げた。

救助坑の床の掘り下げ作業はつづけられ、その日の午後も、発破でくずされたズリを三十人近い者が入って、スコップで外にかき出す作業をおこなっていた。

不意に、悲鳴に近い絶叫が救助坑の中で起り、作業員たちが顔色を変えて飛び出してきた。それに驚いた救助坑の外にいた者たちも、坑口にむかって一斉に避難した。

またも崩壊が起ったか、と思えたが、救助坑の方からは水の流れ出る音がしているだけで、それらしい音はしない。かれらは足をとめ、救助坑の方に視線をむけた。

ようやく落ち着きをとりもどした親方が、救助坑に入っていた者たちを集め、事情をきいた。

多くの者たちは、

「皆が逃げ出したので、山が抜けたと思い、逃げた」

と、口々に言った。

さらにたずねてみると、最も奥にいた者が、次の者に、

「土砂が出るよ。危いから気をつけろ」

と、言った。それを、つぎつぎに後ろの者に申し送りをしている間に、「危い」のみがつたえられ、「危いぞ、逃げろ」という叫びになった。これによって、崩落寸前と考えたかれらが、先を争って逃げ出したことがあきらかになった。

親方や技師たちは、工事現場に引き返し、作業員たちも後にしたがった。親方が、作業員たちに、

「仕事をつづけろ」

と命じた。

しかし、作業員たちの顔には恐怖の色が濃く、だれ一人として救助坑に近づく者はいなかった。親方が、言葉を荒くして入るよう繰り返し言ったが、かれらは体をかたくし、その場に立っていた。

やむを得ず、親方が、坑夫長ら数名とカンテラを手に内部に入り、異常がないことをたしかめ、出てきた。

「なんでもないから入れ」

親方の言葉に、ようやくかれらは足を動かし、おびえたように救助坑に入っていった。

二十六日午後八時四十分、迂回坑との間の岩にダイナマイトを仕掛けて爆破、遂に救助坑が貫通したが迂回坑の中の水位は高く、入れない。そのため、救助坑の床をさらに掘り下げる作業をおこなった。

崩壊事故があってから、すでに十六日余が経過し、しかも、迂回坑には水が充満しているので生き残っている者がいるとは思えなかった。しかし、どこか高い所にのぼって、奇蹟的にも水死をまぬがれている者がいるかも知れず、かすかな望みがかけられていた。

貫通した穴からは、勢いよく濁水が流れ出ていたが、水勢がやや弱くなったので、十

時三十分、現場主任の橋本哲三郎技師が、坑夫市川治三郎とともに危険をおかして貫通部分に近寄った。

　胸まで流れてくる水につかりながらカンテラをかざして進んだ橋本は、棕櫚製の蓑が流れてくるのを眼にした。つづいて股引が流れてきて、橋本は、その二点を手に引き返し、救助坑の外に出た。

　星野は、楠田所長らと協議し、迂回坑の水位が徐々にさがってきているので、思い切って迂回坑に突入することを決断した。

　鹿島組代表者鹿島精一は、現場主任塚本季治郎に、

「お前が、一番先に入れ」

と、命じた。

　塚本を先頭に坑夫深沢寅治ほか三十名で編成された決死隊が、カンテラを手に救助坑から迂回坑に入り、星野も橋本技師らと、それにつづいた。

　迂回坑の中は、胸まで達する水が救助坑にむかって流れていた。それは澄みきった水で、しかも冷たい。迂回坑の中は、崩壊事故の影響もうけず亀裂も土砂の崩れ落ちた跡もなく、もとの形のまま保たれていた。決死隊員たちは、支保工にすがりついて水に押し流されるのを防ぎながら一歩、一歩進んだ。

　午前一時、坑奥から麦藁帽子が流れてきて拾いあげ、つづいて笠も流れてきた。それらは、湧水の中で作業をしていた者たちが水をよけるために使っていた物であることは

あきらかだった。

星野は、技師たちと進みながら、迂回坑の状態を点検した。支保工にゆがみはなく、天井につけられた電球も割れていない。水底に土砂はなく、迂回坑が崩壊事故に全く影響をうけていないことを確認した。水位が腹のあたりまでさがってきた。

塚本を追い越して先へ進んでいた坑夫が、午前三時、突然、

「いたぞぉ」

と、叫んだ。

塚本は近づき、カンテラをかざした。

灯に、一人の男の姿が浮かび上がった。その体は、天井の板の間に無理に押しこんだらしくはさまっていて、右手が電線をかたくにぎりしめ、顔が天井の壁に仰向きになって密着していた。

遺体を見つけたという声に、他の者たちが流れを押しわけるように近づいてきた。そして、遺体の足を引いたが、体が板の間にはさまって動かない。板をゆるめ、ようやく体が動いたので、強く足を引くと、遺体がしぶきをあげて水の上に落ちた。

体を抱き、顔を見た塚本は、息をのんだ。鼻がけずられたように欠け、骨が露出している。

一瞬、なぜ鼻が落ちているのか理解できなかったが、その欠けた状態にようやく理由がつかめた。男は、急激に上昇する水からのがれるために天井にあがり、板の間に体を

突き入れた。さらに水があがってきたので、男は天井の壁に顔を押しつけて必死に呼吸をし、その激しい動きで鼻が欠けたにちがいなかった。塚本は、男の苦しみがいかに激しかったかを知った。

遺体は、流れにのせて男たちの手で迂回坑から救助坑の外に運び出された。

塚本たちは、さらに進んだ。

午前三時四十分に二つの遺体を、五時に三体を発見したが、大半は天井に顔を押しつけていて鼻と口がいちじるしく損なわれていた。その奥では、三体の遺体が水にうかび、その後の捜索によって十三体の遺体が収容された。

残るは三体で、塚本たちはカンテラを高くかかげて捜索し、最も奥まで行ったが見当たらない。塚本たちは、顔を見合わせた。その三体はどこへ行ってしまったのか。不気味な沈黙がひろがった。星野の指示で、再び入念に探しまわったが、どこにも見当たらず、かれらは一個所に寄り集まった。

何気なく上方を見上げた一人が叫び声をあげ、他の者たちは、その方向に視線をむけた。カンテラの灯に、黒いものが見えた。板があり、その上の金属枠の間に三人が体を寄せ合っている。一人入るのも困難なほどせまい空間に、三人が入りこんでいる。

作業員たちが金属枠をはずしにかかり、ようやく空間をひろげて、三人の遺体をおろすことができた。

すべての遺体を発見したので、星野は全員に引き揚げを命じた。かれらは、遺体を抱いて迂回坑を引き返し、救助坑の外に出た。時刻は、午前五時十七分であった。

坑内の救護所は、遺体収容所になった。

崩壊事故発生後、十七日間にわたる救出作業は終わり、一人も生存者がいなかったことに、技師、坑夫、作業員たちは沈痛な表情で立ちつくしていた。

遺体の検視が、三島警察署員立ち会いのもとに嘱託医の阿部房治によっておこなわれ、全員、水死と判定された。坑夫長福田清次の腕時計の針は十時十六分をさしたまま止まっていて、崩壊事故が起きてから約一時間、かれらが生存し、その後、急激に上昇する水で絶命したものと推定された。

遺体は、鼻以外に指、腕、足に傷が多く、かれらが水からのがれようと岩にすがり、天井にあがろうとしたために出来たものと考えられた。

検視は午前六時に終わり、遺体は、衣服を白い着物にかえて用意されていた棺に納められ、蓋に名を記した紙が貼られた。

楠田所長は、鹿島組代表者鹿島精一と相談し、遺体が腐敗しはじめているという阿部嘱託医の言葉にしたがい、その日のうちに荼毘にふすことになった。

附近の町村の僧たちによって組織されている慈光会に、僧侶の派遣を依頼し、遺族を坑内の遺体収容所に導き入れた。棺の蓋があけられ、遺族たちの悲痛な泣き声がみちた。

十時に僧侶数名が収容所につき、仮の祭壇がもうけられ、読経（どきよう）がはじまった。並んだ十六個の棺に香華（こうげ）がそなえられ、遺族についで楠田、鹿島らが焼香した。作業員たちの間から嗚咽の声がもれていた。

楠田は、三島警察所長と話し合い、トンネルの坑口の上にある平坦地に仮火葬場をもうける許可を得た。棺が、作業員たちにかつがれて遺体収容所をはなれ、坑口にむかった。遺族たちは、泣き声をあげながら棺に手をふれて歩き、坑外に出た。棺の列は山道をのぼり、仮火葬場についた。棺が白い布におおわれた。

松丸太が、十六組、井げたに組まれ、その上に棺がのせられた。小枝に火が点じられると同時に、遺族たちの号泣する声が起った。松材に火がうつり、炎がさかんにおこりはじめて棺は炎につつまれた。その夜、焼けた骨が壺におさめられ、それぞれの遺族に渡された。

翌日の夜、遭難死した者の家々で通夜が営まれ、楠田、鹿島らをはじめ多くの者たちが、家々を焼香にまわった。また、地元の函南村でも、村長以下重だった者たちが、衣服を正して焼香し、香奠をおくった。宿舎の並ぶ地には深夜まで電燈がともり、人の動きがみられた。

翌二十九日は寒気がきびしく、晴れていた。

三島口の坑口前に仮祭壇がもうけられ、そこに骨壺をおさめた白い布におおわれている十六個の箱が、位牌とともに並べられた。周囲には、各方面から送られた生花が飾られていた。

本省からは、久保田工事課長が参列、鉄道省熱海線建設事務所の楠田所長以下三島口派出所全所員、鹿島組の全組員、さらに函南、中郷、錦田村民、三島町関係者、警察署員らが集まり、遺族についで重だった者が焼香した。

僧侶の読経もすみ、葬列が組まれた。先頭で鉦が打ち鳴らされ、白提灯、旗、花環、塔婆の後から僧侶が歩き、生花台、四花、香炉についで、遺族が位牌、骨箱を抱いて進んだ。その後に参列者がつづいたが、葬列は三町（三二七メートル）にもおよんだ。

午後二時半、葬列が函南村平井の養徳寺につき、本堂で葬儀がもよおされた。慈光会所属の僧侶約四十名の読経のもとに式はおこなわれ、四時半に終了した。遺骨は、それぞれ遺族の手に渡された。悲惨な事故で死亡した十六名の者に対して、鉄道省と鹿島組は職種、勤務年数により弔慰金を贈った。

この事故は、連日、新聞に大きく報道され、全員が死亡したことを知って同情した各方面から弔慰金の寄附が殺到した。函南村、三島町、沼津市、熱海町をはじめ地方の市町村、鹿島組、鉄道工業会社、熱海線建設事務所、三島警察署ほか多数の団体、個人が寄附金を贈った。これらの中には、三年前の四月に熱海口の崩壊事故で奇蹟的にも救出された飯田清太が三十円、小椋熊三、安田克作、門屋盛一がそれぞれ十円ずつを贈っているのが人目をひいた。

寄附金総額は、二月二十五日受付分まで七、二六一円の多額にのぼった。この配分について、三島口派出所主任星野茂樹、技師橋本哲三郎、本省庶務主任吉田良平、鹿島組桜井金作、栗田政七、森田震治と親方二人が委員になり、遭難者の給与、勤務年数、妻子の有無を考慮して公平を期し、最高六五〇円、最低四〇〇円を遺族に贈った。

鉄道省は、地元の応援に感謝するため函南村消防組、青年団、在郷軍人会、中郷村と錦田村の各消防組に、大臣小松謙次郎の名でそれぞれ感謝状と金一封を贈った。また、連日、粉ミルクを提供してくれた三島町に対して感謝の意をしめした。

三月四日、午前十時から三島口坑外で慰霊祭が八五〇名参列のもとにおこなわれた。三島神社宮司の当山亮道が斎主となり、鉄道大臣代理、楠田所長、八田建設局長、鹿島組代表者鹿島精一が祭詞をささげ、午後三時半、式を終えた。


崩壊の原因についての調査がおこなわれた。その個所の側壁には大きな石があり、これが土砂を食いとめる役割をしていた。死亡した者たちは坑道を掘りひろげる作業をしていて、この石を取りのぞいた時、土砂が一気に流れ出たのだろう、と推測された。が、全員死亡しているので、それが真の原因であるかどうかは不明であった。

大正十年四月に十六名の犠牲者を出した熱海口の崩壊事故についで、またも同じ数の生命を奪った事故の発生に、人々は驚くとともに非難の声をあげた。

新聞各紙も、事故発生と同時に批判的な報道をし、殊に丹那トンネル工事そのものに終始、強い疑念をいだく「時事新報」の筆致は、激しかった。

死体が発見されぬ頃、早くも大きな紙面をさいて鉄道省攻撃の論陣をはった。まず、鉄道省嘱託の帝国大学農科大学教授脇水鉄五郎と平林武両地質学者の意見を紹介し、両

教授が鉄道省に対して建言をおこなうという衝撃的な記事をのせた。見出しは、

〝鉄道省の内輪から出た丹那隧道変更の建議
——一致した脇水、平林両博士の意見〟

とあり、さらに、

〝鉄道省も無論のこと工事変更に賛成しよう〟

という小見出しも添えられていた。

脇水教授は、

「鉄道省に既定線変更を忠告する決心です」

と述べ、その理由について説明していた。

事故の起った場所の地質は、さまざまな学説があるがトンネル上方の丹那盆地が湖水の跡であったということでは一致している。今もって盆地は周囲の水の大集合地で、地中の断層は大きく、それがトンネルを掘る予定線を横切っていて、しかもこの断層には多量の水がしみ入っていて川のように流れていると推測される。

このまま、予定通りにトンネルを掘ってゆけば、さらに崩壊事故が続発することはまちがいなく、それを防ぐためにはトンネルを北寄りに掘り、弧をえがくようにして悪い地質の断層を避けるべきである。また、トンネルも複線型はやめて、はるかに内部のせまい単線型を二本掘るようにすることが絶対に必要である。

この迂回説と単線二本説を主張した脇水教授は、

「距離に於ては少し遠くなり、経費もかかるかも知れぬが、人の命の尊さを考へ、今後の工事の遭遇する困難を考へれば、私達の説を採用するものと考へる」

と、むすんでいた。

専門の地質学者の率直な意見であり、しかも鉄道省嘱託の教授の指摘であるだけに、この記事は各方面に大きな反響をよび、鉄道省内部にも強い衝撃をあたえた。

「時事新報」の攻撃は激しく、連日、紙面を大きくさいて丹那トンネルの工事が無謀であるという記事をのせた。

工期と経費の点についても、鋭く批判した。丹那トンネル完成をふくむ小田原から熱海をへて沼津に通じる熱海線の工期は七カ年とされ、来年には完工することが予定されていた。現状をみると、小田原、真鶴間が開通し、来年には熱海までのびることがほぼ確実になっている。この点については予定通りであるが、最も重要な丹那トンネルは、まだ半分が掘られているだけで、これでは来年どころか大正二十年ぐらいまでかかるだろう。

熱海線の工費は、総額二千四百万円の予定であったのに、すでに三千五百二十四万円を費やし、千百二十四万円も超過している。これもすべて、丹那トンネルの工事が莫大な費用を要しているからで、これは悪質きわまりない地質の地域を掘っていることに原因のすべてがある、と非難していた。

三島口の崩壊事故で十六名が全員死体となって発見されてから、「時事新報」の記事は、経費の点からさらに一歩進めて人命尊重のためにも学者の意見をいれ、路線変更をすべきだ、という激しい論調に変わった。鉄道省内にも、これに同調する空気があるとして、丹那トンネルの工事は後廻しにし、小田原から沼津までの御殿場まわりの箱根線の電化を急ぐ方がよいという意見が鉄道省電気局内にあり、局長会議に提案される予定だ、という記事ものせた。

事実、三月六日におこなわれた鉄道省局長会議では、箱根線電化計画が提案された。しかし、八田建設局長は、これに反対し、あくまでも丹那トンネル貫通をふくむ熱海線開通に総力をあげて取り組むべきだ、と強く主張した。ただし、来年度に完成することは無理であるので、これを三年のばし、大正十七年に開通させるよう努力したい、と述べた。その主張は諒承(りょうしょう)され、局長会議は閉じられた。

鉄道専門紙の「鉄道時報」は、丹那トンネルが世上の大問題になっているので、工事を続行すべきかどうかについて識者にアンケートを求め、それを紙上にのせた。

回答はさまざまで、工事を断じて進めるべきだという学者、鉄道技師の声もあったが、それは少数意見であった。或る工学博士は、鉄道省は瘦(や)せ我慢をはらず人命を尊ぶことを第一に、工事中止も一応頭に入れるべきだ、と回答し、他の学者たちは、複線型は廃して単線型トンネルに変えるよう主張していた。また、地質が悪いことはあきらかなので、トンネルを大迂回させて掘るのが常識だ、という回答を寄せた専門家もいた。

激しい非難を浴びながらも、丹那トンネルの工事を計画通り推し進めることを決定したが、鉄道省内には、二回の大崩壊事故が起ったことで、かなりの動揺がみられた。今後、このまま工事を進めれば、第三、第四の事故が発生する恐れが十分にある、と考えている者が多かったのである。

学者たちの説は、トンネルの真上にある丹那盆地が火山跡であるとか湖の跡だとかまちまちであったが、大断層の通るきわめて悪い地質であることでは一致していた。それは、トンネルを掘り進める鉄道省の工事関係者も、これまで遭遇したことのない軟弱な地質であることを身をもって知っていた。しかし、学者たちの説は、地表の石、地形から推察したもので、科学的根拠はうすかった。

工事関係者たちは、今後掘り進めてゆくトンネルの前方に、どのような地質が待ちかまえているのか確実に知りたかった。それには、日本ではまだおこなったことのない地中に深くノミを入れて地質をさぐるボーリング調査をする必要があった。このことは早くからかれらの念頭にあり、前年の三月には三島口坑内で、初めて遭遇した難所の地質をしらべるためスウェーデン人技師エリクソンを招いて日本初のボーリング調査をした。

これが効果があったので、丹那盆地の地質調査をする動きが表面化し、さらに三島口崩壊事故によって本格的におこなおうという意見がたかまった。

崩壊事故は世の激しい非難を浴び、報道陣、殊に「時事新報」は工事中止をとなえ、中止しないのならトンネルの路線変更をすべきだという主張をしている。このような世論を前に、鉄道省は、丹那盆地の地質のボーリング調査をただちに着手することを決定した。

トンネルを掘る予定のルートの真上から地中深くボーリングをすることになり、丹那盆地の三島口寄りの所にまずA号のボーリングをすることを定めた。ついで盆地の熱海口に近い所にB号。A、B号間にC号、D号のボーリングをする計画をたてた。

A号に使うボーリング機は、スウェーデン製のクレリアス式で、その製造会社の技師I・R・ノードマークが招かれた。ノードマーク技師は、丹那盆地におもむいて民家に居をさだめ、ボーリングする個所に高い櫓（やぐら）を建て、かたわらに作業詰所をもうけた。ノードマークは、身長一九〇センチもある大きな体をした男で、オートバイに乗って住居と現場を往き来し、指導にあたった。

A号のボーリングは四月十六日から開始された。盆地の住民たちは外国人を初めて見る者が多く、ボーリングを物珍しげに見物した。ボーリングは、六月十六日に安山岩層に達し、七月二十九日にトンネルが通る個所を過ぎて一六二メートルの深さに達し、作業を終了した。

B号のボーリングもA号に並行してはじめられ、四月十二日からボーリングのノミが地中に突き入れられた。このボーリング機もクレリアス式なので、ノードマーク技師が指導にあたった。鉄道省の技工たちは、ボーリング機の扱いに習熟しようとしたが、ノードマークは、技工たちに手をふれさせず、技術をつたえることはしなかった。機械の操作をあやまることを恐れたにちがいないが、技術を盗まれたくないという意識もあったようであった。

B号では、深さ一〇九メートル、二〇〇メートルの位置で先端に崩壊がみられて一時中止したが、翌大正十四年一月八日に予定深度二一二・五メートルに達し、調査を終えた。

C号で使われたのは、日本石油株式会社から購入した石油層を探り掘りするのに使用されていたボーリング機であった。この機械の操作については日本石油武蔵工務所の熟練した技工数名があたり、ノミの口径が大きいので、櫓もひときわ大きかった。

五月十七日に作業を開始し、深度一〇五メートルに達したところで、それ以上深く突き入れるのは困難になり、クレリアス式にかえた。途中、湧水量の測定をしながら、九月二十二日、予定深度一九二メートルに達して調査を終えた。

D号の作業開始は八月二十一日で、九月十四日、五〇メートルの深さで湧水をみ、さらに八三メートル、一〇六メートルの位置で大湧水があり、水がふき上げて櫓の中に高さ六メートルの水柱があがり、さらに掘り下げたがノミの先端部がはずれたため作業を中止した。

これによって、第一回のボーリングによる地質調査はすべて終了した。

鉄道省内で調査内容が慎重に検討された。その結果、鉄道省のトンネル工事技術からみてトンネルを今後、掘りつづけてゆくのに支障はない、という結論を得た。D号のボーリングでは大湧水層に二度ぶつかり、水圧もきわめて高く櫓内に噴出したことからみて、トンネルを掘り進めてゆくにつれ坑内の湧水量は激増するだろう、と推定された。

また、ボーリングによって採取された土石から判断し、丹那盆地の地下に大きな断層が数本走っていることもあきらかになった。これは、地形学の辻村太郎博士が唱えていた学説と一致していた。著名な地質学者たちは、地下に温泉脈が走り坑内では激しい高熱に悩まされると唱えていたが、ボーリングの結果、そのようなことは全くないことがあきらかになった。

八

十六名の死者を出した丹那トンネル三島口の崩壊個所では、多量の土砂が水とともに流出し、この附近は、これ以上トンネルを掘り進める状態ではなかった。土砂をひきしめることが先決で、鉄道省では、検討の結果、コンクリートを注入することに決定した。

事故現場の片付けも終わった大正十三年六月から、注入作業がはじめられた。切端に、奥ゆき十メートルほどの孔を十数本、放射状にうがち、この孔の入口に鉄管を押しこみ、コンクリートを圧搾空気で孔の中に注入した。

しかし、湧水が強く噴き出している個所では、コンクリートがかたまらぬうちに押し出されてしまう。このため、工事は遅々として進まなかったが、技術陣は工夫をこらしてセメント注入をつづけた。

その断層の向う側では、北側迂回坑から坑夫たちが入って、五月一日から導坑の奥にむかって掘り進める工事をはじめた。しかし、坑夫や作業員たちは、再び後方で崩壊が起ることに激しい恐怖をいだき、職場を放棄して去る者も多かった。

これも無理はないことなので、トンネルの上部に、事故が起った時に逃げ出せるためのせまい坑道をつくることになり、七月十五日に工事に着手し、翌大正十四年二月十五日に完成した。これによって、工事に従事する者たちの恐怖は幾分うすらいだ。

十一月三日には、導坑は事故のあった個所から順調に四二〇メートルも進んだが、その位置で発破をかけると、音を立てて多量の水が激流のように噴き出してきた。水はたちまち坑道内に充満し、四五センチの深さにまでなった。

排水溝を増設しなければならず、作業はそれに集中された。これによって半月後には、順調に排水されるようになったが、それでも水は膝上までの深さがあった。

一方、大正十年四月に崩壊事故があってから工事を中止していた熱海口では、十三年に入って、すでに事故の起った個所の煉瓦ばりも完成し、掘削工事が再開されていた。

この附近から湧水が増したが、やがて地質が集塊岩になって湧水も減少した。

工事は、順調に進んだ。坑内には電燈が煌々（こうこう）とともり、切端では削岩機がうなり、ダイナマイトが炸裂する。崩れたズリは、その年から配置された蓄電池機関車三台によって坑外に運び出されていた。それらのズリは、電気機関車でズリ捨て場に運んで捨てられる。谷であったその場所は、ズリが積もって、いつの間にか平坦になっていた。

その年の五月に総選挙がおこなわれ、清浦内閣の支持政党であった政友本党は、三五議席をへらして一一四名になった。これに反して、憲政会は五〇議席増の一五三名を獲得して第一党に躍進した。このため清浦内閣は総辞職し、憲政会総裁加藤高明が首班となり、政友会、革新倶楽部(クラブ)との連立内閣を組織した。加藤内閣の第一に取りあげたのは財政建て直しで、軍事費その他の整理がすすめられた。

鉄道大臣には、仙石貢(せんごく)が就任した。かれは、明治十一年、東京帝国大学の土木工学科卒業後、工学博士の学位を得て逓信(ていしん)省に入り、鉄道局運輸部長として鉄道の発展にいちじるしい業績をあげた。

その後、退官し、筑豊鉄道、九州鉄道会社社長として経営に才を発揮、明治四十一年には、郷里の高知県から出馬して衆議院議員になった。かれは、加藤高明の補佐役として憲政会に重きをなし、大正三年の大隈内閣では鉄道院総裁になるなど鉄道通の政治家として知られていた。

仙石が大臣として鉄道省に初登庁した日、前例のない出来事が起った。

午前十時半、一般訓示を終えた後、大臣室に入ったかれは、経理、工作、建設、電気、工務、監督の各局長を一人ずつ大臣室に呼び入れた。それらの局長に、鉄道省のかかえている諸問題について鋭い質問を浴びせかけ、説明を求めた。大臣初登庁の日に予期もしなかったことなので、局長たちは戸惑い、資料を集めて説明につとめた。

この中で、八田嘉明（よしあき）建設局長に対する質問は執拗をきわめた。むろん、八田の監督する丹那トンネル問題に質問が集中した。

二度の大事故が起きた根本原因について、鉄道通の工学博士らしく、仙石は、工事前の地質調査が不十分ではなかったのか、と追及した。これに対して八田は、工事に手をつける前、横山又次郎、鈴木敏両博士に地質調査を依頼、それによって工事に入ったいきさつを述べた。また、それでは不十分なので、現在、丹那盆地の地質をボーリング調査していると答えた。

仙石は、

「政界でも、丹那トンネル問題は重大視されている。これ以上、人命事故が起った場合、世論は抑えようもないほど沸き立ち、工事中止も考えられる。慎重の上に慎重を期し、決して事故を起さぬよう十分考慮して、工事を進めるように……」

と、きびしい口調で言った。

完成予定について、八田は、大正十七年度、と答えた。八田が大臣室を出たのは、午後六時すぎであった。

三島、熱海両口の坑道内では、掘り進むにつれて増す湧水対策が、重要な問題になっていた。

増設された排水溝には、水が奔流のように流れていたが、それがあふれて坑道は水びたしになっていた。切端で作業をする者たちは、落下する水を浴び、膝の附近まで水につかる。水は冷たく、足に血管障害を起したり神経痛に苦しむ者も多かった。

建設事務所では、仮休憩所に屋根をもうけて水をふせぎ、高い床板を作ったりし、作業員には防水具を支給した。

最初にかれらの身につけさせたのは、農家で使われている茅でつくった蓑であった。湧水が少い頃は、これで十分だったが、増すにつれて水がしみ通るようになり、さらにカンテラの灯が燃え移って坑夫が火傷を負う出来事が起り、蓑に代わるものが物色された。

紀州生まれの横山という現場主任が、故郷で使われている蓑は棕櫚でつくられていて、水はしみこまず丈夫だということを口にした。事務所では、早速、紀州から棕櫚製の蓑を取り寄せたが、千葉県の鋸山トンネル工事で、棕櫚製の蓑にカンテラの火がついて坑夫が全身に大火傷を負ったという前例があることを知り、この使用もとりやめた。

いろいろと模索し、帆布でつくった合羽や桐油の合羽を使ってみたりしたが、資材をかつぐ肩の部分がすぐに切れ、これらも不適当であった。

大正十二年春、清水の江尻で学生用のマントを製造している深江幸太郎という商人が、函南村にマントを売りに来た。

三島口派出所所員と鹿島組の技師が深江に相談し、防水合羽を研究して試作してみて欲しい、と依頼した。深江は承諾し、やがてゴム引きの合羽を作って持ってきた。

しかし、これも満足できるものではなく、深江は、生ゴムだけの合羽を試作した。これは、水がしみこまず防水具としては完全で、さらにそれを合羽らしくさせるために裏に布をはりつけさせ、理想的なゴム合羽が出来上がった。一着十五円が納入価格であった。

このゴム合羽は重く、作業をする者は苦情を口にしたが、水には勝てず全員が着用するようになった。その後、改良がかさねられ、水が袖口から入らぬよう折り返しにして紐でしめるようにし、ポケットも内側につけさせた。さらに、資材をかつぐ肩の部分に厚いゴムを貼りつけ、合羽がばたつかぬよう腹の部分をベルトで締めるようにもした。

当時、ゴム長靴が一般に売られはじめていたので、建設事務所では、湧水に苦しむ作業員たちに、これを支給した。しかし、長さが短いのでそこから水が入り、また、激しい労働をするので破れることが多く、独自の長靴をつくり出して使用させる必要にせまられた。

工事開始以来、さまざまな商人たちが宿舎に商品を売りに来ていたが、三島口の鹿島組の宿舎には森崎林太郎という商人が出入りしていた。

森崎は、沼津に近い駿東郡清水町新宿で糀商を営んでいた。その東海道に面した地域には、四十軒近い糀屋が軒をつらね、副業として味噌、甘酒、金山寺味噌を商い、それぞれが販売区域をわけていた。函南村を担当していたのは森崎で、かれは味噌などを宿舎に売っていたのである。

いつの間にか鹿島組の技師や親方たちとも親しくなり、そのうちに坑内で湧水に苦しめられ、適当な長靴がないので困っているという話をきいた。積極的な森崎は、自分の手で試作して納入したいと考え、第一次大戦に兵として参加、帰還していた次男の安太郎を栃木県栃木市の長靴製造所に修業にやらせた。

器用な安太郎は、短期間のうちにゴム糊の作製法、靴の型取り、仕上げ法をおぼえ、帰郷すると、弟とともに「森崎兄弟商会」をつくり、長靴の試作をした。

これについて鹿島組では、さまざまな指示をあたえ、結局、生ゴムだけでつくった長靴が最も適していることになった。それは保温性があって、長い間、水につかっていても足が冷えるのを防ぐことができる。さらに、長靴を腿(もも)の部分にまで達するような長いものにし、痛みやすい底の部分を二重にした。

当時、一般の長靴は一足四円であったが、森崎は、大量に発註をうけたので、この特殊な長靴を材料費も手間賃もかかったが四円五十銭で納入できた。かれは、リヤカーに長靴をのせて三島口まで運び、損なわれた長靴を持ち帰って補修をして届けることを繰り返した。この長靴は好評で、熱海口でも坑内に入る者全員に支給した。

落下する湧水をふせぐため、笠も使われていた。初めは、人力車夫の使う饅頭笠をかぶっていたが、水に弱く、耐久力もない。あれこれ物色した末、菅笠(すげがさ)に防水布をはりつけたものが採用された。

坑内に入る技師たちは、番傘を手にしている者が多かった。かれらは、傘をさして巡回し、測量もする。坑内にいる者は、川の中に立って豪雨を浴びている釣り人の姿に似ていた。

その年の十一月三日、熱海口の導坑は、坑口から二、五一六メートルの位置にまで達した。それを追って、導坑をトンネルの広さまで掘りひろげる工事が進められていたが、側壁にはる煉瓦にかわって、コンクリートブロックが使用されるようになっていた。

導坑の掘進は、きわめて快調につづけられていたが、この位置で思いがけぬ地質に突きあたった。広い斑点（はんてん）のまじった青い粘土層で、これは、長い間、温泉の熱で岩が変質して粘土になったもので、温泉余土と称されていた。

その位置から一五メートル粘土層の中を掘り進んだが、粘土が上下左右からふくれてきて、土圧をおさえる板はしない、丸太は押される。そのため導坑は、トロッコも通れぬほどせまくなってしまった。鉄材を丸太の代わりに使ってみたが結果は同じで、飴（あめ）のように曲る。その上、水も流れ出てきているので、到底、これ以上進むことはできなくなり、作業を中止した。

十一月二十四日、切端にボーリングのノミを突き入れ、前方の地質をさぐった。その結果、二〇メートルにわたって断層があり、地質は小石のまじった粘土で、断層の先は掘るのに好都合な硬い安山岩であることを知った。

この断層を突破するのに、迂回坑を掘ることになり、切端の手前一〇メートルの所から左に四〇度の角度で坑道を掘り進めた。

しかし、地質は粘土だけで、さらに進むと激しく水が噴き出してきた。と同時に、床が急に四五センチも浮き上がって、崩壊事故が起る危険が確実になった。坑夫も作業員も、先を争って逃げた。技師たちは、これ以上工事を進めることはできないと判断し、その迂回坑に土石を多量に入れて埋め直した。

その間に、右側にも迂回坑を掘っていたが、これは幸運にも進むことができて断層を突破した。さらに掘り進んで、切端から六一メートル前方でトンネル予定線に達することができた。それは、年も明けた大正十四年一月三十日であった。

小田原、熱海間の熱海線は、真鶴、湯河原間も開通し、前年の六月には、その路線で最も長い泉越トンネルが貫通していた。それは、泉から熱海町伊豆山までの二、四四二メートルのトンネルで、大正十年四月から工事がはじめられていた。

そのトンネルは東西両方向から掘り進められ、六月下旬に入ると工事が急ピッチに進み、二十六日には東口側で九メートル、西口側で一一・七メートルという驚異的な記録をあげた。二十八日午後二時には、残す長さが六・三メートルになり、その日の午後五時二十分に貫通した。これによって、小田原、熱海間の路線の整備工事に入り、駅の建設も進められた。

大正十四年三月二十五日、熱海町は、朝から賑(にぎ)わいにつつまれていた。

湯河原まで開通していた熱海線の湯河原、熱海間も泉越トンネルの貫通によって整備がすべて終わり、その日に開通することになったのである。これによって東京から国府津、小田原をへて熱海まで直通列車が走る。

明治年間には、東京から列車で国府津駅まで来て、そこで馬車鉄道に乗り換えて小田原に行き、人力車で五時間もゆられて熱海についた。その後、国府津、小田原間に電車が走り、小田原、熱海間にも人が押す人車鉄道が通じ、さらにそれも蒸気機関車による軽便鉄道になったので、東京から熱海までの所要時間は五時間に短縮され、それも、熱海までの全線開通によって、東京、熱海間の所要時間は三時間二十分で、直通列車が一日九往復することになったのである。交通が不便であることが最大の難点であった熱海の町は、この開通によって飛躍的に発展することが約束され、この日を町民たちは待ちこがれていた。

午前十一時、紅白の幔幕のはられた新築の熱海駅で、熱海線開通祝賀会がひらかれた。青木鉄道次官、静岡県知事、福富東鉄局長、楠田熱海線建設事務所長ら千余名が列席し、最初に町長杉崎峯吉が町民を代表して感謝の言葉を述べ、ついで鉄道大臣仙石貢の祝辞を青木次官が代読、静岡県知事、福富局長、楠田所長らの祝辞がつづいた。これが終わって熱海町歌の合唱があり、万歳三唱によって式を終えた。

その後、余興に移り、熱海を愛する文人坪内逍遥がこの日のために作った長唄「熱海の栄」が披露された。作曲杵屋佐吉、坪内士行振り付けで、踊る熱海の芸者たちは、長唄の中の「誰がはじめた初島の夜釣り、人の恋路の邪魔をする」という逍遥の書いた文句を染めぬいた手拭いを手にしていた。この長唄の披露は、いかにも温泉町らしい趣向で鉄道の開通が熱海の繁栄をまねく喜びがあふれていて列席者の盛んな拍手を浴びた。

町は、祝賀一色にぬりつぶされていた。附近の町村からも多くの見物人が集まり、華やかな山車が町の中を縫って進み、仮舞台の上では芸者連が踊った。その中を、機関車が黒煙を吐き、客車の列をひいて駅に発着をつづけていた。

この日は熱海口の工事は中止され、重だった工事関係者たちも祝賀会に参列したが、かれらの表情はかたかった。計画通り進めばトンネルも今年中に完成予定であったが、予想をはるかに越えた悪い地質にさまたげられ、いつ完成するかわからない。

坑道の奥では、右側の迂回坑が切端の奥のトンネル予定線に達した後、切端にむかって逆進した。が、断層に突きあたったので工事は中止されていた。

その工事と同時に、他の作業班は、そのまま奥にむかって掘り進んでいた。湧水は激しく、粘土がとけて白く濁っているので、排水ポンプに粘土がつまってしばしば故障する。そのため白濁した水は、膝上まであがり、工事が一層困難になった。

トンネルの先端は丹那盆地の下にさしかかり、湧水が一層激しさを増すことが予想され、大量の水を排出できる設備が必要になった。

協議が交わされた結果、思いきって水を排出するトンネル——水抜坑を掘ることに決定し、設計図がひかれた。それによると、水抜坑は、坑口から二、四七四メートルの位置まで本トンネルに平行して掘る。途中、曲る所もあるので、全長は三、一五三メートルという長さになる。水抜坑の直径は一・八メートルに定められた。

この工事は五月六日にはじめられ、完成は一年後が予定された。

坑道の奥にむかって掘進をつづけていた作業班は、激しい湧水に苦しんでいた。削岩機で岩に孔をうがつと、そこから勢いよく水が噴き出してくる。孔にダイナマイトをつめこんでも水圧で押し出されてしまうほどであった。

掘り進むにつれて湧水が激増し、安全な安山岩がきれると再び粘土層の中に突入した。粘土は水をふくんでふくれ、支保工は折れ、板はしなう。それを補強しながら四〇メートル進み、ようやく再び安山岩の中に入った。

しかし、これも三〇メートルだけで、またも粘土層に入り、五月下旬には、ふくれた粘土に押されて板は弓状にそった。作業員は補強につとめながら進んだが、坑口から二、六九六メートルの位置に達すると湧水がさらに増し、崩壊の危険がたかまった。そのため掘進工事を中止し、水量のへるのを待った。

その間、これまで掘ってきた導坑の支保工の丸太がふくれる粘土に押されて折れ、徐々に坑道がせまくなり、導坑を保持するのに努めた。

切端の湧水が減少したので、十月二十三日、導坑の掘進を再開した。全面が不気味な青い粘土で、その中を進み、十二月三日には再開してから四四・五メートルの位置に達した。そこで、粘土層がどこまでつづいているのかボーリング調査をおこなった。ノミは、五三メートル奥まで突き入れられたが、その先端から採取したものは青い粘土であった。

技師たちは、呆然とした。これまで粘土層になやまされ、いつかは掘るのに容易な安山岩の層に出るにちがいないと期待していたが、それが完全に裏切られたのを知った。このまま進むのは危険なので、水の量がへるまで工事を中止することになった。左側にボーリングをしてみると、粘土層と水をふくんだ安山岩層があるのが確認され、その二つの層の境にそって迂回する坑道を掘ることになり、十二月十八日に工事に着手した。

この方向でも、湧水は激しかった。削岩機でうがった孔にダイナマイトを入れようとしても、噴出する水で押し出されてしまう。困惑した坑夫たちは、附近の山にはえている細い竹を切ってきて、それにダイナマイトを針金でしばりつけて孔の奥に押しこんだ。

ダイナマイトを爆破させるには導火線に火をつけなければならないが、それが容易ではなかった。水が豪雨のように落下しているので、カンテラで導火線に点火しようとしても火が消え、ポケットのマッチを使おうとしても湿ってつかない。

そのため坑夫たちは、大胆な方法をとった。切端から六〇メートルほど坑口にむかって引き返すと、水の落ちていない場所で竹にしばりつけたダイナマイトの導火線に火をつけ、それを数人の者が何本もかかえて走る。

坑夫たちは、切端に走り寄ると急いでかかえたダイナマイトを孔の中につぎつぎにさしこみ、それを終えると水を蹴散らしながら退避する。その後方で、ダイナマイトがつぎつぎに炸裂する音がとどろいた。これは余りにも危険な行為なので、技師たちは電気発破に変えさせた。

坑道は水びたしになっているので、その中を切端まで往復するには半日もかかるようになった。トロッコの往き来する線路は、組んだ丸太の上に移され、人々は、レールの上を歩いてゆく。天井に頭をぶつけたり、足をふみはずして水の中に落ちることもあった。

坑道は、あたかも水量の多い川のようになり、坑外にも多量の水が流れ出ていた。坑内には、水を坑外に排出する無数のポンプが据えられていたが、停電になると、その動きがとまるので、たちまち水位はあがる。電気がきてポンプのスウィッチを入れる時には、作業員が水の中を泳いでスウィッチを入れに行かねばならなかった。

左側の迂回坑は、十二月二十四日に坑口から二、七五二メートルまで掘り進んだ。その位置で発破をかけると、突然、水が爆発するように噴き出してきた。

しばらくして水量が減ったので、さらに掘り進んだが、発破をかける度に大量の水が轟音とともにすさまじい勢いで噴き出る。その水圧で坑夫たちは切端に近づけず、押し倒される者もいた。

水圧をはかると、恐ろしい数字があらわれ、技師たちは顔色を変えた。消防ポンプのホースから放たれる水の力は二、三〇ポンドであるが、水圧計は三〇〇ポンド（約一三六キロ）という水圧をしめしていた。これは、大量の水が地中にあたかも池のようにたまり、それが粘土層によって支えられていたのを、その底に穴をあけたため一挙に水が噴き出してきたからであった。

水は粘土をとかして泥流となり、十二月三十日には、白い濁流とともに大量の土砂が坑道に押し出してきた。支保工は将棋倒しになり、坑夫や作業員は先を争って逃げた。

このままでは、せっかく掘った坑道が土砂と粘土でうずまってしまうので、技師たちは、その範囲を少しでも少くしようとし、丸太、板を使って高さ一・四メートルの土留めを急いで作らせた。しかし、奥から押し寄せる土砂と泥流はそれを乗り越えてきた。そのため第二、第三の土留めを作ったが、それも突き破られたため、一月五日には第四の土留めを築いた。

正月休みどころではなく、泥流と土砂を食いとめるのに必死の闘いがつづけられた。押し寄せる泥と土砂には岩石もまじり、それはじりじりと迫って第四の土留めを破り、七日に第五の土留め、八日には第六の土留めが作られた。掘り進んだ坑道が一二〇メートルも後退してしまったのである。

この第六の土留め作業をしている時、泥流の流れてくる奥の方で、山鳴りがしはじめた。奥で崩壊が起っていることをしめすもので、その山鳴りの後、流れてくる水の量が急にへりはじめた。これは、崩壊した土石が水をせきとめたからにちがいなかった。

技師は、大きな危険が迫っていることを察知し、土留め作業を中止させ、全員を急いのである。

で退避させた。山崩れによってせきとめられ貯まった川の水が一気に土砂とともに流れくだる鉄砲水と同じように、水が、崩壊した土石とともに押し寄せてくると判断したのである。

この予測は的中し、大轟音とともに坑道いっぱいに土砂と水が、奔流のように突き進んできた。土砂は一〇〇メートルも押し出し、その高さは五〇センチにも及んだ。ようやくその勢いも弱まったが、坑道内には土砂の上を白い泥流が流れ、さらに押し寄せる気配をしめした。

翌九日早朝、第七の土留めを作ることになった。

これまでは、丸太と板で土留めを作ってきたが、それらがすべて突き破られたので、その失敗を繰り返さぬため極めて堅固なものを作ることにした。

まず、全面に太い松丸太をすき間なく並べて柵を立てた。その後に、丸太を井げたに組み、中にセメント袋を大量につめた。さらに、奥からの水を排出させるため太い鉄管も埋めこんだ。セメントは押し寄せる水でかたまるし、これならば土砂と水を完全に食いとめられるにちがいなかった。

泥流と土砂が迫り、柵に達したのは午後八時頃であった。技師たちは、土留めを見つめた。鉄管からは水が流れ出てきて、それが増す気配はない。セメント袋の間からも水が洩れてくるようなことはなく、技師たちは、これで完全に食いとめることができたと確信し、安堵の表情をうかべた。

しかし、午後九時三十分頃になると、土留めの下方から水が少しずつ洩れはじめ、技師たちの顔に不安の色がうかびはじめた。

そのうちに、土留めと坑道の側壁の間から噴水のように水がほとばしり出るようになり、さらに土留めの上方からも水が音を立てて噴き出してきた。やがて、鉄管に土砂がつまったらしく流水がとまり、それと同時に、土留め全面から激しい音を立てて水が噴出しはじめた。

それでも技師たちは、希望を失わずに土留めを見つめていた。丸太でかこまれた内部の袋入りのセメントが水を得てかたまり、必ず土砂をふくんだ水を食いとめてくれるはずだ、と信じていた。

しかし、中央から右手のセメント袋が少しずつ破れてセメントが流れ出し、たちまちそれが拡大して、泥流がすさまじい勢いでのしかかってきた。第七の土留めも打ち破られたのである。

技師たちは、坑夫たちと一斉に逃げた。土留めで食いとめられた泥流が、激流のように押し出し、逃げてゆく者たちにのしかかってきた。

二人の坑夫は土砂に押し倒され、辛うじて立ち上がったが、合羽の裾が流れてきた石に押さえられて動けなくなった。かれらの体は水と土砂に埋もれ、腹にまで達し、絶叫が起った。二人の死は確実になったが、再び泥流が襲ってきて、その勢いで合羽を押さえていた石が動き、かれらは流れに押し流され、必死になって泳ぎ、辛うじて死をまぬがれた。

　また、他の坑夫は、流れてくる支保工の丸太にすがり、若い技手は、導坑の上部にある排気用の鉄管にしがみつき、それぞれ救出された。土砂は一時間に一五センチずつ上昇し、土留めから三〇メートル後方にあったポンプも埋没した。

　技師たちの驚きは大きかった。これまで築いてきた土留めは、土砂をまじえた水によってことごとく突き破られ、これ以上、土留めを作っても効果はなく、水の流れるにまかせる以外にない、と考えた。

　水は、荒れ狂った生き物のように動きまわった。坑道の天井を荒らして支保工の丸太を押し流し坑道周囲の粘土をとかして攻め寄せた。天井部分にうがたれた導坑にものしあがり、氾濫した水が滝のように落下する。土砂は水とともに押し寄せ、天井まで埋まった。

　そのため、技師たちは、坑口から二、四六四メートルの位置に第八番目の土留め柵を築いた。十二日午前十一時であった。しかし、泥流は迫って、これも突き破り、技師たちは坑夫、作業員とともに後退した。

　坑道に土砂が充満したので、水の勢いもようやく衰えをみせ、十四日になって動きをとめた。

　技師や坑夫たちは、虚ろな眼をして立っていた。三〇〇ポンドの圧力をもつ水が噴出してから半月の間に、水は、猛威をふるい土砂とともに寄せてきて、それはようやく鎮静化したが、土砂は坑口から二、四一七メートルの位置まで押し出している。

事故の起った切端から三三八メートルの地点で、その間の坑道は完全に土砂で埋められたのだ。苦心に苦心をかさね、粘土と闘って掘り進んでいった坑夫たちの努力もむだになり、後退に後退を強いられたのである。

大事故ではあったが、唯一の慰めは死傷者が一人も出なかったことであった。水と土砂は、時には激しい動きをしめしたこともあったが、おおむね急激ではなく、作業をする者たちには逃げる余裕があったのである。

粘土をとかした水は、青白い泥流となって坑外に流れ出ていた。それは、川から海に流れこみ、いつ果てるともなくつづいた。熱海湾は、このため一面に白く濁り、町の者や湯治客を驚かせた。

楠田所長は、全員に十五日から休息をとるよう命じた。年末から正月にかけて働きつづけたかれらの疲労をいやすためであった。

技師たちは、今後の工事について打ち合わせをした。かれらの表情は暗く、口数も少かった。三三八メートルにわたる坑道を埋めた土砂を取りのぞかねばならず、それにはかなりの日数がかかることが予想された。かれらは、二十一日から土砂を取りのぞく作業にかかることを決定した。

九

熱海口の坑内には、大量の水が土砂を押し出したが、三島口でも、大湧水事故があり工事は中止されていた。

大正十四年五月八日、三島口の導坑は、坑口から二、一三七メートルの位置まで掘り進んでいた。

その日、午前三時三十分に発破をかけ、十分後に崩れたズリをトロッコに積みこむ作業をはじめた。その時、切端の土砂がくずれはじめ、急に大量の水が噴き出してきた。水勢はたちまち増し、危険を感じた坑夫と作業員は急いで逃げた。その背後で爆発音に似た大音響がとどろき、激流のように水が押し寄せてきた。坑夫たちは必死になって逃げ、幸いにして人命事故は起らなかった。

水は坑道の天井近くまで達し、坑口にむかって流れ、坑外も一面の水びたしになった。この水の噴出量は、毎秒三・三トンという熱海、三島両口で工事がはじまって以来最大のもので、工事は完全に中止された。

熱海、三島両口とも、丹那盆地の真下に入ると同時に水との闘いになったのである。

このトンネル工事を指揮、監督する熱海線建設事務所は、東京の新橋から小田原に移転していた。

その年の三月下旬、数名の男たちが事務所の前に立ち、一人が戸をあけた。それを眼にした若い所員が近づくと、男は頭をさげ、

「函南村からお願いの筋があって参りました。私は、畑区の区長で、他の者は区の重だった者たちです」

と、言った。

所員からそれをつたえきいた庶務掛主任の吉田良平が席を立ち、区長たちを中に入れた。

トンネル工事をはじめる前に丹那盆地を中心におこなわれた測量では、盆地にある函南村丹那区、畑区の住民たちに快く迎え入れられ、住居、食糧の提供もうけた。その温情にこたえて、建設事務所では、盆地の名をとってトンネルを丹那トンネルと名づけた。トンネルの三島口は、函南村大竹区にあり、村では工事用宿舎、発電所など諸施設の用地買収に協力し、工事開始後も、さまざまな便宜をはかってくれている。殊に、昨年二月に犠牲者十六名を出した三島口坑内の大崩壊事故では、村の消防組、青年団、在郷軍人会から多数の人たちが出動し、無償で土砂の除去作業にとりくみ、遺族に対して多額の弔慰金を寄附してくれてもいる。建設事務所にとって函南村は、感謝してもしきれぬ存在であった。

吉田は、区長をはじめ数名の男たちが来たことから、何か重大な願いごとがあるにちがいないと察し、来意をたずねた。

「所長様にお願いの書面を持って参りました」

区長は答えると、懐中から折りたたんだ書類を出した。

楠田所長は本省に行っていて留守で、吉田が応接にあたることになり、男たちを応接所に通した。

椅子に坐った吉田は、工事に協力してくれていることに対して礼を述べ、熱海から列車に乗ってきたのか、とたずねた。

「いえ、山越えをして参りました」

区長は、答えた。

吉田は驚いたが、熱海から小田原までの乗車賃は三〇銭で、それは村人たちにとってかなりの負担になる。区長たちは草鞋(わらじ)ばきで腰に弁当をつけていて、おそらく再び山越えをして村まで帰るのだろう。

「それでは、その書類を一応拝見させていただきます」

主任は、渡された書類をひらいた。

「用水欠乏ニ付　水量御調査願
田方郡函南村畑区」

と、冒頭に書かれていた。

吉田は、文字を追った。畑区は戸数五八で、丹那盆地東部の山ぞいにあり、「飲料水及灌漑用水ハ同山ノ渓流」をあてている、とあった。

ところが、昨年、丹那盆地でボーリング調査がおこなわれた直後から、その渓流の水が徐々にへりはじめ、現在では三分の一になっている。甚だ困っているので、減水の原因を調査して欲しい、と結ばれていた。

「水がへっているのですか」

吉田は、書類をたたみながらたずねた。

「はい。今年の正月の初寄り合いでそのことが話題になりまして……」

区長は、実情を説明した。

畑区では、ほとんどの家が渓流の水をそのまま樋で家に引き入れ、飲料水にしている。井戸は十六戸にあるが、その水量も渓流の水が減るとともに少くなっている。

渓流にかかった水車は、穀物をついたりしているが、水量が減ったため回転がにぶい。水田は山の斜面に段状にあるが、その田に水が十分にひけず、不安は大きい、という。

「原因は、ボーリングしたからだ、と言われるのですか」

吉田の言葉に、区長は、

「いえ、はっきりそうだとは申せません。しかし、水がへりはじめたのはボーリングをしてからですので、区の者たちは、もしかしたらそれが原因ではないか、と」

と、低い声で答えた。

「わかりました。この書類は所長にお見せし、なるべく早く御返事するようにいたします」

吉田の言葉に、区長たちは腰をあげ、深く頭を下げると事務所を出ていった。

函南村畑区から提出された願書について、建設事務所では、これまで協力をしてくれている函南村から出されたものでもあるので、とりあえず現地調査をすることになった。担当者には、転任してきたばかりの庶務掛主任の鳥居秀夫がえらばれた。鳥居は、早稲田大学専門部を卒業後、鉄道省に入った三十一歳の所員であった。

十日ほどしてから、鳥居は、熱海まで列車で行き、峠越えをして夕方、丹那盆地について畑区長の家に行った。その夜は泊り、翌日、区長や重だった者たちの案内で区内を歩きまわった。

鳥居の眼には、減水しているとはいえ、きわめて水の豊富な地にみえた。地図をみると、日金山に源を発した柿沢川が丹那盆地の中央を流れ、それと平行して南に谷下川がある。丹那盆地の南方にある池ノ山峠から深沢川が、また田代盆地の水を集めて冷川（ひえかわ）がそれぞれ流れ、その隣にある桑原川とともに函南村、韮山（にらやま）村、北狩野（かの）村、中郷村の数百町歩の水田を灌漑している。

畑区の水田は斜面にあって、最上部の田に渓流の水が入り、それがつぎつぎに下方の水田に流れる仕組みになっている。その渓流は細井沢、大久保沢、檜沢（ひのきざわ）で、細井沢の減水が殊に目立っているという。

区長の提出した願書には、ボーリングをしたために水が減ったと書いてあったが、区の者たちの意見はまちまちであるのを鳥居は知った。三年来、降雨量が少いのが原因で、雨が多く降るようになれば水量ももとにもどるだろう、という者もいた。また、関東大震災で地下に変動が起り、地下水の流路が変わったのかも知れぬ、という説もあった。

鳥居は、一応、調査を終えて畑区をはなれ、調査結果を書類にまとめて所長に提出したが、減水の原因については全く見当もつかず、しばらくの間このまま静観することになった。

梅雨の季節に入って間もない六月十九日、小田原の熱海線建設事務所に、三人の男がたずねてきた。

かれらは、函南村丹那区の二十八戸の総代である井出大次郎、山口幸次郎、加藤平作と名乗り、

「水の問題で歎願に参りました」

と、言った。

担当者の鳥居が応対し、楠田がいたので所長室に案内した。

楠田は部屋の外まで出て来て、かれらを迎え、椅子に坐ると工事に多大の協力をしてくれていることに感謝の言葉を述べた。

井出たちは恐縮し、

「村長のお許しも得ましたので、このようなものを持って参りました」

と言って、書類を差し出した。

楠田は受け取り、表面の文字を見つめた。水のことにちがいないと思っていたかれは、予測があたっているのを知った。書類の表紙には、

「田地灌漑水並飲料水涸渇ニ付歎願書
　静岡県田方郡函南村大字丹那地籍内」

と、書かれていた。

トンネルの真上にある丹那盆地の畑区で渓流が減水しているので調査して欲しいという願書があったばかりであり、さらに丹那区でも水が減っているのか、と思った。

かれは、書類をひらいた。

はじめに、大字丹那の減水規模について、田約二町歩、戸数二八戸、井戸二四個と記され、本文に入っていた。

右者、古来ノ水田並飲料用掘井戸ニシテ、永住シ且耕作シ来リタルニ、昨十三年秋季以来、追々減水シ来リ、水田ハ全ク涸渇シタルモ、旱天ノ原因ナラント思考シ居タルニ、最近降雨数回ニ及ブモ、飲料水ハ到底使用ニ足ラズ、田地ハ降雨毎ニ稲作ノ仕附ヲ為スモ、晴天ト共ニ涸渇シテ灌漑スルヲ得ズ、我々二八戸ノ農家ハ空手傍観スルノ外ナキ次第ニ有レ之候間、隧道作業工事ハ、現在ニ於テ前書地籍ノ地底掘削中ノ趣キニテ、深夜就眠ノ時、爆音ヲ聴取致シ候ニ付、同工事ニ原因スルモノ歟ト被レ考候間、御調査被レ

下度ク、且ツ応分ノ救助方法御講究賜ハリ度ク、具情状此段奉二歎願一候也

丹那住民二八戸総代

井出大次郎、山口幸次郎、加藤平作

鉄道省熱海線建設事務所長楠田九郎殿

これにつづいて、函南村長石和寅之助名で、「右調査候処相違無之候也」とあって、捺印されていた。

楠田は、しばらく書類を見つめ、顔をあげると、

「深夜、眠っている時に爆音がきこえるとありますが……」

と、言った。

「はい。私も何度かききました。枕の下の方で、ドカン、ドカンという音がかすかにし、地下からきこえてくるので、薄気味悪く思っております」

井出が、答えた。

楠田は、ちょうどトンネルの最先端が丹那盆地の真下にさしかかっていて、ダイナマイトの発破の音が盆地に住む人々の耳にも達するのだろう、と思った。

畑区の住民は、ボーリング調査の影響で渓流の水が減っているのではないかと疑い、丹那区の者たちは、トンネル工事そのものが原因かも知れぬ、という。

函南村の者たちは、昨年二月の三島口崩壊事故で大量の水が噴出しているのを直接見

たし、坑内で絶えず湧水に苦しめられていることも耳にしているはずだった。かれらは、丹那盆地の水がトンネルの内部に流れ、そのために盆地の水が減っているのだ、と単純に考えているにちがいなかった。

楠田は、

「御趣旨はよくわかりました。なぜ、丹那盆地の水が減りはじめたか。トンネルを掘っているからだとは思えませんが、私の方でも原因がなんであるか調査してみます」

と、答えた。

「私たちもトンネルのためだとは思っておりません。不安ですので、鉄道省のお力におすがりしたいのです」

井手が言うと、他の者もうなずいた。

かれらは腰をあげ、所長室を出ていった。

工事は難航していたので、楠田は、庶務掛の鳥居に仕事の合間を縫って調査するよう命じた。

その年の十月末、鳥居は、再び丹那盆地に足をむけ、前回よりも詳細な調査をした。

かれは、願書を提出した丹那区の調査から手をつけた。

丹那区の戸数は九八戸、人口七〇四名、牛馬二七一頭、水車八、井戸七五で、住民は、水田耕作を本業とし、副業に乳牛を飼い、生乳を三島町方面のミルク会社、製菓会社等に売り、米、野菜、鶏卵を熱海方面に送っていた。また、豊富な清水を利用してワサビの栽培をしている者もいて、それは小田原、東京方面に出荷されている。

減水を訴えた願書を提出した二八戸の農家は、下丹那という小字にあって、山の傾斜地に水田をもっていた。この地区の住民は、飲料水を井戸からとっていて、この水は減ってはいなかったが、水田とワサビ田の水はたしかに少くなっていた。

鳥居は、その被害面積が水田四反九畝二歩、ワサビ田が一一歩であることをたしかめた。しかし、願書にあるようなさしせまった状態にはなく、内容がかなり誇張したものであるのを感じた。

三年来、降雨が少く、それによる影響ではないか、とかれは思った。この件について、沼津の測候所に行ってしらべた結果、丹那盆地も降雨量がかなり少いことをたしかめた。丹那区を調べたついでに畑区を視察した鳥居は、首をかしげた。畑区の飲料水、水田、ワサビ田の灌漑は、細井沢、大久保沢、檜沢の三つの沢から流れる渓流が利用されていたが、前回調べた時、少し量が減りはじめていると言っていた細井沢に全く水が絶えてしまっているのを知った。

さらに大久保沢は減水前の一五パーセントになり、檜沢のみが八〇パーセントの水量を維持していた。このため水田二町九反余、ワサビ田二反六畝余が、それぞれ収穫が期待できぬ状態にあった。

鳥居は、釈然としない表情で丹那盆地をはなれた。

大正十五年に入ると、丹那区の水量にはほとんど変化がなかったが、畑区にはかなりの変化がみられた。全く水のなくなった細井沢に回復の気配はなく、大久保沢は一〇パーセントに減水し、水量がほとんど変わらなかった檜沢も急激に減量して、わずかな水が流れるだけになっていた。

畑区からは、その年の秋に再び熱海線建設事務所に減水の報告があり、鳥居は、丹那盆地に出張した。かれは、畑区の住民たちの顔に不安の色が濃く浮かび出ているのに、事態がさらに悪化しているのを感じた。

飲料水としている渓流の水が涸れたり激減しているので、五七戸の家の住民は困惑し、殊に三三戸は恐怖に近いものを感じていた。この三三戸のうち九戸に井戸があり、それが頼りにされた。しかし、ほとんど使用に堪えられぬような状態になっていて、六、七〇センチしかたまっていない水を汲んでしまうと、その高さまで水が回復するのに半日もかかる始末であった。そのため、他の住民たちに水をわける余裕はなかった。

井戸をもたぬ住民たちは、やむなく山中に入って僅かに湧く水をすくって桶に入れたり、雨水をためて、それを飲料水に使って辛うじて生活をしていた。むろん田に水はひけず、四町六畝四歩が植え付け不能で、ワサビ田も二反六畝九歩が収穫できなくなっていた。

畑区の住民たちは、会合をかさねて協議した末、自衛手段をとっていた。静岡県庁に請願し、二、二七七円七〇銭を基金として畑耕地整理組合を組織していた。その頃は、まだ檜沢のみは水が流れていたので、檜沢からはなれた家々に一部はコンクリート、大部分は木でつくった樋をひいて、水を供給していた。

また、長光寺附近は水不足が深刻であったので、寺の住職がそれを救済するために寺の前に三〇〇坪ほどの貯水池を四つつくり、新たに掘った井戸の水を流し入れ、これによって水田に水を張ることができた。

のどかに廻っていた水車は、畑区に十台あった。これらは、穀物をひいたり藁をうつのに使われていて、個人または数名の共有物であった。これらの水車は、七台が細井沢、大久保沢の水で運転していたが、これらの沢が涸れてしまったので回転しなくなった。わずかに水の流れる檜沢の三台の水車が廻っているだけで、それも、秋に水が急激に減ったため動かなくなっていた。

鳥居は、住民たちの自分にむける眼に険しい光がうかんでいるのを感じた。かれらにも、減水の理由はわからないが今まで起ったことがない現象であり、それはトンネル工事が進むにつれて起ったことであることは確かであった。

建設事務所にもどった鳥居は、畑区の水不足が深刻になっていることを報告書にまとめ、楠田所長に提出した。

楠田は、定例の所内会議にこの問題を議題として出し、畑区の住民たちの考えていることを鳥居が説明した。

まず、三年前の関東大震災の影響という説については、たしかに一時、減水したが、すぐに旧に復したので、それが原因とは考えられない。第二に、三年間にわたる降雨量が少いことがあげられるが、古老の話では、どのような雨の少い年でも渓流は豊かに流れ、沢が涸れてしまったことなど一度もないという。

住民は、丹那トンネルが減水の原因であると信じはじめている。トンネル内には、トンネル工事では前例のない大量の湧水が噴出し、川のように流れている。その水は、丹那盆地をうるおしていた水で、それがトンネル内に吸いこまれているのだ、という。

会議に出席していた者たちの顔に、一様に薄笑いの表情がうかんだ。地下水は、地表に近い部分を流れ、それが泉となって湧出したり渓流となる。トンネルは、丹那盆地の一六〇メートル以上も下方に掘られていて、そのような深い所まで盆地の地下水がしみ通るはずがない。住民たちが、トンネルが原因と考えるのも無理はないが、実際問題としてあり得ぬことであった。

「それはそれとして、トンネル内の大湧水はどこから来たものなのでしょう」

技師の一人が、つぶやいた。

沈黙がひろがった。坑内で噴出する水の量は、地下水などが集まったものなどとはちがう莫大な量である。大きな川の水がそのまま流れこんできているような量だが、丹那盆地の渓流以外に川の水量がへったという話は聞いていない。

「もしかしたら、芦ノ湖(あしのこ)の水が……」

他の技師が、ためらいがちに言った。

返事をする者はいなかった。たしかに近い場所で満々と水をたたえているのは箱根の芦ノ湖で、その底に、なにかの理由、たとえば関東大震災の影響で深い亀裂が入り、それが流れてトンネル内で噴出しているのではないか。それも一応考えられると言う意見があって、鳥居が芦ノ湖の水量に変化があるかどうかを調べることになった。

翌日、鳥居は、芦ノ湖の水位について箱根の観測所からの報告が神奈川県庁に寄せられていることを知り、県庁に出張した。担当者が見せてくれた書類には、毎月の水位が記録されていた。それは、降雨量の多いか少いかによって水位が上下しているだけで、トンネル工事の湧水発生状況とは全く関係がないことをしめしていた。

十二月十五日、宮内省は、病弱な大正天皇の御病状悪化を発表した。前年の十一月と今年の五月に脳貧血の発作を起し、その後、回復したが、十一月下旬から気管支肺炎の症状がみられ、高熱を発し、食欲も極度に失われているという。

翌日の各新聞は、「御容態急変」の号外を出し、さらにつぎの日には、「聖上御容態御険悪――数回強心剤を注射申上ぐ」という見出しで、危篤状態におちいったことを報じた。東京の興行界は謹慎することを申し合わせ、十八日から帝国劇場、歌舞伎座、新橋演舞場などの大劇場が上演を中止したのをはじめ、活動写真の各館、寄席もそれぞれ入口をとざした。

二十五日、宮内大臣一木喜徳郎、総理大臣若槻（わかつき）礼次郎は、大正天皇がその日の午前一時二十五分、葉山御用邸で崩御（ほうぎょ）（逝去）されたことを発表した。

その日、皇太子裕仁殿下が、皇室典範にもとづいて第百二十四代の天皇に即位された。

これにともなって元号を改めることになり、天皇崩御の直後である午前二時から、葉山御用邸で枢密院の緊急臨時本会議が開かれた。

また、若槻総理も緊急閣議を召集、御用邸内で元号について協議した。「光文」「大治」「弘文」等の案が出され、慎重に意見を交わした結果、「光文」とすることを決定し、これを枢密院に廻した。枢密院では、この原案を採択し、天皇に報告した。

しかし、元号は、さらに検討された結果、「昭和」とすることに改められ、「大正十五年十二月二十五日以後ヲ改メテ昭和元年ト為ス」という詔書が発布された。

年が明け、昭和二年を迎えた。

東京の新橋から小田原に移されていた熱海線建設事務所は、二月に熱海へ移動した。これは、小田原から熱海まで鉄道が開通し、残るは丹那トンネルの完成のみになり、この工事に総力をあげるための処置であった。

熱海口では、土砂が大噴出した水とともに三三八メートルの坑道が埋められ、さらに三島口でも大量の水が出て洪水のような状態をしめし、工事が中止されていた。

これらは、新聞にしばしば報道され、工事をつづけることは愚かしいという非難記事が大きく掲載されていた。中には、鉄道省内にも悲観論がたかまり、工事放棄を予想するものもあった。

丹那トンネルの工事が、世界でも珍しいほどの難工事であることは外国にもつたえられ、専門家が現場を見学にくることも多くなった。しかし、鉄道省では、あくまでも工事を推し進めることを決定し、現場の関係者を督励していた。

三月十四日、日本経済に激しい混乱をあたえる出来事が起った。

その日、国会では第五十二議会の衆議院予算総会がひらかれ、「震災手形」の処理問題について与野党間で激しい応酬が交わされていた。その特殊な手形は、関東大震災によって大きな痛手をうけた経済界を救済しようとして、政府が日本銀行に銀行、企業の手形を再割引させるために発行したもので、その額は四億円に達し、そのうち二億円が決済不能のままになっていた。

この件について野党の追及をうけ答弁に立った大蔵大臣片岡直温（なおはる）は、日本の経済が深刻な状態にあることを口にし、突然、

「本日、正午、渡辺銀行が破産した」

と、述べた。

渡辺銀行は東京の二流銀行で、第一次大戦後、不良貸付がかさみ、経営内容が極度に悪化していた。が、一般の人たちはそれに気づかず、議会での蔵相の発言で知り、大混乱が起きた。

他の銀行も危険ではないかと不安を感じた人々が、通帳を手に各銀行に押し寄せ、一斉に預金の引き出しをした。このため、中井、左右田（そうだ）、八十四、中沢、村井の各二流銀行が休業に追いこまれ、預金者の被害は二億円にも達した。

さらに、四月に入ると、三井、三菱につぐ大商社の鈴木商店が倒産、鈴木商店と密接な関係をもっていた台湾銀行も休業した。

これがきっかけで、全国の銀行に預金者が引き出しに殺到し、二十行近い銀行が休業に入った。この中には、宮内省が大株主になり華族の銀行と言われた名門の十五銀行もふくまれていたので、社会にあたえた衝撃は大きかった。支払い停止をうけた預金者の中には、発狂したり自殺する者もあった。

この金融大恐慌によって若槻内閣は倒れ、政友会の田中義一が総理となって内閣を組織した。

金融恐慌は、日本経済の基盤が弱体化していたことから必然的に起ったものであった。第一次大戦中、日本は類のない大好況にめぐまれたが、戦後、反動としての不況にみまわれた。これに対して、原敬内閣は積極的な経済政策をとり、このため財政はふくれ上がり、また政府からの補助を受けることになれた企業も合理化への努力を怠っていたので、国際競争力は低下していた。

その後、高橋是清（これきよ）内閣は、ようやく緊縮財政に政策を転換し、加藤友三郎内閣も財政整理の努力を一層強めた。しかし、不良企業はそのまま存続し、これらの企業への銀行の貸し付けがこげつき、それが金融恐慌へむすびついたのである。輸出はふるわず、経済界は動脈硬化におちいっていた。

こうした社会混乱の中で、土砂と湧水の噴出によってせっかく掘り進めた坑道が三三八メートルも泥で埋まった熱海口の坑内では、前年の一月二十一日から、流出した土砂を取りのぞく作業が推し進められていた。

土砂の中の水を鉄管で吸い、ポンプを数多く据えて排水し、土砂を坑外へ運び出す。支保工の丸太は倒れて押し流されていて、崩壊した水と土砂の勢いがいかに激しかったかをしめしていた。

除去作業は、容易ではなかった。急に水が噴き出してきて土砂が流れ出し、土をつめた俵(たわら)を積みかさねて食いとめる。それも突き破られて危険が増し、その度に工事は中止された。

その年の七月六日、ようやく二二一メートル進み、その間の土砂をすべて取りのぞいた。が、その位置で、またも大量の湧水が土砂を押し出してきたので、急いで土嚢(どのう)を八百俵も運びこんで土留めを築き、ようやくそれを防ぐことができた。

これ以上進むことは危険だと判断した技術陣は、やはり進行方向の水をしぼり出す以外に方法はない、と考えた。そのため、直径一・八メートルの水抜坑をもうけることを再確認し、九月に工事を開始した。

相変わらず粘土質の地質がつづき、水が天井から滝のように落下する。山鳴りがしばしば起り、と同時に土砂が水とともに激しい勢いで流れ出てくる。その度(たび)に、坑夫も作業員も土留めの後ろに退避し、水の流れる量がへるのを待ってから工事を再開した。

水抜坑が前進不能になると、そこから枝をのばすように他の方向に水抜坑を掘り、その数は四本になった。

水抜坑の工事とともに前進していた導坑は、土砂流出事故以来一年二カ月たった昭和二年三月中旬、ようやく事故発生地点までたどりつくことができた。

この位置で、これから進む方向の地質をさぐるため、ボーリングのノミを突き入れて調査をおこなった。その結果、前方に粘土質の大断層があることがあきらかになり、一年三カ月前の崩壊事故は、この断層が原因であったことを知った。

ボーリングのノミが断層を突きぬけると、再びノミの孔から水が棒のように三〇〇ポンド（約一三六キロ）の圧力で五メートルも水平に噴き出てきた。その水で坑夫たちは押し倒され、水の音もすさまじく、命令する声などきこえなかった。

これによって、断層の向う側には、高水圧の水をふくむ安山岩層がひろがっていることを知った。

技師たちは、この粘土質の大断層をどのように突破するかについて協議した。このまま掘り進めば、断層の奥にある強大な圧力をもつ水が一気に粘土を押し出し、大崩壊することは確実だった。

協議が繰り返され、結局、断層の中に大量のセメントを注入することを決定した。すでに三島口では、大正十三年に進行方向の砂質層にセメントを注入し、砂をかためてから掘り進む方法をとった。その経験をいかし、粘土層にセメントを注ぎ入れて十分にかためて掘り進むことになった。

問題は、圧力三〇〇ポンドという水圧であった。セメントを注入しようとしても、そのすさまじい水圧でたちまちはじき返され、入れることなどできるはずもない。その圧力を押しのけて注入できる機械を探し出す必要があった。

その注入機を物色している時、耳寄りな話を聞いた。九州の松島炭鉱では、海の底に石炭を採る坑道を掘っている。むろん、普通の方法では海水の水圧で坑道が破られるので、セメントを注入して掘り進める方法がとられ、高い水圧に堪えられる注入機を使っているという。

早速、丹那トンネル工事に関係している技師が、松島炭鉱に出張し、広田炭坑長にセメント注入についての経験をたずねた。

広田の話では、セメントを注入するのに必要な圧力は水圧の三倍以上だという。大断層を掘るのに三〇〇ポンドの水圧がかかってくるので、九〇〇ポンド以上、さらに安全を考え一、五〇〇ポンド程度の注入力のある機械でなければならないことを知った。

この報告をうけた熱海線建設事務所では、その能力をもつ注入機を探しまわり、スイスのダイヤモンド・ボーリング会社で作られている注入機が、要求をみたす能力があることを知った。その注入機はかなりの価格であったが二台買い入れ、五月二日から、この機械を使ってセメントの注入をはじめた。

削岩機で多くの孔を放射状にあけ、その一つ一つにセメントを注入してゆく。が、注入機は故障が多く、セメントを注入できる量も少いので作業ははかどらなかった。しかし、この方法でやる以外になく、粘土をセメントでかためながら少しずつ掘り進んだ。

熱海口では、このように断層に対する闘いがつづけられていたが、三島口の坑道内では、二年前の五月に起った大洪水の水が減るのに一年もかかり、その間、工事は中止されていた。

坑道内の湧水は、相変わらず激しかった。

この水を排除しながら掘り進めるのに空気掘削という新しい方法を採用し、昭和二年九月二十九日から開始した。

切端に近い個所に頑丈な門をつくり、その奥の坑道に圧搾空気を入れて気圧をたかめる。作業をする坑夫たちは、門につくられた二重扉の外側の扉をひらいて入り、扉をしめ、圧搾空気をゆっくり入れて作業場の高圧空気に体をならしてから、坑内に入る。

高圧空気が、なぜ有効なのか。それは、トンネル内に湧く水を空気の圧力で押しとどめ、さらに地層の中に追い散らす作用があるのである。

高い気圧の中に入るので耳に激しい痛みが起り、坑夫たちは、唾をのみこんだり鼻をつまんでいきんだりした。それでも痛みが去らぬ者もいて、このような者は、その作業からはずされた。

圧搾空気は、予期以上の効果をしめした。湧き出ていた水はとまり、さらに空気に押されて散ってゆく。久しぶりに、坑道に水はみられなくなった。

しかし、水が去ると同時に、高圧の空気も地層の中に吸いこまれてゆく。煙草をすうと、その煙が地層の中に入ってゆくのがみえ、また、帽子などが天井にはりついてしまうようなこともあった。そのため、少し掘り進むたびに坑道の天井、壁をセメントではりかため、空気が逃げるのを防ぐ工夫もした。

高圧の空気の中での作業は人体に悪影響をあたえるので、坑夫は、三十分間働くと門の外に出る。そして、すぐに興奮剤としてコーヒーを飲み、門の外にもうけられた風呂に入ったりして三時間の休息をとる。その後、三十分間働き、それで一日の労働を終えた。

しかし、坑道内に長くいたり門から急に出て来た者には、潜函（ケーソン）病の症状をうったえる者もいた。それは高圧の空気の中から急に出てきたため、血液中の窒素が気泡となって残り、血の流れをさまたげるのである。

これに対処して、鉄道省は、守口武次、佐藤清一、渡辺晟、林武士の専門医師を派遣、救護所をもうけた。

救護所には、鉄でつくられた円筒形のホスピタルロックという大きな缶があり、潜函病にかかった者は、その中の寝台に横たえさせる。そして、缶の中の空気の圧力をあげて、血液中の泡が消えるのを待って圧力をゆっくりさげてゆく。これによって、窒素が血液中から逃げていくのである。症状は、足などの関節に激しい痛みが起ったり頭痛をうったえたりするが、これらの者もホスピタルロックでの治療によって重症者は出なかった。

その年の三月、丹那盆地から熱海に通ずる山道を二十名近い男たちが歩いていた。かれらは、腰に弁当包みをつけ、杖をついている老人もいた。

かれらは、熱海の町に入ると、熱海線建設事務所の前で足をとめた。

男の一人が事務所の戸をあけて入り、函南村の畑区から来たことを告げた。水についての歎願であるのを察した事務所の者が、担当者の庶務掛主任鳥居秀夫にその旨をつたえた。

訪れてきたのは、畑区の区長をはじめとした住民で、区長と数名の重だった者が事務所の応接所に入り、鳥居と向き合った。

「水がすっかりなくなりました。もう、どうにもなりません」

区長は、深く息をつくように言い、事情を述べた。

畑区の住民が飲料水と田に張る水をとっていた細井沢、大久保沢、檜沢の三つの渓流が、大正十三年末に細井沢が涸れ、前年にわずかに流れていた大久保沢、檜沢も今年に入ってから川底が露出してしまったという。

畑区の中で水頭の泉だけは、少しも減る気配もなく水が湧いているので、住民たちは、飲料水を得るため桶を天秤棒でかついで水頭へ行く。家がはなれている者は、往復三キロほどの道をたどらねばならない。家族が飲む水だけの量ならばわずかだが、各戸には平均二頭の乳牛を飼い、これらの牛の飲む多量の水も運ぶ必要がある。そのため、男一人が一日中、水運びに従事している状態だという。

田には水がひけぬので、田としての利用価値がなくなってしまい、畠にする以外になくなっている。

ワサビ田の被害もいちじるしい。水田ならば、どのような水をひき入れてもよいが、ワサビ田は自然の清らかな湧水が絶対に必要であった。栽培に適する水は、不純物をふくまぬ一定の温度をたもったものでなければならぬので、湧水が涸れたと同時に、ワサビ田の意味は失われたのである。

鳥居は、言葉もなく区長たちの顔を見つめていた。容易ではない恐ろしい現象が、住民たちにのしかかっているのを感じた。

「いろいろ区の者たちと話し合いしました末、歎願に参りました。三年前に鉄道省が私の地区で地質調査をし、櫓(やぐら)を立ててボーリングをいたしましたね。ノードマークという外国人もきて……」

「私がこの事務所に赴任する前のことですが、たしかにその話は聞いています」

鳥居は、区長が何を願い出ようとしているのか察しがつかず、いぶかしそうに区長の顔を見つめた。

「A号、B号、C号、D号の四つのボーリングをし、調査が終わった後、ボーリングをした孔はすべてうめてしまいました。そのボーリングのうちD号の孔を再びあけていただきたいのです」

区長が、すがりつくような眼をして言った。

区長の言う通り、三年前に丹那盆地でボーリングによる地質調査がおこなわれ、A、B、C、Dの四つの高い櫓を建て、ボーリングのノミを地中深く突き入れて地質をしらべた。D号は、畑区内にあった。それらのボーリングであけられた孔は、調査終了後、すべて多量のセメントを入れて埋めもどした。その中のD号の孔を、再びあけて欲しいという。

区長が、口をひらいた。

「D号のボーリングをしている時、突然、音をたてて孔から水が噴水のように噴き上げました。二十尺（六メートル）も高く……。長い間、勢いも弱めず噴き上げていましたが、そのためか、附近の湧水がへりましたので、技師の方たちにお願いして、調査が終わった後、孔を埋めていただきました」

区長は、言葉をきると、懇願するような眼を鳥居にむけた。

「今さら何を言うかと言われるかも知れませんが、その孔をまたあけていただきたいのです。あたり一帯の湧水は、すべて涸れてしまっています。孔から噴き上げていた水があれば、私たちはどれほど助かるかわかりません。話し合った末、このことをお願いしようということになったのです」

鳥居は、ようやく区長たちの来意をつかむことができると同時に、かれらが水不足にどれほど苦しんでいるのかを強く感じた。

埋めた孔を再びあけることができるのかどうか、技術的なことであるので鳥居には返事のしようもない。事務所に技術掛土木主任の磯崎伝作がいたので、鳥居は席を立つと、磯崎のもとに行き、区長の訴えをつたえた。

前年の四月に着任しボーリング調査に関係はしていなかった磯崎は、その折りの記録をしらべてくれた。たしかに、D号ボーリングでは一〇六メートル掘りさげた時、大噴水があり、その水柱の高さは約六メートルと記録されている。その孔は埋められたが、水圧が高く苦労し、かなりの量のセメントを圧搾空気で孔に入れて、ようやくとざした、と記されていた。

磯崎は、鳥居とともに応接所に入り、区長に、セメントを入れてふさいであるのでその孔をあけるのは不可能に近い、と説明した。

区長たちの顔に、落胆の色が濃く浮かんだ。

「ともかく水がなくなってしまったのです。何が原因でこのようになったのか、私たちにはよくわかりません。しかし、トンネルが真下に掘り進んできた時から水が涸れはじめたことは事実なのです。トンネル内では水があふれているそうですが、私たちの地区の水が土の奥深く吸われて、トンネルの中に流れ出ているのではないでしょうか」

白髪の男が、うわずった声で言った。

「原因がどうあれ、私から所長に報告し、至急、御返事するようにします」

鳥居が、沈んだ声で答えた。

区長たちは立ち上がると、事務所の出口の方へ歩いていった。

区長たちが去った後、鳥居は、しばらくの間、磯崎と話し合った。かれらは、しばしば黙り、短い言葉を口にするだけだった。

鳥居は、区長をはじめとした男たちの顔に極度に追いつめられた人間の表情をみた。あふれるような豊かな水にかこまれて生活してきたかれらは、渓流の水を直接家に引き入れて飲料にし、田に張ってきた。ワサビは清水の流れによって生育し、多くの水車は水しぶきを散らしながら廻りつづけていた。かれらの生活は水とともにあったが、突然、水が消えた。それは、かれらの生活を根本からおびやかしている。

丹那盆地は人情の篤(あつ)いことで知られ、人々の表情は温和だった。が、その日見たかれらの顔には険しい色がうかび、それは、追いつめられた人間の顔であった。

このままなんの対策も立てずにすごせば、かれらは、荒れ狂った鬼のようになる予感がする。事態は急迫していて、すぐにでも適切な対策をたてなければならぬ、と思った。

夕方、トンネル内の視察を終えた楠田所長が事務所に帰ってきたので、鳥居は、磯崎とともに畑区の区長たちが訪れてきて訴えた内容について伝えた。

「顔つきがすっかりちがっていました」

鳥居の言葉に、楠田は、暗い眼をしてうなずいた。

楠田は、熱海口派出所主任の樋口操技師も招き、しばらく黙っていたが、

「丹那盆地の水が減りはじめた原因は、なんだと思う」

と言って、樋口たちを見まわした。

返事をする者はなく、楠田の顔を見つめていた。

「私は、やはりトンネルが原因だと思う。トンネルを掘り進むにつれて湧水が激しくなってきたが、それは丹那盆地の地下水の水位が急激に低下し、トンネルに噴き出しているのではないか。今日来た畑区の人の話によると、いよいよそれが現実のものになったのだ、と思う。これは、今に大問題になる。この機会に、真剣に取り組む覚悟をもつことが必要だ」

楠田は、胸にわだかまっているものを吐き出すように言った。

鳥居は、楠田の顔に視線を据えていた。技術屋ではないかれには、盆地の減水の原因がなにからくるものか見当もつかない。が、現場を直接眼にしてきているかれには、盆地の住民たちと同じようにトンネルが原因ではないかという考えが胸にひそんでいた。楠田の言葉は、鉄道省にとって不利だが、それを敢えて発言したかれに、敬意をいだいた。

二日後、楠田は本省に打ち合わせのため上京したが、丹那盆地の減水についても報告することになり、鳥居を同行させた。

建設局長は八田嘉明から中村謙一に代わっていて、楠田は、中村に難航しているトンネル工事の一般状況について報告した。中村をはじめ同席した橋本敬之工事課長らは、暗い表情をしていた。

その報告を終えた後、楠田は、丹那盆地の畑区の減水問題を出し、鳥居が調査結果を説明した。

これまで、その問題については鉄道省にもつたえられていたが、中村は、新しい鳥居の調査内容に驚きの色をみせていた。

楠田は、地元の声もふくめて建設事務所では、降雨量の少いこと、関東大震災による地下水の変化が原因ではないかという説もあったが、それらはことごとく根拠がないことを述べた。また、坑内に噴き出る大量の水が、芦ノ湖または富士山の永久雪の融水が湧く三島町の水源のいずれかから流れてきているのではないかと想像し、調査してみたが、その気配は全くみられない、とつけ加えた。

「これは、あくまでも私の個人的な意見ですが、地元の住民が考えているように、トンネル内の大湧水は、盆地をうるおしていた水そのものではないか、と思います。つまりトンネルが盆地の水を吸っているのではないか、と」

楠田は、光った眼をして言った。

中村たちは、黙っていた。トンネルは、盆地から一六〇メートル以上も深い地中に掘られ、そこに盆地の水が吸いこまれているとは考えがたい。しかし、それなら盆地の水は、なぜ減っているのか。

「本省でも、本腰を入れて徹底的に原因究明をお願いいたします」

楠田は、力をこめて言った。

「わかった。至急、調査をする」

中村は、うなずいた。

「それで、畑区からの歎願ですが……」

楠田は、鳥居からD号ボーリングの記録を受け取り、机の上にひろげた。

記録を読み終えた橋本工事課長が、顔をあげると、

「しかし、セメントをこのように多量に入れてふさいだ孔を再びあけることは、技術的にむずかしい」

と、言った。

「それはわかっています」

楠田が、即座に答えた。

楠田は、D号ボーリングが大湧水の個所を通過し、さらに一四六メートルの位置まで掘り下げた時、ノミの先端がはずれ、それを取り出すことができなかったため作業をやめたことを口にした。

「地質調査のボーリングに失敗したのですから、もう一度その近くでボーリングをしたらいかがでしょう。大湧水の所に達すれば水が噴き出すはずで、地元の者は喜び、それだけトンネル内に流れ出る水の量も少くなると思います」

楠田の言葉に、橋本はうなずき、

「もう一度やり直しますか」

と言って、中村に顔をむけた。

「いいだろう。それでは、早速、やってみてくれ」

中村も、うなずいた。

再びD号地点でボーリングをすることが決定し、かれらは雑談に入った。自然に、新聞各紙の丹那トンネル工事の記事が話題になった。熱海口、三島口とも大湧水に見舞われて工事が中断し、新聞には工事放棄の予想記事がしきりにのっている。中には、日本の土木工事技術では完成はおぼつかなく、外国に工事を委任した方がよいという論調すらみえる。

「四面楚歌というやつだな」

中村は、深く溜め息をつき、顔をしかめた。

翌日、熱海にもどった楠田は、D号ボーリングの地点の近くにボーリングをおこなうよう指令し、磯崎伝作技師に鳥居秀夫とともに丹那盆地の減水問題に取り組むことを命じた。

ただちに、ボーリングの準備がはじまり、資材が沼津から駿豆鉄道の大場駅にはこばれ、軽便鉄道で函南村の大竹区に送りこまれた。そして、馬車で畑区のD号ボーリング地点に運ばれた。

ようやく訴えがいれられ、建設事務所が動きはじめたことに、畑区の住民たちの表情は明るくなった。かれらの中には、臨時作業員として雇われる者もいて、ボーリング機の据え付けなどに働いた。

畑区に乗りこんだ鳥居と磯崎は、まず畑区の飲料水問題に取り組んだ。磯崎は、鉄道教習所高等部土木科卒業後、前年に熱海線建設事務所に技術掛主任として赴任した技師であった。

かれは、技術者としての眼でその地区を歩きまわり、水頭と言われる泉に注目した。その泉は、他の泉とちがって豊かな水が湧き出ていて、住民の話によると、その量は少しも変わっていないという。畑区の住民たちは、その水を汲んで家々に運んで飲料にしているが、磯崎は、それを鉄管で送るのが好ましい、と考えた。この案は楠田の許可を得て、鳥居が見積り額を算出し、経費節約のため古鉄管を使用することになり、資材の手配をはじめた。

鉄道省では、畑区の減水問題のみならずトンネル内に噴出する大量の水の二点について、根本的な調査をおこなうことに決定し、研究担当者に阿部謙夫がえらばれた。

阿部は、大正六年に東京帝国大学工科大学土木学科を卒業し、通信省、東京市の技師をへて、前年に鉄道省に入った。水道、水力発電の権威である野口広衛のすすめによるもので、野口が手がけていた信濃川発電計画に協力をもとめられたのである。

阿部は、大学を卒業後入った逓信省で、九州一円の発電水力調査を担当した。発電をうながす河川を流れる水の量が、雨量、季節、地下水とどのような関係があるかを研究し、それに四年間を費やした。この折りの調査、研究によって「九州における河川の流量について」と題する論文を書き、「土木学会誌」に発表した。野口は、この論文に感心し、鉄道省に入ることをすすめたのである。

阿部は、信濃川発電計画の根本的な建て直しをはかる野口のもとで河川調査をおこなっていたが、信濃川工事が、大不況のため予算がとれず延期状態におかれていた。中村建設局長は、水について豊かな知識をもつ阿部に、トンネル内に噴出する水について研究させ、また丹那盆地の減水原因を調査させようとしたのである。

中村局長は、橋本工事課長とこの件について話し合った。

「阿部君には、トンネル内に湧く大量の水の正体を確実につかんでもらいたい。それが、工事を進める上で、どうしても必要なのだ」

中村の言葉に、橋本はうなずいた。

「それだけではない」

中村は、つぶやくように言うと、口をつぐんだ。

橋本は、中村の顔に暗い表情がうかんでいるのを見て、体をかたくした。

中村が、橋本の顔に視線を据えると、口を開いた。

「君も察しているだろうが、丹那トンネル工事をこのままつづけることができるかどうか、現実問題として甚だ疑わしい。鉄道省は工事を推し進めることを省議として決定してはいるが、工事放棄におちいることも十分に予想される。最大の障害は、水だ。溢れ出る水によって放棄することになるが、その折りには、水の正体がなんであるかを公表しなければ理由が立たない。水の研究、調査は、工事放棄にそなえてでもある」

橋本は、中村の言葉を胸に刻みつけるようにきいた。かれ自身にも工事続行は不可能という気持ちが胸にひそんでいたので、それを中村が代弁してくれているように思えた。

中村との打ち合わせを終えた橋本は、阿部技師を呼んだ。

「君の上司の野口広衛さんには、中村局長から諒解をとってある」

と、橋本は前置きして、丹那トンネルの坑内に噴き出ている水の正体と、丹那盆地で起っている減水の原因の研究調査にあたることを命じた。

「君は、九州一帯で水の調査をした経験があり、省内で最も適任者だということで頼むのだ」

橋本は、阿部の顔を見つめた。

突然の話なので、阿部は戸惑ったような表情をしていたが、自分の専門分野のことでもあるので、

「承知しました」

と、自信のある態度で答えた。

「現在、丹那トンネルは、熱海、三島両口とも断層、粘土層、荒砂層に遭い、進行できぬ行きづまり状態だ。その根本は、大量に湧出する水だ。この水がどこから来ているのかつかめぬかぎり、工事の進行はおぼつかない」

橋本は、しばらく黙っていたが、阿部の顔に眼をむけると、

「これは、決して他言せぬように……。工事を放棄しなければならぬ時がくるかも知れぬ。その場合には水が障害であると公表することになるが、水の正体を発表できなければ説明がつかず、鉄道省の立場は窮地に立たされる」

と、低い声で言った。

思いがけぬ言葉に、阿部は顔色を変えた。省内には、丹那トンネルの路線変更や単線型トンネルに改めるべきだという声がある。さらに工事放棄を口にする者もいて、それはごく一部の声だと思っていたが、工事を管轄下におく工事課長が、ひそかにそのような場合にそなえて考えをめぐらせていることに驚きを感じた。

阿部は、工事が最悪の段階におちいっていることを知ると同時に、自分にあたえられた使命がきわめて重大な意味をもっていることを察した。かれは、信濃川発電計画の事務を至急に整理の上、現場におもむいて調査に入ることをつたえた。

四月中旬、阿部は、トランクを手に東京をはなれた。列車で熱海に行き、トンネルの熱海口に近い熱海線建設事務所におもむいた。事務所は粗末なバラック建ての仮事務所で、所長室に入って楠田所長に挨拶し、丹那盆地に出張を繰り返している磯崎技師と鳥居庶務掛主任にも引き合わせられた。そして、トンネル内の湧水状況、丹那盆地での減水している経過を詳細にきき、かれは、克明にメモをとった。

かれは、官舎に案内され、そこで寝泊りをして調査に取り組むことになった。

翌朝、磯崎の案内で、阿部は、熱海口坑道内に入った。ゴム長靴に雨合羽をつけ、工事用電車で奥に進んだ。坑道内には電燈が点々とともり、排水溝にはあふれるように水が流れていた。

二十分ほどして電車の終点につき、それから徒歩で進んだ。水の量が増し、その上に組まれた丸太に張られた板の上を這ったり、膝までつかる水の中を歩いて切端にたどりついた。ちょうどボーリング調査をしていたが、その孔から水が音をたてて噴き出し、水煙であたりがかすんでいた。阿部は、想像を越えた水の量に呆気(あっけ)にとられて立ちつくしていた。

その日は、事務所で、湧水のはじまった地点、湧水の増減と現在までの水量についての記録をしらべることに専念した。

翌日は小雨が降っていて、かれは、磯崎と自動車に乗って熱海の町をはなれた。二年前の三月に熱海から函南村に通じる道路が整備され、車の通行も可能になっていた。車は、くねった山道をのぼり、滝知山の中腹を進み、くだって函南村の軽井沢区におりた。

車は、丹那盆地を進んだ。

前方に、組み立て中の櫓が見えてきた。

「ボーリングをする場所です」

磯崎が、フロントガラスの前方に眼をむけながら言った。

ボーリング調査をすることをきいていた阿部は、トンネル内の湧水を調べるためにも好都合な処置だ、と思っていた。前回のボーリングの折りに湧水個所に突きあたったというが、三年経過してその個所の湧水量がどのようになっているかを知りたかった。

車は、ボーリング位置の近くにとまり、阿部は、小雨の中を磯崎の後について櫓に近寄った。近くに仮小屋が建てられていて、その中にボーリング機が運びこまれている。小屋から三人の男が出て来て、磯崎に挨拶し、予定通り一カ月以内にボーリングをはじめる手筈であることをつたえた。

車は、二人がもどると走りだした。

道は、駿豆鉄道の大場駅まで通じていて、そこで降りたかれらは、軽便鉄道に乗って丹那トンネル三島口まで行き、坑口の近くにある熱海線建設事務所三島口派出所の建物に入った。派出所主任は星野茂樹から岡野精之助に代わっていて、阿部は、岡野から三島口坑道内の湧水状況について詳細な説明をうけた。

かれは、岡野の案内で工事用電車に乗って坑道内に入り、さらに徒歩で奥に進んだ。ここでも、熱海口坑道にも増して多量の水が噴き出しており、あらためて湧水の激しさを知った。視察を終えたかれは、磯崎とともに車で熱海にもどった。すでに町の家並みには、電燈がともりはじめていた。

夏がやってきた。

その年は雨が少く、丹那盆地では水がひけぬ田は乾ききって、ひび割れしているものも多かった。

鉄道省からは、阿部技師以外に広田孝一技師がしばしば熱海に来て、阿部とともに丹那盆地におもむき、泊りがけで調査をおこなっていた。広田は東京帝国大学出身で、阿部の二年後輩であった。地質学科を出たかれは、地質学の上から阿部に助言をあたえるため派遣されたのである。

阿部は、すでに気象観測所を熱海と三島口坑口のある大竹区、丹那盆地の丹那区、田代区の四個所にもうけ、観測人を置いて降雨量、蒸発量、気温、湿度を毎日測定させていた。さらに丹那盆地をかこむ日金山（十国峠）、玄岳、滝知山などの山頂にも大型雨量計を設置し、十日目ごとに雨量をはからせていた。

かれは、広田技師からトンネルの真上にある丹那盆地の地質について説明をうけた。広田は、ボーリングによる地質調査の記録からみて、地質が典型的な火山性であると説明した。

阿部は広田に、逓信省の技師であった頃、四年間にわたって水力発電所建設にともなう水について調査した結果を話した。それによると、一般の山岳地帯では、降った雨の水は緻密な岩石が多いため地表を流れて河川に入る。そのため河川の流量は、降雨量の多いか少いかによって増減する。

これとは対照的に、阿蘇、霧島の火山地帯では、雨水が地下にしみこんで貯えられるので降雨量に直接影響をうけていない。なぜ、そのように雨水がしみこむかというと、火山地帯の地質が粗く、そのすき間に入って貯留するからである。火山性の地質をもつ丹那盆地が豊かな水にめぐまれているのは、地下に多量の水が貯えられ、それが絶えず湧き出ているためだ、と判断された。

阿部は、さらに考えを進めた。トンネルは、盆地の一六〇メートル以上も地下にある。が、そこにトンネルがあけられると、地下に貯められた水が、粗雑な地質のすき間を通って下降し、トンネル内に流れ出る。盆地に湧き出ていた水は、当然、減少する。つまり、水はトンネル内に吸われているのだ。

その頃、丹那盆地の旧D号ボーリング位置の近くでは、ボーリング調査がはじめられ、ノミの先端は、地中深く突き進んでいた。前回のボーリングでは、地表から一〇六メートルの位置に達した時、大湧水に突きあたってボーリングの孔から水が噴出したが、ボーリングのノミの先端は、その湧水位置に近づいていた。

八月二十九日、熱海線建設事務所長の楠田九郎が東京建設事務所長に転じ、池原英治が所長に着任した。

その直後、丹那盆地で進められていたボーリングの先端が、地表から一〇六メートルの位置に達し、孔から水が噴き出たという連絡があった。

阿部は、たまたま本省からきていた広田技師と自動車に乗り、丹那盆地におもむいた。櫓の周囲には、畑区の住民たちが立っていたが、その表情に明るさはみられなかった。

阿部は、櫓の中に噴き上がっている水を見た。三年前のボーリングでは、水が六メートルも噴き上げていたというが、眼前の水の高さは五〇センチ足らずであった。噴水のように水が噴き上がるのを期待していた住民たちが暗い表情をしている意味がわかった。

水に眼をむけながら、阿部は、低い声で広田と話し合った。水がわずかしか出ていないのは、それだけ地下水の水位がさがっている証拠だ、と言った。丹那盆地をうるおしていた豊富な地下水は、トンネルが掘られたことで地質のすき間を縫って下へ下へと流れ、トンネル内で大量に噴き出していることはあきらかだった。

阿部は、櫓のかたわらをはなれ、広田とともに自動車にもどった。車は動き出し、丹那盆地を熱海に通じる道を走っていった。

建設事務所にもどった阿部と広田は、所長室に行き、池原にボーリング現場で水の噴き出している状況について報告した。磯崎も鳥居も、その話に耳を傾けていた。

池原は、盆地の地下水が下降し、それがトンネル内に噴出している水だという阿部の言葉を無言できいていた。トンネル工事は、放棄するのではないかと言われているほど難航し、それは、坑内で湧く水が重要な原因になっている。しかも、その水は、丹那盆地の地下水で、減水によって住民の生活は大きくおびやかされている。

池原は、工事以外に新たな重荷がのしかかってくるのを感じた。

「すると、盆地の減水は、坑内の湧水と直接むすびついていると言うのだな」

池原は、阿部の顔を見つめた。

「その通りだと思います。トンネルを掘り進んでゆきますと、さらに坑内の湧水は増してゆくはずです。つまり、トンネルは、盆地の地下水の排水坑に似た働きをしていると考えても過言ではありません」

阿部の言葉に、池原はうなずいた。

池原は、阿部と広田をともない、この件について建設局長の中村謙一に報告することになり、翌朝、東京へむかった。

飲料水不足になやむ丹那盆地の畑区に水を供給する鉄管をひく工事は、順調に進められていた。

その地区で唯一つ豊かな水の湧く水頭から、畑区の四十戸の家に鉄管が敷設され、十一月に入ってようやく工事が終了した。一、五八〇メートルの長さにわたってのびた鉄管に、水が流しこまれた。工事費は一、九六〇円であった。この鉄管施設によって、畑区の住民の気持ちは幾分やわらいだ。

その間にも減水区域は拡大し、建設事務所には、それらの地区の代表者が苦情を訴えに訪れた。

丹那盆地の軽井沢区では、井戸の水がへって使用不可能になり、山間部の泉から竹の樋をひいてしのいでいたが、この泉も涸れてしまった。また、二台の水車も動かなくなった。平井、畑毛（はたけ）区なども同様であった。柏谷（かしや）、仁田（にった）、畑毛、長崎区では、柿沢川を水源とした稲妻堰（せき）からの水を田にひいていたが、その年は雨量が少いこともかさなって川の流量は激減していた。

住民たちは、静岡県庁に願い出て稲妻耕地整理組合を組織し、県から八、九五五円九

○銭の補助を得、二九、二五九円五二銭を費やして柿沢川と来光川から水をポンプでくみ上げて田にひいた。このポンプ二台は、鉄道省が有料で貸した。

しかし、この工事費は住民にとって大きな負担で、八月に鉄道大臣小川平吉宛に補助金を支給して欲しいという陳情書を提出した。

この書面の中で、トンネル工事が「地中ノ水脈ヲ截断」したとはっきり書き、その結果、「柿沢川ハ殆ドソノ泉源ヲ失ヒ」と記されていた。この陳情書には、県知事長谷川久一の大臣への副申書も添えられていた。

減水になやむ丹那盆地の情勢は、にわかに緊迫したものになった。

昭和三年をむかえ、鉄道省の減水調査は一層進み、阿部技師の指示によって柿沢川その他二十一個所に堰をもうけて河川の流量観測をおこなった。観測人を置き、毎日、測定させて事務所に報告させた。また、各地区の減水調査も徹底的におこなわれ、その結果、トンネルが減水の原因であることは動かしがたいものになった。

田代、軽井沢区の井戸も涸れたので、二月には、山間部の湧き水を六八〇メートルにおよぶ鉄管で流し、両地区に供給した。他の地区でも、残り少い泉から水をひくことがつづいた。

三月には、稲妻耕地整理組合の陳情をいれざるを得なくなり、組合負担の工事費二〇、三〇〇円を見舞金という形で贈った。ただし、その設備を維持する経常費は組合負担とし、組合長仁田大八郎が池原所長に対し、今後、設備の維持費を鉄道省に負担して欲しいという申し出は決してしない、という請書を渡した。

減水の被害は激しくなる一方で、飲料水がなくなり、田には水がひけず、ワサビ田は石がころがるだけの地になった。

最も被害の甚だしい丹那盆地では、調査の結果、その範囲もはっきりしてきたので、鉄道省は救済を決定し、大貯水池をもうける計画をたてた。軽井沢区の南に池を掘り、柿沢川の水とその流域を流れる雨水を貯め、丹那盆地の水田約四十町歩を灌漑させる構想であった。

そのため、貯水池と水を送る水路の用地買収にかかり、八、六一二円を投じて二町九反五畝二歩の用地を買収し、鹿島組が工事を引き受けた。この貯水池が完成して予期通りの水が貯えられれば、水田には再び稲が収穫されるはずであった。

この年も水田その他の被害はいちじるしく、住民のいらだちはつのるばかりであった。住民たちは、建設事務所をしばしば訪れては苦情を訴え、それだけではなく東京に行き、鉄道省にも陳情書を提出した。

収穫ゼロの田はひろがるばかりで、鉄道省では、被害状況に応じて見舞金という名目の補償金を出さねばならず、畑、丹那、軽井沢の各区と稲妻堰で灌漑していた区域に計二、六九〇円弱の見舞金を支出した。

ワサビ田の減収も、見すごすことのできぬ深刻な問題であった。湧き水が減ったり涸れたことで、丹那盆地のワサビ田は全滅状態に近いものになっていた。

この被害についても見舞金を贈ることになったが、その算出方法は困難だった。ワサビの価格は変動がはげしく、また、根だけではなく茎と葉も漬物用として売られ、質が田によって差があるので、専門家の査定によって上、中、下等と区別した。

水田の場合は、水がひけなければ畠として耕作ができるが、ワサビ田は湧き水が絶えれば、なんの利用価値もない。砂、砂利、玉石で作られた田なので、山林の一部にしかならない。こうした事情から、ワサビ田の被害についての見舞金は、山林に地目変換するものとして計算した。

ワサビ田の所有者は、永遠に田を失うことを悲しんだが、湧き水が絶えてしまったかぎり、やむを得ぬことなので渋々と諒承した。この年に対象になったワサビ田の地目変換費は、一、五九七円強であった。

動かなくなった水車に対する見舞金も交付された。畑、丹那区で十四台、軽井沢区で二台、畑毛区で四台が回転しなくなり、総額八、七五〇円が支払われた。

しかし、このような救済にも住民の苛立ちと不満はつのっていた。

その頃、熱海口坑道内では、導坑がようやく大断層を突破することに成功していた。セメントを注入し、水抜坑を至る所にあけて湧水をしぼり出し、崩壊の危険を感じて逃げることを繰り返しながら、小刻みに進んだ。そして、この年の四月、わずか四四・五メートルの断層を十カ月もついやして、辛うじて通過することができたのである。

坑夫は意志の強い者が多く、工事を推し進めていたが、作業員の中には、いつ死にさらされるかも知れぬ危険な工事に恐怖を感じ、現場を去る者も多かった。給与をもらった夜、家族とともに宿舎から姿を消すこともしばしばだった。

請負会社の鉄道工業会社、鹿島組では人員補給につとめたが、徐々に朝鮮人作業員が増した。かれらは、きびしい労働にも弱音をあげることなく、しかも大胆で、工事の推進に重要な原動力になった。かれらの宿舎の屋根には朱色の唐辛子（とうがらし）がほされ、かれらの子供が連れ立って近くの小学校に通う姿もみられた。

断層を突破すると、掘るのに容易な硬い安山岩の中に入り、セメント注入をやめて、前方の地質をボーリングでさぐりながら掘進した。しかし、湧水は、熱海口工事開始以来、最も激しいものになり、天井から滝のように水が落下し、両側からも水が音を立てて噴き出す。水は、激流のように坑口にむかって流れ、トロッコはその流れに押されて進めぬほどであった。

ボーリングをしてみると、前方はもとより左右両方向も安全な安山岩であることを確認したので、それからはボーリング調査もせず掘り進んだ。順調な速度で、坑口から二、九七一メートルの位置まで達した。その頃になると、ようやく湧水も少しへり、導坑は完全に難所を突破した。

技術陣は、この位置で導坑の掘進をいったん中止させた。前方には湧水の噴出が予想され、水抜坑を先行させて、それらの水をしぼり出した方が危険が少いと考えたのである。

はるか後方にあった二本の水抜坑は、当然、それぞれ導坑が突破した大断層を通過しなければならなかった。

水抜坑の掘進がはじまったが工事は難航した。地鳴りとともに崩壊の兆しがみえて、総員退避することが繰り返された。崩落を避けるためダイナマイトの使用も禁じていたので、進度は遅々としていた。

水が至る所で噴出するのでセメント注入をつづけ、二本の水抜坑が辛うじて大断層を突破することができたのは昭和四年四月であった。事故がなかったことは奇蹟に近いことであった。

水抜坑は、導坑に先行して前方への掘進を開始した。

昭和三年四月一日には、丹那盆地を中心に八十四個所で水の減少または涸れていることが、克明な調査の結果あきらかになった。これに附随して、川の流量、月別の雨量、蒸発量の記録もまとまった。さらに、熱海、三島両口の坑道内での湧水量が測定され、比較資料とされた。これらは、すべて阿部技師の努力によるものであった。

これらの資料を分析した阿部は、鉄道省建設局長に結果報告書を提出した。

川の流量に例をとってみると、トンネル工事に影響のない湯河原へ流れる千歳川などには減少している傾向は全くみられないが、それとは対照的に、トンネルの真上にある各河川の流量は一様に大減水していることがあきらかにされていた。

丹那盆地は火山性の地質で、雨水は地層内にしみこみ、貯えられて地下水になっている。それが地中にトンネルが掘られたことによって、その豊かな地下水は火山性地層の中を縫うように下へ下へと流れ落ち、トンネル内に噴き出ている。大正十三年にD号ボーリングが一〇六メートルの湧水個所で六メートルも水柱があがったのに、今はわずか五〇センチの低さにまでなっているのは、それだけ地下水の水位が低下していることをしめしていた。

五年前の関東大震災によって地層が影響をうけたのではないかという説についても調査がおこなわれた。たしかに、震災直後には減水がみられたが、それも半年後にはもとにもどっていた。雨量が少いことが減水の原因かともみられたが、これも全く関連のないことがあきらかになった。

以上の調査結果により、阿部は、丹那盆地を中心とした湧水地の減水または涸渇と各河川の流量の激減は、地下水の水位の低下によるものと断定した。その低下は、トンネルを掘ったことによって起った現象で、「諸水源の涸渇、減水は、隧道掘削に起因するものなり」という結論をくだしていた。

鉄道省は、その報告書を全面的にうけいれた。トンネル工事が、丹那盆地を中心とした住民にはかり知れない生活上の影響をあたえていることを確認したのである。

この件について、省内では協議が繰り返された。基本的に、鉄道省としては、これを傍観することなく積極的に被害地の救済につとめねばならぬ義務がある、ということで意見が一致した。

しかし、トンネル工事の将来は予断できぬ状態で、これに全力をそそがねばならぬ立場にあった。そのため、被害地に対しての永久的な対策は、トンネルが完成後に慎重に考慮し実施することになった。ただし、被害は拡大の一途をたどっているので、すでに実行しているように被害に応じて応急の救済をすることを決定した。

十

昭和四年に入っても、経済界の混乱はつづいていた。

金融恐慌によって不況は深刻化し、中小企業の倒産はつづき、中小銀行も大打撃をうけていた。

若槻内閣の後をうけた田中義一内閣は、金融恐慌の後始末を終えた後、積極的に景気を刺戟する政策をとり、膨張する経費に公債発行と国庫剰余金をあてたので、インフレ気配が強まった。一方では、さかんになった社会主義運動に容赦ない弾圧をくわえ、外交面では中国に対して強圧的な態度をとるようになっていた。

丹那盆地の水は減る一方で、多くの泉が涸れた。被害の最も甚だしい畑区では、湧水量の変わらぬ水頭から鉄管で飲料水を各戸に供給していたが、それまで水の湧いていた井戸が涸れる家もあって、鉄管をさらにのばす工事がおこなわれた。

D号ボーリング位置から湧く水は、鉄管で田にひき入れ、この費用に鉄道省は五〇〇円を費やしたが、この水も地下水の水位の一層の低下で減少する一方であった。

鉄道省は、前年の十二月に工事をはじめた貯水池に大きな期待をかけていた。それは、柿沢川の水と雨水を集めて七万二千トンの水を貯え、丹那盆地の灌漑を可能とさせるはずであった。工事は順調に進んで貯水池の輪郭が出来上がり、水路の工事もはじめられていた。

梅の花が、丹那盆地に点々とみられるようになった。渓流は河床がむき出しになり、わずかに柿沢川に細い流れがみられるだけであった。

三月二十八日朝、池原所長が、磯崎技師とともに自動車で丹那盆地にむかった。貯水池工事の進行状況を視察するためであった。

車が、峠を越えて盆地北部の軽井沢区におりた。軽井沢区の南方の丹那盆地に貯水池造成工事がおこなわれていて、池原は、工事を監督する鹿島組の技手から進行状況をきいた。その貯水池から畑区一円の中腹に水路をつくり、それによって盆地の耕地四十町歩に灌漑する予定であった。池原は、ひらいた図面を眼にしながら工事担当者の説明をうけた。

担当者の技手の案内で、工事中の水路をたどって車で畑区にむかった。空は晴れ、盆地をかこむ山の稜線が鮮やかにみえていた。道を進み、畑区に入った。田に水はなく、土は乾いていた。

点在する家々に通じる道を進んでゆくと、急に半鐘の音がきこえてきた。昼火事が起きたのか、と池原たちは窓の外を見まわした。

半鐘の音がつづいているが、煙らしいものは見えない。

「なんだろう」

鹿島組の技手が、いぶかしそうにつぶやいた。

車は、徐行しながら進んだ。

前方の道を走ってくる数人の男がみえた。やはり、なにか起っているらしいと思った池原は、車をとめさせた。男たちの手には、鍬（くわ）が光っていた。

山腹の道を駈けおりてくる男もいる。背後に駈けてくる足音がし、ふりむいた技手の口から短い声があがった。後ろに視線をむけた池原は、二十人ほどの男たちが、こちらにむかって走ってくるのを見た。

池原は、それらの男の動きにただならぬ気配を感じた。かれらは、鍬をはじめ鎌（かま）、棒などをにぎっている。半鐘が乱打され、一層、音がたかまっているように感じられた。

男たちが、車の前後で足をとめ、畦道（あぜみち）に入る者もいた。かれらは、車の中の池原たちを見つめ、無言で立っている。池原は、半鐘が自分たちが畑地区に入ったことを区の住民たちに告げるものであるのを知った。

半鐘の音がつづき、人の数は増して数十名になり、その中には女の姿もまじっていた。

かれらの眼には殺気に似た光がうかんでいた。不気味な静寂がひろがった。鎌の刃先が、陽光に光っている。

かれらの姿を眼にしながら、池原は、人情の温和な地と言われる畑区の住民が初めて集団行動に出たのだ、と思った。畑区は、古い時代から他の地域ではみられぬ豊かな水に恵まれてきた。その水を飲料とし、田にひいて稲をみのらせ、ワサビを栽培して、なに不自由のない生活をつづけてきた。水はかれらの生活そのものであった。

しかし、大正十三年以来水源はほとんど涸れ、田、ワサビ田は水を失って収穫は皆無に近く、水車も動きをとめた。飲料水も絶え、住民は、わずかに鉄管でひかれたもので辛うじて咽喉の乾きをいやしているにすぎない。かれらは、鉄道省に陳情をくり返し、わずかに飲料水を口にできるようになっているが、耕作は不能になり生活は根底から破壊されている。かれらは、憤り（いきどお）を必死にたえてきたが、それも限界を越え、鉄道省の幹部が来た時には半鐘を合図に集団行動に出ようときめていたにちがいなかった。

「貴様。所長の池原だな」

かれらの中から声がした。それは、事務所に何度か陳情に来たことのある男だった。

「そうだ」

池原は、車中から答えた。

「おれたちの水をどうしてくれる。水を返せ」

老いた男が声をふるわせて叫ぶと、女もまじえた男たちの憤りにみちた声が一斉に起った。

「水を盗んで、よく貴様らは生きていられる」

「田は荒地になった。米は一粒もとれなくなった」

「飲み水にも事欠いているのだ。おれたちに死ねというのか」

「ワサビ田は石のころがるだけの地になった。ワサビ田を返せ」

怒声が浴びせかけられ、池原たちは、身をかたくした。鎌や鍬を手にした男たちが、近づいてくる。子を背負った女は、涙を流しながら拳をふっていた。

「どうした、池原。なんとか言ったらどうだ。自動車から出て返答しろ」

甲高い男の声がした。

池原は、ドアを押して外に出た。

「今日、私がここへなんの目的できたか、わかるか」

池原の声に、区民たちの声はしずまった。

「貯水池と水路の工事進行状況を視察にきたのだ。貯水池が完成すれば、君たちの田にも水がひける。鉄道省は、君たちも承知している通り対策を着々と進めている。この貯水池工事も、その一つだ」

黙っていた区民たちの間から、

「やることがおそいのだ。水が減りはじめたのは五年も前のことだ。それから何度、陳情したかわからない。そんなことをしているうちに、水はなくなってしまった」

「そうだ。貴様たち役人は、ひとごととしか思っていない。水のない生活が、どのようなものかわかるか。貴様たちを殺しても殺し足りないくらいだ」

そうだ、という同調する声が起り、かれらの顔には一層険しい表情がうかんだ。

「私たちは、工事を急いでいる。貯水池を完成し、田に水を導きたいと思っている。君たちがいくら騒いでも急にはできない。私たちに協力し、一日も早く完成させて欲しい」

池原は、甲高い声で叫んだ。

男の一人が、

「池原の甘い言葉に乗るな。おれたちは、もう我慢のできぬところまで来ている。このままでは死ぬ」

と、言った。

「私を殺すというのか、それもいい。しかし、私に危害を加えても、血は出るが水は出ないぞ」

池原の言葉に、区民たちは体をかたくし、口をつぐんだ。

池原は、区民たちにかこまれて立っていた。長い沈黙が、流れた。

「さ、行こう」

池原が、磯崎と鹿島組の技手たちに眼をむけ、車の中に入った。

車がゆっくり動き出すと、自然に区民たちの間に空間ができ、車は、その間をぬけて水路工事予定地にそって進んだ。

池原は、技手の手にした工事図に眼をむけ、説明にうなずきながら窓外に眼をむけていた。水路予定地を一巡し、遠く視線をのばすと、区民たちの姿は消えていた。

この日の騒動は、住民が初めて団体行動に出たことで、鉄道省内に波紋となってひろがった。減水、渇水の原因がトンネル工事にあることはまちがいなく、鉄道省も、その救済に一層本腰をいれねばならぬことを知った。

貯水池工事は積極的に進められ、四月下旬に池が完成して貯水がはじまった。そこに貯えられた水を田にひく水路の工事が、ひきつづいておこなわれていた。

この年も、水をひけぬ田がさらに増し、鉄道省では、丹那盆地の畑、丹那、軽井沢、平井、田代の五地区に計二四、九一四円の見舞金を支給し、さらに田から畠への地目変換費として二七、五〇〇円、ワサビ田の山林への変換費に一八、二二二円を支払った。

五月に、熱海線建設事務所は熱海建設事務所と改称され、二カ月後、池原英治に代わって川口愛太郎が所長に着任した。

熱海口坑内では、大断層を突破した導坑の後方で、導坑をトンネルの広さまで掘りひろげる作業がおこなわれていた。

地質が一面の青い粘土で、水をふくんでいるのでふくれてくる。そのため、坑道が上下左右から押されてせばまり、これを防ぎながらトンネルの広さまで掘りひろげると、すぐにセメントをはる。が、その作業中に、水は突然噴出することを繰り返し、その度に坑夫や作業員たちは退避した。時には水が矢のように噴出し、坑夫が打ち倒されて重傷を負うこともあった。

技術陣は、粘土層にセメントを注入し、それがかたまるのを待ってから作業をおこなわせていた。小事故の連続で、粘土が水とともに流れ出すことも多く、その度に水が減るのを長い間待ってから作業を再開させた。

慎重に、ということが第一のモットーになっていて、それは人命事故を防ぐためのものであったが、同時に工事を順調に進めるうえで絶対に必要なことでもあった。

貯水池が完成し水路もひかれたが、丹那盆地の住民の空気はゆるむどころか、むしろ険悪なものになっていた。

貯水池には、盆地を流れる柿沢川の水と雨水が流れこむはずだったが、池にはわずかな水しか貯まらない。柿沢川の流量が激減していたこともあるが、流れ込んだ水が池の底にしみこんでいるようであった。大きな期待をいだいていた丹那盆地の住民たちに失望の色が濃く、それは怒りに変わっていった。

丹那区では、それまで畑区ほどひどい渇水はみられなかったが、その年になると、にわかに被害が増した。山に近い二五戸の家の井戸は、すべて水が涸れ、鉄道省では山間部の泉から鉄管を敷設してそれらの家に水をひいた。

田の被害は、甚大だった。貯水池からの水はわずかで、前年までの被害面積は二町四反一畝二七歩であったのに、その年は一八町三反二三歩にもひろがり、その中の一〇町歩は水が全くひけず収穫はゼロで、前年までの被害とあわせて二〇町七反強が被害をうけた。また水車八台のうち五台が動かなくなっていて、さらに二台も停止し、ワサビ田も干あがった。

さらに丹那区の住民たちを驚かせたのは、土地の陥没であった。

その地区は、殊に水が豊富で、田の中には底なし田のようなものさえあり、水が多すぎて困っていたほどであった。土は多量の水をふくんでいて、減水がいちじるしくなるにつれて乾き、地面が収縮した。そのため、田の所々に深さ一メートルから二メートルのくぼみができ、耕作することはできなくなった。

その陥没は、丹那区のみならず畑区にもみられ、一二個所、一、一〇〇坪に及んだ。この中には宅地五〇坪もふくまれ、そこにあった二七坪の物置二棟が傾斜し、訴えをうけた建設事務所では、その物置の持ち主に見舞金八一円二〇銭を贈った。

丹那区と畑区の住民たちにとって、この陥没は恐怖をあたえた。水が減り、やがて涸れて生活は根底からおびやかされている。それだけでも夜も眠れぬほどの大きな不安にさらされているのに、自分たちの家が建っている敷地や耕作している地面の所々にくぼみができたことは、土地の滅失を意味する。

かれらは、今にも足もとの土地が大陥没を起し、家屋とともに地中に沈むのではないかという激しい恐怖にかられた。

丹那区と畑区でそれぞれ集会がもたれ、両地区の代表者たちが談合を繰り返した。激しい憤りの声が交わされ、共同して鉄道省に抗議行動をとることに意見がまとまった。代表者は、それぞれの区にもどった。

　十一月四日、夜も明けぬ頃、畑区から人の群れが丹那区に動いていった。かれらの中には、蓆を竹竿につけてかついでいる者も多かった。丹那区でも蓆旗を手にした者たちが集まっていて、畑区の者たちと合流し、熱海に通じる山道へむかった。その数は、畑、丹那両区の三百余名であった。

　夜が明け、朝の陽光がひろがった。空気は冷えていた。蓆旗の列は峠を越え、熱海の町におりていった。

　突然、山道から現われた農民たちの群れに、町の者たちは驚き家の中に走りこむ者もいた。蓆旗をかかげた男たちは、道を進み、熱海建設事務所の前にゆくと足をとめた。

　事務所にいた者たちは、顔色を変えて立ち上がった。

　窓ガラスの割れる音がし、つづいて石が投げこまれた。所員が所長室に走りこみ、川口所長に農民が押しかけてきたことを告げた。机の前に坐っていた川口は立ち上がり、所員の顔を見つめた。

「何人ぐらいだ」

「三、四百名はおりましょうか」

　所員は、青ざめた顔で答えた。

「そうか。代表者に会うから、ここに連れてこい」

川口は、言った。

所員が、すぐに所長室を出ていった。渇水問題担当の鳥居が、所員の言葉をきくと事務所の外に出た。顔見知りの男が多かったが、かれらは別人のように険しい表情をしている。

「なんの用で来たのです」

鳥居は、かれらを見まわした。

男たちは、返事をしない。かれらの視線は鳥居に据えられている。

口をつぐんでいる男たちが不気味に思えた。垂れた菰のかげからも鋭い眼がのぞいている。

「代表者に所長がお会いします。お入り下さい」

鳥居が言ったが、かれらの体は動かない。

鳥居の眼に、二人の警察官が道を小走りに近づいてくるのがみえた。菰旗をかついだ男たちが事務所の方に歩いてゆく姿に不穏な気配を感じた町の者が、警察署に急報したにちがいなかった。

警察官は、鳥居の近くにくると足をとめ、男たちを見まわした。さすがに三百名もいる男たちにたじろいだらしく、無言で立っていた。

「要求があってきたのでしょう。所長が話をきくと言っているのです。お入り下さい」

鳥居が言うと、警察官を意識したのか、最前列に立っている男たちが、低い声を交わし、四人の男が寄り集まった。かれらが歩き出し、鳥居の後から事務所に入った。

鳥居は、男たちを所長室に連れていった。机を前に坐っていた川口が立ち、かれらに坐るよううながした。が、その言葉が耳にはいらぬように、かれらは立ったままであった。

川口は、

「御用件を仰言って下さい」

と、おだやかな声で言った。

男たちは黙っていたが、一人が、

「鉄道省は信用できない。おれたちが陳情を繰り返すと、ようやく腰をあげる。仰言って下さいとは何事だ。言わねばなにもしない。言わぬ先に、なぜやらぬのだ」

と、ふるえをおびた声で叫んだ。

男の眼に涙が湧いていた。川口は、口をつぐんだ。

他の男が、一歩前へ進んだ。

「おれたちの土地は、所々へこんでいる。傾いた家もある。トンネルなど掘るから、土地がへこむ。今に、おれたちの家も地の底に崩れ落ちる」

「そんな机の前になど坐っているひまがあるなら、へこんだ土地を見に来い」

白髪の男が、体をふるわせて言った。

鳥居が、口をひらいた。

「鉄道省の調査では、水をふくんだ土地が乾いたので地面が縮み、それでへこみができたことが明白になっています。今後、そのような現象は起きないと思います」

と、言った。

「思います？　思うでは困るのだ。その土地の上に住むおれたちのことを考えろ。なにが思う、だ」

男の顔は、激しい憤りでゆがんでいた。

老いた男が、机に近寄り、その端をつかむと、川口を見つめ、

「あんたたち鉄道省の役人は、トンネルを掘って汽車を走らすことだけを考えている。乗る者は便利かも知れんが、おれたちにはなんの御利益もない。おれたちは、汽車に乗るなど一生に一度あるかないかだ。乗らずに死ぬ者も多い。トンネルを掘られて、おれたちの先祖から伝わってきた土地は滅茶苦茶だ。なにもかもぶちこわされてしまった」

と、声をふるわせながら言った。

川口は、無言で立っている。

所長室の外に靴音がして、警察官が二人入ってきた。かれらは、机のかたわらに立つと、男たちに住所、姓名をたずねた。

男たちは、一人ずつそれに答えた。畑区、丹那区のそれぞれの区長と有力者たちであった。

「なぜ、このように大挙して押しかけてきたのだ」

中年の警察官が、なじるように質問した。眼には鋭い光がうかんでいた。

畑区の区長が、トンネル工事の影響によって起った丹那盆地の現象について説明した。

さらに丹那区の区長も言葉をそえ、水田、ワサビ田の収穫が大損害をこうむっていること、飲料水の不足、水車の停止などを口にした。

警察官の眼に、驚きの色と疑わしそうな光がうかんだ。

区長たちが言葉をきると、鳥居が、

「今、この方たちが言われたことは、すべて事実です。私たちの調査の結果、それらの現象がトンネル工事の影響によるものであることはまちがいないと認めております」

と、とりなすような口調で言った。

さらに鳥居は、その救済措置として、鉄道省が灌漑貯水池の設置、飲料水道の敷設、被害をうけた田の見舞金などを贈っていることも述べた。

川口は、

「この方たちは請願に来たわけで、今、そのことをおききしようとしているところです」

と、言った。

警察官は、うなずいたが、再び鋭い眼を区長たちにむけると、

「請願なら請願で、それらしくしなければいかん。大挙して押しかけ、あまつさえ蓆旗

など立てて……。これでは暴徒としか考えられぬ。熱海は、天下に名を知られている平和な温泉地だ。そこにこのような不穏な風体をして押しかけてくるとは、絶対に許せぬ。本来なら検束だ」

と、きびしい口調で言った。

区長たちの顔に、ひるんだ表情がうかんだ。

「これは、全く政治色のないものです。単なる請願です」

川口が、再び警察官に言った。

「それはわかりました。しかし、蓆旗など立てて、一般の者が見たら何事かと思います」

警察官が川口に言い、区長たちに顔をむけると、

「蓆旗をおろせ。すぐにだ」

と、叫んだ。

二人の男がうなずき、足早に所長室の外に出ていった。

「どうぞ、お坐り下さい。請願の趣旨をおきかせ下さい」

川口が、区長たちに椅子をすすめた。

区長たちはうなずき、椅子に腰をおろした。警察官は所長室の外に出ていった。

やがて、二人の男がもどってきて話し合いに加わった。かれらの顔には、いつの間にか険しい表情は薄れていた。

まず、男たちは、地面の所々が陥没していることに住民が恐慌状態におちいっていることを口にした。鉄道省の調査では、水を多量にふくんだ土地が乾燥し、それによって収縮したためへこみが生じたという。が、それは、鉄道省側の言いのがれであるという声が高い。

減水がはじまった後、住民たちは、トンネルに地下水が吸われているからではないか、と訴えたが、鉄道省側は一笑にふした。一六〇メートル以上も深い位置に掘っているトンネルに地下水が流れ出ることなどない、という態度をとった。しかし、その後、減水が一層激しくなり、ようやく鉄道省もトンネルが原因だと認めるようになった。土地の陥没も原因は他にあって、トンネル内で多量の土砂が崩落流出しているので、土地が沈下しているのではないか。

これに対して鳥居は、地質学の専門家に調べてもらい、単なる地面の収縮によるもので、今後、これ以上陥没は起らぬという証言を得ている、と答えた。

男たちは、その言葉に幾分不安も薄らいだようであった。

ついで、かれらは、鉄道省が救済をしてくれるようになったが、それは後手後手にまわっている、と言った。訴えをしに事務所へ行くと、書類で出せと言われ、書類にして持ってゆくと不備を指摘される。訂正したものを提出しても、その後、音沙汰（おとさた）はなく、何度も訴えをかさね、ようやく動き出す。

「鉄道省は逃げ腰で、誠意が感じられない」

男の一人が、顔を紅潮させて言った。

黙ってきいていた川口は、

「事情はよくわかりました」

と、かれらに言い、鳥居に顔をむけた。

「君は担当者だ。どのようにしたらよいか、君の考えをききたい」

鳥居は、はい、と答え、思案するような眼をした。かれは、丹那盆地にしばしば足をむけているが住民の空気は険しくなるばかりで、鳥居を殺せという者がいるという話もあり、前所長の池原はそれを気づかって、当分の間、丹那盆地に近づくな、と言ったこともある。

「常々考えていることですが、丹那盆地に常駐させる者をおいたら、と思います。減水の状態を調べ、その都度、事務所に報告させれば機敏に対策が立てられるはずです」

「なるほど。それはいい。早速そのようにしよう」

川口はうなずき、具体的な方法について鳥居の意見を求めた。

最も住民が関心をいだいているのは、鉄道省が丹那盆地の灌漑用につくった貯水池で、そこに水がどのように貯まるかを観測する必要がある。そのため、池のほとりに見張所を建てる。

観測人は、貯水池の水の状態を見守るだけでなく、盆地全体の水についても観測する。飲料水を支給するため湧水地から鉄管をひいているが、その湧水地の水量、鉄管に破損個所がないかなどしらべる必要がある。水田にひき入れている水の量、水が全く流れこまなくなった田の状態、それらを丹念に見てまわり、その度に実情を事務所につたえる。報告をうければ、鳥居がすぐに出向いて調査し、救済の必要があると認めた場合は、なるべく早く処置をとる。このような方法をとれば、住民たちの苛立ちもおさまるはずだった。

川口は、男たちに顔をむけ、

「今、おききいただいたように、見張所を建て観測人を常駐させます。これで、皆さんのお苛立ちも幾分は解消すると思いますが……。皆さんも御不満はおありでしょうが、私たちは誠意をもってこの問題に取り組んでおりますし、今後もこの態度はくずしません。いかがでしょう、観測人をおくことで御諒承下さい」

と、言った。

男たちは、無言で顔を見合わせ、一人が、

「そうしてもらえれば……」

と、つぶやくように言い、他の者たちもうなずいた。

緊迫した空気がやわらぎ、川口は男たちと雑談した。

やがて、男たちが立ち、川口に頭をさげると所長室を出ていった。鳥居は、かれらの後について事務所の外に出た。

莚はたたまれ、竹竿だけが立っていた。四人の男のまわりに、男たちが寄り集まった。

畑区の区長が、所長の約束した内容を説明すると、うなずく者が多かった。かれらは動き出し、事務所の前をはなれ、その後方から警察官がゆっくりと歩いてゆく。

鳥居は、かれらが町の家並みの中に消えるのを見送っていた。

川口は、ただちに見張所設置を指示した。

観測人については、鳥居の意見をいれて函南村の者をあてることに定め、鳥居が函南村役場におもむいて村長に人選を依頼した。とりあえず貯水池の見張所に三人を常駐させることにし、村長が観測人をえらび、給与は、むろん建設事務所で支給することを定めた。

池のほとりに見張所が建てられ、三人の男が詰めて池の貯水量をはじめ盆地の水路、田への観測をはじめた。その結果は事務所に報告され、鳥居もしばしば丹那盆地へおもむいた。

寒気はきびしく、遠い山々に雪の輝きがひろがっていた。

昭和五年を迎え、経済界の混乱はさらに激化していた。

景気刺戟政策をとっていた田中義一内閣は、前年の七月に完全に政策の行きづまりをみせて総辞職し、浜口雄幸（おさち）が内閣を組織して大緊縮政策を推し進めた。これによって日本の為替（かわせ）相場は急速に回復し、国際収支も好転した。

これに自信を得た浜口内閣は、五年一月十一日に懸案であった金の解禁を実施し、景気の回復を期待した。が、前年十月の株式市場の大暴落をきっかけに起ったアメリカの大恐慌のあおりをくらって、三月には日本の商品市場が大暴落に見舞われ、深刻な不況が到来した。中小企業や商店の倒産が相つぎ、失業者があふれた。

丹那トンネル工事現場には、雇ってもらうことを願う男たちが連日集まってきて、各飯場では、その取り扱いに手を焼いていた。

三月に、丹那盆地の灌漑を目的にした貯水池とそれに附随する水路すべてが完成した。これに要した工事費は、八、六一二円一七銭であった。

大きな期待をかけられていた貯水池であったが、柿沢川から流れこむ水量は少く、わずかに雨水が貯まる程度で、水路にも少量の水が流れるだけであった。

この工事完成を視察するため、川口所長が磯崎、鳥居をともなって畑区におもむいた。かれらが畑区に入ると、それを待っていたように半鐘が鳴らされ、住民たちが続々と集まってきて川口らを取り巻いた。

水が貯まらぬ貯水池など不要のものだ、という怒声がかれらの間からあがり、被害をうけた田に見舞金が支払われていない、と叫ぶ者もいた。川口たちは、鉄道省も救済に努力していると弁明につとめたが、住民の怒りはおさまらず、一層険悪な空気になった。川口たちは立ち往生し、ただ罵声を浴びるだけであった。

やがて、村の有力者たちが自転車を走らせてきて住民たちの慰留につとめ、ようやく川口所長らは解放されて丹那盆地をはなれた。

この出来事は、鉄道省の工事関係者を重苦しい気分にさせた。住民たちが所長らを取りかこみ罵声を浴びせかけた行為は、なにかを訴えるというものではなく、あくまでも感情的なもので、両者の溝がいちじるしく深まっていることをしめしていた。

今後も、これに類したことがつづいて起るにちがいなく、流血をともなう騒動にまで発展するおそれも十分に予想された。事務所では、丹那盆地に所員がおもむくのは危険だという声がたかまった。

函南村では、有力者たちの間で、このまま傍観していては村民のためにも好ましくないと憂える者が多かった。温順であった住民たちは別人のように激しい言動をみせ、破壊行動に出るおそれもある、と考えられた。

村長森六郎を中心に、村の最有力者である仁田大八郎、川口秋助、広田伝一、石和寅之助、吉田俊三郎が役場に集まり、会合をかさねた。

かれらは、村の将来に強い危惧をいだいていた。それまで村民は人情篤くおだやかな気風で、それは豊かな環境によって培われたものであった。が、減水がはじまり、やがて水が涸れるようになってから人々の顔はけわしく言動も荒々しくなった。一言にして言えば、人心は荒廃の一途をたどっていた。

被害は拡大するばかりで、畑区を例にあげれば、飲料水の水源は水頭をのぞいて全滅し、水田二四町六反二畝六歩のうち実に二三町六反四畝一一歩が大減収になり、一二町九畝二四歩は収穫皆無であった。また丹那区でも、五一町三反七畝三歩の水田のうち四三町九反三畝三歩が甚だしい被害をこうむっていた。

これに対して鉄道省では、応急的な救済措置をとってはいるが、訴えがなければ放置する傾向もみられた。

これらの事実から考えて、生活の不安におびえる住民が、警鐘を乱打し蓆旗を押し立てて集団行動に出るのは当然のことと言える。しかも、鉄道省が現在のままの傍観的態度をつづければ、住民たちは錯乱状態におちいり、一層過激な行動をとるおそれが十分にあった。

六名の有力者たちは、これ以上、村民の人心がすさむのを見るのは忍びず、鉄道大臣に対して歎願書を提出することに意見が一致した。それは、これまでのように鉄道省が応急措置をとるのではなく、根本的な対策を立てるべきだという内容であった。

かれらは、羽織、袴をつけて正装し、四月二十四日、熱海から列車で上京した。そして、鉄道省におもむくと、建設局長黒河内四郎に面会を求め、「水利系統調査願」と表書きされた歎願書を提出した。

その書面の冒頭には、鉄道省が被害に応じて救済につとめていることに感謝している旨が述べられ、それにもかかわらず函南村の十一の字(あざ)では、「総田面積中六割五分」が渇水によって被害をこうむっていると記されていた。ついで、被害をうけている地区の村民の状態について、「村民ハ現在ノ窮状ニ泣ク者、将来ノ不安ニ駆ラルル者、時々会合、議ヲ重ヌルモ、何等ノ成案ヲ得ルニ至ラズ、徒(いたずら)ニ憂惧」している、と書かれていた。

結論として、今ただちに鉄道省で根本的な救済計画を立て、村民の将来に対する不安をのぞくことをしなければ、「本村産業ノ沈衰ハ更ナリ」とし、「集団行動ヲ起シテ思想上悪影響ヲ招致スルヤモ計リ難ク、自治行政上、誠ニ憂慮」に堪えない、と力説し、根本的な救済策を立てて欲しい、と結ばれていた。

歎願は六名連署で、宛名は鉄道大臣江木翼閣下と記されていた。

この歎願書は、村の代表的人物六名によって提出されたものであるだけに、鉄道省は謙虚な態度でそれをうけいれた。村民の将来を思う真情があふれ、根本的な対策を立てるよう求めるその内容は妥当なものと考えられた。

鉄道省でも、これまでの応急対策は住民たちの怒りを招くだけで、根本的な救済措置をとらねば将来に禍根を残すという意見もあったので、この歎願書を機会に基本的な解決策を確立することに決定した。

省では、被害状況を確実につかんで適当な対策を樹立するため、調査団を編成して熱海建設事務所の鳥居秀夫、磯崎伝作の指揮のもとに調査することになり、熱海に派遣した。

調査団は、これまでの被害状況を再検討し、分散して丹那盆地を中心に現地踏査をおこなった。

六月十四日、川口所長以下事務所の幹部が被害地視察におもむいた。それを知った丹那盆地の住民三〇〇名ほどが、丹那小学校に集まった。

川口たちは車二台で村道を進んだが、途中で住民たちに道をはばまれ、小学校に行くよう強要された。やむなく車は、住民たちにかこまれながら小学校の入口についた。

校舎の中に連れこまれた川口たちは、教室の教壇に立たされ、住民たちの激しい抗議にさらされた。磯崎技師に対しては、

「髭などはやして、役人風を吹かすな」

という怒声も浴びせられた。

住民の代表が、毎年支払われている耕地減収見舞金は実情を無視した少額で、増額すべきだと要求した。

鳥居が、もっぱら抗議の矢面に立ち、

「実情を調査してからでなくては、即答はできません」

と、繰り返した。

住民たちは承知せず、責任者である所長がいるのだから即答できるはずだ、と迫った。が、川口は終始無言で立っていた。

しばらくすると、村の有力者である川口秋助が姿を現わした。かれは、教壇の上に立つと、鉄道省では根本的な対策を立てるため本格的に動いていて、川口所長以下幹部が来たのはその実情視察にきたので、むしろ歓迎すべきことである、と熱をおびた声で説いた。

その言葉で住民たちは鎮まり、鳥居が、

「見舞金増額については、調査して妥当と認めれば再考することを約束する」

と答えたことで、ようやく険悪な空気もやわらいだ。

所長たちは、川口秋助の誘導で校舎を出ようとしたが、靴がすべて消えていて、やむなく学校の来客用草履をはいて車に乗り、小学校をはなれた。

翌七月下旬、綿密な被害調査のもとに、鉄道省は第一次の根本解決案を作成した。

その一は、すでに完成した貯水池以外に三つの貯水池を新たにつくることであった。それらの池には、盆地北方を流れる冷川の水と田代にある湧水地からの水をひき入れて貯える。これらが完成をみれば、丹那区、畑区の田すべてに水を張ることができる、と想像された。

その二は、流量が極端にへっている盆地中央を流れる柿沢川への対策であった。この川の流量を増すため、丹那トンネル三島口の坑内から坑外に滔々と流れている水の三分の二を柿沢川に流しこませる。これによって、平井、乙越耕地と畑毛、稲妻用水、奈古谷、長崎の全耕地を灌漑できる。

また、桑原、大竹地区で将来、被害がはっきり出てきた場合は、トンネルの三島口から流れ出る水の残り、つまり三分の一をこれらの地区にまわす。

問題は、八つ溝用水を使っている平井、仁田、大土肥、塚本、大場などの地区をどうするかであった。これらの地区は、冷川と三島口から流れる水によって灌漑されていて、冷川と三島口の水を他に流すことになれば、当然、田は干上がる。それでは困るので、境川から水路をつくり、これらの地区に水を導く。

この案は、渇水に苦しむ丹那盆地を中心とした耕作地を根本的に救済することが可能であると判断された。

鉄道省では、工事計画を検討し、費やされる予算を三一万円と見積もった。

暑い夏がやってきた。

その頃、盆地の住民たちは、新たな訴えを熱海建設事務所に持ちこむようになっていた。それは、二、三年前から、かれらの間で問題化していた牛乳の腐敗についてであった。

丹那盆地の住民の乳牛飼育は有力な副業で、一戸あたり平均二頭強が飼われ、収入は一カ月三〇円程度であった。

かれらは、畜産組合を組織し、五カ所に搾乳所（さくにゅうしょ）を設けて牛を曳（ひ）いてゆき、乳をしぼっていた。これを缶に入れて冷却し、一〇キロの道を馬で三島町の森永練乳会社、極東練乳会社などに運び、買い取ってもらっていた。

牛乳の冷却には、盆地の湧水が利用されていた。が、湧水が絶えてからは、水頭から鉄管でひかれる飲料水を使用するようになっていた。冬期は、それで十分だったが、夏になると鉄管が温まって水の温度が上昇し、冷却に使うことなどできなかった。やむなく住民たちは、牛乳缶を穴倉などに入れて冷やし、急いで馬で運んだが、途中で腐敗する量が多くなった。

鉄道省では、一応、一搾乳所に対し一〇〇円の見舞金を贈り、以後の情勢を見守ることにし、その後訴えを認めて救済措置をとったので、一応の解決をみた。

しかし、暑熱がうすらぎはじめた頃から、思いがけぬ陳情が繰り返されるようになった。訪れてくるのは、函南村柏谷、仁田、畑毛、韮山村長崎区の住民たちによって組織されている稲妻用水関係の組合員たちであった。

その地区の耕地は、柿沢川の水をせきとめた稲妻堰の水によって灌漑されていた。それがトンネル工事の影響で柿沢川の水がいちじるしく減少したため、鉄道省に窮状を訴え、鉄道省は請願をいれて、柿沢川の水をポンプで揚げて水路で稲妻堰に導く工事に要した費用二〇、三〇〇円を支給した。二年半前の昭和三年三月のことであった。

その折り、それらの給水設備の維持費は地元負担として、今後、組合は鉄道省に対して一切請求しないという請書を渡した。組合側は、工事費を全額支給してくれたことに感謝し、その後は静穏であった。

しかし、毎年二、五〇〇円前後かかる維持費について、組合員の不満の声が徐々にたかまった。大不況によって米をはじめとした農作物や繭の価格が暴落し、農家は、維持費の負担にたえられなくなったのである。

かれらの耳には、丹那盆地の農家の被害に、鉄道省が見舞金その他を支払っているという話が続々とつたわってきていた。これを知ったかれらは、毎年の維持費を鉄道省に請願し、その支給を得ようという意見が強くなったのである。

しかし、維持費は地元が負担するという公式の請書を鉄道省に差し出しているので、組合幹部は、それは不可能だと言って組合員を極力おしとどめた。

会合が繰り返され、激しいやりとりが交わされた。たとえ請書を渡してあるとは言え、工事費はもとより設備を維持する費用も、当然、鉄道省が負うべきだ、という激烈な主張に、組合員たちは賛同の声をあげた。こうした空気に、組合幹部は沈黙せざるを得なかった。

九月一日、六〇〇名にのぼる組合員が、蓆旗をかかげて熱海建設事務所に押しかけ、気勢をあげた。警察官が駈けつけてきたが、組合員はひるまず、

「貴様らは、水をくれるというのか。米を作ってくれるというのか」

と、怒声を浴びせ、警察官も手を下しかねていた。

十名近い者たちが所長室に入って、維持費の負担を声を荒らげて要求した。

鳥居は、請書があることを理由に、それを不当であると反論した。

毎年の維持費は、柿沢川の水を揚げるポンプの電力費、番人費、油その他の雑費であった。それを組合員が耕地面積を基準に負担していたが、一反につき四円かかっていた。

男たちは、激しい口調で鉄道省が負担すべきだ、と川口に迫った。

川口は沈黙をつづけ、鳥居がかれらに応酬し、頑として男たちの要求を拒否しつづけた。かれは、昭和三年四月に取りかわした請書を手に、

「……将来、稲妻堰関係組合ニ於テ、貴省ニ対シ御負担トナルベキ何等ノ申出ヲナサザ

ルベク、為二後日一本請書差入候也。

稲妻耕地整理組合長　仁田大八郎　㊞

鉄道省熱海線建設事務所長　池原英治殿」

という文面を読み、

「仁田さん。このような請書を入れたのに今になってなんですか」

と、仁田をなじった。

「仰言る通りです。無理とは十分わかっておるのですが、なんといっても毎年の経費は大きな負担なのです。鉄道省のお力を借りたいのです」

仁田の顔には、苦悩の色が濃かった。

事務所の外では、男たちの口々に叫ぶ声がきこえている。所長室にいる仁田以外の男たちは請書など眼中になく、毎年の経費を鉄道省が負担するのは当然だと口々に叫んだ。

押し問答がつづき、両者は主張を繰り返した。

二時間ほどすぎた頃、川口が、初めて口をひらいた。

「請書があるかぎり、鉄道省は一銭たりとも払う義務はない。そうでなければ請書の意味はありません。あなた方が、このような要求をするのは無謀であり、契約違反です。問答の必要は一切ない」

川口は、厳しい口調で言うと言葉を切り、男たちを見まわした。

「私は、あなた方の要求をきく気はないが、事情をおききしたので、本省につたえることを約束しましょう。ただし、期待をいだいては困る。請書を取りかわしているのだから、本省も当然拒否する」

「そんないい加減な返答をききにきたのではない。所長自ら鉄道省に行き、大臣を説得しろ」

男たちの怒りは、さらにつのった。

「請書は絶対だ」

「そんなものは、紙屑同然だ」

「なにを言うか。紙屑とはなんだ。人間と人間のかたい約束が請書だ。それを無視すれば、社会秩序は根底からくずれる。愚かしいことを言うのではない」

川口の顔は、紅潮した。

男たちは、口をつぐんだ。

仁田が、顔をゆがませて言った。

「たしかに請書があるかぎり、私たちには、なんの要求する権利もありません。所長さんの仰言る通りです。しかし、私たちには、田一反で四円の金を出すことが、まことに辛いのです。米の値段は暴落し、その金が農家に大きな負担になっています。この実情をお汲みとりいただき、御配慮をお願いしたいのです」

「だから、本省に話をしてみる、と言っている。それを、請書は紙屑だという。こういうことを暴言というのだ」

川口の顔には、憤りの色がうかんでいた。

「申し訳ありません。お詫びいたします。どうぞ、鉄道省にお話をしてみて下さい」

仁田は、恐縮したように頭をさげた。

白けた沈黙がひろがり、川口は、椅子に坐りなおした。

「あなたたちの言うことはわかった。本省に行って話をつたえる」

かれは、低い声で言った。

外では、気勢をあげる声がしきりだった。

仁田が、男たちに顔をむけ、

「所長さんが、鉄道省に行って下さる、という。後は所長さんにおまかせしよう。今日は、これで引き揚げる。いいな」

と、言った。

男たちは、体をかたくして黙っていたが、かすかにうなずくと、所長室のドアに足をむけた。

仁田は、机に近づき、

「大勢で押しかけ、申し訳ありません。どうぞ、よろしくお願いいたします」

と言って、頭をさげ、男たちの後を追うように部屋を出ていった。

鳥居は、仁田たちが事務所の外に出てゆくのをガラス窓ごしに見つめていた。

仁田たちのまわりを男たちがとりかこみ、仁田の説明に耳をかたむけている。仁田が口をつぐむと、それに反撥する声が所々で起り、たちまち怒声が飛びかい、騒然となった。即答を得よ、と口々に叫んでいる。

「解散、解散」

警察官が、甲高い声で叫んだ。

しかし、男たちは無視したようにわめきつづけている。仁田が手で制し、きびしくたしなめている。が、蓆旗を大きくふり、拳をつきあげる者もいた。

そのうちに、かれらの声がしずまり、仁田の声だけがきこえるようになった。やがて、沈黙がひろがり、かれらは、思い思いに歩き出した。ようやく仁田の言葉に渋々ながら納得したようだった。

かれらは、無言で熱海の町の中へ入っていった。

稲妻耕地整理組合の要求は、契約に反した不当なものであった。

しかし、かれらが言うように、毎年の維持費は、トンネル工事による柿沢川の流量の減少がなければ生じぬものであった。それを、たとえ請書があったとしても、かれら住民が負担するのは理屈に合わぬと考えるのも無理からぬことであった。

鉄道省の方針は、被害地域に出来るだけ救済の方法をとるということに決定していたので、組合の者たちが押しかけてきた翌日、川口所長は、資料を手にした鳥居をともなって上京した。

川口は、建設局長の黒河内四郎、工事課長の河原直文と話し合った。結論はすぐに出て、維持費の一部を支給することになった。建設局としては、トンネル工事を推し進めることが第一で、そのさまたげになることは出来るだけ排除したかったのである。

熱海にもどった川口は、早速、鳥居に過去一年間の維持費の算出を指示した。

鳥居は、稲妻耕地整理組合におもむいて諸経費を計算した。その結果、二、四四〇円という数字を得た。その後、事務所と建設局との話し合いが進み、維持費の七〇パーセントを支出することが決定した。その金額は一、七〇八円で、少し加算して一、八〇〇円とした。

組合からの維持費交付の歎願書には、静岡県知事の副申書も添えられていたので、組合に直接支払うことはせず、県庁を通じて交付した。これによって、稲妻耕地整理組合の問題は解決した。

この間、建設事務所では、根本的な救済をおこなう第一次解決案をさらに煮つめていたが、河川の流水系統と用水を使用する慣行を変えるもので、農村にとって重大問題であった。これを鉄道省が独自に実行することはできず、県庁の諒解を得る必要があった。

川口所長は、この解決案を実施するには県庁の協力を得なければならぬと考え、十一月十二日、鳥居と磯崎をともなって静岡市におもむいた。

かれは、県知事に会い、第一次解決案をしめし、検討して欲しい、と要請した。知事は、快くうけいれ、県庁内でも解決案について研究し協力することを約束した。

川口は、あらためて年末までに公文書を提出すると述べ、県庁をはなれた。

二日後、首相浜口雄幸が、岡山県下でおこなわれる陸軍大演習を観るため東京駅におもむいた折り、右翼団体員にピストルで撃たれ、重傷を負う事件がおこった。

社会混乱は、一層激しさを増していた。

十一

その頃、丹那盆地をふくむ函南村の住民たちは、落ち着きのない日をすごしていた。軽微ではあったが、しばしば大地が揺れ、時には不安になって戸外にとび出すことも多かった。その現象は、函南村を中心に北は箱根、南は伊豆半島の北部、東は熱海町、西は沼津西方のあたりまでの地域で起っていた。

初震は、二月十四日で、以後、連日のように地震が感じられ、七月に入ってようやくおさまったが、その間、地震計に一昼夜一八〇余回記録されたこともあり、総計四、〇〇〇回も地震計の針が振れた。この中で、やや強く感じられた地震は一三〇回であった。関東大震災の記憶がある人々はおびえ、県庁では警戒態勢をとっていた。

その後、地震は絶え、人々の不安は消えた。しかし、十一月十一日から再び弱震が連続するようになり、十六日頃から回数が急増した。二十五日には午後三時五分から一時間にわたって地震がつづき、かなり強く揺れることもあって戸外に飛び出す人もいた。

この日、沼津測候所長が静岡県庁におもむき、白根竹介知事、加賀谷朝蔵内務部長、中村恒三郎警察部長らと会い、群発地震の震源地が函南村丹那盆地附近であると報告し、この南方の韮山村と網代村に仮設の測候所を急いで設けると告げ、退出した。警察部では、各警察署に地震にそなえて対策を立てるよう指令した。

翌二十六日午前四時二分、突然、激烈な地震が発生した。それは、静岡市でも強く感じられたので、中村警察部長は、ただちに警察電話で三島警察署にその状況をたずねると、

「当署管内は烈震にして、警察署は半壊し、三島町は全滅の如く、各所に火災起る」

という報告があり、沼津署でも同じであった。その他の警察署には電話が通じず、被害がいちじるしいことを知った。

これは、北伊豆地震と称された烈震で、丹那盆地を中心に北部の箱根から伊豆半島北部の浮橋まで一直線に走る大断層線を起震線に発生したのである。各測候所で観測した震度は、三島、沼津六、横浜、横須賀五、東京、布良、熊谷、甲府、飯田、前橋四、名古屋、長野、宇都宮、浜松、高田、柿岡三その他であった。

直下型地震で、断層線にそった地域の被害は甚大だった。函南村では死者三七、負傷者一九五、家屋全壊三九四、半壊四二七、火災による焼失戸数一〇。隣接の韮山村でも死者七五、負傷者一〇五、全壊五一七、半壊三三五、焼失三におよび、北狩野村二三名、

修善寺町二二名、川西村一六名の死者を出すなど悲惨な状況だった。

被害は一市六町三六カ村に及び、死者二五五、負傷者七四三、全壊二、〇七三、半壊四、一〇四、焼失七四に達した。

函南村の被害は甚だしかった。道路は裂け崖はくずれ、家屋は倒れて、水頭（みずがしら）から飲料水をひく鉄管は数個所で切断されていた。

丹那盆地の中央には、南北に走る断層の線がはっきりと露出していた。断層線の東側が隆起し、逆に西側は陥没した。さらに東側の地面は北の方向に、西側は南へ動いていて、その食いちがいが二メートル六〇センチになっている所もあった。また、落差ができたために、その上に立っていた家屋は倒れた。

附近の山間部では、一七メートルも陥没した個所もあり、藪（やぶ）と林がそのまま地中に落ちこんでいた。それとは逆に三・九メートル隆起した地もあり、大地には深い亀裂が無数に走っていた。

函南村の負傷者は小学校などに運ばれ、日本赤十字社の静岡県と東京各支部の救護班が治療にあたった。

三島口の坑内では、湧水をしぼりとる水抜坑が四本掘られ、導坑をきりひろげる作業が推し進められていた。その導坑の切端は、地震が発生した日、偶然にも丹那盆地を走る断層線と完全に一致した位置にあった。

トンネル内には、地震とともに不気味な轟音がとどろき、上下に揺れた。が、トンネルは地震に強いといわれているので坑外の官舎に住む技師たちは、異常は起らないだろうと信じていた。倒れた官舎はなかったが、戸や障子がはずれ家財が倒れて軽傷を負った者が多く、余震がつづいて、人々は戸外でうずくまっていた。

夜明けにはまだ時間があり、空には星が光っていた。

三島口派出所主任の橋本哲三郎技師は、官舎の外に寝巻きのまま飛び出したが、揺れがしずまったので家の中に入り、服を身につけて外に出た。あたりは騒然とし、余震があるたびに悲鳴がきこえ、なにかが倒れる音がする。地震と同時に停電していて、附近一帯は闇であった。

石川九五技師が、技手の市川亭介、富田終と駈けつけ、鹿島組の親方や坑夫長もやってきた。かれらは、大地震だけにトンネル内のことが気がかりで集まってきたのだ。

橋本も同じ思いで、かれらとともに坑口に急いだ。坑内の電燈は消え、送風機のモーターもとまっていた。橋本は、カンテラを集めさせ、雨合羽、ゴム長靴を身につけた。カンテラに灯がともされ、かれらはそれを手に坑内に入っていった。

橋本たちは、側壁や床をカンテラの灯で点検しながら進んだ。余震がつづいていたが、坑道内の震動は坑外の三分の一と言われているだけに、驚くほどの揺れはなかった。

坑道の床に流れる水の上を進み、坑口から八四〇メートルの位置で、煉瓦をはった天井部分に亀裂が生じているのを見出したが、それは心配するようなものではなかった。点検しながら進むかれらの歩みは、おそかった。

四十分ほど歩いた頃、前方にいくつかの光がゆれながら近づいてくるのが見えた。オーイという声がし、七人の男たちが水を蹴散らしながら走ってきた。

「山がぬけました」

中年の坑夫長の声は、うわずっていた。

「山が？」

橋本は、顔色を変えた。

坑夫長が、とぎれがちの声で説明した。かれらは、水抜坑でボーリング作業をしていたが、地震を感じた瞬間、異様な山鳴りにつつまれ、同時に電燈が消えた。かれらは、闇の中でマッチをすって電線を切り取り、そのカバーに火をつけて足もとを照らしながら、導坑に入って引き返した。

坑口から三、三〇〇メートルの地点では、導坑をトンネルの大きさまで掘りひろげる作業がおこなわれていたが、そこに土石が崩れ落ちていて出られない。そのため、引き返して水抜坑をまわり、引き揚げてきたという。

橋本たちは、顔を見合わせた。関東大震災でも事故は起らなかったのに、トンネルの一部に崩壊事故が発生したという。人命が損なわれていなければよいが、と念じながら、橋本は、坑夫長たちと足を早めて奥へ進んだ。

坑口から二、一六〇メートルの位置では、側壁に横に長い亀裂が走り、それは一二〇メートルもつづいていた。坑道内の水の流量が増していて、その上に張られた板の上をふんで急いだ。カンテラの灯だけで歩くのは困難で、足をふみすべらして水の中に落ちることもしばしばだった。

再び前方にいくつかの光がみえ、近づいてきた。電線のカバーを燃やしたものを手にした十名の男たちであった。

「五人が生き埋めになっています」

先頭に立つ男が、顔をひきつらせて言った。

かれらは、坑口から三、二四〇メートルの附近で導坑を掘りひろげる作業をし、蓄電車に連結したトロッコに掘りくずしたズリ（土石）を入れていたが、作業員の大半は、休息をとっていた。その時、導坑の床がゆれ、山鳴りがするとともに電燈が消え、すさまじい崩壊音が起って砂をまじえた突風が走った。

かれらは、闇の中を悲鳴をあげて坑口にむかって這った。崩壊音がつづき、やがてしずまった。

マッチをすり、電線を切りとってそのカバーに点火した。だれの顔も土埃でよごれ、石にうたれて顔や手から血を流している者もいた。坑道の奥に、崩落した土石がうずたかくひろがっているのがみえた。

かれらは、光のまわりに集まり、互いの顔を見合わせた。落ち着きをとりもどした坑夫長が、点呼をとった。集まっていたのは十名で、五名の姿が見えなかった。

坑夫長は、さらに電線を何本も切り取らせて点火させ、五名を探すよう命じた。男たちは、恐るおそる崩壊個所に近づいたが、余震のたびに土石が落ち、後ろへさがった。そんなことを繰り返しながら探したが、五名の姿を見出すことはできなかった。かれらは、新たな崩壊が起ることを恐れ、足を速めてその場をはなれてきたという。

姿が消えたのは、ズリ出し作業員の朴(ぼく)順介（二十八歳）、金芳彦（四十一歳）、孫寿日（三十一歳）、蓄電車運転手沼沢亀五郎（二十八歳）、連結手李賢梓（二十二歳）であった。

橋本は、石川技師や親方たちと話し合った。

五名の者が遭難したことは、ほぼ確実で、一刻も早く救出しなければならない。崩壊現場から退避してきた十名とボーリング作業をしていた七名は、傷を負った者もいるので坑外に出す。橋本、石川と二人の技手はこのまま現場へ進み、親方たちは、急いで坑外に出て救援隊を組織して現場へむかわせることになった。かれらは、坑口の方へ小走りに引き返していった。

橋本たち四名は、再び進みはじめた。大正十年に熱海口で十六名、十三年に三島口で同数の死者を出し、さらに五名を失うのかと思うと胸が痛んだ。家族の悲嘆を眼にすることが辛く感じられた。

坑道内は余震でしばしば揺れ、そのたびに天井から土や小石が落ちてくる。かれらは、恐れることもなく足を速めて進んだ。

坑口から三、〇〇〇メートルの位置に達すると、床がその地点から二〇センチもさがり、側壁にも亀裂が生じていた。そこには小断層があって、地震で坑道の奥が沈下しているのを知った。
三、二四〇メートルの位置から六〇〇メートル奥まで導坑が掘りひろげられ、天井と側壁にコンクリートをはることが予定されていた。橋本たちは、その部分に土石が崩落しているのを見出した。さらによくみてみると、崩壊個所の天井の上方がえぐられて空洞になり、崩れていない奥の坑道に通じているのを知った。
崩壊は、地震で支保工が倒れ、支えていた土石が一斉に落下したために起ったものであることはまちがいなかった。

橋本たちは、現場で救援隊がくるのを待っていたが、いつまでたっても坑口の方向に光は現われなかった。

坑外に走り出た親方や坑夫長たちは、宿舎を走りまわって事故の発生を告げ、救出にむかう者をかき集めることにつとめた。が、どの宿舎も地震で破損し、怪我人も出ていて大混雑を呈していた。姿のみえぬ家族をもとめて走りまわっている者もいた。親方たちは、声をからして人手を集め、ようやく五十名ほどの坑夫が揃ったので、全員にカンテラをもたせて坑内に入った。

かれらは、急ぎ、一時間後に現場にたどりついた。しかし、男たちは、おびえたように立ちすくんだままであった。坑口からその位置までは、天井も側壁も煉瓦またはコンクリートがはられていて危険はなかったが、崩壊したあたりは、掘りひろげられたままコンクリートもはられていないので、余震があるたびに天井から土石が落ちてくる。

橋本と石川技師は、現場に立ち、

「作業にかかれ」

と、交互に叫ぶ。

しかし、坑夫たちは、恐れおののいて崩壊個所に近づこうとしない。それに苛立った親方が、鉢巻きをし、ツルハシを手にして土石に突き進み、坑夫たちに荒々しい声をかけて作業をするよううながした。

坑夫たちは、恐るおそる近づいていったが、余震とともに音を立てて土石が落下してきたので叫び声をあげて逃げた。

橋本は、かれらの前に立ち、

「そんなことでは、埋もれている者を救うことはできない。作業のできぬ臆病者は解雇するから、どこへでも勝手に立ち去れ」

と、怒りをふくんだ声で叫んだ。

大不況で失業者は巷（ちまた）にあふれていて、解雇するという言葉に坑夫たちは表情をかたくした。かれらは、おびえた眼をして崩壊個所に近づいた。

橋本は、まず、崩落した場所に支保工を組ませ、天井に丸太を並べさせて落盤しても危険がないようにした。男たちは、恐れおののきながら作業をし、二時間後に交替して休息をとった。

その直後、轟音がして石をまじえた土砂が崩れ落ち、あたりが白く煙った。橋本は、三十分間坑夫を休息させてから作業にかからせ、一区切りついたので作業を中止させたが、その後に、またも小崩壊が起った。

坑夫たちの中には、いま崩れたばかりだから当分の間は大丈夫だという者もいて、かれらは落ち着いて作業をするようになった。

建設事務所から所員たちが、応援に駈けつけてきた。現場では膝まで水につかった坑夫たちが、本格的な救助坑の掘削作業をはじめていた。カンテラをたよりの作業で、一刻も早く電燈がつくのが待たれた。

函南村に送電しているのは、富士水電会社を買収した東京電燈会社であったが、同社の駿東郡清水村堂庭にある堂庭変電所で被害が生じ、送電不能になっていた。函南村への送電線は全滅状態で、五十一本の電柱が倒れ、電線の切断、設備の破損などいちじるしかった。東京電燈会社では、社員を総動員して、その復旧につとめていた。

余震は相変わらずつづき、時折り土石が崩落し、そのたびに坑夫たちは逃げた。坑道内に仮救護所がもうけられ、鉄道省嘱託医の阿部房治が、看護婦とともに治療具をととのえて詰めていた。が、崩壊状況からみて、五名の死は確実視された。

崩壊事故が起ってから十時間が経過したが、救助坑の掘削は、時折り起る土石の崩落で遅々としてはかどらなかった。坑外から握り飯と粉乳がはこばれ、作業員たちはおそい昼食をとった。

鹿島組の現場主任である塚本季治郎は、五名の作業員の遭難に強い衝撃をうけていた。

かれは、大正十三年二月に起った事故で、先頭をきって胸まで水につかりながら迂回坑に入り、死者の収容につとめた。その折りの無残な遺体の姿が眼の前にちらついてはなれなかった。

かれは、崩壊個所の奥の坑道をしらべてみようと思い立ち、カンテラを手に作業現場をはなれた。奥の坑道にゆくには、水抜坑をまわる必要がある。せまい水抜坑にはいった。水が音を立てて流れ、膝上まで達している。支保工の丸太がかたむき、土塊がせり出している個所もあった。

余震があるたびに流れる水が左右に揺れ、頭上から土が落ちて水面にしぶきをあげる。かれは、薄気味悪く思いながらも、カンテラをかかげて水の中を進んだ。

二十分ほど歩いた時、突然、

「オヤジー」

という叫び声と共に、闇の中から抱きついてきた者がいた。

塚本は、驚きと恐怖で、一瞬、体を硬直させた。抱きついてきたものが人間ではなく、死霊のたぐいか、と思った。声が出ず、かれの眼は大きくひらかれた。

抱きついてきた者は、親爺、親爺と泣きながら叫びつづけている。ようやく落ち着きをとりもどした塚本は、カンテラの灯を男の顔にむけた。それは、ズリ出し作業員の朴順介だった。

死んだと思っていた作業員が生きていることが、塚本には信じられなかった。物の怪のたぐいではないか、と、朴の体を見まわした。

かれの胸に歓びがつき上げ、

「生きていたのか、よく生きていてくれた」

と、叫んだ。眼から涙があふれた。

かれは、朴の体をかかえて水抜坑を引き返した。朴は、足もともしっかりしていて塚本と並んで歩く。

水抜坑を出た塚本は、カンテラの灯が動く作業現場にむかって、

「生きていたぞ」

と叫び、朴の腕をとって足早に歩いた。

カンテラの灯の動きがとまり、男たちの顔がこちらにむけられている。塚本が朴を連れて近づくと、男たちの間から一斉に歓びの声があがり、かれらは朴を取り巻き、激しく肩をたたいた。

朴は、泣きながらうなずき、男たちにかこまれて仮救護所に入った。

阿部医師が、朴を仮寝台に横たえさせ外傷をしらべたが、手の爪がとれているだけで傷らしいものはない。脈搏、体温にも特に異常はみられなかった。阿部は念のため強心剤をうった。朴は、強い衝撃をうけたらしく眼はうつろであった。

一応の診断を終え、阿部は粉乳をぬるま湯でとかしてあたえ、朴は、それを一気に飲んだ。

阿部の許しを得て、橋本が朴に救助されるまでの経過をたずねた。

朴は、うながされるままに口を動かした。突然の崩壊で、かれは土砂にうもれ、気を失った。が、やがて意識をとりもどし、必死になって土砂を手でかき、辛うじて這い出すことができた。周囲は漆黒の闇で、かれは側壁に手をふれながら歩いた。水の音と、時折り起る余震で土砂の落ちる音がするだけであった。

かれは、歩きつづけた。時間の意識はうすれ、二、三日がすぎたように思えた。渇きをおぼえ、足もとを流れる水を何度かすくって飲んだ。空腹感はなかった。疲れて側壁に背をもたせ、眼を閉じた。その直後、明るい光がさすのを感じ、眼をあけた。光が近づき、よく見知っている塚本の顔が灯にうかんでいた。かれは叫び声をあげ、塚本にしがみついたという。

阿部医師は、朴を安静にさせ、救出されてから二時間後の午後五時に坑外へ出ることを許可した。朴は歩くと言ったが、戸板にふとんを敷いてその上に横たえさせ、男たちが板を支えて仮救護所をはなれた。

かれが坑外に出た頃には、夜の色がひろがっていた。

その日の午後六時、東京電燈会社の変電所の応急修理が成って、函南村の半ば以上に電燈がともり、動力も送られた。が、丹那トンネル三島口のある大竹地区は電柱や電線の被害がいちじるしく、その夜も停電したままであった。

二十七日の朝を迎え、崩壊現場では、坑夫と作業員が救助坑の掘削作業につとめていた。一人の生存者がいたことが、かれらを活気づけ、残る四名の遭難者の中にまだ生きている者がいるかも知れぬ、というかすかな期待も湧いていた。

余震はようやく少くなり、土石が崩れ落ちることも稀（まれ）になった。作業人数は四十九名で、二時間おきに交替し、休憩所に入った者たちは、板の上に横になるとすぐ寝息を立てた。橋本主任と石川技師は、交替で仮眠をとった。

午後四時すぎ、坑内の電燈がつき、現場にいた者たちの間から歓びの声があがった。熱海建設事務所から東京電燈会社に何度も送電を要請し、電燈会社でも復旧を急ぎ、仮の電柱を建てたのである。

現場の空気は濁っていて、水の量も増していた。が、送風機と排水ポンプが作動し、作業環境は好転した。また、坑内電車も動くようになり、資材、食糧その他の運搬も容易になった。電光で現場は明るくなり、救助坑の入口にもコードがひかれ、作業は順調に進みはじめた。

電燈がついて間もなく、救助坑の中から出てきた坑夫長が、深沢という坑夫とともに橋本主任の前に立った。

「深沢が、人の呻（うめ）き声がきこえるというのです」

坑夫長が、疑わしそうな眼で言った。

坑夫長の話によると、深沢がそんなことを言ったので、救助坑を掘っていた坑夫長や他の坑夫が、深沢が耳にしたという個所に寄り集まって耳を澄ました。

深沢が、ほら、きこえると、はずんだ声をあげたが、坑夫長たちにはなにもきこえない。深沢は、ダイナマイトの炸裂音で鼓膜が破れていて耳が遠く、大きな声をかけぬとききとれぬほどで、それだけに深沢の言うことは信じられなかった。それでも、深沢は、きこえると言って主張をひるがえさないので、連れてきたという。

事故発生以来三十六時間が経過し、土石の下にいる者が生存しているとは思えなかった。過酷な労働で疲れきった深沢の幻聴にちがいない、と思えた。

しかし、橋本は、一応、深沢が呻き声を耳にしたという方向に掘り進めさせるべきだと考え、その旨（むね）を坑夫長に指示した。坑夫長は、深沢とともに救助坑の中に足早に引き返していった。

一時間ほどした頃、救助坑から坑夫長が出てくると、橋本に走り寄ってきた。

「土中から声がしました。生きている者がいます」

坑夫長は、甲高い声で言った。

現場は騒然とし、男たちが坑夫長を取りかこんだ。

深沢が呻き声のしたという方向に、総員で掘り進み、かなり進んだので、試みにオーイと呼んでみると、前方の土の中から、かすかにオーイと答える声がした。坑夫たちは喜び、再び声をかけて耳をすますと、それに応ずる声が耳にできたという。

坑夫長は、報告すると小走りに救助坑の中へ引き返していった。

思いもかけぬ報告に、橋本は仮救護所に行き、阿部医師に応急手当ての準備をととのえるよう依頼した。

　石川技師が救助坑の中に入り、しばらくすると出てきた。救出隊は、二班に分かれて声のする方向に土砂まじりの岩石を掘り出して三メートルほど進んでいるという。

「助けてくれ、という声を私もききました」

　石川は、興奮した声で言った。

　声のする位置から考えて、レール上にのっている蓄電車の運転手らしい、という。おそらく、蓄電車の中にいて、その上に土石が落下し、圧死することなく生き埋めになっているのではないか、と想像された。もしもそれが事実なら鉄製の蓄電車の車体を切断する必要が生じるかも知れず、橋本は、石川に酸素切断機と酸素ボンベを用意することを命じた。

　救助坑の中からは、掘られた土石が運び出されてくる。橋本たちは落ち着かず、救助坑の入口近くに集まっていた。

　橋本が、堪えられぬようにカンテラを手に救助坑の中に入っていった。救助坑の奥では、十人近い坑夫たちが必死になってツルハシを動かし、シャベルを突き立てている。橋本は、後方からかれらの動きをながめていた。

　そのうちに、シャベルの先端が金属に当たる乾いた音がした。蓄電車の車体にぶつかったらしい。坑夫たちの動きが、一層激しくなった。

「いた、いた」

はずんだ声がし、橋本は胸が熱くなるのを感じた。

すくわれた土や石が出され、それを作業員が救助坑の外に運び出してゆく。橋本は、作業のさまたげにならぬよう救助坑の壁に背をはりつかせていた。

土にまみれた坑夫長が、這い寄ってきた。

「どうだ」

橋本が声をかけると、坑夫長は、

「電車の運転台に坐ったまま土砂で埋もれ、首から上が出ています。生きています」

と、言った。

しばらくすると、奥から出てきた坑夫が、

「運転台から、どうしても出せません。車体をこわそうとツルハシでたたいてみましたが、だめです」

と、坑夫長に言った。顔は汗と泥にまみれていた。

「酸素で切るか」

坑夫長が、つぶやいた。

橋本は、酸素切断機を用意してあるので、すぐに作業にかかるよう命じた。

作業員たちが救助坑の外に出てゆき、酸素切断機と酸素ボンベを運び入れてきた。坑夫が、切断機を手に這ってゆき、やがて奥の方から青い光が、はじけるような音とともに点滅しはじめた。

救助坑の最前部に入っていった坑夫長が、二十分ほどして這い出てきた。

「もうすぐです。思い切って切断しようとすると火傷をさせてしまいますので、苦心しています。熱い、熱いと言うので困っています」

坑夫長は、経過を報告すると再び奥の方に引き返していった。

奥の方であわただしい気配が起ったのは、それから間もなくだった。坑夫長につづいて坑夫たちが、泥だらけの男の体を曳いて這ってきた。

橋本は、急いで救助坑の外に出ると、

「救い出したぞ」

と、叫んだ。

男たちの間から、どよめきが起った。

救助坑から坑夫たちが男を曳いて出てくると、急いで仮救護所に運び入れた。顔が泥にまみれていたが、男は蓄電車運転手の沼沢亀五郎であった。時刻は午後七時半で、事故発生後三十九時間半が経過していた。

仮寝台に横たえられた沼沢は、意識を失っていた。阿部医師が脈搏をはかると一〇七で、正常値より三〇は高い。体温は三七度二分であった。阿部は、強心剤につづいてカンフル注射をし、その痛みで沼沢は意識をとりもどした。すぐにその眼を黒い布でおおった。

布の端から涙が流れ、

「ありがとうございます」

という声がもれた。

かたわらに立っていた親方が仮救護所の外に出ると、

「息を吹き返したぞ」

と、大声で言った。

男たちは、両手をあげて万歳、と叫んだ。かれらの眼には光るものが湧き、口に手をあてて嗚咽をこらえている者もいた。

沼沢は、これと言った外傷もなく、酸素切断機で火傷も負ってはいなかった。しきりに渇きを訴えるので、阿部は二〇〇グラムの牛乳をあたえ、沼沢は、うまそうに飲み干した。

二人の生存者の救出に成功した坑夫たちは、休むことも惜しんで救助坑の掘削をつづけた。

しかし、午後十一時四十五分、土中から一個の死体を掘り出して仮救護所に収容した。ズリ出し作業員の金芳彦で、早速、棺が運びこまれ、三島警察署員立ち会いのもとに阿部が検視をおこない、死因を窒息と判定した。遺体を洗って新しく白い着物を着せて棺におさめ、坑外の三島口派出所内に安置した。

翌二十八日午前三時四十五分、ズリ出し作業員の孫寿日の遺体を収容した。残る一人の発掘につとめたが、その日も翌日も発見できず、三十日午前三時すぎ、ようやく電車連結手李賢梓の遺体を見出した。

これらの遺体は、丹那トンネル三島口の上方にある広場で火葬にふされ、合同の葬儀がおこなわれた。

遺体収容作業がおこなわれていた二十八日、本省から坑道被害の調査にきた広田孝一技師と滝口技師が、三島口派出所の橋本主任や技手たちの案内でトンネル内に入った。

かれらは、崩壊個所を避けて水抜坑をまわり、導坑の奥の方に入った。崩壊によって電線が切断されていたので、手にカンテラをさげていた。

導坑は、最先端の切端から土砂が水とともに噴出し、三〇メートルほど押し出していた。が、支保工に異状はなく、床にも側壁にも亀裂は発見できず、あらためてトンネルが地震に強いことを知った。

ついで、水抜坑の調査をおこなった。かれらは、膝頭近くまで水につかりながら南側水抜坑を進み、カンテラの光で坑内を入念に調査した。技師たちにまじって、その水抜坑の工事を監督した親方や坑夫長も同行していた。

切端に達した時、親方と坑夫長たちの間から、不審そうな声が同時にあがった。切端附近の様子がすっかり変わっている。技手たちも、驚きの声をあげて切端を見つめた。

荒い肌をしているはずの切端の岩壁が、鋭利な刃物でででも切ったように平坦で、しかも光沢をおびている。

「なんだ、これは……。ピカピカ光っている」

坑夫長が、薄気味悪そうにつぶやいた。

「もしかすると、断層鏡面かも知れぬ」

地質専門の広田が、切端に視線を据えながら言った。

「キョウメンのキョウは鏡ですか。たしかに鏡のようだ」

若い技手が、呆気にとられたように立ちすくんだ。

支保工長の口から、突然、短い叫び声が起り、他の者たちは、ぎくりとしてかれの顔に眼をむけた。支保工長は、切端の左の部分を指さしている。顔は蒼白だった。

かれの指さす部分に眼をむけた広田たちの口からも、同時に驚きの声があがった。

そこには、信じられぬ情景がみられた。

切端の岩肌に接して鳥居状の支保工が組み立てられているが、意外なことに左右に立っていた二本の柱のうち、右側の柱が消えている。広田たちは、なぜそのようになっているのかわからず、呆気にとられて左側に立っている一本の柱を見つめた。

立ちすくんでいた支保工長が、足をふみ出して柱に近づき、恐るおそる手をふれたが、不意に後ずさりし、広田たちに顔をむけた。眼には、驚きというよりは恐怖の色が濃くうかんでいた。

「どうした」

広田が、かれの顔を見つめた。

「あの柱は、右側にあったもので、それが左側に移っています。左側の柱は消えています」

支保工長は、とぎれがちの声で言った。

広田たちは、言葉もなく柱を見つめた。

「断層が動いたのだ」

広田の口からもれた言葉に、他の者の眼は一層大きくひらいた。

偶然にも、切端は断層線と一致していた。と言うよりは、断層に到達したので、その位置で一時工事を中止していた。地震が起り、断層の東側が北へ、西側が南へ大きく移動し、そのため、支保工の左側の柱は断層の裂け目に吸いこまれ、右側の柱が切端の左端に移ったのである。

かれらの驚きは大きく、呆然と切端の光る岩肌を見つめていた。

岩肌が鏡のようになめらかになっているのは、粘土質の東西の地塊が断層線を境にして、互いにこすり合いながら動いたからであった。岩肌には、水平に条痕(じょうこん)が幾筋も走っていて、地塊が水平に動いたことをしめしていた。技手が写真をとり、広田たちは引き返した。

その夜、鉄道省から調査を委嘱された北海道帝国大学の福富忠男教授が、三島町につき、投宿した。道路が寸断されていたので、翌日、自転車でトンネルの三島口派出所につき、早速、広田らの案内で断層鏡面のあらわれている切端におもむいた。

福富の驚きは、大きかった。

かれは、切端の岩肌を入念に調べ、断層を境に東西の地塊が運動し、西側の部分が二・四四メートル水平に動いているのを確認した。断層運動が起ることなどきわめて稀で、その運動線と切端が一致したことは、偶然とはいえ余りにも不思議なことで、福富は、光沢をおびた切端の岩肌を見つめていた。

坑内調査を終えた福富は、技師たちとともに熱海建設事務所三島口派出所に行った。福富は、鉄道省への調査結果をまとめるため一室に入った。

事務所に集まった技師や技手は、断層鏡面に対する驚きを口にし、その断層が粘土質であったため鏡のような岩壁になったのだ、と言い合った。

一人が、

「もしも、工事を中止せず、あのまま坑道を先に伸ばしていたら……」

と、言った。

他の者は、口をつぐみ、顔を見合わせた。

坑道を掘り進めていたとしたら、それは断層線を境にして食いちがい、奥の坑道にいた者たちは、大きな岩の戸がひかれたように閉じこめられたはずであった。

「天の岩戸がとじるように、前に伸びていた坑道は地中にその形のまま消えたわけだ」

その言葉にしばらく応える者はいなかった。

「それよりも、トンネルが完成した後、今度のような現象が起きたらどうなる」

技師が、他の者の顔を見まわした。

「それは恐ろしいことになる。汽車がトンネル内を走ってゆく。突然、地震が起り、断層線の位置で戸がひかれるように岩の壁が立ちはだかる。むろん、大惨事になる」

他の技師が、険しい眼をして答えた。

沈黙がひろがった。丹那トンネルに断層が直角に走っていることは、地質調査によって確認されている。もしも、北伊豆地震と同じ規模の地震が発生して地塊が移動すれば、そのような現象が起ることは十分に想像される。

「しかし、汽車が、その断層部分を通過する時間は数秒にすぎない。その数秒間のことでとやかく考えるのは、どうか。万一、事故にあったら余程運が悪いのだ」

年輩の技師が、かすかに笑った。

福富が、報告メモを書き終えて部屋から出てきた。

技師たちが、それまで話し合ってきたことをそれぞれ口にし、福富の意見をただした。

福富は、しきりにうなずいてきいていたが、

「地塊が今回のように移動するなどということは、何千年何万年に一回のことです。たしかに、それでトンネルが断ち切られることが起きるかも知れぬが、地震学は急速の進歩をしていて、今に地塊運動の予知も確実にできるようになる。心配は無用です」

と言って、頰をゆるめた。

福富は、トンネルの熱海口も調べることになっていたので、熱海建設事務所員の案内で三島口派出所をはなれていった。

地震発生と同時に、東京の中央気象台は機敏な動きをしめし、地元の沼津測候所、三島測候所支台と協力し、地震の原因と再発のおそれがあるかどうかを調査した。

中心になったのは地質学者でもある技師の国富信一で、北伊豆地震発生前に同地方で起っていた群発地震について調査にあたっていたこともあって、北伊豆地震が発生してから二時間後には、いちはやく東京を出発して現地に入った。そして、翌日夜いったん帰京して気象台長に報告した後、一夜あけた二十八日午前七時に再び東京を出発、熱海町についた。

かれは、隼田（はやた）公地技手とともにようやく通行ができるようになった道を自動車で熱海峠を越え、丹那盆地に入った。そこで、生々しい断層を観察、大場、大仁（おおひと）をへて修善寺で一泊した。

翌日、長岡、古奈（こな）温泉、韮山村などを精力的にまわって踏査し、その結果、丹那盆地を中心に約三〇キロにわたって一直線にのびる大断層に、水平移動が起ったことを確認した。

気象台では、技手たちが各地区を分担して現地調査をおこない、地震発生日の二十六日には、上空からの観測もおこなっていた。

その日の午後一時三十六分、菅原芳生、妹田甚一、三宅恒夫の三技手が、フォッカー三発機に乗って立川飛行場を離陸、小田原、箱根、丹那盆地、三島、長岡、古奈、修善寺をへて反転し、伊東、熱海、湯河原を視察して午後四時九分立川飛行場に帰着した。この観測によって、箱根南端から丹那盆地を経て伊豆半島北部の浮橋まで大断層が走っているのを確認した。

地震学者の動きもいちじるしかった。

東京帝国大学の今村明恒博士は、門下生十一名を従え、また東北帝国大学の渡辺万次郎博士、京都帝国大学本間不二男教授、地震研究所の石本巳四雄（みしお）博士もそれぞれ学生を連れて現地入りし、それは七十名近い数にのぼった。

殊に今村の動きは注目され、多くの新聞記者が同行し、今村の姿をフィルムにおさめ、報道した。

今村は、日本に地震学を確立し世界の地震学界の第一人者であった東京帝国大学地震学教室主任教授大森房吉に教えをうけた学者であった。かれは、過去の地震記録を基礎に、統計的な立場から関東大震災の起きることを予言し、論文を発表して大きな反響をまき起した。これに対して、社会混乱をひき起すことを恐れた大森は、これを否定する立場に立ち、二人は対立した。

大森は、大正十二年七月、地震学分科会の座長としてオーストラリアでおこなわれた第二回汎太平洋学術会議に出席したが、その折りに関東大震災が起ったのである。

今村の予言は的中し、最高権威であった大森は予言をあやまり、今村は、一躍、英雄的な存在になり、新聞は地震博士という名で呼んだ。大森は、地震後一カ月してから帰国し、翌月、失意のうちに病死した。

今村に対する庶民の信頼感は信仰に近いもので、その後もかれの一言一句が新聞に大きく報道された。

北伊豆地震の起った二日後の十一月二十八日、早くも今村は、注目すべき発言をした。

その日の午後二時、今村は、東京帝国大学地震学教室で記者会見をおこない、記者団の質問に答えて、地震の発生原因は地塊運動であるが、丹那トンネルが重大な関係をもっている、と述べ、記者たちを驚かせた。

今村は、大正十四年に放送を開始した東京の愛宕山(あたごやま)に建てられたＪＯＡＫ（日本放送協会）の建物を例にあげて説明した。

その建物の真下にトンネルが掘られたが、その影響をうけて建物が傾き、床に一尺（三〇センチ強）余の食いちがいが生じた。これは、トンネル工事で渇水が起き、土層が変化したことが原因であった。これと同じように、丹那盆地の地下水が丹那トンネルにしぼり取られて地層が変調し、盆地を中心に地層が低下したのでＶ字型の断層ができ、それが地震を起す要因になったとも考えられる、と述べた。

記者は色めき立ち、翌日の各紙には、〝（地震は）丹那トンネルの工事も重大な関係〟という大きな見出しのもとにこれを報道した。

翌二十九日早朝、今村は、地震学教室の十一名の学生を連れて東京駅を出発し、三島駅から自動車をつらねて災害地をまわった。その後からは、新聞記者たちの車がつづいた。

その日の午後七時半、三島砲兵連隊本部に引き揚げたかれは、そこで記者団の会見に応じた。この席で、かれは、丹那トンネルと直角に交叉している大断層がトンネル内部でどのような形で現われているか大きな興味をもっているので、鉄道省がこれについて発表することを期待している、と述べた。

この発言も、翌三十日の新聞に〝地震の原因と丹那トンネル　今村博士は語る〟という見出しで掲載された。

丹那トンネルが北伊豆地震の重要な原因だという今村の発言は、大きな反響をまき起した。かれは、大森房吉亡き後、地震学の第一人者になっていた。被災地巡視の折りも、その地域の代表者たちが集まって迎え、釣り橋が落ちて渡れぬ川を代表者の一人が背負って渡し、その情景を新聞社の写真班がフィルムにおさめたりした。

丹那盆地を中心にした渇水問題に苦悩する鉄道省は、今村の発言に新たに大きな重荷を背負わされた。

今村の北伊豆地震の原因は丹那トンネル工事によるものという説は、被災地一帯にひろがり、住民たちの大きな話題になった。水田、ワサビ田を涸らし飲料水をうばい、水車を停止させ、さらに牛乳の腐敗をも招いたトンネル工事が、多くの死者を出し家屋を倒壊、焼失させた大地震をひき起したということに、激しい憤りの声があがった。

丹那盆地の住民たちは、自分たちの体験から今村の説をそのまま正しいものとしてうけいれた。渇水によって地表が収縮し、それによって耕地や宅地が所々陥没し傾いた家すらある。今村は、渇水で地層が変化して地震が起ったと言っているが、その兆候は盆地に現実にあらわれていた、と考えたのである。

鉄道省は、今村の発言に驚いたが、同じ十一月二十九日に中央気象台がおこなった大断層についての発表にも呆然とした。

気象台では、国富技師を中心に二十数名の技手たちが地震の原因、被災状況などを精力的に動きまわって調査していた。国富は、その日、各地に出張中の調査隊からの報告と自らの実地検分の結果を総合して発表した。

かれは、踏査の結果、丹那盆地を中心に北は箱根芦ノ湖から南は浮橋まで三〇キロに及ぶ大断層を眼にしたと述べた。各地の水平移動、大陥没の状態などを話し、芦ノ湖も幾分傾いた模様だと述べた後、

「……実地調査の途中、鉄道省の某技師と落ち合っての話では、丹那トンネルは、今まで東口（熱海口）から一万六千尺（四、八四八メートル）程掘ってあったものが、一万一千尺のところで岩壁が出来てふさがり、先の五千尺（一、五一五メートル）の穴がどこかへ見えなくなり、正面に岩壁が突っ立って工事困難を来しているということである」

と、発表した。

この談話の根拠は、むろん、三島口坑内の切端でみられた坑道の幅と一致する断層の

二・四メートルの水平移動であった。これについて、技師たちが、もしその奥までトンネルを掘っていたら、断層線に食いちがいが生じて奥の部分が土中に入ってしまったはずだ、と話し合ったことを、国富は鉄道省の技師からきき、それを熱海口坑道内でのことと錯覚した。また、トンネルの先の方が土中に入りこんでしまっただろうという想像を、現実のこととききまちがえたのである。

それにしても数字まであげていることからみると、熱海方面では、三島口坑内でみられた断層のずれが尾鰭(おひれ)をつけてそのような話としてひろがっていて、それを国富が耳にしたのかも知れなかった。

丹那盆地を中心にすさまじい断層を眼にしたかれは、トンネル内で断層の動きがあったはずだと考えていただけに、その話を信じたにちがいなかった。

国富の記者会見での談話は、翌日の各紙に衝撃的なものとして報じられ、「東京日日新聞」には、

〝丹那トンネル
　切断し行方不明の疑(うたがい)
　　重大な中央気象台の発表〟

という大きな見出しの記事がのせられた。

トンネルが行方不明になったということは現実にはありそうもない奇怪な話で、世人は興がることはしても信じる者などいるはずはなかった。しかし、それが最先端の科学技術をそなえる中央気象台の公式発表であっただけに、人々は信じ、大自然のもつ不思議さに驚嘆した。と同時に、トンネルという人工の構築物が地震にもろいものであるのも感じた。

その記事は、鉄道省に大きな衝撃をあたえた。今村のトンネルが地震の原因であるという説に加えて、気象台の発表に半ば呆然自失という状態であった。

鉄道省では緊急会議をひらき、今村説と中央気象台発表について、現場からの報告を照合し検討した。その結果、いずれも事実とは程遠いものであることを確認した。しかし、世の反響はいちじるしく、このままでは工事の進行に大きなさまたげになるので、誤解をとく必要があると考え、ただちに記者たちを鉄道省に招いて発表をおこなった。

黒河内建設局長が、詳細な現地報告の資料を参考に、丹那トンネル工事図をガリ版刷りにしたものを配布して説明した。

第一に、熱海口坑道内の五千尺のトンネルが行方不明になったという気象台発表について、熱海口の坑内では、ほとんど被害はなくトンネルが消えたなどという事実はないことを強調した。また、三島口でも、側壁にわずかな亀裂が生じ床に段ができた程度であるが、ただ、断層線で工事を中止していた水抜坑の切端が二メートル余ずれているのを発見した、と述べた。

トンネル工事による地下水の排出で地層に変化が生じ、それが地震の原因であるという今村の説についてもふれた。もしも、それが事実ならトンネル内の断層のずれが上下方向に動いたはずだが、水平に移動していることからみて、地震の原因になったなどとは考えられない、と確言した。

理路整然とした黒河内の説明に、記者たちは納得し、これは翌日の新聞に大きくとりあげられた。今村は、この鉄道省発表に対し、前言をひるがえして、地層の変化は丹那トンネル工事によるものではなく、明治維新以前から徐々に進行していたものだろう、と発表した。また、国富も、トンネル行方不明という発表を取り消す発言をした。

その間、政府は、北伊豆地震の措置(そち)について対策を練っていたが、それに附随して丹那トンネルの工事そのものについて論議が交わされ、重要議題として閣議に上程された。

大正七年に起工された丹那トンネルの完成予定は大正十四年で、工事費は約七百七十万円と見積もられた。しかし、工事は難航して期限より五年も経過しているのに完工の予測はつかず、すでに二千万円を越える費用が投じられている。

出席した閣僚たちは、期せずして地震に見舞われた丹那トンネルの工事をこのままつづけることについて強い疑念を口にした。また、たとえ完成したとしても、地震に対して危険があるのではないかという憂慮を述べる者も多かった。

回答をもとめられた鉄道大臣江木翼は、

「只今、鉄道省の専門技師を現地に派遣して調査中であり、今後の工事については、現在のところ、なんとも明言しかねます。しかし、今まで得た報告では、地震によってコンクリートのはられていない個所で崩壊があっただけだときいております」

と、曖昧(あいまい)な返答をした。

これに対して、閣僚の一人が、

「丹那トンネルは、これまでの工事経過をみても容易ならぬ難工事であることは明白である。それに加えて、今回の大地震で、地質学上、その地域をつらぬくトンネルは甚だ危険であると言わざるを得ない。わが国の大幹線である東海道線が、そのような安全性の少いトンネルにたよらねばならぬ理由はない。鉄道大臣としては、徹底的な学術調査をおこない、もし不適当なら鉄道当局の面子(メンツ)など考えず、ただちに工事を打ち切るべきである」

と、熱をおびた口調で主張した。

この強硬論に賛成する閣僚が多く、江木は、慎重に調査をおこなうことを約束した。

現地調査をつづける学者たちの説は連日報道され、今村博士は、中央気象台の国富技師の地震の原因は断層にあるという説に対し、地塊運動によるものだと発表して対立した。これに対して、鉄道省の地質技師である渡辺貫は、地殻運動による深発性地震だととなえ、今村、国富説とも異なる立場に立った。

鉄道省では、調査も一段落ついたので、十二月四日午前十時から建設局長室で丹那隧道会議がひらかれた。黒河内四郎局長をはじめ池原英治計画課長、河原直文工事課長と、現地調査をおこなった地質技師の渡辺貫、広田孝一、現場からは熱海建設事務所長川口愛太郎と岡野精之助、石川九五、橋本哲三郎の各技師が資料を手に出席した。

この会議の結果について、黒河内局長と池原課長が、記者団に対して説明した。

地震で崩壊事故を起した三島口坑道内の復旧は、すでに二日からはじめられているが、土砂の除去には約二カ月を要する。被害のなかった熱海口では、地震発生から三日後にすでに掘進作業をすすめている。大断層は、高圧の水を多量にふくんでいるのでボーリングで地質調査をした上で水をしぼり出すことにつとめる。その断層を一年ぐらいで突破することができれば、丹那トンネルの完成時期もほぼ予測できる。

以上のことを発表し、記者会見を終えた。

新聞報道は、鉄道省の終始かわらぬ率直な発表によって、丹那トンネル工事に対する理解をしめす記事がのるようになった。

学者の動きは目ざましかったが、脇水鉄五郎、石本巳四雄、山口昇の三博士は、画期的な案を鉄道省にしめした。それは、丹那トンネルが完成後も永久に残る施設としてトンネル内に地震観測室を置くべきだ、という内容だった。これについて、黒河内建設局長は大いに賛意を示し、大臣に説いてその許可を得た。

かれは、脇水博士らと具体的な方法について話し合った。観測室はトンネルを断層が横切る個所に設けるので、五、六個所になり、トンネルの横の土中に四、五坪の空間をつくり、そこに観測室を置く。

観測室が設けられれば、断層の移動による地震予知ができ学術的に大きな意義がある。また、それは、トンネルが完成後、列車運行の安全性をたもつ上でも有効であるはずだった。具体化については、鉄道省、文部省、東京帝国大学によって検討し推し進めることに決定した。

このような鉄道省の積極的な姿勢は、各方面で評価されたが、地震に対するトンネルの不安は残されていた。

このことを中心に、「時事新報」は、読者の要求にこたえた企画を発表し、実行に移した。それは、「丹那トンネルは、果して安全なりや」と銘うった丹那研究会の大座談会であった。「時事新報」は、丹那トンネル起工以来、一貫して工事批判の急先鋒であった。それだけに、その座談会は、関係者はもとより一般読者の強い関心を集めた。「時事新報」主催の丹那研究会の座談会は、十二月六日午前十一時半から東京会館でもよおされた。

出席者は、鉄道省建設局側から局長工学博士黒河内四郎、計画課長池原英治、工事課長河原直文、熱海建設事務所長川口愛太郎、技師岡田実、渡辺貫であった。また、地質学、土木学の権威として、元鉄道次官の八田嘉明、東京帝国大学名誉教授理学博士脇水鉄五郎、同大学地震研究所理学博士石本巳四雄、同大学教授工学博士山口昇、京都帝国大学教授理学博士本間不二男、元復興局技師長江了一の十二名で、日本を代表する専門家たちであった。

「時事新報」の伊藤編集長の司会で、八田が最初に発言した。

工事開始前、八田は、ボーリングによる地質調査をおこなわなかったことは、当時の考え方が未熟であったからだ、と率直に認め、かれが建設局長になってただちにボーリングをおこない、これによって地質を正しくつかんだ経過を説明した。

今村明恒博士のトンネルによって地震が起ったという説については、石本、山口両博士から、今村の名は出さなかったが全面的に否定する意見が出され、「人心を迷わすものだ」とし、席上に失笑も起った。

座談会は、地震に対して丹那トンネルが安全か否かという核心に入った。

今後、工事中に同じ規模の地震が起きたら危険ではないか、という記者の質問に、脇水博士は、

「地震が起きてエネルギーが消散したので、今後百年から三百年は、今回のような地震は起らないと思う」

と述べ、もう少し坑道を掘り進めていたらかなりの被害が出たと予想され、断層線で工事を中止していたのは幸運で、

「ちょうどよい時に地震があり、今後は安心して工事を進められるわけで、鉄道省のためにむしろ慶賀すべきことだと思う」

と、言った。

これにつづいて、石本博士が、

「断層が丹那トンネルを横切っているのは恐ろしいと言う者が多いが、断層は全国いたる所にあり、断層がこわいということになると、日本ではトンネルが掘れぬことになる」

と述べ、笑い声も起った。

記者は川口建設事務所長に、トンネルの断層部分は安全か、とかさねて問うた。

川口は、

「トンネルの側壁はセメントをはるので、断層のずれに対しては強い。一層の安全を期して、その部分の強度をさらにたかめれば、わずかな亀裂は生じるかも知れぬが、大した影響はないと確信している」

と、きっぱりした口調で答えた。

「トンネルが完成し、もしも列車がその中を走っている時に、今回程度の地震が発生したらどのようなことになるでしょう」

記者が、質問した。

一同はしばらく口をつぐんでいたが、池原が、

「そうですね。脱線するかも知れませんね」

と、言った。

「脱線しますか」

記者が、驚いたような眼をした。

土木工学の山口博士が、

「トンネルの中の震動は、地表よりはるかに少い。入口の部分は被害をうけても、内部は安全だと言っていい。ですから、むしろ、列車はトンネルの中に入っていた方が、被害をうける割合は少い」

と、落ち着いた口調で述べた。

「列車がトンネルに入って、両方の口が崩れて閉じこめられた場合はどうなります」

記者の顔には、不安の色がうかび出ていた。

鉄道省の渡辺技師が、

「それは、入口だけのことですから、すぐ掘って救い出せます。関東大震災の時も、根府川駅に入ってきた列車は海に落ちたが、トンネル内にあった列車で遭難したものは全くありません」

と、自信にみちた表情で言った。

山口博士は、それをうけて、

「トンネルより、橋の方が危い」

と、つけ加えた。

事実、関東大震災の災害調査では、トンネルの被害は、橋梁のそれと比較するとはるかに軽微と報告されている。

司会者は話題を変え、丹那トンネルを単線型二本とせず複線型にしたことについて口にした。トンネルをせまい単線型にすれば工事は容易なのに、広い複線型一本にしたことに対する批判は、学者の中からも起っていて、それについて鉄道省側の意見をただした。

八田が、代表して答えた。

「起工前、単線型二本を掘るより複線型一本にした方が工事が早くすむ、といった考え方から、複線型にしたのです。ところが工事をはじめてみると大量の水が出て工事が難航したので、単線型二本を掘った方がいい、という強い意見がでてきて、激しい議論を交わしました。しかし、これまで複線型として掘ってきたのだから、このままつづけてゆこうということになり、現在にいたったわけです。たしかに言われる通り、最初から単線型二本にした方がよかった、と私は思っています」

かれの言葉に、記者たちはもとより鉄道省側の出席者も学者たちも一様にうなずいていた。

その後、丹那トンネルの工事によって、日本のトンネル技術が世界水準に達したことを確認し合うなど話題は多く、座談会は午後四時半に終了した。

十二

年が明け、昭和六年を迎えた。

三島口坑道内では崩落した土砂と石は除去され、先進する水抜坑は大断層の中への突入をはじめていた。熱海口坑道でも、困難にぶつかりながらも掘進がおこなわれていた。

鉄道省では、丹那盆地を中心とした地域の渇水問題について本格的な対策を推し進めていた。新聞にもその問題が報道されるようになり、社会問題として人々の口にものぼるようになっていた。

鉄道省では、静岡県庁の協力のもとにこの問題を解決しようとし、北伊豆地震の後、第二の案を記した公文書を知事あてに送っていた。そして、二月十日、熱海建設事務所長の川口愛太郎が、四名の所員をともなって県庁におもむき、県の内務部長ほか五名と会議室で打ち合わせをおこなった。この席で、県庁側は、鉄道省に全面協力を約束し、この計画案の実行にあたって、地元民との交渉一切を県側でおこなうことが決定した。

地元民に対する交渉には、県耕地課農林主事の柏木八郎左衛門が任じられ、それに専念することになった。

かれは、中泉農学校（現磐田農業高等学校）を卒業後、代用教員として朝鮮にわたり、大正七年に静岡県にもどって県庁に入った。四十二歳の実行力のある吏員であった。

建設事務所側は、所長が中心になってこれに取り組み、庶務掛主任の鳥居秀夫が直接担当者となり、柏木と協力して解決にあたることになった。

柏木は、ただちに函南村におもむき、そこに常駐して被害の実情調査をはじめた。農業の専門家であるだけに水田その他の被害査定は正確で、鳥居は、常にかれと接触し、その意見を所長につたえることにつとめた。柏木の調査は入念で、地元民の意見をきき、被害が生じているときくと、それが事実であるかどうかを現地に泊りこんで調べてまわった。

七月四日、川口愛太郎が退官し、東京建設事務所長の竹股一郎が熱海建設事務所長に着任した。東京帝国大学工科大学土木学科を卒業して鉄道省に入ったかれは、技師として多くの工事を担当、大正九年から十年にかけて丹那トンネル熱海口派出所の主任技師で在勤していたこともあり、いわば古巣にもどってきたのである。

その月の中旬、丹那トンネルの熱海口派出所から朗報がつたえられ、竹股を喜ばせた。温泉余土と称される大粘土層に突きあたって苦闘していた熱海口の工事が、その粘土層を完全に突破したというのである。

九月十八日、満洲事変が勃発し、世情は落ち着きを失っていた。

翌月、県の渇水問題専任者の柏木と建設事務所の鳥居の調査にもとづいて、第二次解決案がまとまった。鉄道省と県庁側で協議をかさねた末にできたものであった。

その第一は、丹那盆地についてで、田代区から丹那盆地に鉄管で水を送り、盆地の新山、下丹那にそれぞれ貯水池を新設する。また、被害の甚だしい水田、ワサビ田二十二町歩を畠、山林に地目変換すること。

第二は、田代盆地に森下の湧水を配水すること。

第三は、丹那トンネル三島口の坑内から流れ出る水を柿沢川に導き流して平井、畑毛、稲妻用水など約二百町歩を灌漑し、約五町の水田を畠に地目変換すること。

第四は、この計画で八ツ溝用水の水量が不足するので、境川から補給し、その他、田代、軽井沢、丹那盆地、畑毛の飲料水道施設を改良すること。

この四つの計画を実行に移すと、四十九万四千円という多額の費用がかかることが確認された。

これについて、鉄道省内で検討されたが、一部の者から実行を先にのばすべきだ、という意見が出された。

その理由は、二つあった。

一つは、被害地がまだかなりあることが予想され、このまま実行に移せば必ず将来に誤差が生じるにちがいなく、調査をさらに徹底しておこなってからにすべきだ、という。

第二は、丹那トンネル工事はまだ完成の見通しも立たず、今後の工事進行状況によっては新たな被害地が出てくるおそれもあり、この二つのことから考えて実行は一時見合わせ、状況を見さだめてからでもおそくはない、という。

この意見を支持する者が多く、今まで通り被害に応じた救済はすすんでおこなうが、原則としてはトンネルが貫通後に根本的な解決策を実行に移すべきだということに決定した。

鉄道省の意向をきいた県庁側も、これを諒承し、ひきつづいて調査を一層入念におこなうことに両者の意見が一致した。

政界は混沌としていて浜口内閣についで組閣を引き受けた若槻礼次郎も、その年の十二月に辞職し、犬養毅が総理に就任し、鉄道大臣には床次竹二郎がえらばれた。

熱海建設事務所長にも人事異動があり、竹股一郎が十二月五日付で辞任して本省の工事課長に栄転し、その後継者に東京帝国大学の五年後輩である平山復二郎が着任した。


大断層に直面した三島口坑道内では、悪戦苦闘を強いられていた。

水が最大の障害なので、南と北に何本もの水抜坑を掘り進め、地中の水をしぼり出すことにつとめていた。が、地質がきわめて悪く、小崩壊がつづいて起り、工事を中止した水抜坑もあった。

さらに縦に坑道を掘って水を排出したりし、それらの坑道が網の目のようにうがたれていた。地層の中にセメントを注入しつづけ、六千樽も費やした坑道もあった。地中の水を排出するためボーリングをして広い孔をあける。その度に水が音を立てて棒状に噴出し、八十本も孔をうがったこともあった。

断層を正面から攻撃するとともに側面攻撃もくわえ、大迂回坑道も掘り進めた。断層にはおびただしい亀裂が走っていて、セメントを注入し、ボーリングで排水をつづけながら小刻みに前進した。それでも崩壊はしばしば起ったが、それを事前に察知して退避し、幸いにも人命事故にはいたらなかった。

あらゆる工夫をこらしながら進んだが、その年の六月二十五日、水抜坑の一つが、前年十一月の北伊豆地震以来、前面に立ちはだかっていた大断層を遂に突破することに成功した。徹底した水の排出と大量のセメント注入によるもので、三島口坑道作業は、最大の難関を越えることができたのである。

建設事務所はもとより、鉄道省内は歓びで沸き返った。平山所長は、三島口主任石川九五技師の労をねぎらい、慎重に工事をすすめるよう指示した。

トンネルの本線である導坑も、大断層の中に進みはじめた。すでに水抜坑で水は完全にぬかれセメントでかためられていたので、作業は順調に進められた。が、万全を期して、掘り進めた坑道には、すぐにコンクリートをはりかため、崩壊することのないよう配慮した。断層を突破した水抜坑の位置は、坑口から三、六二五メートルの地点であった。

熱海口の坑内でも水抜坑が何本も掘られていたが、大湧水と土砂の流出で崩壊がつづき、ボーリングで排水につとめ、多量のセメントが注入された。それでも危険は大きく、掘進を中断せざるを得なかった水抜坑も多かった。

最も先行していた南側の水抜坑が、昭和六年九月二十八日、坑口から三、四〇九メートルの位置で悪質な断層にぶつかり、突入すると同時に多量の土砂とともにおびただしい水が噴出し、工事を中止、前途多難が予想された。

熱海口詰所（派出所が名称変更）主任有馬宏技師を中心に、断層突破方法について協議がかさねられた。断層は多量の水をふくみ、このまま掘進すれば大崩壊事故が発生することは確実であった。

有馬は、迂回する水抜坑を掘り進めるべきだと考え、さらに多量のセメントを注入する必要がある、と判断した。これによって、十一月九日から強力な注入ポンプを使用してセメントを注入し、翌七年一月二十六日にこれを終えた。要したセメントは、四、六〇五樽にも達した。

その後、南北両方向から迂回する水抜坑の掘進を開始した。南側迂回坑は、地質が悪くセメント注入の効果もみられないので中止のやむなきに至った。一方、北側から進んだ水抜坑は、予想以上に順調な進行をみせ、二月一日、これといった障害もなく断層を突破することができた。

これに勢いを得て、本線トンネルも断層に突入した。北側水抜坑は、本線の位置から逆進して本線トンネルと連結することになったが、四月十一日に土砂が崩壊し、工事を中止した。地中の排水につとめ、さらにセメントの注入をつづけ、遂に九月に入って、掘り進んできた本線と連絡することができた。三島口につづいて熱海口でも難関を突破し、工事関係者をはじめ鉄道省内は喜びにつつまれた。

難航に難航をかさね、路線変更や単線型にすべきであるという強い主張が出されたり工事中止論も出ていた丹那トンネル工事も、ようやく貫通の見通しが予想されるようになったのである。

建設事務所の所員や坑夫、作業員らの表情は明るく、夜は酒を飲んで歌い、笑う声がきこえていた。

現場に訪れてきていた新聞記者たちは工事状況を取材し、各紙に、

「一年後に貫通の見通し」

などという見出しの記事がのせられるようになった。

工事について、最初から激しい批判を浴びせていた「時事新報」は、北伊豆地震直後に座談会をもよおしてから、一転して工事促進の態度をとるようになった。鉄道省の反省すべきは反省し改革に熱意をもって取り組むという姿勢に共感し、工事に対して好意的な記事をのせるようになったのである。

丹那トンネルには、政治家、軍人などが見学に来ていたが、貫通近しの記事が新聞に出てから、一般の者も坑口の近くに来て見物する者が増した。殊に熱海口では、宿屋のドテラや浴衣を着た客たちが、あたかも観光名所ででもあるように集まり、入場料を出すから坑内に入れてくれと頼む者すらいた。

熱海、三島両口とも明るい空気につつまれていたが、鉄道省は、丹那盆地の情勢がきわめて悪化していることに憂慮の色を深めていた。

その年の春ごろから、丹那盆地を中心に被害の出ている村々では不穏な動きがみられた。

村人たちは、夜になると集まり、鉄道省の応急対策に憤りの声をあげ、それは日を追って大規模なものになっていた。村と村が連絡し合い、日を期して行動を起そうという声もたかまった。蓆旗を立て、竹槍を手に熱海建設事務所その他を一斉に襲うということを主張する者もいた。

このような空気を憂えた各村の有力者は、自重するよう説いたが、憤激した村人たちにはなんの効果もない。そのため、各村の重だった者たちが協議をかさね、あらためて鉄道省に対して陳情すべきだ、ということで一致した。

村人たちの総意によって、渇水救済促進同盟が結成され、会長に函南村の川口秋助が推されて就任した。川口は、函南村、韮山村の村長森六郎、内田英雄とともに各村の重だった者と鉄道省に対する要求事項をまとめ、これを書類にして川口と森、内田が、七月三十日に上京し、鉄道省建設局に提出した。

歎願書は鉄道大臣三土(みつち)忠造あてで、渇水救済促進同盟会長川口秋助、函南村長森六郎、韮山村長内田英雄が提出者として連署していた。

内容は、左のようなものであった。

渇水の悲惨事について、これまで陳情をかさねたことにより、各種の補償、補給見舞金を得て辛うじて各村では産業を維持し、家計を支えている。しかし、未解決のものが多く、さらに工事の進行とともに被害地域がひろがり、現在、飲料水の不足に泣き、灌漑用水の激減に田が荒廃している地もある。

農作物の相場が下落している上にこのような災厄をこうむり、当地方の村民たちは、「真ニ餓死線上ニ彷徨スト言フモ敢テ過言」ではない。「此悲痛ナル現状を放任」すれば、「穏健質実ヲ以テ唯一ノ誇トセル地方民ヲシテ、狂態過激ナル悪思想」をひきおこし、「時ニ或ハ竹槍、蓆旗ノ暴挙」を一斉に企てることも予想される。

函南、韮山両村の有力者は、これを深く憂え、荒廃した村民の動揺をふせぐとともに一日も早く適切な救済をお願いし、これによって、「農民ヲシテ生活ノ安定ト思想ノ悪化ヲ防止シ、各自ノ郷土ヲ永遠ノ楽土タラシメ」たいので、ここに陳情書を提出した次第である、と結ばれていた。

この陳情書には、緊迫した両村の状況が浮き彫りにされ、また、川口たちの郷土に対する愛情が切々と述べられていて、大臣をはじめ池原局長たちに深い感銘をあたえた。

陳情書には、五項目にわたる具体的な要求を記した書類が添えられていた。

その第一は、水がなくなったため水田を畠に変える地目変換金の増額であった。

鉄道省では、その額を全国の標準にしたがって算出していた。しかし、丹那盆地とその附近一帯では、人口が多い割に田が少く、買いたいと思っても売る人はいない。稀に売り買いがある場合は、かなり高い値がつく。それに反して、畠は山の傾斜地など広い場所につくられているので、他の地方にくらべて安い。このような事情で、田を畠に変換する折りの補償を全国の比率で計算されては、全く実情にそぐわないので、思いきった増額をして欲しい。

第二は、前年の米の減収に対する見舞金がきわめて少く、村民の怒りが激しいので増額を要求する。また、飲料水を送る鉄管に故障個所が多いので至急修理し、牛乳冷却装置を一日も早くそなえ、被害をうけた田を調査して見舞金を支給することを求める。

第三は、桑原（くわはら）、大竹、上沢、奴田場（ぬたば）の各区で被害が現われ、陳情をかさねているが、なんの処置もとられていず、早急に救済を要求する。

第四は、田を畠に変える補償について、小作農民のことも考慮して欲しい。

第五は、飲料水その他を水源からひいて供給しているが、水源の所有者に対しては一銭も支給されていず、その補償金を支払ってもらいたい。

この請願書をうけた鉄道省では、これまで歎願書、請願書または口頭で直接要求されたものを整理、検討した。

丹那盆地の畑、丹那区からは二十九件の請願があり、要請金額は総計四十六万千七百九十七円四銭、田代区十七件、三万七千二百六十五円六十七銭、軽井沢区九件、五千四百七十七円七十二銭、平井区五件、六万四千百三十六円二十三銭、畑毛区十五件、二万七千三百八十六円八十銭、その他、稲妻耕地、奈古谷、長崎、桑原、大竹、上沢、大場、

浮橋の各区から計四十件の請願があり、それらをすべてまとめると、百九十三万三千百五十三円三十銭の巨額にのぼった。これは、それまでかかった丹那トンネル工事費の十分の一近い金額で、工事費が数倍にふくれあがっている上に、さらにその額を支出することは容易ではなかった。

丹那トンネル工事は、熱海、三島両口とも数多くの難所を突きぬけ、最後の段階に入っている。いずれも快調で、貫通も近い将来であることが濃厚になってきていた。鉄道省は、被害地からの歎願をいれる気持ちは十分あったが、現在は、貫通にむけて全力をそそぎ、それが成功した後、歎願内容について入念に調査をし、永久的な解決をはかることになった。

これをうけた熱海建設事務所長は、熱海、三島両口の工事関係者に、最後の戦いに全力をかたむけるよう激励した。

熱海、三島両口とも、水抜坑が先に進み、その後から本線トンネルになる導坑が水抜坑を追って掘進していた。相変わらず湧水はあったが一時ほどではなく、地質は掘るのに安全な安山岩に変わっていて、作業は順調に進んだ。

満洲事変についで上海事変が勃発し、国内では五・一五事件によって総理の犬養毅が暗殺され、斎藤実が内閣を組織していた。軍部の政治介入が露骨になり、政情不安は激化していた。

水抜坑を追って進んでいた導坑は、その年の末に、熱海口では坑口から三、四八二メートルに達し、導坑を掘りひろげてセメントをはる作業も三、三三三メートルまで完了していた。三島口は、熱海口より一七五メートル長く掘進し、その後方七七メートルまでセメント張りがすんでいた。その結果、熱海、三島両口で掘った導坑の長さは合計七、一三九メートルに達し、残りは六六五メートルとなっていた。

昭和八年正月を迎えた。

熱海の町には門松が立てられ、家の軒にお飾りがさげられ、凧が空に舞った。建設事務所では、今年こそトンネルの貫通が予想されるので、所長以下所員の表情は明るく、正月休みを楽しんだ。

門松がとれ、トンネル工事がはじめられた。

一月九日の夕方、熱海警察署長の大城菊司が署員を連れて熱海建設事務所にくると、平山所長に面会を申し込んだ。すぐに所員が、大城を所長室に通した。かれの顔は緊張していた。

席についた大城は、

「明日、稲妻堰用水組合の者千人が、この事務所に押しかけてくるという情報が入っております。当警察署はもとより三島署からも応援の署員が出動し、警戒にあたります。このことをお伝えしておきます」

と、言った。

用水組合に所属する農家は、長い間、柿沢川の流水を堰きとめた水を約八十二町歩の水田に引いていた。が、トンネル工事によって柿沢川の水量が激減したため、ポンプで川床の湧水を汲みあげる設備をもうけた。この工事費は、かれらの要求によって鉄道省が全額支給し、その設備の維持費は組合でもつ契約を交わした。

しかし、その維持費は組合員によって大きな負担になり、強硬な要求を繰り返し、鉄道省はその七〇パーセント強を年々支給することに改めた。そのうちに、維持費を全額鉄道省が負担すべきだという声が、かれらの間でたかまり、陳情がつづけられていた。が、鉄道省の回答はなく、それに激怒した組合員が事務所に押しかけてこようとしていることはあきらかだった。

大城が去ると、平山は、農民たちとひんぱんに接触している鳥居をはじめ重だった所員を所長室に呼んだ。

平山は、かれらに署長の話をつたえたが、協議することはなにもなかった。稲妻堰用水組合の者たちが大挙して押しかけてくる目的はわかっている。鉄道省は、今年中に予想されるトンネルの貫通後に根本的な解決をはかることにし、それまでは静観することに決定している。

所長としては鉄道省の意向にしたがわねばならず、組合員がやってきても、かれらを満足させる回答などできない。平山は、農民たちの苦しみがわかるだけに鉄道省の消極的な姿勢に苛立ちも感じていた。

警察関係者が、どのような方法で明日、組合員が押しかけてくるのを知ったのか。流血騒ぎにまで発展することをおそれた組合の幹部が内報したのか。この事情については見当もつかなかったが、三島、熱海両警察署長が署員に出動を命じたことから考え、その情報は確実なものと判断された。

平山は、一応、本省に報告すべきだと考え、建設局に電話を入れた。が、本省でもこれに対してどのようにすべきか判断できかねたらしく、なんの指示もなかった。

翌日は、晴天で寒気がきびしかった。

平山以下所員は、早朝に出勤したが、すでに二十余名の警察官が事務所の前に立っていて物々しい空気につつまれていた。

大城署長の話によると、夜の間に警察官が要所要所に配置され、自転車で連絡する私服もいるという。

組合員の動きについて第一報が入ったのは、丹那盆地から熱海に通じる熱海峠に配置されていた警察官からで、午前八時すぎであった。それによると、蓆旗をかかげ腰に弁当の包みをくくりつけた七、八十名の者が、徒歩で熱海峠を越えて熱海方面にむかったという。それにつづいて下方の山道をいくつかの蓆旗を押し立てた集団が、のぼってくるのが望見できるという。

事務所に詰めた大城署長は、ただちに町の中に配置された警察官を、農民たちがおりてくる梅園方面に集中させた。

一時間ほどした頃、農民たちが、山道から梅園ぞいの道におりてきて、道をふさいだ警察官たちの姿に足をとめたという報告があった。さらに山道から続々と後続の集団がやってきて、その位置で数百名の者たちが警察官と向き合っているという。大城署長は、かれらを事務所に近づけることなく梅園附近で食いとめ、追い返すよう指令した。連絡係が梅園方向に走っていった。

しばらくすると、顔をこわばらせた農民の一人が事務所に入ってきた。走ってきたらしく、顔に汗が流れ、息を喘がせている。鳥居に会わせて欲しい、という。

鳥居が出てゆくと、それは顔見知りの組合の幹部であった。

「梅園の近くの道で、組合員と警官との間で小競り合いがはじまっています。このままでは、どのような騒ぎになるか。組合の者たちは死をも恐れぬ気持ちできているので、心配です。なんとかして下さい」

男は、真剣な表情で言った。

鳥居は、所長室に行って平山に事情を説明し、

「これは、あくまで陳情です。警察の力を借りるのは最後の手段で、私たちが組合員の訴えをきくべきです。警察との間に衝突が起きますと、農民たちは硬化し、将来のために悪い結果をもたらします。警察には、第三者として傍観してもらった方がよいと思います」

と、言った。

平山は、即座にその意見に同調した。

鳥居は、所長室を出ると、事務所の外に立つ大城署長のもとに走り寄り、

「農民たちの行動は、鉄道省への陳情です。たとえ千名、二千名の群衆であれ、当事務所では陳情をうけます。梅園の所で警察官がかれらを阻止しているようですが、なにとぞ通してやって下さい。もしも、今後、警察官に乱暴を働くようなことが起りましたら、その時、初めて警察権を発動して下さい。それまでは、われわれ事務所の者におまかせいただきたいのです」

と、言った。

大城は、鳥居の申し出が平山の意向をうけたものであることを知ると、かたわらに立つ署員に、

「ただちに梅園の防禦線をとき、農民たちの通過を許せ」

と、命じた。

署員は敬礼すると、梅園に通じる道を走っていった。

大城は、二十余名の署員を集め、

「陳情団は事務所側にまかす。ただし、騒乱が起きた場合は、断乎、行動を起す。それまでは静観する」

と訓示し、かれらとともに事務所から少しはなれた所に横一列に並んで立った。

平山は、所員たちに平静をたもつように指示し、再び所長室に入った。

一時間近くたったころ、遠くから異様な物音がし、それが次第に近づいてきた。道い

っぱいにひろがった男たちが歩いてくるのがみえた。

鳥居は、事務所の中で立ちすくんだ。警察からの情報では千名が押しかけると言い、それは誇張だと思っていたが、窓ごしにみえる道には、おびただしい数の男たちがひしめくように歩いてくる。蓆旗が重なり合い、鉢巻きをしめている者も多い。

かれらは続々とやってくると、事務所の前にひろがり、後から歩いてくる者に押されて裏手の方にも動いてゆく。警察署員たちの姿は、男たちの群れの後にかくれた。

突然、ガラスの割れる音がし、事務所の中にガラスの破片が散った。投石したらしくガラスが数枚くだけた。それがきっかけで、男たちの間から異様な怒声がふき出た。一斉に叫んでいるので、なんと言っているのかわからないが、「鉄道省」「叩きのめせ」などという言葉がききとれた。所員たちは、立って窓の外を見つめている。

そのうちに、十名近い男たちが荒々しい足どりで事務所に入ってきた。かれらは、鳥居も顔なじみの組合の幹部たちであったが、いつもとちがった憤りにみちた表情をしている。鳥居は、かれらを所長室に通した。

幹部の一人が、無言で書類を平山に渡した。

平山は椅子に坐ったまま眼を通し、鳥居に渡した。書類には、予想した通り稲妻堰に柿沢川の水をひいている設備の維持費の全額を支給することを要求する、という文章が記されていた。

平山は、かれらを見まわし、

「あなた方の事情は、よくわかっている。同情もしている。私が本省に行って趣旨をつたえ、要求が実現するよう説明しましょう」

と、言った。

「返事をいつまで待てばよいのだ。組合員はひどく殺気立っており、期限をきってもらわぬと、私たちにはとても抑えきれない」

一人が言うと、他の者たちもうなずいた。

「それはお答えできない。七割支給ということであなた方は諒承し、鉄道省はそれで解決したとしている。七割を全額に、ということは、協定をくつがえすことになり、本省でも十分な協議が必要になる。時間を貸してもらわなければ回答はできない」

平山は、落ち着いた口調で答えた。

その時、事務所の入口の方で激しい喚声と物がたたきつけられるような音が起った。農民たちが事務所に入ろうとし、それを守衛や所員たちが制止している。そのもみ合いで、小山という守衛が右足捻挫の傷を負った。所員たちには抑えきれず、農民たちはなだれこむと、所長室のなかに乱入してきた。

椅子に坐った平山と、そのかたわらに立つ鳥居は、かれらにかたくとりかこまれた。

それまで平静な話し合いをしていた空気は、男たちが所長室になだれこんできたことで一変した。組合の幹部たちの言葉づかいをもどかしがった組合員たちが、口々に平山と鳥居に罵声をあびせかけはじめた。耳もとに口をつけてわめく者もいる。

平山は、

「本省につたえて善処するようにつとめる」

と、椅子に坐ったまま言った。

「即答だ。要求をのむ、と言え」

甲高い声があがり、他の男たちもそれに和す。

「私には権限がない。本省につたえる」

「権限がないのに、どうしてそんな立派な椅子に偉そうに坐っているのだ」

「権限がないものはないのだ」

「それなら、おれたちが、これから鉄道省にのりこみ、大臣にじか談判をする。臨時列車を出せ。それができぬなら無料切符をこの場で配れ。東京に行き、蓆旗で鉄道省をとりかこむ」

立錐（りっすい）の余地もないほど所長室に入りこんだ男たちは、汽車を出せ、切符をよこせ、とわめく。あきらかに酒気をおびた者もいた。

平山は黙り、鳥居も口をつぐんだ。

事務所の中にはぞくぞくと男たちが入り、外では蓆旗をふって怒声をあげている。大城署長をはじめ署員たちは、横一列のまま身じろぎもせず立っていた。

午後になったが、平山は腕を組み、首をふりつづけていた。昼食どころではなく、外にいる農民たちだけが腰につけた握り飯を口にはこんでいた。

日が傾いたが、話し合いはいっこうに進展しない。農民たちは鍋、釜も持参してきていて、近くの空地や来宮神社の境内で火を起し、炊事をはじめた。それまで動かずに立っていた大城が、神社の境内で火を焚くのは危険である、と、組合の幹部に注意し、空地に移動させた。

所長室にいた農民たちは、さすがに空腹になって交替で食事をとりに行き、ようやく静かになった。が、夕食をとった者たちには酒を飲んできた者もいて、再び所長室につめかけて大声をあげる。平山と鳥居は食物も口にできず、かれらの罵声を浴びていた。

午前零時になり、男たちも疲れて、明朝からふたたび折衝をすることにきめ、ようやく所長室から出ていった。

平山は鳥居と話し合い、農民たちと親しく接している静岡県庁の柏木八郎左衛門農林主事を招くことにきめ、事務所を出た。周囲には農民たちが野宿していて、平山はその間をぬけて道に出た。帰宅したのは、午前二時近くであった。

翌朝、鳥居は定刻より早く事務所に行った。

近くの空地には所々に炊煙が立ちのぼり、そのまわりに男たちがむらがっていた。しかし、その数は半減していた。野宿するのは体にこたえるので、夜の間に三里の道をたどってそれぞれの村にもどっていったのか、それとも宿屋か知人の家に泊ったにちがいなかった。

やがて、平山が姿をみせると、男たちが所長室に入り、再び怒声が飛び交った。

正午近くに柏木農林主事がやってきて、農民たちの説得をはじめた。柏木は鉄道省と農民たちとの中間的立場にあるだけに、激しく反撥する者はいなかった。

やがて彼らの態度は軟化し、それに二晩坐りこむだけの気力もないらしく、平山が誠意をもって本省を説得することにつとめるという言葉に納得したらしく、ようやく夕刻になって引き揚げる様子をみせ、所長室を出て行った。

農民たちは炊事道具をまとめて背負い、疲れたように事務所の附近からはなれていった。

翌日、平山は、鳥居と柏木を連れて上京し、建設局長の池田嘉六、計画課長池原英治、工事課長竹股一郎に事情を説明し、対策を至急立てるよう請願した。

池田は事態を重視し、翌日も協議をかさねた結果、トンネル工事完成を待たず、県庁の協力を得て稲妻堰用水組合関係だけでなく全面的な解決案の作成に着手するよう指示した。これにもとづいて、平山は、鳥居、柏木とともに静岡におもむき、県庁の協力を要請した。柏木は、被害面積が五百町歩という広範囲にわたっているので、正確な結果をつかむのは短い期間ではできないが、全力をつくして努力することを約束した。

この結果は、鳥居と柏木から稲妻堰用水組合側につたえられた。

寒気がうすらいで春の気配がきざし、熱海の梅園に梅の花がひらき、桜も開花した。

満洲建国問題で、それを認めぬ国際連盟に対し、三月二十七日、政府は連盟脱退を通告、国際的に日本は孤立した。政党政治は大きく後退して、軍部の政治介入がいちじるしくなっていた。

丹那トンネル工事は、熱海口、三島口とも順調で、導坑が水抜坑を追うように進んでいた。そして、三月末には両口の導坑の先端と先端の間は、わずか二三五メートル弱にまでちぢまっていた。

両口とも、それぞれ水抜坑が本線トンネルの導坑よりも先行して掘り進んでいた。水抜坑が貫通すれば、途中の地質もあきらかになっているので導坑の掘進は容易になる。つまり水抜坑の貫通が、トンネルそのものの貫通であると言ってよかった。

水抜坑の掘進速度は三島口の方が早く、早めに中心線に達することが予想されていた。しかし、三島口の水抜坑は、地質の悪い個所に突きあたっていて流出する水と土砂になやまされ、進度がにぶっていた。それとは対照的に、熱海口の水抜坑は好地質に恵まれ、順調な掘進をつづけていた。水抜坑の貫通も時間の問題となったので、建設事務所の所員の表情は明るかった。

五月二十二日夜、熱海口の水抜坑の切端で、坑夫たちは思いがけぬ物音を耳にした。発破がかけられてくずれたズリをトロッコに積む作業がおこなわれていたが、湧水量も少く、坑夫や作業員たちの顔にはおだやかな表情がうかんでいた。積みこみの終わったトロッコが、作業員たちに押されて切端をはなれ、坑口の方に消えていった。電燈は、導坑を掘りひろげてセメントがはられた部分までともっているだけで、水抜坑の切端附近の照明はカンテラであった。

ダイナマイトをつめる孔をうがつため、坑夫たちが切端に近づいた。が、作業をはじめる前には、いつも一服するならわしがあり、かれらは煙草をとり出してマッチをすった。湧水の流れる坑道の気温は低く、息が白くみえる。水の流れる音がするだけで、深い静寂がひろがっていた。

不意にかれらの顔がこわばり、眼が宙にむけられたまま動かなくなった。

坑夫長が、急に体を切端に近づけ、岩肌に耳を押しつけた。すぐに振り向いたかれの眼は、異様なほど輝いていた。坑夫たちは、口を薄くあけ、互いの顔を見つめている。手にした煙草がふるえていた。

「聴いたな」

坑夫長が、低い声で坑夫たちの顔を見まわしながら言った。

坑夫たちは、坑夫長の眼に視線を据え、かすかにうなずいた。

「まちがいなく聴いたな」

坑夫長が、再びたずねた。

「聴いた」

坑夫の一人が、堪えきれぬように大声で言った。

かれらの口から一斉に歓声がふき出し、足をはねあげ、躍るように手をあげて動きまわった。かれらは、切端の岩壁の奥から遠くで鳴る太鼓のような音を耳にした。それは、三島口の水抜坑の切端で仕掛けられた発破の音にちがいなかった。両口水抜坑の先端から先端への距離は一二〇メートルほどに接近していたので、発破音がきこえても不思議はなかった。が、実際に音がきこえたことで残りがわずかになったことが感じられ、関係者の喜びは大きかった。

さらに、三日後には、三島口詰所から建設事務所に電話があり、水抜坑の切端で坑夫たちが、あきらかに熱海口水抜坑の発破音を耳にし、興奮状態にある、と報せてきた。

晴天の日がつづき、新聞には東海地方から東北方面の農村地帯で旱魃(かんばつ)をおそれる声がしきりだ、という記事がしばしばのせられていた。

両口水抜坑の掘削現場は、にわかに活気づいていた。トンネル予定線の中心線は目前にせまり、それにむかって昼夜の別なく掘進がつづけられていた。中心線に早く到達するのは三島口の水抜坑で、その場合にはそこで工事を中止し、熱海口の水抜坑が掘り進んでくるのを待つことが定められた。

六月に入ると、残りの距離が九〇メートルと縮まった。

両口の切端では、それぞれ向う口のダイナマイトの炸裂音がはっきりきこえるようになっていた。さらに岩肌に耳を押しつけると、ダイナマイトをつめる孔をうがつ削岩機の音もきこえた。

長い年月、闇の中を手さぐりするように坑道を掘りつづけてきた坑夫たちは、前方の地中からこちらにむかって掘り進めてくる人間の気配を感じていた。発破や削岩機の響きに、向う口の坑夫たちの活気にみちた動きと心のときめきもつたわってくる。熱海口の坑夫たちは、三島口より進度がおくれていることに苛立ち、休息するのも惜しんで互いに励まし合いながら作業にとりくんでいた。

水抜坑の貫通が目前になったことに、鉄道省内は沸き立っていた。大臣三土忠造は、閣議にこれを報告し、現場視察のため池田建設局長らとともに列車で熱海にむかった。

駅には、平山所長、熱海口詰所の有馬主任技師らが出迎え、事務所に案内した。そこで、三土はゴム製の長靴、合羽、笠をつけ、熱海口坑口から蓄電車にひかれたトロッコに乗り、導坑を掘りひろげている最前部まで行った。

三土は満足そうに有馬の説明に耳をかたむけて引き返し、事務所で所長以下所員たちに貫通を目ざして努力するよう激励した。平山は、三土の質問に、貫通は七月そうそうに実現する、と答え、三土は、貫通当日には大臣室から電線で現場にベルを鳴らして最後の爆破をおこなう、と指示した。

三土は、翌朝、熱海をはなれていった。

事務所では、平山を中心に主任の有馬と三島口詰所主任の石川が貫通についての打合わせをおこなった。

中心線までは、三島口の水抜坑が先に到達することは確実で、熱海口がその後作業をすすめれば七月初旬に貫通する、と想像された。

しかし、発破や削岩機の音がきこえるようになってから、両口とも坑夫と作業員たちの動きが活溌になっていて、掘進速度は急に増していた。そうした現状から考えて貫通日は予想より早いと判断され、さまざまな事情を総合した結果、六月二十五日と断定された。

平山は上機嫌で、その旨を電話で鉄道省の池田建設局長につたえ、大臣にも報告して欲しい、と依頼した。その夜、平山は、有馬、石川両技師をはじめ所員とともに前祝いの酒を酌み交わした。

そうした喜びの中にも、平山は、農民に対する渇水被害の根本的な解決を一日も早く実行に移したいと、願っていた。

解決案については、県庁の柏木主事がその具体策をまとめ上げるのに精力的にとりくんでいた。かれは、被害地域の実情を正確につかむことにつとめ、農民が過大な要求をつきつけても動ずることなく、激しくたしなめることをつづけていた。このような毅然とした態度に、各地区の農民たちは、かれを深く信頼するようになっていた。

六月上旬、かれは調査をすべて終え、解決案をまとめた。それは、すべての被害に対し根本的な解決を示すもので、静岡市にもどると県知事に提出した。

六月十三日、またも丹那盆地の農民約三百名が、蓆旗を手に熱海建設事務所に押しかけてきた。被害にあった農作物に対する補償金が実情にそぐわぬ額なので、その増額を求めてきたのである。

その夜は、いったん帰ったが、翌朝、再びやって来て強硬に要求をつづけた。県庁から柏木がやってきて、函南村の高橋顕治村長とともに慰留につとめ、平山も、目前に迫ったトンネル貫通後に必ずその解決策を実行に移すと繰り返し、ようやく農民たちも諒承して、丹那盆地にもどっていった。

事務所では農民たちとの応対で混乱していたが、工事を指揮する技師たちは、工事の進行状況に興奮していた。三島口より進度のおくれていた熱海口の水抜坑が、地質がきわめて良いことも手伝って異常とも思えるほどの進み方をしめしていた。むろん、三島口におくれをとるまいという現場の坑夫、作業員たちの意地でもあった。

六月十六日、熱海口の水抜坑は、坑口から三、八九一・五メートルに達し、三島口の水抜坑との距離は、わずかに一〇メートルになった。

熱海口の水抜坑の思いがけぬ掘進速度に、技術陣は歓びを感じるとともにうろたえてもいた。貫通日を二十五日と予想し、それをもとにさまざまな準備をしてきたが、貫通ははるかに早くなる。出産予定日より前に陣痛に見舞われた妊婦のようだ、と言う技師もいた。

平山は、十七日朝、建設事務所に熱海、三島両口の工事関係者を集めて打ち合わせをし、その結果、貫通日を繰り上げて十九日とあらためた。両口の進行状況をみると、それぞれ中心線まで五メートルの位置まで進み、同時に中心線で出会うことはあきらかであった。

打ち合わせ会の席上、両口から掘り進んでいる水抜坑が、中心線上で果たして少しの食いちがいもなく出会うだろうかということが話題になった。

地中を両方向から進む坑道は、測量をつづけながら掘ってきたので、貫通した時に完全に一致する計算にはなっている。が、それぞれの坑道が上下左右に食いちがうこともあり、長い坑道であればあるほどそのおそれも大きい。

事実、食いちがった例も決して少くない。向う口の切端で仕掛けられる発破や削岩機の音が前方からきこえていたが、さらに掘り進んでいったところ、ななめ横の方向から削岩機の音がして、横にそれていたのを知ったことさえある。測量責任者は熱海口が斎藤真平技手、三島口が富田終技手で、二人とも自信はいだいていたが、その顔は緊張していた。

両水抜坑の切端から切端までの距離は、測量の結果、九・一五メートルとされていた。それが計測通りであるか、また両水抜坑が食いちがっていないかどうかをたしかめるためには、一方から長いノミをつけた削岩機で他方にむけて孔をあけてみる必要があった。どちら側から孔をうがつかについては、三島口から、と決定した。熱海口の工事は急進したが、三島口の坑道の方が早く中心線近くに達していたので、探りノミを入れる権利があった。これに対して貫通の折りの最後の発破は、熱海口で仕掛けることになり、これはトンネル工事の慣習であった。

探りノミを入れる時刻は、その日の午後七時と決定し、三島口詰所の石川主任たちは、事務所を出ると車で詰所へもどっていった。

平山は、全所員に打ち合わせの結果をつたえたが、貫通日が繰り上げられたことに所員たちは一様に驚きの声をあげ、眼を輝かせた。平山は、電話で本省の池田建設局長に報告したが、池田も意外な内容にはずんだ声をあげていた。

事務所の人の動きは、にわかにあわただしくなった。

熱海口詰所の有馬主任は、詰所にもどると、水抜坑の掘進作業をしている現場への指令書をしたためた。貫通は、予定を繰り上げて翌々日にすること。トンネルの残距離は、九・一五メートルであること。今夜七時に三島口切端から探りノミを熱海口切端にむけて入れるので工事を中止すること。これらが箇条書きにされ、それを所員に持たせて現場へ急がせた。

所員から指令書を渡された現場主任の驚きは大きく、現場の坑夫と作業員たちの中から信じがたいといった声があがった。かれらは、岩盤の奥から発破や削岩機の音が近づいてきていることから、両口の坑道の切端が極めて接近しているのは知っていたが、その残距離がわずか九メートルほどになっているとは思ってもいなかった。

「測量計算では、そこまでちぢまっているのだ。探りノミを入れて事実かどうかを確める。また、坑道がぴったり合うかどうかも知ろうというのだ」

所員の言葉に、坑夫たちは、切端を見つめて互いに肩をたたき合った。

工事は一切中止され、切端に中心点をしめす十文字が、朱色のペンキで印された。

日が傾き、熱海の海が西日で輝いた。カラ梅雨がつづいていて、その日も空は晴れていた。

平山は、事務所で待機することになり、現場には熱海口詰所の有馬主任、測量担当の斎藤真平技手らがおもむくことになった。三島口でも、詰所主任と富田測量技手その他が水抜坑切端にすでにむかったという電話連絡が入った。

有馬は、斎藤らと蓄電車につながれたトロッコに分乗し、坑内に入った。電車が導坑を進み停車すると、かれらは分岐した水抜坑に足をふみ入れ、カンテラをかざして流れる水の中を進んだ。

やがて、切端が近づいてきた。現場主任や坑夫たちは、有馬の姿を眼にして頭をさげた。かれらの顔は喜びにあふれ、有馬も頬をゆるめていた。

持ちこんできた握り飯で夕食をとった。かれらは、時折り十文字の赤い印のついた切端に光った眼をむけていた。

腕時計に何度も視線を落としていた有馬が、

「七時だ。全員、切端からはなれろ」

と、言った。

その直後、かすかに岩盤の奥の方から削岩機の音がひびきはじめた。

測量を担当してきた斎藤技手の顔は緊張し、青白かった。

探りノミは、三島口の切端に印された朱色の十文字の中心点に突き入れられている。計測が正しければ、そのノミの先端は、眼の前の切端に印されている中心点に突き出てくるはずだった。もしも、ノミが大きくはずれた個所に出てきた場合は、その食いちがいを修正するため側壁をけずり、床の傾斜を直すなどしなければならない。当然、坑道はゆがみ、それは技術陣としての恥辱になる。

斎藤は、三島口の測量担当者の富田技手の姿を思いえがいた。富田は、探りノミが岩粉を散らして岩肌に突き入るのを身じろぎもせず見つめているにちがいない。これまで二人は測量結果を互いにつき合わせ、それによって坑道は掘られてきている。もしも、食いちがいが生じれば、どちらかが、または二人とも計測をあやまったことになる。

斎藤は、不安におそわれながらも富田と自分の計算は絶対にまちがっていない、と自らに言いきかせていた。

有馬をはじめ技術者や坑夫たちは、身じろぎもせず切端を見つめている。水の流れる音が、静寂を深めていた。

探りノミの音が、徐々に大きくなってきた。それは、正しく前方からきこえてきているようだったが、急に横の方からきこえてくることもある。岩盤に走るおびただしい節理が音を屈折させているのだが、大きくはずれているような不安にも襲われた。

息苦しい時間が流れ、ノミの音がさらに近づいた。

斎藤の眼が、或る個所にむけられたまま動かなくなった。それは中心線の少し左下方の岩盤で、かすかに動いたような気がしたのだ。

錯覚か、と思った。が、その個所がにわかにふるえはじめ、盛り上がると、突然、細いノミの先端が突き出た。

斎藤の眼に、涙があふれた。ノミの光った先端が、岩粉を散らしながら生き物のように回転している。探りノミは、ほとんど誤差もなくこちら側の切端に突き出たのだ。

坑夫たちの間から、かすれた声があがった。それは、万歳という叫びだったが、嗚咽しているため、ただ息をはいているような声であった。かれらは、しきりに両手をあげている。

肩をたたかれた斎藤が顔をむけると、有馬が無言でうなずいている。有馬の頬にも涙が流れ、歯の間から嗚咽をこらえる息がもれていた。

有馬が技手の一人に、建設事務所へ探りノミが突き出たことを坑内電話でつたえるようふるえをおびた声で命じた。技手はうなずくと、足をよろめかせながら切端を小走りにはなれていった。

探りノミが抜かれ、三島口切端から孔に鉄管がさしこまれてきた。

「オーイ。きこえるか」

鉄管から声が流れてきた。三島口詰所主任の石川技師の声だった。

有馬が、鉄管に近づき、

「石川君か。おめでとう。ノミは、ほぼ中心点に出た」

と、ふるえをおびた声で言った。

鉄管のむこうには、カンテラの明かりがみえ、感動したどよめきがつたわってくる。

有馬は、石川と言葉を交わした。残距離は九・一五メートルと計算されていたので、その長さのノミを入れたが、意外にも五・二メートル弱でノミの先端が熱海口の切端に突き出たという。石川の驚きが、有馬にもそのまま伝わった。

有馬は坑道を急いで引き返し、建設事務所に行った。

平山をはじめ所員たちが事務所に待っていて、有馬を拍手で迎えた。平山は、有馬の手を強くつかんだ。眼に光るものが湧いていた。平山は、探りノミがほぼ中心点に突き出たことを本省に電話でつたえ、池田建設局長が喜んでいたことを有馬に告げた。

あわただしく酒肴(しゅこう)が用意され、かれらは祝杯をあげた。事務所の電燈はおそくまでともり、明るい声がつづいていた。

翌朝、自動車で三島口詰所の石川主任と富田技手らがやってきて、所長室で平山を中心に貫通についての打ち合わせをした。

坑道の残距離が五・二メートル弱であるので、今日中に両口から掘削して一・五メートルに短縮し、貫通にそなえることになった。

貫通時刻は、さまざまな準備も考え、明日(六月十九日)午前十一時三十分と決定した。

石川主任たちは、すぐに自動車に乗って三島口詰所に引き返していった。

平山は、ただちに本省へ電話を入れ、池田局長に決定事項をつたえた。その後、本省と事務所との間にひんぱんに電話で話し合いがおこなわれた。

三土大臣は、大臣室で爆発合図のボタンを押す。その信号が坑道内で受信され、同時に平山が最後の発破のスウィッチを入れる手筈がまとまった。

鉄道省では、貫通式のおこなわれることを報道関係につたえたので、ボタンを押す折りには大臣室へ記者たちが入り、また多くの記者団が熱海へむかうことになった。

午後になると、鉄道省の関係者が、ぞくぞくと熱海駅に列車でつき、事務所ではその応対に忙殺された。熱海口を請け負っている鉄道工業会社代表菅原恒覧も姿をみせ、三島口にも鹿島組代表鹿島精一が到着したという連絡があった。

翌日は梅雨期とは思えぬ晴天で、気温も高かった。

九時すぎになると、建設事務所に鉄道省関係者がやってきて、平山所長以下所員とともに九時半に事務所をはなれ、坑口に行った。そこには、工事に従事した親方、坑夫、作業員たちがむらがり、眼を輝かせて平山たちを迎えた。

来賓として招待したのは、元鉄道院副総裁古川阪次郎、那波光雄、旧建設事務所長青木勇、中村謙一、楠田九郎、川口愛太郎、元技師滝山與、近藤鉄太郎、箕浦戒二、福島竜八、伊東孝治、鉄道省工事課長竹股一郎、工事課技師星野茂樹、広田孝一の十四名であった。

十時三十分、蓄電車にひかれた四輛のトロッコに、ゴム合羽、帽子、長靴を身につけた平山所長、岡野精之助技師、有馬熱海口主任を先頭に来賓たちが分乗した。また、その後の蓄電車のトロッコには、鳥居に導かれた新聞記者約三十名が乗りこんだ。

トロッコの列が動き出すと、集まっていた坑夫や作業員たちが一斉に歓声をあげた。

蓄電車はトンネル内を走り、一同下車して水の流れる水抜坑を進んだ。水抜坑の切端から一二〇メートル手前で、一同は足をとめた。そこには松板でつくったテーブルと椅子がおかれ、大臣その他から寄贈された菰かぶりの酒樽が五つ並び、大臣室直通の信号受信設備と電話も据えつけられていた。一同が到着したのは、十一時すぎであった。

来賓たちは、椅子に坐り、その姿を新聞社の写真班員たちが撮影した。テーブルの下には、澄んだ水がカンテラの光をうけて流れている。厳粛な空気に、声を発する者はいなかった。

十一時十五分、席を立った平山が、直通電話の受話器をとった。大臣室にいた計画課長堀越清六が出たので、平山は、

「貫通の用意は万端ととのっております」

と、報告し、大臣室の時計と自分の時計の針を正確に合わせた。

平山は、

「それでは、十一時三十分を待ちます」

と言って、電話を切った。

椅子に坐っている者やその周囲に立っている者たちは、それぞれ腕時計の針の位置を修正し、時折り視線を文字盤に落としていた。テーブルの上にカンテラが並べて置かれ

側壁にもカンテラが吊されていて明るい。かれらは身を動かすこともなく口をつぐみ、水の流れる音がしているだけであった。

　時計の針が十一時三十分を正しくさした時、大臣室からの合図のブザーが鳴った。その瞬間を待っていた平山が、電気発破の箱に近づき、ハンドルをとるとスウィッチを入れた。

　その瞬間、切端の方向からダイナマイトの炸裂音がとどろき、坑道内にいんいんとこだました。突風が走ってきて、カンテラの火が激しくゆれ、土石が側壁にあたったり床に落ちる音がきこえていた。

　椅子に坐っていた者は、一人残らず立ち上がり、一様に坑道の奥に眼をむけていた。最後に残っていた岩壁は、その発破によって破壊され、直径一メートル弱の穴がひらいたはずであった。が、それは計算上のことで、果たして貫通したかどうか、現場を見なければわからない。

　有馬主任が工手三名を連れて切端に歩き出し、その後を本省工事課の星野茂樹技師がつづき、硝煙と土煙の中に姿を消した。

　平山たちは、かれらの去った坑道の奥に視線をすえていた。切端の方向から流れてきている澄んだ水が、爆砕した土砂で赤く濁りはじめていた。

　かれらは、体をかたくして立っていた。硝煙はうすらいだが、有馬たちは引き返してこない。平山をはじめ鉄道省関係者の顔には、重苦しい表情がうかんでいた。

やがて、坑道の奥の方からカンテラの光がゆれながら近づいてくるのが見えた。有馬が星野たちと水を蹴散らして走ってくる。平山たちの眼に不安と期待の色が交互にうかんでいた。

有馬が、平山所長と岡野技師の前で足をとめ、姿勢を正して、

「無事、貫通いたしました」

と、息を喘がせながら言った。

「御苦労」

平山の声はかすれていた。

周囲に立った者たちは無言だった。息が歯の間からもれる音が所々に起っていたが、それは嗚咽をこらえているからであった。平山は、頬の涙をぬぐうこともせず電話に近づき、受話器をとった。

大臣室の堀越課長が出ると、平山は、

「只今、予定通り貫通に至りました。右、御報告いたします」

と、ふるえをおびた声で言った。

「おめでとう。大臣閣下が出られる」

堀越についで、三土大臣が、あらかじめ作っておいた祝辞を述べた。

「本工事着手以来、約十六カ年の歳月に亘り、世界的且歴史的難工事と称せられたる丹那隧道が、今日茲に開通を見るに至りたるは、当局大臣として誠に歓喜に堪へませぬ。

此成果を挙ぐるに就て、多年の間実際の局に当れる幾多の技術者並に従事員諸君の堅忍不抜の精神と絶大無辺の努力に対して、更めて深厚なる敬意を表する次第であります」

そのあと、三土は、

「おめでとう。御苦労だった」

と、言った。

平山は、受話器を手にしたまま深く頭をさげた。

古川阪次郎が平山から受話器をうけとり、三土大臣に、

「私は、古川です。計画者の一人としまして、このトンネルの完成には最も責任を感じて参りました。今日、この貫通の現場に立ち会い、感激この上もありません。衷心から御喜びを申し上げます」

丹那トンネルは後藤新平が鉄道院初代総裁であった折りに提案され、仙石貢が第二代総裁時代に起工が決定した。その折りの副総裁であった古川は、丹那トンネル工事計画を具体化した人物であった。

古川の心のこもった言葉に、平山たちは新たに涙を流した。

「よくやってくれた」

受話器を置いた古川が、平山の手を強くにぎった。

それがきっかけで厳粛な空気が急にくずれ、平山たちは歓びの声を交わし肩をたたき合った。

坑道の奥からカンテラの光がぞくぞくと近づいてきた。貫通口をくぐった三島口詰所の石川主任を先頭に、本省工事課の宮本保、橋本哲三郎技師をはじめ鹿島精一らが姿をあらわした。

有馬、石川両口主任が握手をすると、周囲に万歳の声があがり、それは何度もつづいた。酒樽のふたが割られ酒を茶碗にすくい、再び万歳を叫んだ。

石川が、平山の前に立ち、貫通個所には縦六〇センチ、横九〇センチの穴がひらき、そこに清酒をそそいだ、と報告した。

平山と有馬が、石川の案内で水の流れる中を貫通個所に行き、うがたれた穴をくぐって三島口坑道に出た。そこには、三島口工事に従事した坑夫たちがいて、平山をかこんで万歳を繰り返した。かれらの顔には涙が光っていた。

平山は、再び古川阪次郎らのいる所にもどり、水抜坑を引き返して蓄電車のトロッコで坑外に出た。坑口に集まっていた坑夫や作業員たちが、一斉に万歳を叫び、平山や有馬は握手攻めに会い、かれらにかこまれて事務所に行った。

あらためて貫通祝いの杯が交わされ、古川が工事関係者の努力をたたえた。窓の外には坑夫たちがひしめくようにむらがり、事務所の中に喜びにみちた視線をむけていた。

平山は、貫通後の習慣にもとづいて二日間の特別休暇をあたえることを指示し、宿舎の集会場に酒を運びこませた。事務所には、貫通を知った熱海町の有力者たちが酒樽などを持ってぞくぞくと祝いにつめかけた。

その夜、宿舎では酒宴が所々でひらかれ、おそくまでにぎわいがつづいた。

十三

二日後、建設事務所に県庁の柏木主事が訪れてきた。

かれは、平山に水抜坑貫通祝いを述べてから、表情をあらためて渇水問題を口にした。水を奪われた農民たちの憤りは度重なる事務所への集団行動でもあきらかだが、柏木は、トンネル貫通と同時に一挙に解決するという鉄道省の意向をつたえてかれらを慰留することにつとめてきた。

農民たちは、新聞で貫通を知り、また工事関係者の喜びにあふれた顔をみて、自分たちの窮状を打開する解決策がすぐにとられると期待している。この期待を裏切るようなことにでもなれば、かれらが一斉に蜂起して大騒動になることは確実で、それを防ぐためには一日も早く根本的な解決をはかる必要があるという。

柏木は、すでに県知事あてに解決策を提出してある、と言った。

平山も、貫通の喜びとともに、そのことが頭にこびりついてはなれなかったので、深く何度もうなずいた。

柏木は、さらに言葉をついだ。

「被害地域の農民たちは、何度この事務所に請願にきたかわかりません。蓆旗を押し立ててもやってきました。それでは埒があかぬというので、旅費をはらって鉄道省にも行き、村々の有力者も足を運びました。これに対して鉄道省は、その場かぎりの救済をするだけで、それも不満足な内容です。農民たちは立ち上がります、必ずやりますよ。それも今日か明日でも不思議はありません」

柏木の顔は、こわばっていた。

「それで、私にどうすればいいというのですか」

平山は、柏木の表情をうかがった。

「私と一緒に鉄道省へ行って下さい。大臣に直接お眼にかかり、歎願したいのです」

「わかりました。行きましょう。明日、貫通の報告もあって上京しようと思っていたところです。一緒に参りましょう」

平山は、柏木の懸念がよく理解でき、本省の反応がにぶいことに苛立ってもいた。

その日、柏木は、被害地域の有力者である仁田大八郎を熱海に呼び、翌朝、かれをともなって平山と上京し、鉄道省におもむいた。

建設局に行くと、池田局長をはじめ幹部たちが笑顔で平山を迎え、局長は、あらためて平山の労をねぎらい、トンネル完成に全力を傾けるよう励ました。

柏木は黙っていたが、かれらの会話がとぎれると、池田の前に立ち、

「大臣閣下にお願いの筋があって参りました」

と、言った。

「大臣に？」

池田は、いぶかしそうな表情をし、柏木に椅子をすすめ、向かい合って坐った。

柏木は、被害地域の農民たちの険悪な空気をつたえ、一日も早く根本的な解決をはからねば収拾のつかぬ事態におちいる、と訴えた。

「それを大臣に直接請願すると言うのですか？」

部屋にいた幹部たちは、柏木のけわしい表情に沈黙し、池田と柏木の顔に眼をむけていた。

「失礼ながら、地元の者たちは歎願を繰り返してきましたが、解決はされていません。それで大臣閣下に懇願したいと思うのです。農民たちの立場になって考えてやって下さい。かれらは、トンネルのために水を奪われ、生活が根底からくつがえされたのです。水田、ワサビ田は干からび、飲む水さえ不自由しているのです。かれらは、飢える寸前まで来ていて、トンネルを呪い、鉄道省を呪っています。このままでは、蓆旗で押しかけるどころか大暴動が起り、血も流れます。悠長なことを言っている場合ではありません。各村々をまわって歩いている私には、かれらがなにを考え、なにをしようとしているのか、よくわかるのです」

池田をはじめ幹部たちは、無言で柏木の言葉をきいていた。

平山が口をひらき、

「柏木主事は熱心に被害地域をまわって農民たちと親しく接し、かれらが荒々しい行動に走るのをこれまで必死に押さえてきたのです。柏木主事の訴えは、静岡県庁の声としてお汲みとりいただき、大臣に現地の状況をつたえる機会をあたえてやって下さい」

と、説いた。

池田は、しばらく思案していたが、

「それもいいかも知れない。大臣は、丹那トンネルに重大な関心を持っておられる。渇水問題についてもよく御存知だ。お会い下さるかも知れない。御都合をおききしてみる」

と言うと、席を立った。

部屋を出て行った池田は、十分ほどしてもどってくると、

「お会いして下さるそうだ。平山君も一緒に行ってくれ」

と、言った。

柏木は、池田に礼を述べた。

部屋の隅にいた仁田大八郎とともに、柏木は、平山の後から部屋を出ると、大臣室に附属した控室に入った。

かれらは、坐っていたが、いつまでたっても入室の声はかからない。ようやく係の者がやってきたのは、一時間以上してからであった。

柏木と仁田は、平山の後から大臣室に入った。大きな机を前に鉄道大臣の三土忠造が坐っていた。

平山が進み出て挨拶すると、大臣は、労をねぎらった。振り返った平山が、柏木を紹介した。柏木が頭をさげたが、大臣はかすかにうなずいただけで、扇子（せんす）を手に部屋の中を歩きはじめた。

「閣下、今日は、お願いの筋があって参上いたしました」

柏木が声をかけた。

大臣は足をとめ、柏木に顔をむけると、

「なんだね」

と、言った。

柏木は、池田に訴えたことと同じ言葉を口にし、根本的な解決を一日も早く実行に移して欲しい、と懇願した。大臣は、無言で扇子を使いながら再び歩きはじめた。部屋は蒸し暑い。

柏木に顔をむけた大臣は、

「何度も蓆旗を立てて事務所に押しかけてきたそうではないか。地元の者たちは気ますぎる」

と、言った。

柏木の顔が急に紅潮し、体がふるえはじめた。眼に憤りの色がうかび、拳（こぶし）をにぎりしめた。

「大臣。それは言いすぎではありませんか。蓆旗を立て押しかけてきたのは、理由あってのことです。農民たちは陛下の赤子です。陛下の赤子を飢えさせてよいと言われるのですか」

柏木の眼に涙がにじみ、感情を抑えきれず、拳を机にたたきつけた。皮膚が破れ、血が散った。平山も仁田も驚いたが、黙っていた。

大臣は、椅子に腰をおろし、柏木の顔を見つめた。沈黙が流れた。柏木は、大臣の眼から視線をはずさなかった。

大臣の口もとがかすかにゆるんだ。

「そうか、よし、わかった。悪いようにはしない。今日は帰れ」

と、言った。

柏木は、そのまま立っていたが、やがて頭をさげ、ドアにむかって歩き、通路に出た。拳からは血がしたたり落ちていた。

応急手当てをうけた柏木は、仁田とともに鉄道省を出た。

汽車で沼津にもどったかれは、治療のため生家のある伊豆半島西海岸の仁科に行った。骨にひびが入っているらしく夜になると痛みが激しくなり、夜明けまで一睡もできなかった。手がはれ、熱をおびた。かれは、痛みをこらえながら天井にうつろな眼をむけていた。

帰郷して三日目に、仁田大八郎からの手紙が来た。農民たちが大挙して熱海建設事務所に押しかけ、炊き出しをし、夜も引き揚げる気配はない。平山は、所長室で農民たちにとりかこまれ監禁状態にある。仁田たち村の有力者が農民をなだめたが、今回は頑強で一切耳をかさない。説得できるのは柏木だけなので、すぐに来て欲しいという。

柏木は、やはり予想した通りだ、と思ったが、傷の痛みも薄らぐ気配もないので、仁田に返事を書くこともしなかった。

翌日、電報が柏木の家に舞いこんだ。静岡県知事田中広太郎からのもので、至急、県庁へ来るように、という内容だった。

柏木は、仁田からの手紙に記されていた騒動のことだ、と察し、知事命令であるので、包帯で巻いた右手を布でつるし、沼津までの船に乗った。海は陽光にかがやき、富士山が青空を背景に鮮やかな線をえがいていた。

汽車で静岡駅におりた柏木は、県庁に行くと知事室に入った。柏木が大臣室で机に拳をたたきつけたことを知事は知っていて、首から吊した右手に眼をむけると、

「痛むか」

と、たずねた。

「はい。まだ痛みます」

柏木は、正直に答えた。

知事は、坐ると用件を口にした。

三日前に丹那盆地の農民二百名が熱海建設事務所に押しかけたが、今日になっても包囲をとかない。炊事道具も持ってきていて長期戦の構えをみせている。事務所では、所長をはじめ担当者が慰留につとめ、鉄道省からも人が行ったが、これまでとちがって農民たちは強硬で、即答をせまっている。前日の夕方、鉄道省の建設局長から知事あてに電話があって、省でも扱いに困り、柏木に現地におもむき説得にあたって欲しいという要請があったという。

「君以外に収拾できる者はいない、というのだ。建設事務所長は、もう三日間も所長室にとじこめられたままで、夜も部屋で仮眠をとる始末だという。鉄道省も、ほとほと手を焼いている。あくまでも警察の力は借りず、穏便に対処したいと言っている。すぐに現地へ行って欲しい」

知事命令なので、柏木は承諾した。

ただちに知事は、鉄道省に電話をかけた。建設局では喜び、早速、建設事務所に連絡をとった。

柏木が静岡駅に行くと、鉄道省からの指示で駅長が二等車の切符を手に迎え、ホームまで案内してくれた。汽車に乗って沼津駅につくと、そこでも駅長が待っていて、鉄道省が用意した自動車に乗せてくれた。すでに夕闇がひろがりはじめていた。

車は夜道を進み、丹那盆地をぬけて山道に入った。道は凸凹がはげしく、ヘッドライトがゆれ、体がはずんだ。熱海峠をこえて、車はくねった道をくだった。樹の枝が道をおおい、闇は濃い。熱海の町におりた車は、建設事務所に通じる道をたどった。前方の闇の中で、いくつもの火が焚かれているのが見えた。あきらかに炊事をしている火であった。かれは、焚火のかたわらで車をとめさせ、ドアの外に出た。

事務所の前の石段をのぼりかけて振り向くと、闇の中から多くの男女が出てきて、柏木に眼をむけている。その顔に、かれは殺気に似たものを感じた。

事務所の中では、農民たちが床に坐ったり立ったりしていた。柏木は、かれらの間をぬけて所長室に行った。

机を前に平山所長が坐り、農民たちが取りかこんで立っている。平山の髭はのび、眼の光はうつろで、別人のようにやつれている。農民たちも無言で、顔に疲労の色が濃くしみついていた。

柏木は、農民たちの体を押し分けて進み、平山のかたわらに立った。農民たちの視線が、柏木に据えられた。包帯で巻かれた右手に、いぶかしそうな眼をむけている。

「この右手の傷は、鉄道大臣の机の上にたたきつけて出来たのだ。大臣は、私の直訴に、悪いようにはしない、と明言された。君たちの気持ちは、十分に大臣に通じている。解決策が出るのは時間の問題だ。囲みをといて帰りなさい」

柏木は、さとした。

「時間の問題だという話は、所長からも耳にタコができるほどきいた。しかし、鉄道省の言うことは、大臣であろうが信用できない。具体的な内容を、この場で即答してくれなければ帰らぬ」

男の一人が、怒鳴りつづけてきたらしくしわがれた声で言った。

「なにを言うか。一国の大臣が約束をして下さったのだ。それを信用できぬとは何事だ」

柏木は、声を荒らげた。

男たちは、口をつぐんで柏木を見つめている。

「所長さんをこのように監禁状態にして取りかこみ、失礼と思わんか。私は、県庁の役人だ。鉄道省の役人ではない。お前たちのことを思い、大臣にお会いしてお願いしたのだ。この私を信用できぬのか。帰れと言ったら、帰るのだ」

柏木の眼に、鋭い光がうかんでいた。

農民たちは無言で身じろぎもしない。野宿をかさねているので眼窩(がんか)はくぼみ、眼は充血している。

やがて、かれらは暗い眼をして所長室をはなれ事務所の外に出て行った。柏木は、窓ガラス越しに石段をおりてゆくかれらを見送った。

焚火のかたわらに足をとめたかれらのまわりに、農民たちが集まるのが見えた。静かな時間が流れた。

一時間ほどすると、数人の男たちが石段をのぼってきて、所長室に入ってきた。

「帰ります」

男の一人が言うと、他の者たちと所長室を出て行った。

柏木は、平山と並んで立っていた。

翌朝、柏木は、平山と汽車で上京し、鉄道省に行った。

二人は、池田建設局長と打ち合わせをした。

「解決策として、どのような方法が考えられますか」

池田が、柏木にたずねた。

「私の作成しました解決案は、すでに県知事に提出してあります。私としましては力の及ぶかぎり調査した末にまとめたものです」

柏木は、淀みない口調で答えた。

「よくわかりました。それでは、この件について本省内で至急に意見をまとめ、御希望にそうような答えを出す努力をします」

「猶予(ゆうよ)はありません。いつまでに……」

「二、三日中にも」

池田の顔には、決意の色があらわれていた。

「よろしくお願いいたします」

柏木は、立つと頭を深くさげた。

知事に経過を報告するため、かれは、その日のうちに静岡市にもどった。

池田の動きは機敏で、他の局長たちの諒解を得て鉄道次官の久保田敬一を説いた。久保田は、三土大臣にそれをつたえて許可を得、解決策を至急に実施することが決定した。省内で協議がかさねられ、柏木の調査にもとづく解決案があるというので、鉄道省がその案の提示をもとめるという方法をとることになった。

ただちに久保田鉄道次官から静岡県知事田中広太郎あてに公文書が六月二十八日付で送られた。内容は、水抜坑貫通によって将来の渇水被害の程度が確実に推測できる状態になったので、これら被害地に対し根本的な救済方法をとりたく、知事の意向をうかがいたい、というものであった。

この公文書を知事から見せられた柏木は、大臣が約束した通り鉄道省が本格的に解決の道を得ようとしている誠意を感じ、喜んだ。

かれが、知事に提出していた解決案は、農村行政に精通しているかれらしい周到なものであった。基本は、組合の組織であった。救済対象を個人にするよりは、被害地の農民によって組織した組合にする方が混乱が少く、しかも妥当な線が出ると判断したのである。

この案は、担当部長はもとより知事も賛同し、七月五日付で県知事から久保田鉄道次官あてに公文書が、「丹那隧道被害地救済ニ関スル件回答」として送られた。短い文書で、「……本問題解決ノ為、即時被害地ヲ一括シタル水利組合ヲ組織セシメ度(たき)ニ付、至急相当ノ見舞金御支出相成度」と、「即時」「至急」という表現を使い、早期解決を求める姿勢が強く打ち出されていた。

知事の回答書に、鉄道次官は、すべて県に一任するという意向をつたえた。

県の動きは早く、柏木は組合を組織するために走りまわって、七月十日には早くも「水利組合法ニ依リ、田方郡函南村外三カ村普通水利組合ヲ設置シタリ」という知事による告示をした。それと同時に、これら組合の管理者として「静岡県属柏木八郎左衛門ヲ指定シタリ」という告示も布達した。

柏木は、ただちに水利組合の規約の作成に取り組んだ。組合は、函南村、中郷村、韮山村、北狩野村浮橋にそれぞれもうけられ、丹那トンネル工事の影響で被害をうけた田地所有者を組合員とし、灌漑についての諸施設をもうけることを目的とした。

それらの組合では、選挙によって役員が決定し、柏木は、これまでの調査で得た資料をもとに組合へ支給する金額の算定に専念した。これは、最終解決方法で、その金が渡された場合、今後、鉄道省に新たな要求をおこなわぬことを誓わせる内容であった。

農民たちは、鉄道省が県庁にすべてを一任して至急に解決を得ようとしていることに満足し、また、そこまで漕ぎつけることに努力した柏木に対して深い信頼感をいだいた。

柏木と各組合との折衝が精力的につづけられ、物別れに終わることはあったが、次の会議では双方が妥協点を見出し請求額も徐々にかたまった。

暑い夏で、柏木は汗を流しながら歩きまわった。手の傷は治りがおそく、包帯を巻いたままであった。

八月に入って、各組合の請求額がつぎつぎに総会によって議決され、柏木は、それらに管理者として立ち会った。柏木は、組合員個人の管理者柏木に対する委任状と組合の鉄道省に対する請書を取りまとめた。組合の請書には、請求通りの金額が支給されれば、今後、鉄道省に一切迷惑をかけぬことが明記されていた。

柏木は、これらの委任状、請書を手に県庁にもどり、知事に報告した。

知事は、鉄道次官にこれをつたえた。請求総額は、百十七万五千円で、鉄道次官は巨額であることに驚いたが、県庁の調査が正確であることを認め、ただちに安田銀行振り出しの小切手を用意した。

八月十八日、柏木は、各組合代表者数名とともに上京し、鉄道省の次官室に入った。次官は、柏木の努力に謝辞を述べ、小切手をかれに渡した。柏木も、委任状、請書を次官に提出し、授受を終えた。これに附随して、鉄道省が救済のために買収した土地、造成した貯水池、水を送る鉄管、ポンプなどを各村々に無償で譲渡することも決定した。これを加算すると、総額二百万円を越えた。

これによって多年にわたる渇水被害問題は、完全に解決をみたのである。

十四

水抜坑が貫通した後、それを追うように掘り進められていた本線トンネルの導坑工事に熱海、三島両口とも総力をあげて取り組んでいた。

熱海口では、湧水がきわめて多く地質も不良で、六月十日に崩壊をみたため工事を中止した。その直後に貫通した水抜坑から、導坑にむかって逆進し、七月三十日に連絡することに成功した。

これに勢いを得て掘進をつづけ、八月二日にトンネルの中心線に達し、支保工を完全なものにして三島口の導坑が掘り進んでくるのを待った。

一方、三島口の導坑は、水抜坑で湧水が完全にしぼりとられ、さらに砂質の地中にも注入されたセメントが十分にまわっていたので、掘進に困難はなく、程なく中心線に達した。

二十五日が吉日であったので、その日を貫通日に定めた。探りノミが、中心線に早く達した熱海口導坑の切端から三島口切端に突き入れられた。その結果、残された岩盤の長さは一メートル弱であることがあきらかになった。最後の発破は、三島口の切端で仕掛けられることに決定した。

鉄道省の竹股工事課長、熱海建設事務所の平山所長、三島口請負の鹿島組代表鹿島精一らが、三島口詰所の石川主任とともに坑道に入り、人夫頭や坑夫らが従った。また、新聞記者、写真班員ら四十名も蓄電車にひかれたトロッコに分乗し、切端にむかった。

切端から一〇〇メートルの位置に仮控所がもうけられ、竹股らは、そこに待機した。

すでに切端には、うがたれた孔にダイナマイトが装塡されていた。

石川主任の指示で、カンテラをさげた坑夫たちが仮控所から坑道の奥の闇に消えた。

しばらくすると、カンテラの光がゆれながら近づき、坑夫たちが走ってきて、その一人が、

「点火しました」

と、叫んだ。

その直後、切端方向で炸裂音がとどろいた。時刻は午前十一時三十二分であった。

石川たちは、硝煙の薄らぐのを待って切端に急いだ。岩壁に穴がひらき、熱海口のカンテラの光がみえる。

その穴から、

「おめでとう」

と叫びながら熱海口詰所の有馬主任がくぐりぬけてきて、石川と握手した。竹股らも近づいて歓声をあげ、開いた穴に清酒をそそいだ。

これによって、本線トンネルの導坑も貫通したのである。計測の結果、両口の導坑の食いちがいはわずか八五・四センチで、高さの差も三・六センチであることがあきらかになり、技術陣の高度な技術をしめしていた。

導坑の貫通を果たした工事関係者は、コンクリート張りの工事に全力をかたむけた。すでに熱海口では貫通点から二八〇メートル、三島口では二五〇メートルの位置まで

セメント張りの工事がおこなわれていた。坑夫たちは残りの部分を本トンネルの広さまで掘りひろげ、作業員たちは、そこにコンクリートを張る作業に専念した。

夏が過ぎ、秋の気配が濃くなり、空の色は澄んだ。

十月二十一日、丹那トンネルの工事による六十七名の死者に対する慰霊祭が、トンネルの中心点で挙行された。三土鉄道大臣代理久保田次官、請負の鉄道工業会社、鹿島組両代表の弔辞があり、関係者一同焼香し、僧の読経がつづいた。

慰霊祭を終えて、一同、午前十一時三十五分に熱海口に出て貫通祝賀式を挙行した。坑門には日章旗が交叉して立てられ、町の小学生が小旗を手に万歳を三唱した。式は、十年以上工事に従事した勤続者表彰にはじまり、平山所長から九十名の者に賞状と金一封が渡された。

つづいて祝賀会に移り、平山所長の挨拶、有馬熱海口詰所主任の工事経過報告、三土大臣代理久保田次官、静岡県知事代理、元鉄道院副総裁古川阪次郎の祝辞があり、熱海町芸者連の「丹那音頭」の披露を最後に、午後四時に閉会した。

熱海の町は、祝賀一色に塗りつぶされていた。

昭和三年二月二十五日に東京、熱海間が電化され、蒸気機関車に代わって電気機関車が使用されるようになっていた。しかし、熱海は終着駅で、湯治客も東京方面の者たちにかぎられていた。一時は工事放棄かとも言われた丹那トンネルが貫通したことによって、熱海は、東海道線の途中駅の一つになり、関西方面の客もくるようになる。それは、町の大きな飛躍をうながすものであった。

旅館をはじめ人家に国旗が立てられ、芸者連は仮舞台の上で「丹那音頭」を唄い、踊った。また、小学校生徒は、小旗を手に町を練り歩いた。夜になると提灯行列が町並みを縫って進み、熱海建設事務所には、町の有力者が祝いと感謝の言葉を述べに訪れ、多くの酒樽が運びこまれた。

トンネルの坑口近くに捨てられたズリは、七千坪の谷や田を埋め山のように盛り上がり、町の者は熱海富士と呼んでいた。風が吹くと、ズリが舞いあがって土煙が海の方や町の方向に流れる。湯治客は、その量の多さに眼をみはり、観光場所の一つにもなっていた。

コンクリートを張る工事は、熱海、三島両口で鋭意推し進められていたが、翌九年三月十日、ついに完成した。

その日の午前十一時、鉄道省の星野茂樹技師、平山所長、有馬主任、石川主任が立ち会って、坑内の中心線に最後のコンクリートブロックをうめる儀式をおこなった。

神主による祝詞奏上の後、玉串をそなえ、櫓に平山がのぼり、「昭和九年三月十日畳築完成」と彫られた厚さ一寸の砲合金メッキのブロックを打ちこんだ。

これによってトンネル工事はすべて終了し、線路の敷設と電化工事を残すだけになった。

鉄道省は、工事完成を公表した。大正七年四月一日起工以来十五年十一カ月十日の日数をへて、二千五百万円の工費を投じ、従事した坑夫、作業員の延べ人数は二百五十万人に達していた。

線路敷設と電化諸工事は七月末までに終え、点検後、十月、十一月を試運転期間とし、十二月一日を開業日にすることをあきらかにした。

丹那トンネル完成に沸く中で、水を失った丹那盆地を中心にした農民たちは、百十七万五千円の補償金を得て、ようやく鎮静化していた。かれらは、トンネルにすべてコンクリートがはられたので、盆地の湧水が再びもとにもどるのではないか、とかすかな期待をいだいた。が、低下した地下水の水位が上昇するはずもなく、水は涸れたままであった。

トンネル工事でしぼりとられた水の量は、芦ノ湖の貯水量の三倍にも達していた。水抜坑を流れる水は、日に十万トンで、鉄道省では、水抜坑の中央に堰をもうけ、これによって熱海口に四万トン、三島口に六万トンの水が流れるようになった。

百十七万五千円という補償金は、函南村の年間予算が約八万円であることからみても巨額な金であった。水田を畠に地目変換をした農家の多くは、手にした補償金で水に不足しない田方平野に水田を購入した。

また、県庁の柏木は、酪農に主力をそそぐように説き、村の有力者もこれに賛同して農家に乳牛の飼育をふやすようにすすめた。夏期に牛乳が腐敗する問題についても、補償金の一部で冷却できる施設をつくり、三島町に運べるようにした。これに応じて、三島にも新たな練乳工場が設置されることも決定し、丹那盆地は、酪農地としての形態をととのえていった。水田の水が輝き水車のまわっていたその地には、ホルスタイン種の乳牛が牧草をはむ地に変わり、牛乳が主な生産品になっていた。

しかし、渇水問題の余波は残り、丹那盆地を流れる冷川（ひえかわ）の下流地域で大騒擾（そうじょう）事件が起った。

冷川の下流には、函南村の大竹、上沢、八ツ溝用水組合にぞくする仁田、間宮、塚本、大土肥、大場の各区がある。冷川には、丹那トンネルの水抜坑の三島口から流れる水が注ぎこまれ、水量は増していた。その水が上沢区の田を灌漑し、堰をへて八ツ溝用水路に流れくだっていた。

八ツ溝用水関係の各区では、灌漑用水が不足するたびに上沢区に懇請して堰の杭を抜き取ってもらい、水の分譲を受けるのが慣習であった。

ところが、その年の五月に入った頃、水抜坑からの水が少しずつへりはじめる気配がみられたので、上沢区では稲の植え付けに支障が生じることを恐れ、堰に百数十本の杭を打ち込み、灌漑用水をふやした。当然、八ツ溝用水関係の各区に流れ下る水量は激減し、六月七日、それらの区の代表者が上沢区におもむいて水の分譲を求め、これに同意した上沢区では堰の十八本の杭を引き抜いた。

しかし、その月の下旬、上沢区では、新たに十本の杭を打ち込んだので八ツ溝地区に流れ下る水量が再び減った。そのため八ツ溝地区では上沢区長に五本の杭を抜くよう要求したが、わずか二本が抜かれたにすぎず、険悪な空気になった。

八ツ溝地区の者たちは、鉄道省が作った上沢区の浄水道の水を八ツ溝地区に流すべきであるのに、畠に地目変換したとして補償金を得ている田に引水していることを知って激昂した。

函南村村長石和寅之助は、紛争が起ることを憂慮し、堰の杭を双方立ち会いのもとに決定すべきであるという調停案をしめした。が、七月二十二日、上沢区ではこれを拒否し、石和は身を退いた。

役場に近い飲食店田代屋に集まっていた八ツ溝用水関係の区長その他は、これを知って憤激し、暴力をもって対抗することを決議し、「同日午後十一時迄ニ八ツ溝用水関係各区ノ農民ハ、一戸一名宛適当ナル破壊用具ヲ携帯シテ上沢区軽便鉄道踏切附近ニ集合スルコト」を申し合わせた。

これによって、八ツ溝用水関係の塚本、間宮、仁田、大土肥、大場、肥田、新田の各区民約三百名が、それぞれ鍬、ツルハシ、鉄棒、斧などを手に、十一時に踏切の近くに集合した。かれらの中には、酒気をおびた者も多かった。

気勢をあげたかれらは、喚声をあげて進み、堰に近づいた。数十名の者がつぎつぎに水の中に飛びこみ、長さ六尺、直径四寸の丸太の杭二十数本を引きぬき、歓声をあげた。水は、八ツ溝用水に音を立てて流れ下った。

農民たちは、それを見とどけ、鍬などをふり上げて走った。かれらは二隊にわかれ、一隊は村道を進み、途中、浄水道の設備、消火栓を使用不能にし、最も強硬に八ツ溝用水組合側の要求に反対したと言われている水道組合長の家に殺到した。組合長は、上沢区消防隊員の急報で家をのがれ、家族も裏口から避難していた。

農民たちは、その家の大戸、雨戸を破って内部に入り、家財を叩きこわし、土蔵の扉をあけて石塊、材木を投げこみ、隠居所の塀、戸、障子を破った。かれらは、上沢区浄水道の水槽附近で火を焚いて気勢をあげ、水槽に多量の土砂を投入して飲用できぬようにした。

他の一隊は、浄水道取入れ口に進んでそれを破壊し、桑原川の堰を使用不能にさせた。さらに、水道組合長と親しい者の家に押し寄せ、蚕室（さんしつ）の玄関の戸、窓ガラス、羽目板、雨戸をすべて破壊した。

上沢区から急報をうけた三島警察署では、署長が署員に緊急出動命令を出し、現場に急いだ。

夜が白々と明けはじめ、荒れ狂った農民たちは焚火をかこんで喚声をあげていたが、署員に包囲されて逮捕された。かれらは、つぎつぎに護送トラックに乗せられ、三島警察署に送られた。

この騒擾は函南事件と呼ばれ、翌年一月二十二日、沼津支部裁判所で公判がひらかれた。被告は五十八名で、区長その他代表者が多く、羽織袴（はかま）で出廷する姿が目についた。

裁判の結果、二人の区長にそれぞれ十カ月の実刑、他の五十六名には十カ月から四カ月の刑が執行猶予二年つきで言い渡された。

この取り調べの背景には、社会運動の活潑化にともなって全国農民組合の函南支部が結成され、騒擾の前年に小作争議が三件発生していたこともあり、思想問題との関連が追及されたが、その要素はなく、あくまでも水が事件をひき起したのである。

この事件の解決に奔走した石和村長は、心労がかさなって病み、七月二十八日に村長を辞任した。

上沢区の設備の復旧には多額の金を必要とし、その区の住民と八ツ溝用水組合関係の区民との感情的な対立は残り、水の配分も難題であった。当然、村長がこれらの問題に取り組まねばならぬが、解決は不可能に近く、村長の任を引き受ける者はいなかった。これを憂えた県では、村外に住む鈴木宗覚を村長臨時代理者に指名し、八月一日に就任した。

その後、鈴木は、県会議員鈴木信一、田方郡町村会長長室正和らを仲介人とし、梶尾嘉十郎らに調停委員を依頼した。和解書が調印されたのは昭和十一年四月であった。


渇水問題が起らぬ前、函南村では、丹那トンネルの貫通によって東海道線が村内を通ることに重大な関心をいだいていた。もしも、村に駅が設置されれば、村は大きく発展すると考えたのである。

起工の噂（うわさ）が出た大正二年に、早くも村長以下村議連名で鉄道院に請願書が出され、その後、鉄道院が鉄道省になってからも村長たちが上京しては歎願をつづけていた。

しかし、鉄道省では、丹那トンネルの三島口附近に信号所を置くだけで、駅の設置は考えてもいなかった。函南村側では、畑毛温泉や行楽に適した地があることを主張して駅をもうけてくれるよう懇請したが、鉄道省側は函南村が僻地（へきち）であるとして歎願に行った村長たちに、

「あなたたちは、狐か狸を汽車に乗せようとでも言うのか」

と、一笑に付したこともあった。

その後、渇水問題が起き、鉄道省は、函南村に対して冷たい態度をとることはできず耳を傾けるようになった。函南村でも、水を失うという大きな犠牲をはらっただけに、駅の設置を実現させねばならぬという意欲をいだいた。

その結果、鉄道省は、函南村に駅をもうけることに決定し、丹那トンネル貫通後、函南駅の建設もはじまり、村人たちの気持ちは明るくなっていた。

丹那トンネルの内部では、線路敷設と電化工事が順調に進められていた。熱海建設事務所長の平山は、八月四日付で本省の工事課長に栄転し、高井信一が所長に着任した。

秋が深まり、九月末にトンネル内の線路敷設と電化工事が終了した。

十月一日午前七時、電気機関車に牽引された客車が熱海駅を発車、丹那トンネルに入り、試運転が開始された。機関車は、線路の状態をたしかめるようにゆるい速度で進み、三島口にぬけた。

トンネル工事を請け負っていた鉄道工業会社と鹿島組の責任者は残っていたが、配下の坑夫や作業員たちの大半は、他の工事現場へ散りはじめていた。熱海、来宮、函南、三島の各駅の新設、または改修工事に従事する者たちが仕事をしているだけで、熱海口と三島口の宿舎は閑散とし、その一部の取りこわし作業もおこなわれていた。

鉄道省の幹部たちも試乗車に乗り、列車の速度も少しずつはやくなった。駅の工事も進み、十二月一日の開業も予定通り可能となった。試運転は十一月に入ってもつづけられ、線路状況、電化設備が万全であることが確認された。

開業にそなえて、鉄道省では、その準備に多忙をきわめた。

丹那トンネルの開通によって、東海道線は国府津から小田原、熱海、三島の各駅をへて沼津に至る新しい路線となる。そして、国府津から御殿場を迂回して沼津におりる路線は、御殿場線と名づけられた支線に代わる。そのため、第一号列車が丹那トンネルをくぐる十二月一日午前零時を期して、東海道線の時刻表が全面的に改正されることになり、その作業に鉄道省は、徹夜で取り組んでいた。

第一号列車は、十一月三十日午後十時東京発の神戸行き二・三等急行十九号列車と決定した。このことが発表されると、乗車希望者の問い合わせが各駅や鉄道省に殺到した。そして、二十七日朝から売り出された切符はたちまち売り切れ、そのため鉄道省は車輌を増結することにし、十五輛編成という前例のない長い列車が予定された。

丹那トンネル開通によって東海道線の駅になる小田原、熱海、三島などの町々では、開業日に盛大な祝賀式をもよおす計画が立てられ、その準備で町々は沸き返っていた。熱海では、芸者たちが「丹那音頭」の踊りの練習をつづけていた。

多くの犠牲者を出し、外国にもつたえられるほどの難工事の末に完成した丹那トンネルだけに、報道陣は、第一号列車がトンネルを通過する折りのことを大々的に報道するため取材班を編成した。新聞社は、民間の写真家も動員し、また、大判の号外の発行も予定した。

日本放送協会では、第一号列車の丹那トンネル通過の状況を中継放送するという前例のない企画を立てた。トンネルの熱海口、三島口の坑門の近くにそれぞれ受信所をもうけ、列車内にマイクを手にしたアナウンサーの声と通過音をとらえようというものであった。そして、試運転の列車で試みたが、列車が奥に進むにつれて受信できなくなり、失敗した。

協会内部で種々検討した末、陸軍大演習の折りに中継放送に使用した放送自動車による以外にないということになり、機関車のすぐ後ろに連結が予定されている荷物車に乗せることが決定した。ただちに自動車を熱海までおもむかせ、試運転の荷物車にのせて試験をしてみると成功し、鉄道省に車をのせる許可を得た。

さらに、別の班を三島駅に待機させ、第一号列車の通過を実況放送することもきめた。それにつづいて、当日、三島町でもよおされる祝賀会場にマイクを入れ、熱海建設事務所長高井信一をはじめ有馬宏、石川九五、前田恭助、塚本季治郎の工事関係者の談話をとることも予定された。

第一号列車の機関手の選定が、鉄道省内で慎重に検討され、東京機関庫運転手指導員である三十六歳の殿岡豊寿がえらばれ、助手に中山貞雄が指名された。殿岡は東京鉄道局屈指の機関手で、それは昭和六年以来お召列車を二十一回も運転していることでもあきらかだった。

お召列車の運転は名誉ではあったが、恐ろしがられてもいた。明治四十四年十一月、陸軍大演習の天覧を終えた天皇が、門司（もじ）駅に列車に乗るため到着した。お召列車を車庫から出す時、御料車にかぶせてあったシートの紐が転轍器（てんてつき）にまきついて、御料車の後部車輪が脱線した。すぐに復旧したが、恐縮した鉄道院総裁の原敬は辞表を出し、現場の者たちの責任を一切不問とした。しかし、門司駅構内主任清水正次郎は、責任を感じて自殺した。

この後、お召列車の事故はなかったが、機関手は、その前例もあって極度に緊張した。お召列車を運転する前日には、明治神宮に参拝して大任を無事に果たせるよう祈願し、斎戒沐浴（もくよく）をして当日を迎える。

お召列車は、原則として一秒の差もなく目的の駅に到着することが義務づけられていた。到着駅のホームには、陛下の下車口に朱色の細長い絨緞（じゅうたん）が敷かれていて、少しの狂いもなく下車口をそこにとめるよう列車を停車させねばならず、殿岡は、それを確実に果たしていた。

お召列車の運転命令が言い渡されると、殿岡は、信号の位置をはじめ路線状態を十分に研究し、到着駅の列車停車位置を確認する。時には、到着ホームで軍楽隊の演奏があり、その終了と同時に停車させるようにという要請まであった。

お召列車の動揺は最小限にすることが義務づけられていたが、かれは、一般の列車の運転でも、発着時に少しの揺れも起さぬことで定評があった。いつ発車したか停車したかわからぬほどで、それはかれの研究熱心と勘の鋭さによるものであった。コップに水をみたし、それが一滴もこぼれぬよう静かに列車を停止させる。連結器も音を立てずつなげる神技に近いものを持ち合わせていた。

こうした技倆を買われて、かれは、丹那トンネルの試運転に参加し、四十回以上も機関車を運転していた。初めの頃は、トンネル内の地盤がやわらかく、かれはそれに適した速度で列車を走らせた。そのうちに地盤も徐々にかたまってきたので、速度をあげて走ることも可能になった。このような豊かな経験をもつかれは、第一号列車の機関手として最も適していた。

十一月三十日午前十時半、開業を目前に丹那トンネル熱海口坑門近くで厳粛な式がいとなまれた。トンネル工事で殉職した六十七名の霊を慰めるための記念碑の除幕式で、高井所長以下工事関係者が参列し、深く頭を垂れた。

夜に入り、東京駅では、早くから第一号列車に乗る客が待合室や改札口に集まっていた。

やがて八番線ホームに第一号列車が入り、所定の位置で停止した。ＥＦ五三型電気機関車には殿岡機関手と中山助手が乗り、東京鉄道局武井運転課長、新橋運転事務所音羽運転主任も同乗していた。

列車編成は、機関車の後ろに荷物車、二等寝台車二輛、二等車、食堂車、二等車、三等車七輛、三等寝台車、二等寝台車の十五輛であった。

九時四十分に改札がはじめられ、乗客は五列に並んで整然とホームに入り、それぞれの車輛に乗りこんだ。乗客は千二百余名であった。

午後十時、駅長の合図でベルがホームに鳴りひびき、機関車の警笛とともに列車が動き出した。

列車は速度をあげて進み、大船駅に二十秒間停車し、次の停車駅である沼津駅にむかって走った。夜空は雲におおわれ、車窓には濃い闇がひろがっていた。前便の列車は御殿場まわりで、これまで東海道線の列車が必ずとまった国府津駅を第一号列車は新しい改正ダイヤにしたがって通過した。が、駅のホームには、祝と印された赤提灯を持つ者たちが集まり、提灯をふっていた。

前方にイルミネーションとおびただしい提灯がみえてきた。それは小田原駅で、列車は、万歳の声があがる中を通過、幔幕(まんまく)や提灯で飾られた早川、根府川、真鶴、湯河原駅をすぎた。

熱海駅に近づくと、花火が夜空を彩り、駅の周辺にむらがる町民たちが一斉に提灯をあげて万歳を叫ぶ。乗客たちは車窓に顔を寄せて、波のように揺れる提灯の光がすぎるのを見つめていた。通過時刻は予定通り午前零時ちょうどであった。

専務車掌が、

「これより丹那トンネルに入ります」

と、通路を小走りに歩きながら乗客たちに告げた。

乗客たちの間にどよめきが起り、東京駅で乗車する折りに新聞社から渡された日の丸の小旗を手にした。

列車は疾走し、零時三分三十秒来宮信号所を通過した。

トンネルの坑口がせまったが、そこには数十個の提灯が上下にゆれていた。それは、熱海建設事務所の高井所長以下の所員と残っている作業員たちで、かれらは、万歳と叫ぼうとしていたが、嗚咽するばかりで声を発する者はなく、ただ提灯を上下しているだけであった。

列車は、零時四分、警笛を鳴らして丹那トンネル熱海口の中に入った。と同時に、乗客は総立ちになり、小旗を手に万歳を叫び出した。トンネルの側壁には照明燈がつらなり、信号機の青い光がかすめすぎる。車内には歓声があふれ、肩を抱き合う者もいた。

そのうちに、乗客の中から、長いトンネルだ、という声が起りはじめた。列車はかなりの速度で走っているが、トンネルはつづいている。機関車に同乗していた音羽運転主任が、ストップウォッチを手にし、三島口に出た瞬間、針をとめ、トンネル通過時間が九分二秒であることを確認した。

　三島口の線路ぎわにも、十数名の工事関係者が提灯とカンテラを上下させていた。かれらは、過ぎ去る列車の赤い尾燈を見つめていたが、声を出す者はなく、肩を波打たせて涙を流していた。かれらは、尾燈が遠ざかって消えてもその場に身じろぎもせず立っていた。

　函南駅も祝いの提灯で飾られ、三島駅ではイルミネーションが輝いていた。

　列車は、速度をゆるめ、定刻の零時二十八分に沼津駅のホームに入り、静かに停車した。ホームには、小山田沼津市長をはじめ市の有力者たちが正装して立ち、青年団員、在郷軍人とともに歓声をあげた。乗客たちは、車窓をあけて小旗をふり、それにこたえた。

　武井東鉄局運輸課長が機関車から降り、駅長室に行って村松東鉄局工務課長と握手した。そして、詰めかけていた新聞記者の質問にこたえ、

「これまで十分に試運転を繰り返していたので地盤もかためられ、トンネル中央では時速五十五キロを出したが揺れはなく、満足している」

　と、述べた。

　また、村松も、万事よろしい、と力強く言った。

　電化されているのは東京、沼津間であったので、電気機関車ははずされ、蒸気機関車がとりつけられた。

殿岡機関手と中山助手は、電気機関車を操車場に移動させ、蒸気機関車には他の機関手と助手が乗った。

発車ベルがひびき、零時三十四分、列車が動き出した。ホームには蒸気機関車から吐かれる黒煙がひろがり、列車は遠ざかっていった。

第一号列車につづいて、午後十時三十分東京発鳥羽行き、十一時二十分大阪行き、十一時四十分大阪行きが丹那トンネルをへて西進した。

殿岡と中山は、駅長室に入り、武井と村松から大任を果たした労をねぎらう言葉をうけた。町長たちが深夜の道を去った後も、ホームには提灯がつらなっていた。

東海道線の新駅となった町村では、その日、祝賀式がもよおされたが、最も盛大であったのは三島町であった。幹線鉄道とは無縁であった旧宿場の三島町は、駅の設置によって飛躍的な発展が約束されていた。

午前十時十八分、第一招待列車が東京駅から三島駅につき、つづいて十一時、十一時十分に第二、第三の招待列車が到着して、各界名士が駅に近い緒明邸前にもうけられた式場に入った。駅前には、祝開通と記された大アーチが飾られ、天幕のはられた式場にはテーブルが幾列も長々と並び、席についた招待客は三千八百名にものぼった。

花火があげられたのを合図に、祝賀式典が開始された。熱海口詰所主任技師有馬宏の開会の辞につづいて一同起立し、国歌を斉唱した。

鉄道大臣内田信也は国会開催中で出席できぬため喜安次官が代理として祝辞を述べ、高井熱海建設事務所長、池田東鉄局長、静岡、神奈川両県知事らの式辞がつづき、三島口詰所主任石川九五技師の閉会の辞によって式典を終えた。町では、三千名の小学校児童が旗行列をし、山車、花自動車が家並みの間を縫って進んだ。

熱海町でも、熱海小学校校庭で祝賀会がもよおされた。校庭には天幕が張られ、万国旗、テープ、造花で飾り立てられていた。

午後二時五分、三島町での祝賀式を終えた喜安鉄道次官ら来賓一行が、熱海駅に到着して会場に入り、二時三十分から式典がひらかれた。上空には新聞社の飛行機が飛来し、祝いの言葉を記したメッセージを町に撒き、花火の音がとどろいた。

式典終了後、祝賀会に移り、芸妓連の余興のもとに杯を交わした。町には二千三百余名の小学生が小旗を手に万歳を唱えながら歩き、十数台の山車も繰り出した。

その間にも、駅には列車の発着がつづき、超特急「つばめ」が高速で通過したりした。丹那トンネルの開通によって鉄道路線の距離は短くなり、さらに御殿場線の勾配をのぼる必要もなくなったので、東京、沼津間の時間は短縮していた。

函南村でも、駅の新設を祝う式がおこなわれた。

村が酪農を主としたものに代わったことをしめすため、駅前に竹で組み紙を貼った高さ六メートル、長さ一〇メートルのホルスタイン種乳牛の模型を飾りつけた。

駅の近くでは村の青年団員たちが仮装行列をし、相撲大会ももよおされた。村は祝賀気分にあふれ、人々は正装して駅前にむらがり、停車する普通列車や通過する急行列車に好奇の眼をむけていた。かれらの顔には、蓆旗を押し立てて建設事務所を取りかこんだ頃の険しい表情は消え、駅の開設を喜ぶおだやかな表情がうかんでいた。

寒気が増し、遠い峯々に雪の輝きがみえるようになっていた。

十五

昭和十一年二月二十六日、陸軍の青年将校に指揮された下士官、兵約千四百名が蜂起し、二・二六事件が起った。内大臣斎藤実（まこと）、大蔵大臣高橋是清（これきよ）、教育総監渡辺錠太郎が暗殺され、叛乱は三日後に鎮圧された。この事件を境にして、政治は軍部の意のままになるようになった。

ヨーロッパでは、ナチス党が第一党となったドイツがイタリアと結び、軍備拡張につとめ、国際情勢は険悪化していた。日本は、国際連盟を脱退したドイツと防共協定をむすび、やがてイタリアもこれに加わって三国同盟が成った。

大陸での緊張も増し、昭和十二年七月には北京郊外の蘆溝橋（ろこうきょう）で日本軍と中国軍との間で衝突が起り、中国との全面戦争になった。戦火は急速に拡大し、長期戦の様相を深めた。

　ドイツのナチス党首ヒトラー総統の動きは活潑で、昭和十四年九月にポーランド進攻の軍を起し、イギリス、フランスはドイツに宣戦を布告、第二次世界大戦が勃発した。日本は、欧州戦争に介入せず中国との戦争解決に専念する、と声明したが、翌十五年九月には、ドイツ、イタリアと三国軍事同盟をむすび、英仏と対立した。

　中国大陸での戦域がひろがるにつれ、東海道、山陽線の兵員、軍需物資の輸送量が増し、大陸への連絡も密になった。

　これらの問題を解決しなければならぬという声が昭和十三年末ごろから起り、鉄道省建設局では超高速で走る弾丸列車計画を立案した。その内容は、東京、大阪間を四時間三十分、東京、下関間を九時間五十分で走る時速二〇〇キロの画期的な高速列車の運行計画であった。

　東海道線が全通した明治二十二年の東京、大阪間の平均速度は三〇・一キロで、徐々に速度が増し、丹那トンネルの開通によって六九・六キロまで増速していた。昭和年代に入ってからは、優秀な蒸気機関車の出現で昭和四年九月、特急列車が登場して列車に愛称をつけることになり、一般からその名を募集した。

　一位は「富士」で、「燕（つばめ）」「桜」「旭」「隼（はやぶさ）」「鳩」「大和」「鷗（かもめ）」がそれにつづいた。鉄道省では第一位と第三位の名称を採用し、一、二等専用特急列車に「富士」、三等専用特急に「桜」と名づけ、後部に大きな平仮名の標識をつけた。これが列車に愛称をつけた最初で、東京、神戸間を十一時間ほどで走った。

さらに、運輸局運転課長結城弘毅の提唱で超特急列車の運行が企画された。最高速度九五キロという高速列車で、電気機関車と交替する時間を惜しみ全線蒸気機関車とし、機関車はC51型が採用された。

この列車は「燕」と名づけられ、昭和五年十月から運転を開始し、東京、大阪間を八時間二十分で疾走した。

「燕」は、鉄道技術陣の水準の高さをしめしたものであったが、その運行が実現するまでには反対する声も高かった。そのような高速で走るのは事故の発生につながり危険だという。しかし、結城は、運輸局長久保田敬一の賛同を得て機関車の選定、空気ブレーキの採用などをきめ、試運転の結果、なんの不安もないことを確認し、運行に漕ぎつけたのである。

「燕」の出現は世人に大きな驚きをあたえたが、その倍以上の速度で走る弾丸列車計画は夢に近いものとして疑念をいだかせた。しかし、鉄道省建設局でつくられた計画案は、十分に検討されるべきものとして、昭和十四年七月十六日、鉄道大臣前田米蔵が、鉄道幹線調査委員会という諮問機関をもうけた。関係官庁代表と学識経験者が委員となり、諮問にこたえて会合をかさね、十一月六日に実現に努力すべきである、と回答した。

建設局の原案では、線路の幅を広軌とするか狭軌とするか、二案あった。が、委員会の回答では、幅一・四三五メートルの広軌が採用され、狭軌は不当という結論が下されていた。

また、この弾丸列車が、そのまま朝鮮、満洲をへてシベリア鉄道からドイツまで連絡できるようにすべきだという指摘もあり、そのためにも、大陸や欧州で使用されている広軌線路を走る列車が必要とされていた。

翌十五年一月に鉄道会議で原案が決定し、七月の第七十五帝国議会に上程され、昭和十五年から二十九年完成までの継続工事として可決された。

この間、昭和十四年六月に設立された建設基準委員会では、具体的な検討を進めていた。調査委員会には海軍の山本五十六（いそろく）大将、陸軍の阿南惟幾（あなみこれちか）大将も出席し、陸軍側は、電化した場合、将来、空襲で電化設備が破壊され、それによって交通が杜絶することを恐れ、蒸気機関車を使用するよう主張し、これがいれられた。

しかし、新たに掘削が予定される新丹那トンネルは長く、蒸気機関車ではトンネル内に煙が充満するので、東京、静岡間は電化して電気機関車を走らせることになり、陸軍省側も諒承した。

建設基準委員会では、調査委員会の意向をうけて、停車駅を東京、静岡、浜松、名古屋、京都、大阪、神戸、岡山、広島、下関とし、それにつぐ駅として横浜、姫路を選んだ。また、全線を複線とし、道路と立体交叉にして踏切を一切もうけないこと、東京、下関間を九時間以内、東京、大阪間を四時間以内とすることが決定し、測量調査に手をつけた。

大陸への連絡路としては、さしあたり下関と朝鮮の釜山間に列車をのせる連絡船を就航させるが、将来、海底トンネルを掘って直接、朝鮮の線路とむすびつける構想が立てられていた。

最高時速二〇〇キロという速度は、世界水準をはるかに越えるもので、ドイツとアメリカに高速列車があったが、いずれも一三〇キロであった。日本の鉄道技術は、それを可能にさせる域に達していて、昭和十五年に入ると本格的な調査に着手した。工事予算は五億五千六百万円が計上された。

広軌線路による高速の電車を走らせようという計画は、すでに明治四十年にも立てられていた。財界人の安田善次郎が、鉄道界の笠井愛次郎、立川勇次郎、藤岡市助とともに資本金一億円の日本電気鉄道会社の設立を発表した。

設立趣旨によると、東京の渋谷を起点に松田（神奈川県）、静岡、名古屋、亀山をへて大阪の野田まで広軌の線路を敷設する。電車は、客車三または四輛で、各車輛に二〇〇馬力のモーター二個をつけ、空気ブレーキを装着し、各客車の定員を八十名から百名とする。速度は、停車時間もふくめて一時間平均五〇マイル（八〇・五キロ弱）で、東京、大阪間を六時間で走破するという内容であった。

この設立申請は、私鉄が国の幹線鉄道に関与するのは好ましくないという理由で却下され、その後も大正、昭和にかけて申請がつづけられたが、いずれも無視された。

弾丸列車計画の実現を目ざして、鉄道省では、活潑な動きをしめした。空中測量用飛行機として立川飛行機会社製のＫＳ型三機を使用して測量をし、さらに新鋭機国鉄ＴＳ六号機を試作してこれに加えた。地形測量も進んで、昭和十五年末には地形図が完成、用地の買収にも着手した。

レールの問題については、継ぎ目なしのものを使用することが決定した。それまで使われていたレールは、季節の寒暖で伸縮することから二五メートルごとに継ぎ目があったが、アメリカでは一、三五〇メートルの継ぎ目なしレールが使用されていたので、高速列車にはそのようなレールが望ましかった。

そのため、鉄道省では、昭和十五年十一月に東京の品鶴線で二〇〇メートルの継ぎ目なしレールを敷設し、実地試験をおこなった。成績は良好で、一、〇〇〇メートルの継ぎ目なしレールを使用しても安全だという確信を得た。

東海道線は東京、下関間が一、一〇〇キロメートルだが、確定した弾丸列車の路線は九八〇キロメートルで、一一パーセント短縮されていた。

東京を起点に、菊名、新横浜、小田原、熱海、三島、静岡、浜松、京都、大阪をへて、山陽線に沿って下関へ達する。機関車は、若い島秀雄らが設計にあたり、蒸気機関車八種、電気機関車三種が発表された。蒸気機関車ＨＣ51型は三気筒、動輪直径二、三〇〇ミリ、流線型で、アメリカの最新式蒸気機関車よりも高性能であった。

弾丸列車の始発駅についてはさまざまな案が出され、容易にまとまらなかった。常識的には東京駅だが、市ケ谷、四谷、中野、高円寺、新宿、目黒、渋谷、高田馬場の案が出された。高円寺が候補の一つになったのは、関東大震災後、東京の人口が徐々に西に移動している傾向があり、今後、地震があって東京が災害をうけても、高円寺附近は被害が少く、弾丸列車線も壊滅をまぬがれるだろうと考えたのである。

これらの案が検討され、東京駅、市ヶ谷、中野案が最終的に残され、結局、東京駅を始発駅とすることに決定した。

路線に予定された用地の買収も進み、二〇パーセントに相当する約百万坪が確保され、昭和十五年九月四日から工事に着手することになり、東京、熱海、岐阜、大阪、岡山、山口にそれぞれ工事事務所をもうけることが決定し、受け持ち区域も定められた。当時は戦時下にあって軍需品生産が優先され、国の土木事業は一切中止されていたが、弾丸列車は国策にそうものとして建設に必要な鉄鋼、銅、セメント、木材の四つの重要資材がすべて確保されていた。

路線の中には、むろんトンネルも予定されていて、熱海、三島間には新丹那トンネルの掘削が決定していた。

トンネル工事開始に先だって、熱海工事事務所では測量、地質調査をおこない、昭和十五年十月二十一日からは断層関係の地質調査も開始された。

鉄道省の渡辺貫技師が、帝国大学地震研究所の那須、高橋両理学博士とともに、まず十国峠の航空灯台附近で実施した。地下三メートルの土中に四五キロの爆薬を埋め、電気スウィッチで爆発させる。その人工地震によって生ずる弾性波を、三キロはなれた三地点の測定器でとらえ、断層を発見する方法であった。その後、湯河原、函南、三島でもそれぞれ実施された。

新丹那トンネルは、東海道線の丹那トンネルと五〇メートルへだたった位置を平行して掘削することになっていた。ただし、丹那トンネル工事は大湧水になやまされたので、地下水の流れる所より五メートル上方に掘ることに決定していた。トンネル内に水が噴き出した場合、丹那トンネルの水抜坑への水路を掘り、水を落とすという絶妙な方法をとることになっていた。

鉄道省の工事計画者は、新丹那トンネルの工事は容易だ、と予想していた。丹那トンネルの掘削によって、全線の地質はすべてあきらかになっており、平行して進む新丹那トンネルの工事では、その記録を参考に掘り進めばよい。しかも、丹那トンネルの上方を通る新丹那トンネルの湧水量は、わずかなはずであった。

丹那トンネルの工事は、鉄道院と鉄道省が設計、指導にあたり、鉄道工業会社と鹿島組が請け負ったが、新丹那トンネルも、熱海口からの掘削は株式会社間組、函南口からは鹿島建設株式会社がそれぞれおこなうことになった。

新丹那トンネルの長さは、七、九五八・六メートルで、間組は熱海口から三、五八二・三メートル、鹿島建設は函南口から四、三七六・三メートル掘削することが予定されていた。トンネルの広さは複線型で、しかも広軌であるので丹那トンネルに比較して二六パーセント広かった。

十六年の歳月を費やした丹那トンネルの工事は、さまざまな新しい工法をうみ、日本のトンネル掘削技術は飛躍的に向上していた。その技術を生かして取り組む新丹那トンネルの工事について、不安をいだく要素はなかった。

昭和十六年八月、新丹那トンネルと静岡市に近い日本坂トンネルの工事が開始された。新丹那トンネルの熱海、函南両口に坑門がもうけられ、それぞれ導坑の掘削に入り工事は順調に進んだ。

その頃、鉄道の輸送状況に戦争の影響が濃くみられるようになっていた。戦時経済統制によって重油、ガソリンの使用が制限されたため貨物の自動車輸送は困難になり、また船舶も軍に徴用されて、これら自動車、船で輸送されていた貨物が鉄道に集中するようになっていた。このため昭和十一年にくらべて十六年には貨物輸送量が五八パーセント増となり、軍用貨物は十八・九倍にも達していた。

その年の十二月八日、日本は、米英蘭三国に宣戦を布告、太平洋を中心に戦争が開始された。これによって、鉄道の軍需工業物資の輸送はさらに増し、貨物輸送が優先され、旅客輸送は従になった。すでにその年の七月十六日には、輸送効率のひくい三等寝台車、食堂車のほとんどが廃止され、二倍近くにふくれあがった旅客をこなすため三等車に切りかえた。

翌十七年五月、ミッドウェイ海戦の敗北で、戦局は悪化した。多くの船舶が失われ、重要な石炭を船で運ぶことが困難になった。そのため、十月六日、戦時陸運非常体制が閣議で決定し、鉄道の石炭輸送をさらに強化し、旅客輸送は制限された。この決定によって、十一月一日には特別急行「富士」が東京、下関間を日に二往復していたのを、東京、長崎間一往復とし、「桜」は普通急行に格下げされ、対照的に貨物列車は大幅に増した。

昭和十八年に入ると、この傾向はさらにいちじるしくなった。二月十五日に時刻表改正がおこなわれ、昭和十二年七月に四番目の特急として東京、神戸間を走っていた「鷗」が廃止され、「富士」も東京、博多間に、東京、鹿児島間を走っていた二本の普通急行も熊本までと、それぞれ短縮された。

その間、新丹那トンネルの工事は、熱海、函南両口から導坑の掘削が進められていた。米軍の反攻は本格化し、二月に日本軍はガダルカナル島から撤退し、欧州戦線でもソ連領に侵攻したドイツ軍がスターリングラードで惨敗していた。戦局は一層悪化し、日本軍は太平洋戦域で大きく後退した。

弾丸列車計画は、時代に合わぬものになっていた。新丹那トンネルの工事現場では、確保されていた工事資材も他に転用され、工事に従事する者たちも出征その他で激減していた。

鉄道省は、この年の八月、戦争遂行に全力をかたむけねばならぬことを理由に工事打ち切りを決定した。

新丹那トンネルは、熱海口を請け負った間組によって導坑が六四七メートル、函南口の鹿島建設の手で一、四三三メートルの計二、〇八〇メートルが掘削され、導坑を掘りひろげた部分も計四二三メートルになっていた。工事は予想通り湧水になやまされることもなく順調に進められ、丹那盆地での渇水もみられなかった。

アッツ島の玉砕、イタリアの降伏がつづき、戦争の前途は暗いものになった。十月一日には、超特急「燕」が廃止され、翌十九年四月一日には一等車、寝台車、食堂車がすべて姿を消した。

経済統制、疎開、買い出しのため旅客数は十一年の二・五倍になっていたが、列車数が減少していたので、満員の状態であった。また、石炭の質が低下して、上り勾配の途中、信号で停車した列車がそのまま動かなくなる場合も多かった。また、新たに作られた機関車Ｄ52型は材料、工作ともに不良で、三分の一がたちまち故障する始末だった。

十月には、最後の特急「富士」も廃止され、翌月から京浜地区への空襲がはじまり、それは翌二十年一月から激化した。

三月二十日には、東京、博多間の二列車をのぞいて急行列車が全廃になり、一般の旅行はやめるよう通達があった。緊急の旅行をする者には、警察、官公庁発行の旅行証明書が出され、それを手に早朝から各駅で乗車券を入手するための長い人の列ができた。が、駅での乗車券発行枚数は制限されていたので、手にできぬ者が多かった。

五月にはドイツが無条件降伏し、六月には沖縄の日本軍守備隊が全滅した。日本の都市は空襲でほとんど焦土と化したが、その中を列車は走りつづけた。

八月十五日、日本政府はポツダム宣言をうけいれ、戦争は終わった。鉄道の被害は、車輛、停車場にかぎられ、橋梁は破壊されていなかったので、運転は休むことなくつづけられていた。

九月に連合国軍が進駐してきた。

連合国軍は、日本の鉄道を鉄道輸送司令部の管轄（かんかつ）下におき、進駐軍の輸送を絶対的に優先する徹底した施策をとった。一、二等寝台車、食堂車、二等車はすべて進駐軍用として短期間での補修、改造を命じられ、お召列車の御料車も司令官用とされた。

進駐軍専用の急行列車のダイヤが組まれ、東京から京都、大阪、門司、博多まで、週一回または毎日運転され、さらに横浜から札幌へ〝ヤンキー特急〟、東京、佐世保間に〝ディキシー特急〟と称された特別列車が走った。車輛総数四九三輛で、他に五一三輛がいつでも使用できるよう待機させられていた。

これらの進駐軍用特別列車の客車の窓下には白い帯状の線が描かれ、その運行のために一般列車は途中でしばしば停車させられた。また、貨車も進駐軍用の生鮮食糧輸送を主として、冷蔵車が連結され、さらに東京その他の電車区も、白線を入れた進駐軍専用車が走った。

この総司令部の鉄道政策で、一般の列車運行はいちじるしい支障をうけた。それに拍車をかけたのが石炭不足で、年産は五分の一以下になっていて質も低下し、昭和二十一年末には、旅客列車は戦時にくらべて二分の一、貨物列車も三〇パーセント減少していた。

切符の発売制限はつづけられていたが、食糧その他の買い出しや復員軍人、引き揚げ者、疎開者の移動などで、大きな荷物をたずさえた者が定員の四倍も乗り、地獄に似た情景であった。連結器や屋根にまで乗り、走行中に落ちて死亡する事故がつづいた。また、人心も荒廃し、座席のシートや吊り革を切り取って持ち去る者も多く、窓ガラスが割れ、そこに板が張られた。

すさまじいインフレーションは、鉄道経営に重くのしかかっていた。昭和二十三年の物価指数は、終戦時からわずか三年で四十七倍にも上昇していて、運賃引き上げにも限度があったのでいちじるしい欠損がつづいていた。このため、総司令部の意向によって鉄道は運輸省からはなれ、昭和二十四年六月一日、公共企業体の日本国有鉄道（国鉄）となった。この頃から石炭事情も一応安定し、進駐軍の鉄道政策も緩和され、鉄道の復旧も本格化した。

その年の九月十五日、戦後初の特急「へいわ」が運転を開始、翌年一月一日に「へいわ」は「つばめ」と改称され、五月十一日からは特急「はと」も運転をはじめた。

昭和二十七年四月、連合国との平和条約が発効して総司令部も廃され、国鉄は鉄道の充実に活潑な動きをしめした。特急列車がぞくぞくとうまれ、三等寝台車も復活し、三十一年十一月には東京、大阪間が全線電化された。

その頃、四代目国鉄総裁に就任していた十河信二は、斜陽化すると予想される鉄道だが、最新の技術を導入すれば有力な交通機関になり得るという強い信念をいだき、その準備に着手していた。

東海道線の乗客は、日本の経済発展にともなって増加の一途をたどり、その輸送能力は限界に達していた。沿線の人口は全国の四〇パーセント、工業生産も六〇パーセントで、乗客、貨物の輸送量は激増していた。

世界的な風潮として、鉄道の時代はすでに去り、航空機と自動車の利用度が増すとされていた。日本でも、航空機の路線と使用機数が年を追うごとに増し、高速道路も急速に発達することはあきらかだった。

しかし、十河は、狭い日本の国土では、鉄道に革命的な改良をほどこせば航空機、自動車に十分対抗できる、と確信していた。その方法は、今までの狭軌の線路によらず広軌を採用した長距離超高速電車を走らせることで、これによって輸送増強も十分可能だ、と考えていた。かれの念頭には、戦時中に計画され工事を中断していた弾丸列車計画があった。

このような発想は、かれの豊かな鉄道についての知識と深い愛着から発したものであった。

その基本となっていたのは、世界の最高水準にある日本の鉄道技術に対するゆるぎない信頼感であった。伝統的に優秀な技術者が集まっていて、基礎研究に腰を据えて取り組み、それを確実に応用面にむすびつけていた。退官後、多くの技師が請われて大学教授となっているのも、研究の質の高さをしめすものであった。

終戦後、国鉄技術陣に新たな技師たちが加わり、一層充実したものになった。引き揚げてきた満鉄その他に属していた鉄道の技師をうけ入れ、また、敗戦によって仕事もなく過ごしていた旧陸、海軍の技術者を積極的に採用したのである。殊に航空機関係の技師が多く、それは、将来、高速列車の実現に大きな力になると考えたからであった。

鉄道技術研究所車輛運動研究室長の松平精は、戦時中に海軍航空技術廠で飛行機部振動関係の代表的な技師であった。昭和十五年三月、試作された「十二試艦上戦闘機（零式戦闘機）」第二号機が、追浜飛行場で試験飛行中、突然、空中分解し、テストパイロットが殉職する事故が起った。この事故原因について、松平は、模型をつかって風洞試験を繰り返し、原因をあきらかにした。これによって、「零式戦闘機」は制式機として採用されたのである。墜落にもむすびつく飛行機の振動についての研究を、そのまま鉄道車輛にも応用していた。

車輛構造研究室長の三木忠直も海軍航空技術廠に属し、技術士官として新しい軍用機を開発する第三班の班長であった。かれは、松平と同じ東京帝国大学工学部船舶工学科を卒え海軍に入り、陸上爆撃機「銀河」を設計主務者としてうみ出した。それは、一式陸攻に代わる機で、水平爆撃、魚雷攻撃、急降下爆撃を一機でまかない、しかも高速であるという名機であった。その後、戦局の悪化で特攻機「桜花」の設計にもあたったが、これは、かれにとって不本意な仕事であり、戦後も悩んでキリスト教に帰依したりしたが、国鉄の招きで車輛設計に専念していたのである。

このような国鉄技術陣の質の高さを評価していた十河は、経営感覚にもすぐれた才をそなえていた人物であった。経理局会計課時代、旧丹那、清水トンネル工事に深い理解をしめして工事資金の捻出につとめ、工事に必要な輸入機械の購入にも積極的に取り組んだ。

かれは、狭軌線路の日本の鉄道は、利点も多いが限界に達し、高速列車には広軌線路が絶対に必要だ、と考えていた。その信念は、満鉄理事時代に、広軌線路を走る「あじあ号」の高速と乗り心地の快適さを知っていたからでもあった。

かれは、総裁に就任して間もなく、自分の夢を実現させる第一歩として、国鉄を退職し住友金属工業株式会社の技術顧問をしていた島秀雄に国鉄へもどるよう強く説得し、住友金属に働きかけ、復帰させることに成功した。島の父安次郎は、弾丸列車計画委員長であった車輛工作技術界の第一人者で、島もそれをつぐ秀れた技師であった。

東海道線の輸送力は限界を越え、列車は超満員で、急行券、指定席券の入手は困難になっていてダフ屋が横行する状態だった。さらにこのままの施設では、今後、ますます増加が予想される輸送量に応じきれなくなることはあきらかだった。

このため、十河は、国鉄内に東海道線増強調査会をもうけ、技師長の島を会長に任じ、この問題について研究調査することを命じた。

東海道線の輸送状態について調査がおこなわれたが、現状では客車、貨車ともにサービスを無視し、ただ人と物を運ぶだけであり、十年後には、乗客が四〇パーセント、貨物三二パーセントがそれぞれ増加し、現在の輸送力では完全に破綻するという結論に達した。

この打開策としては、線路の新設または増設以外に考えられなかった。

その間、島技師長は、十河総裁、篠原武司鉄道研究所長との協調のもとに高速列車の研究を推しすすめていた。それぞれの分野の技師が討議を繰り返し、戦時中、三菱重工業名古屋航空機製作所で陸上攻撃機の製作にあたった疋田徹郎、「零式戦闘機」の設計に従事した曾根嘉年らも研究メンバーに加わっていた。

昭和三十二年五月、銀座の山葉ホールでもよおされた鉄道技術研究所創立五十周年記念講演会で、各部門の研究室長である三木忠直、松平精、星野陽一、河辺一が研究成果を発表した。平均時速一五〇キロ、最高時速二五〇キロメートルの高速電車を実現させることは十分に可能だという内容であった。

この講演を裏づける電車の試運転が、四カ月後におこなわれた。

三木室長は、狭軌線路上でも車輛を改善すれば電車が時速一五〇キロを出すことはできる、と述べていた。電車の速度向上を願っていた小田急電鉄株式会社は、これに注目し、三木に設計を依頼して「スーパーエクスプレス号」と名づけられた試作車を完成した。

最高速度の実地試験をおこなおうとしたが、小田急の線路には直線の線路がなく、国鉄に線路の使用を申込み、国鉄側は快諾した。

実験路線は大船、沼津間がえらばれ、終電車の通過した深夜、試運転がおこなわれた。その結果、特急「つばめ」の最高時速を六〇キロも越えた一四五キロメートルを記録し、これは狭軌線路による世界最高記録であった。

東海道線増強調査会では、輸送問題の解決策として線路の新・増設をどのようにするかについて検討した。さまざまな意見が出され、現在の狭軌のかたわらに複線の狭軌線路を敷設し、複々線とすること、新たに狭軌の路線をもうけること、広軌の線路を新設することの三案にしぼられた。

それぞれの案を主張する者の間で激しい論議が交わされ、容易にはまとまらなかった。最後の調査会には、十河総裁も出席し、私見を述べた。輸送力の根本的な解決は第一にスピードで、東京、大阪間を現在のように八時間で走るか、四時間で走るかは、国鉄の問題だけではなく日本経済にはかり知れないほどの影響をあたえる。スピードアップするには、狭軌では限界に来ていると考えられるので、世界先進国の動きをみても広軌を採用するのが望ましく、その方向で検討して欲しい、と結んだ。

十河は、国鉄内部の討議は尽くされたので、その実現に努力すべきだと考え、政府に強く働きかけた。運輸省はそれをいれ、東海道線とそれに関係のある主要幹線の輸送力増強と近代化をどのようにするか、という問題について、関係者の意見をきくため日本国有鉄道幹線調査会を創設し、会長に大蔵公望が就任した。これに応じて、国鉄部内に広軌による高速列車計画を推進する幹線調査室をもうけ、北海道総支配人の大石重成を室長に任じた。

日本国有鉄道調査会では、三十五名の委員の間で、狭軌による複々線案と広軌による路線新設案が激しく対立し、十河と島は、後者を主張した。

結局、広軌とすることに決定し、調査会は、昭和三十三年七月、運輸大臣永野護に東海道新幹線建設の答申を出し、承認をうけた。これによって、国鉄の幹線調査室は廃されて幹線局がもうけられ、さらに新幹線総局となって大石重成が初代局長に就任した。

路線の決定については、弾丸列車計画の路線が、一応、参考にされた。東京、大阪間では二〇パーセント近くの用地がすでに買収されていたので、この利用も考えられ、昭和三十三年八月から航空機による写真測量が実地測量と並行しておこなわれた。むろん、路線は直線が好ましく、曲線半径を二、五〇〇メートル以内として選定した。が、岐阜附近に一駅をという強い陳情があり、地元選出の政治家大野伴睦（ばんぼく）の働きかけによって羽島駅が設置されることになり、これによって全路線が決定した。東京、大阪間五一五・三五四キロであった。

東京の発着駅については、新宿駅西口、淀橋浄水場跡、市ヶ谷、皇居前広場地下、品川などの案もあったが、結局、東京駅案が採用された。

建設予算は一、七二五億円が計上され、工期は五カ年としたが、工期の決定は、最大の工事が予想される新丹那トンネルの完成にそれだけの年月を要すると考えられたからであった。

トンネルは、静岡市に近い日本坂トンネルが、弾丸列車計画によって戦時中にすでに完成していたが、その他に十一のトンネル掘削が予定されていた。最も長いのは、七、九五八メートルの新丹那トンネルで、南郷山トンネル五、一七〇メートル、音羽山トンネル五、〇六〇メートルがそれについでいた。

新幹線工事は、新丹那トンネルの掘削からはじめられることになり、昭和三十四年四月二十日午前十時、新丹那トンネル熱海口で新幹線起工式がもよおされ、十河国鉄総裁が鍬入れをおこない、大石新幹線総局長が工事の開始を宣した。

弾丸列車計画による新丹那トンネルは、熱海口が間組によって、函南口が鹿島建設請負で途中まで導坑がそれぞれ掘削されていたので、新幹線建設計画でも、両社に請け負わせて工事を再開させることになっていた。総工費三十八億七千万円、工期五十三カ月が予定された。

すでに掘られていた坑道は保守されていたが、坑道内を入念にしらべてみると、水がしみ出て天井から水滴がしたたり落ちている個所やコンクリートが剝落している部分もあった。しかし、全体的には良好な状態で保存されていたと言ってよかった。

坑内には、支保工に使う丸太や板が多量に残されていたはずだったが、すべて消えていた。戦時中の燃料不足で、一般の者が坑内に入り持ち去ったものと推定された。

日本のトンネル工法は、旧丹那トンネル工事によって技術上の基盤が成ったが、戦後、アメリカ方式が導入され、佐久間ダムの水路その他のトンネル工事で試みられ、日本の工法として消化されていた。この高度な技術が、複線型の北陸トンネル工事で大々的に活用された。

北陸トンネルは、福井県の敦賀、今庄間一三、八七〇メートルの日本最長、世界第五位の長大なトンネルで、昭和三十二年九月に起工した。

それまでのトンネル工法は、導坑を掘り、それを掘りひろげる方式であったが、北陸トンネルでは全断面掘削工法によって工事がすすめられた。

大きなドリルジャンボ機が、レールの上を切端に接近し、その台にとりつけられた二十一個の削岩機が一斉に岩盤に孔をうがつ。それを終えたドリルジャンボ機が後退すると、孔にダイナマイトが装塡され、岩盤を爆破する。ズリは、ズリ機で蓄電車に連結されたトロリーに積まれ、坑外に搬出される。

支保工も松の丸太など使わず、鋼製のもので土圧を支え、型枠にポンプで生コンクリートを詰めた。この新工法によって、一日に六、七メートルも掘り進めることができた。

新丹那トンネルでも、この工法が採用され、さらに工夫が加えられた。地質が北陸トンネルとはちがって悪いので、半断面工法を採用した。旧丹那トンネルの工事では切りひろげた坑道に初めは煉瓦、後にはコンクリートブロックがはられたが、新丹那トンネルでは、北陸トンネルと同じようにコンクリートをポンプではった。むろん、ダイナマイトの爆破は、電気発破によった。

支保工については、古いレールをアーチ状にしたものを使用したが、函南口坑道で支保工強度試験を繰り返した結果、H型鋼の方が強いことがあきらかになり、導坑を掘りひろげる折りの支保工はH型鋼にきりかえた。

工事の総指揮にあたる静岡幹線工事局長には、坂本貞雄についで杉田安衛が任じられ、トンネル工事は小川泰平についで足立貞彦が主任技師として監督にあたった。その指揮にもとづいて、熱海口の工事区長は、平山章、島田隆夫、青木礼二、野沢甲子が、函南口は青木礼二、河西三朗が、それぞれ歴任した。また、間組現場代人は奈須川丈夫技師、鹿島建設は竹村克巳技師であった。

工事はかなりの速度で進み、熱海口、函南口とも湧水は所々にうがたれた連絡水抜坑で旧丹那トンネルの水抜坑に落とされていたので、坑道に水がたまることはなかった。旧丹那トンネルを走る列車の通過音は、連絡水抜坑を通して新丹那トンネルの内部にもつたわり、連絡水抜坑には人が立っていられぬほどの風圧が起った。

目立った湧水はみられなかったが、三十六年二月には函南村の名賀にある水源が減水し、翌年一月には涸渇してしまった。さらに、奴田場、鬢ノ沢地区の井戸水もへりはじめ、三十六年九月に全戸断水状態になった。

そのため三百名の村民が、熱海の国鉄建設事務所に押しかけて抗議した。また、下丹那地区の水田約二町六反の灌漑用水も涸れた。

この原因について、通商産業省工業技術院の学術調査団が調査をし、新丹那トンネル工事と関係があるという結論を下した。

国鉄では給水施設をととのえ、函南村長、渇水対策委員長との間で協定をむすんだ。

両口とも、旧丹那トンネル工事の地質記録にしたがって、それに適した工法で掘進していったが、熱海口では、昭和三十六年六月一日、導坑が粘土層の温泉余土がはじまる位置に達したので、工事を停止した。旧丹那トンネルの工事では、その区間が、ふくれ上がる粘土と大湧水のため突破に三年半の歳月を要した難所であったので、一五〇メートルの水平ボーリングと一七〇メートルの地質調査孔による調査をおこない、二カ月後に掘進を再開した。

温泉余土区間は一九〇メートルで、湧水もなく順調に掘り進んだが、そのうちに土圧が強大になって、レール製の支保工が折れて土圧に耐えられなくなった。一四平方メートルの導坑が、一週間もたつと二分の一の狭さになるほどで、トロッコが一台辛うじて通れるような状態であった。

そのため、支保工のレールを二本かさね、さらにコンクリートをはって土圧をふせぎ、狭いままの導坑を掘り進んでようやく突破した。その後、両方向から狭い部分を掘りひろげた。

さらに、導坑をトンネルの広さまで掘りひろげる工事にかかったが、支保工のH型鋼が膨れる土圧を押さえきれず曲ってしまう。さらに大きいH型鋼を使用したかったが、アーチ状に曲げることができないので、新たに考案した熔接H型鋼を使用し、さらに土圧をふせぐ工夫をこらしてようやくこの難所の工事を終えた。

函南口の導坑でも、昭和三十七年二月一日に丹那断層の個所に接近したので、工事を中止した。

入念にボーリングの地質調査を繰り返し、途中、危険が予想されるたびに工事を中止しながら、多量のコンクリートを土中に注入するなどして進んだ。断層では、悪質な粘土層があらわれ、かなりの湧水もあって崩壊の事故が起り、この区間の突破に六カ月間を費やした。

両口の導坑は、昭和三十七年九月二十日に貫通式がおこなわれた。国鉄本社で十河総裁が合図のボタンを押すと、熱海口の導坑の切端から九〇〇メートルの位置におかれた赤ランプがともった。その瞬間、待機していた島技師長が電気発破のボタンを押し、貫通したのである。

その後、工事が進められ、三十九年一月に全工事を完了した。工期は四年四カ月で、この間、鹿島建設側十名、間組側十一名の殉職者が出たが、走ってくるトロッコと停止しているトロッコの間にはさまれるなどの事故によるものであった。この日、由比トンネル三、九五三メートルも完工し、全線のトンネル工事を終了した。

その間、島技師長を中心に鉄道技術研究所で車輌の研究、設計が鋭意進められ、三十七年四月に汽車製造、日本車輛、日立・川崎・近畿車輛製の試作車がつくられた。各種の試験がおこなわれ、六月から鴨宮（かものみや）仮基地に試作車を入れてモデル線区で試運転を開始した。

十月には招待試乗もおこなわれ、招待者たちは時速二〇〇キロであるのに震動がないことに驚嘆したが、トンネルに入ると耳がツンとすると訴えた。この現象をなくすために種々研究が繰り返され、その結果、トンネル内を通過する時に車内を完全に気密状態にする必要があることを知った。客車の上方に空気取入口があり、床下にも排気口があるので、そこに弁をとりつけ、トンネルに入ると同時に自動的にしまるようにし、これによって鼓膜が圧迫されることはなくなった。

安全を主とした方策が立てられ、自動列車制御装置（ＡＴＣ）が開発されて装備され、東京の総合司令所で全区間にわたって速度制御をする管理組織もととのえられた。各種の警報装置、異物排障器、防護柵等も備えつけられた。

地上のレール敷設は用地買収などにさまたげられながらも進み、昭和三十九年七月一日に、東西両方向からのびたレールが川崎で連結され、線路全通式がおこなわれた。

全線の試験運転が繰り返され、十月一日に開業した。

その日、午前六時、第一号列車の「ひかり」が東京駅を発車した。アイボリーと青に塗りわけられた電車は西へと疾走し、新丹那トンネルに驚異的な速度ですべりこんでいった。

あとがき

両親は静岡県の出身で、父の菩提寺も、静岡県富士市にある。

静岡新聞から連載小説の依頼をうけた私は、なにを素材とした小説を書こうか思いあぐねていたが、寺での墓参の帰途、普通電車で熱海にむかう途中、右手の沿線に立つ碑が視線をかすめ過ぎた。大正七年に起工し、十六年を費やして完工した旧丹那トンネルの殉難者の慰霊碑で、私は、ほとんど瞬間的に、このトンネル工事の経過とそれに附随した事柄を書くことをきめた。もしも、顔を左にむけていたら碑を見ず、この小説を書くこともなかったはずである。

私が、旧丹那トンネルという対象に創作意欲をいだいたのは、少年時代、両親、弟とともに、列車で初めてそのトンネルに入った時の胸のときめきを忘れられないからである。荘厳な構築物の中に身を入れているような贅沢(ぜいたく)な気分で、闇の窓外をひらめくように過ぎるトンネルの側壁の照明燈をながめていた。

また、そのトンネル工事の影響で、真上にある盆地の水が枯渇し、住民の抗議行動が起きたという新聞記事を読んだ記憶もあって、その工事を社会とのつながりのもとにとらえられる、とも思ったのである。

資料蒐集（しゅうしゅう）には、思わぬ時間を費やした。鉄道院、鉄道省から日本国有鉄道（国鉄）にひきつがれた、いわば、公けの機関の手がけたトンネル工事なので、国鉄本社に資料が集中し保管されている、と信じていた。が、予想に反して基礎資料は、諸所方々に散っていたのである。

私は、中央鉄道学園、日本交通協会、交通協力会、交通文化振興財団、交通新聞社などに足をむけることを繰り返して、資料を集めることにつとめた。これについては、国鉄ＯＢである吉村恒、周千之助両氏の指示によるもので、周氏は、旧丹那工事関係者の遺族宅に残された記録その他も入手し、提供してくれた。

当時の技術関係者は、すでにこの世を去っていたが、東京帝国大学出身でトンネルの三島口派出所主任でもあった宮本保氏が、仙台市におられた。九十歳とは思えぬ若々しさと、記憶力の確かさに驚いた。気品のあるお人柄に、当時の鉄道技術の高い水準と豊かな人間関係も感じた。

熱海市では、トンネル工事の鉄道省嘱託医であった故山形文雄氏の嫡男である玄也氏に、文雄氏からきいた事故の折りの救援治療についてきいた。また、渇水被害をうけた函南町では、当時のことを知る方々から興味深い回想を得ることができた。

多くの方々の御好意にみちた御力添えで書き上げることができたわけだが、そのお名前を記し、謝意を表したい。

奈須川丈夫、島田隆夫、小町谷武司、久保村圭助、石田勝、飯田俊博、沢和哉、川村成良、坂口晧、根橋輝、柳井乃武夫、森下達朗、池田初郎、上田豊、大川由松、河合茂美、太田和夫、佐藤美知男、鈴木嘉弘、石割忠夫、山田兼次、岡武秀、小林米男、森徳行、中村博夫、渡邊定男、齋秀、柏木金子、泉明寺邦彦、土屋稔、谷戸好雄、森義亮、加藤弘、溝田弘、森崎廣光。

鉄道史、後藤新平の伝記については、それぞれ宮脇俊三氏、杉森久英氏の御教示をいただいた。御礼を申し上げたい。

昭和六十二年初夏

参考文献

「丹那隧道工事誌」鉄道省熱海建設事務所編
「　〃　渇水編」　〃
「丹那トンネルの話」　〃
「随筆丹那とんねる」日本国有鉄道新橋工事事務所編
「東海道新幹線工事誌」静岡幹線工事局編
「新日本鉄道史」川上幸義著・鉄道図書刊行会刊
「騒擾事件預審終結決定書」
「駿豆震災誌」静岡県警察部編
「匠の時代（第三巻　国鉄技術陣）」内橋克人著・講談社刊
鉄道時報その他各紙

1933（昭和 8）年 6 月 19 日、丹那トンネル貫通を喜ぶ工事関係者
写真提供・共同通信社

解説

高山文彦

この小説には数多くの人物が登場するが、主人公といえる人物はいない。吉村さんの記録小説によくみられるように、群像劇といえばよいだろうか。それとも『戦艦武蔵』の主人公が戦艦武蔵という建造物であったと同様に、ここでも丹那トンネルという構造物といえるだろうか。

そう考えてみたけれど、どれもしっくりこない。

描かれるのは、伊豆半島の付け根の山塊を掘り抜く丹那トンネル貫通までの十六年におよぶ自然と人間の格闘、地元農村共同体と建設者たちの軋轢、そして多くの人間がいかに犠牲となって完成に至ったか、という物語である。

着工は第一次大戦末期、それから関東大震災、昭和恐慌、東北の飢饉、北伊豆地震、柳条湖事件、満洲国建国、国際連盟脱退といった天災や動乱の時代を経て、昭和九年の完成までを描く。

私は読み進めながら、同時代を生きた詩人金子光晴の言葉が、ある段階から耳について離れなくなり、とうとう最後まで離れなかった。

「人間の理想ほど、無慈悲で、僭上なものはない。これほどやすやすと、犠牲をもとめるものはないし、平気で人間を見ごろしにできるものもない。いかなる理想にも加担しないことで、辛うじて、人は悲惨から身をまもることができるかもしれない」（「日本人について」）

小説の主人公は、富国強兵の「理想」に燃え、そのために数多くの人間を「犠牲」として呑み込んでいった日本の近代化という化け物であるのかもしれない。吉村さんの視点の置きかたも、そこにあるように感じられる。

小説の第一章で描かれる丹那盆地の美しい自然とたおやかな農民たちの姿は、やがて巻き起こる悲劇を予感させる。よそ者を拒まない人間の情にあふれる風土。トンネル工事がはじまるまえに、このあたりを見ておこうと訪れた新聞記者に、どうぞ、どうぞ、と一夜の宿をすすめる旧家のあるじは、「富士山や箱根の山に積る雪のとけ水が、いたる所に湧き出ています。水質がよく、しかも豊かです。水田など水が多くて困るほどです」と教える。

乳牛があちこちに放牧され、水田やワサビ田がひろがる。村人は水道ではなく湧き水を直接家に引いて飲料水に使っている。白梅や紅梅が美しい。

丹那トンネルの完成によって、熱海線が開通する。そうなれば東海道線が一本につながる。自分たちの村にも駅ができる。土地のだれもが期待に胸をふくらませている。

吉村さんは、第一章の最後で記者にこのように語らせる。

「かれは、海の輝きに眼をむけながら、熱海線の開通が、東海道線を名実ともに日本の大動脈とさせるのだ、と思った」

希望に満ちた序曲は、しかしやがて無残に解体され、黙示録のような世界がいくつもくりひろげられるのである。


火山地帯の複雑な地層、そこに集まる壮大な湧水、こうした自然条件が盆地の暮らしを豊かにしていた。ところが、いざトンネルを掘りはじめてみると、そうした自然の恵みが一転、獰猛な牙を剝いて人間に襲いかかってくる。坑内には大湧水と土砂が噴出し、熱海口からの坑道では大崩壊がおこり、十六人の坑夫たちが死亡する。暗黒の坑内に閉じこめられた坑夫たちは八日間を経て救出されるのだが、吉村さんはその救出作業の詳細を三章にわたって入念に描き出す。

三島口の迂回坑の奥でも崩壊事故がおきて、閉じこめられた十六人全員が死亡。鼻を抉りとられて死んでいる坑夫たちの凄惨な姿からは、断末魔の叫びが聞こえてくるようだ。

関東大震災での被害の詳細な叙述もさることながら、まるで掘削現場を狙い撃ちするかのような昭和五年、北伊豆地震の襲来を描き出すくだりは圧巻である。坑内の断層がついに裂け、それを境に東西の土塊が猛獣のように動いて、西側が二・四四メートルも水平に移動してしまっているのを確認するときの驚愕と絶望の入り混じった時間は、国家事業の挫折の予感を充分に伝えて迫力がある。

吉村さんは「自然の計り知れぬ偉大な力」と書いているが、ここまで読んできて私は、自然を主人公として書かれたとしてもおかしくはないと思った。

自然の力によって生かされてきた丹那盆地の農民にも、恐ろしい災厄が降りかかる。あんなに豊かにあった湧水がすっかり涸れてしまい、ワサビをはじめとするあらゆる農作物の収穫ができなくなってしまった。トンネル掘削のために地下水の流れが変わり、坑道内にどんどんもっていかれるのだ。

穏やかだった農民たちの顔はしだいに変わり、やがて蓆旗を押し立てて事務所に押しかけるようになる。ガラスを割る者もいる。はげしくにじり寄る者たちがいる。

事業の大元の国が結局は乗り出して補償金で解決するのはいまの世の中と同じであるが、いきなりそうするのではなく、村の有力者六名が、応急処置にばかり終始して根本対策を先延ばしにしようとする鉄道省にたいして、これ以上先延ばしにせず根本対策をとることを求める歎願書を綴り、熱海から列車で上京する。吉村さんはそのときの彼らの服装を書くことを忘れていない。「かれらは、羽織、袴をつけて正装し」、「『水利系統調査願』と表書きされた歎願書を提出」するのである。

私は宮本常一の『忘れられた日本人』を思い出す。門外不出の古文書を宮本の懇請に応じて貸し出すとき、対馬の人びとはやはり羽織、袴の正装でそれぞれの島から古文書をたずさえてやって来る。すでに都会の人間から失われかけた折り目正しい日本人の姿を書き残すことによって、吉村さんは、近代というものが地方に辛うじて残っている日本人の美徳までをも引き剝ごうとしていることを伝えたかったのではなかろうか。

坑夫として使われる者も、土地を提供する者も、自然というものをあいだに置いて見たとき、どちらも被害者のように映る。到底征服し得ぬ自然というものにたいして、いっぽうは命がけの労働を挑み、いっぽうは生活の転換と共同体の破壊を強制される。昭和九年、丹那トンネルは完成し、東京発神戸行きの列車が同トンネルを走り抜けていくシーンを吉村さんは感動的に書いているが、その七八〇四メートルの闇の底から聞こえてくる線路の軋み音には、それだけでない別の悲鳴に似た声もたくさん混じっているのではないだろうか。

第一章に登場する新聞記者のみ架空の人物で、これを小説と吉村さんが言うのは、その一点を理由としているのだろう。その他の登場人物はほとんどすべてが実名で書かれているらしく、ここに吉村さんの愛のもちかたが見えてくる。

事故死した人びとも、村の人びとも、難工事を推進した人びとも、そのひとりひとりの実名を紙に刻んで、長谷川伸いうところの「紙碑＝紙の記念碑」としたかったのではないか。慰霊碑ではけっして刻み尽くせぬひとりひとりの息づかいを、こんな人たちがほんとうに実在したのだということを、紙碑として後世に伝えたかったのだ。

金子光晴のような自由人は、なんとでも言える。個人意識というものに、ほとんどの日本人が目覚めていなかった時代の話だ。金子光晴は「日本のような国では、自分たちが、ほんとうに幸せなのか、不幸せなのかがわからなくなる。だから、統治者が、日本は神国だと言えば神国ということになり（略）」「そういったことから発生する絶望や悲劇を、今日まで日本人がたくさん背負ってきたのではないか」（「絶望の風土・日本」）とも述べているが、まさしくそうした人びとのことを吉村さんは書いたのである。

（作家）

初出掲載紙　「静岡新聞」昭和六十一年四月一日〜十二月三十一日
単行本　昭和六十二年六月文藝春秋刊（単行本は上下二巻）

この本は平成二年に小社より刊行された文庫の新装版です。

本書の無断複写は著作権法上での例外を除き禁じられています。
また、私的使用以外のいかなる電子的複製行為も一切認められておりません。

文春文庫

闇を裂く道

定価はカバーに
表示してあります

2016年2月10日　新装版第1刷
2023年11月25日　　　　第3刷

著　者　吉村　昭
発行者　大沼貴之
発行所　株式会社　文藝春秋

東京都千代田区紀尾井町 3-23　〒102-8008
TEL　03・3265・1211㈹
文藝春秋ホームページ　http://www.bunshun.co.jp

落丁、乱丁本は、お手数ですが小社製作部宛お送り下さい。送料小社負担でお取替致します。

印刷製本・TOPPAN

Printed in Japan
ISBN978-4-16-790550-7

（　）内は解説者。品切の節はご容赦下さい。

礫（はりつけ）
吉村　昭
慶長元年春、ボロをまとった二十数人が長崎で磔にされるため引き立てられていった。歴史に材を得て人間の生を見すえた力作。「三色旗」「コロリ」「動く牙」「洋船建造」収録。（曾根博義）
よ-1-12

朱の丸御用船
吉村　昭
江戸末期、難破した御用船から米を奪った漁村の人々。船に隠されていた意外な事実が、村をかつてない悲劇へと導いてゆく。追い詰められた人々の心理に迫った長篇歴史小説。（勝又　浩）
よ-1-35

遠い幻影
吉村　昭
戦死した兄の思い出を辿るうち、胸に呼び起こされた不幸な事故の記憶。あれは本当にあったことなのか。過去からのメッセージを描いた表題作を含む、滋味深い十二の短篇集。（川西政明）
よ-1-36

三陸海岸大津波
吉村　昭
明治二十九年、昭和八年、昭和三十五年。三陸沿岸は三たび大津波に襲われ、人々に悲劇をもたらした。前兆、被害、救援の様子を、体験者の貴重な証言をもとに再現した震撼の書。（髙山文彦）
よ-1-40

関東大震災
吉村　昭
一九二三年九月一日、正午の激震によって京浜地帯は一瞬にして地獄となった。朝鮮人虐殺などの陰惨な事件によって悲劇は増幅される。未曾有のパニックを克明に再現した問題作。
よ-1-41

海の祭礼
吉村　昭
ペリー来航の五年も前に、鎖国中の日本に憧れて単身ボートで上陸したアメリカ人と、通詞・森山の交流を通して、日本が開国に至る意外な史実を描いた長篇歴史小説。（曾根博義）
よ-1-42

（　）内は解説者。品切の節はご容赦下さい。

海軍乙事件
吉村　昭

昭和十九年、フィリピン海域で連合艦隊司令長官、参謀長らの乗った飛行艇が遭難した。敵ゲリラの捕虜となった参謀長が所持していた機密書類の行方は？　戦史の謎に挑む。（森　史朗）

よ-1-45

ひとり旅
吉村　昭

終戦の年、空襲で避難した谷中墓地で見た空の情景、小説家を目指す少年の手紙、漂流記の魅力について——事実こそ小説であるという著者の創作姿勢が全篇にみなぎる、珠玉のエッセイ。

よ-1-47

逃亡
吉村　昭

戦時下の緊迫した海軍航空隊で苛酷な日々を送る若き整備兵は、見知らぬ男の好意を受け入れたばかりに、軍用機を炎上させて脱走するという運命を背負う。初期の傑作長篇。（杉山隆男）

よ-1-48

深海の使者
吉村　昭

第二次大戦中、杜絶した日独両国の連絡路を求め、連合国の封鎖下にあった大西洋に、数次に亘って潜入した日本潜水艦の苦闘を描く。文藝春秋読者賞を獲得した力作長篇。（半藤一利）

よ-1-49

虹の翼
吉村　昭

人が空を飛ぶなど夢でしかなかった明治時代——ライト兄弟が世界最初の飛行機を飛ばす何年も前に、独自の構想で航空機を考案した二宮忠八の波乱の生涯を描いた傑作長篇。（和田　宏）

よ-1-50

総員起シ
吉村　昭

百二名の乗員を乗せ沈没した伊三十三潜水艦。九年後の引揚げ作業中、艦内の一室から生けるが如き十三の遺体が発見された。表題作他「鳥の浜」「海の柩」「剃刀」「手首の記憶」の全五篇。

よ-1-51

（　）内は解説者。品切の節はご容赦下さい。

蚤と爆弾
吉村　昭

第二次大戦末期、関東軍による細菌兵器開発の陰に匿された、戦慄すべき事実とその開発者の人間像。戦争の本質を直視し、曇りなき冷徹さで描かれた異色長篇小説。（保阪正康）

よ-1-52

闇を裂く道
吉村　昭

大正七年に着工、予想外の障害に阻まれて完成まで十六年を要し、世紀の難工事といわれた丹那トンネル。人間と土・水との熱く長い闘いをみごとに描いた力作長篇。（髙山文彦）

よ-1-53

夜明けの雷鳴
医師 高松凌雲
吉村　昭

パリで近代医学の精神を学んだ医師・高松凌雲は、帰国後、旧幕臣として箱館戦争に参加、敵味方分け隔てのない医療を実践する。日本医療の父を描いた感動の幕末歴史長篇。（最相葉月）

よ-1-54

東京の下町
吉村　昭・永田　力　繪

戦前の東京・日暮里界隈で育った著者が、思い出を鮮やかに綴った名エッセイ。食べ物、遊び、映画や相撲見物から、事件、戦災まで、永田力氏の挿絵と共に下町の暮しがよみがえる。

よ-1-55

殉国
陸軍二等兵比嘉真一
吉村　昭

「郷土を渡すな。全員死ぬのだ」太平洋戦争末期、陸軍二等兵として祖国の防衛戦に参加した比嘉真一。十四歳の少年兵の体験を通し、沖縄戦の凄まじい実相を描いた長篇。（森　史朗）

よ-1-56

幕府軍艦「回天」始末
吉村　昭

明治二年三月、宮古湾に碇泊中の新政府軍の艦隊を、旧幕府軍の軍艦「回天」が襲う。初めて海上から箱館戦争が描かれ、後の『天狗争乱』につながる隠れた名作。（森　史朗）

よ-1-57

（　）内は解説者。品切の節はご容赦下さい。

半藤一利
ノモンハンの夏
参謀本部作戦課、関東軍作戦課。このエリート集団が己を見失ったとき、悲劇は始まった。司馬遼太郎氏が果たせなかったテーマに、共に取材した歴史探偵が渾身の筆を揮う。（土門周平）
は-8-10

半藤一利
ソ連が満洲に侵攻した夏
日露戦争の復讐に燃えるスターリン、早くも戦後政略を画策する米英、中立条約にすがってソ満国境の危機に無策の日本軍首脳――百万邦人が見棄てられた悲劇の真相とは。（辺見じゅん）
は-8-11

半藤一利
日本のいちばん長い日　決定版
昭和二十年八月十五日。あの日何が起き、何が起こらなかったのか？　十五日正午の終戦放送までの一日、日本政府のポツダム宣言受諾の動きと、反対する陸軍を活写するノンフィクション。
は-8-15

半藤一利
あの戦争と日本人
日露戦争が変えてしまったものとは何か。戦艦大和、特攻隊などを通して見据える日本人の本質。「昭和史」「幕末史」に続き、日本の大転換期を語りおろした〈戦争史〉決定版。
は-8-21

半藤一利・加藤陽子
昭和史裁判
太平洋戦争開戦から七十余年。広田弘毅、近衛文磨ら当時のリーダーたちはなにをどう判断し、どこで間違ったのか。半藤〝検事〟と加藤〝弁護人〟が失敗の本質を徹底討論！
は-8-22

半藤一利
聯合艦隊司令長官　山本五十六
昭和史の語り部半藤さんが郷里・長岡の先人であり、あの戦争の最大の英雄にして悲劇の人の真実について熱をこめて語り下ろした一冊。役所広司さんが五十六役となり、映画化された。
は-8-23

半藤一利・保阪正康
そして、メディアは日本を戦争に導いた
近年の日本社会と、戦前社会が破局へと向った歩みには共通点があった？　これぞ昭和史最強タッグによる決定版対談！　石橋湛山、桐生悠々ら反骨の記者たちの話題も豊富な、警世の書。
は-8-28

（　）内は解説者。品切の節はご容赦下さい。

半藤一利
戦士の遺書
太平洋戦争に散った勇者たちの叫び

山本五十六の怒り、阿南惟幾の覚悟、栗林忠道の勇敢、井上成美の孤高……太平洋戦争に散った男たちの最期の言葉に滲む、家族と国への果てしない思いとは。（阿川弘之・梯　久美子）

は-8-37

辺見じゅん
収容所(ラーゲリ)から来た遺書

戦後十二年目にシベリア帰還者から遺族に届いた六通の遺書。その背後に驚くべき事実が隠されていた！　大宅賞と講談社ノンフィクション賞のダブル受賞に輝いた感動の書。（吉岡　忍）

へ-1-1

辺見じゅん　原作・林　民夫　映画脚本
ラーゲリより愛を込めて

戦後のシベリア強制収容所で過酷な日々を過ごしながら家族や仲間を想い、生きる希望を持ち続けた山本幡男の生涯と夫婦愛を描く。涙なくして読めない究極の愛の実話。映画ノベライズ。

へ-1-5

保阪正康
瀬島龍三
参謀の昭和史

太平洋戦争中は大本営作戦参謀、戦後は総合商社のビジネス参謀、中曾根行革では総理の政治参謀。激動の昭和時代を常に背後からリードしてきた実力者の六十数年の軌跡を検証する。

ほ-4-3

堀　栄三
大本営参謀の情報戦記
情報なき国家の悲劇

太平洋戦争中は大本営情報参謀として米軍の作戦を次々と予測的中させて名を馳せ、戦後は自衛隊情報室長を務めた著者が稀有な体験を回顧し、情報に疎い組織の欠陥を衝く。（保阪正康）

ほ-7-1

松本清張
日本の黒い霧
（上下）

占領下の日本で次々に起きた怪事件。権力による圧迫で真相は封印されたが、その裏には米国・GHQによる恐るべき謀略があった。一大論議を呼んだ衝撃のノンフィクション。（半藤一利）

ま-1-97

松本清張
昭和史発掘　全九巻

厖大な未発表資料と綿密な取材で、昭和の日本を揺るがした諸事件の真相を明らかにした記念碑的作品。「芥川龍之介の死」「五・一五事件」「天皇機関説」から、「二・二六事件」の全貌まで。

ま-1-99

（　）内は解説者。品切の節はご容赦下さい。

山本七平
一下級将校の見た帝国陸軍
「帝国陸軍」とは何だったのか。すべてが規則ずくめで大官僚機構ともいえる日本軍隊を、北部ルソンで野砲連隊本部の少尉として惨烈な体験をした著者が、徹底的に分析追究した力作。
や-9-5

吉村　昭
海軍乙事件
昭和十九年、フィリピン海域で連合艦隊司令長官、参謀長らの乗った飛行艇が遭難した。敵ゲリラの捕虜となった参謀長が所持していた機密書類の行方は？　戦史の謎に挑む。（森　史朗）
よ-1-45

吉村　昭
殉国　陸軍二等兵比嘉真一
「郷土を渡すな。全員死ぬのだ」太平洋戦争末期、陸軍二等兵として祖国の防衛戦に参加した比嘉真一。十四歳の少年兵の体験を通し、沖縄戦の凄まじい実相を描いた長篇。（森　史朗）
よ-1-56

イアン・トール（村上和久　訳）
太平洋の試練　真珠湾からミッドウェイまで（上下）
ミッドウェイで日本空母四隻が沈み、太平洋戦争の風向きは変わった——。米国の若き海軍史家が、〝日本が戦争に勝っていた百八十日間〟を、日米双方の視点から描く。米主要紙絶賛！
ト-5-1

イアン・トール（村上和久　訳）
太平洋の試練　ガダルカナルからサイパン陥落まで（上下）
海軍と海兵隊の縄張り争い。キングとマッカーサーの足の引っ張りあい。ミッドウェイ後のガダルカナルからサイパン陥落まで。米国側から初めて描かれる日米両軍の激闘とは——。
ト-5-3

アンネ・フランク（深町眞理子　訳）
アンネの日記　増補新訂版
オリジナル、発表用の二つの日記に父親が削った部分を再現した〝完全版〟に、一九九八年に新たに発見された親への思いを綴った五ページを追加。アンネをより身近に感じる〝決定版〟。
フ-1-4

高木俊朗
陸軍特別攻撃隊（全三冊）
陸軍特別攻撃隊の真実の姿を、隊員・指導者らへの膨大な取材と、手紙・日記等を通じて描き尽くした記念碑的作品。特攻隊を知るために必読の決定版。菊池寛賞受賞作。（鴻上尚史）
歴-2-31

（　）内は解説者。品切の節はご容赦下さい。

青木直己
江戸　うまいもの歳時記
春は潮干狩りに浅蜊汁、夏は江戸前穴子に素麺、秋は梨柿葡萄と果物三昧、冬の葱鮪鍋・鯨汁は風物詩——江戸の豊かな食材八十五と驚きの食文化を紹介。時代劇を見るときのお供に最適。
あ-88-1

磯田道史
龍馬史
龍馬を斬ったのは誰か？　史料の読解と巧みな推理でついに謎が解かれた。新撰組、紀州藩、土佐藩、薩摩藩……。諸説を論破し、論争に終止符を打った画期的論考。（長宗我部友親）
い-87-1

磯田道史
江戸の備忘録
信長、秀吉、家康はいかにして乱世を終わらせ、江戸の泰平を築いたのか？　気鋭の歴史家が江戸時代の成り立ちを平易な語り口で解き明かす。日本史の勘どころがわかる歴史随筆集。
い-87-2

磯田道史
徳川がつくった先進国日本
この国の素地はなぜ江戸時代に出来上がったのか？　島原の乱、宝永地震、天明の大飢饉、露寇事件の4つの歴史的事件によって、徳川幕府が日本を先進国家へと導いていく過程を紐解く！
い-87-4

磯田道史
日本史の探偵手帳
歴史を動かす日本人、国を滅ぼす日本人とはどんな人間なのか？　戦国武将から戦前エリートまでの武士と官僚たちの軌跡を古文書から解き明かす。歴史に学ぶサバイバルガイド。
い-87-5

沖浦和光（かずてる）
幻の漂泊民・サンカ
近代文明社会に背をむけ〈管理〉〈所有〉〈定住〉とは無縁の「山の民・サンカ」はいかに発生し、日本史の地底に消えていったか。積年の虚構を解体し実像に迫る白熱の民俗誌！（佐藤健二）
お-34-1

大森洋平
考証要集
秘伝！　NHK時代考証資料
NHK番組の時代考証を手がける著者が、制作現場のエピソードをひきながら、史実の勘違い、思い込み、単なる誤解を一刀両断。あなたの歴史力がぐーんとアップします。
お-64-1

（　）内は解説者。品切の節はご容赦下さい。

春日太一
ドラマ「鬼平犯科帳」ができるまで
遂に幕を閉じた人気ドラマ「鬼平犯科帳」シリーズ。二十八年間にわたったその長い歴史を振り返り、プロデューサーなど制作スタッフの貴重な証言を多数収録した、ファン必読の書。
か-71-2

加藤陽子
とめられなかった戦争
なぜ戦争の拡大をとめることができなかったのか、なぜ一年早く戦争をやめることができなかったのか——繰り返された問いを、当代随一の歴史学者がわかりやすく読み解く。
か-74-1

小泉信三
海軍主計大尉小泉信吉
一九四二年南方洋上で戦死した長男を偲んで、戦時下とは思えぬ精神の自由さと強い愛国心とによって執筆された感動的な記録。ここに温かい家庭の父としての小泉信三の姿が見える。
こ-10-1

司馬遼太郎
歴史を紀行する
高知、会津若松、鹿児島、大阪など、日本史上に名を留める十二の土地を訪れ、風土と人物との関わり合い、歴史との交差部分をつぶさに見直す。司馬史観を駆使して語る歴史紀行の決定版。
し-1-134

司馬遼太郎
手掘り日本史
日本人が初めて持った歴史観、庶民の風土、史料の語りくち、「手ざわり」感覚で受け止める美人、幕末三百藩の自然人格。圧倒的国民作家が明かす、発想の原点を拡大文字で！　（江藤文夫）
し-1-136

司馬遼太郎対談集
歴史を考える
日本人を貫く原理とは何か？　対談の名手が、歴史に造詣の深い萩原延壽、山崎正和、綱淵謙錠と自由自在に語り合う。歴史を俯瞰し、日本の〝現在〟を予言する対談集。　（関川夏央）
し-1-140

（　）内は解説者。品切の節はご容赦下さい。

出口治明
0から学ぶ「日本史」講義　古代篇
ビッグバンから仏教伝来、藤原氏の興亡まで、新たな学説や歴史論争にも触れながら、世界史の達人である著者がやさしく語り下ろした、読んで楽しい「日本史」講義。シリーズ第一弾！
て-11-2

出口治明
0から学ぶ「日本史」講義　中世篇
幕府と将軍が登場し、その幕府は鎌倉から室町へ。全体像がつかみにくい激動の「中世」をわかりやすく解きほぐす。「中世」がわかれば、歴史はもっと面白くなる！（対談・呉座勇一）
て-11-3

西尾幹二
決定版　国民の歴史（上下）
歴史とはこれほどエキサイティングなものだったのか。従来の常識に率直な疑問をぶつけ、世界史的視野で日本の歴史を見直した国民的ベストセラー。書き下ろし論文を加えた決定版。
に-11-2

半藤一利　編著
日本史はこんなに面白い
聖徳太子から昭和天皇まで、その道の碩学16名がとっておきの話を披露。蝦夷は出雲出身？　ハル・ノートの解釈に誤解？　大胆仮説から面白エピソードまで縦横無尽に語り合う対談集。
は-8-18

菅原文太・半藤一利
仁義なき幕末維新　われら賊軍の子孫
薩長がナンボのもんじゃい！　菅原文太氏急逝でお蔵入りしていた幻の対談。西郷隆盛、赤報隊の相楽総三、幕末の人斬り、歴史のアウトローの哀しみを語り、明治維新の虚妄を暴く！
は-8-34

原　武史
松本清張の「遺言」『昭和史発掘』『神々の乱心』を読み解く
厖大な未発表資料と綿密な取材を基に、昭和初期の埋もれた事実に光を当てた代表作『昭和史発掘』と、宮中と新興宗教に斬り込む未完の遺作『神々の乱心』を読み解く。
は-53-1

（　）内は解説者。品切の節はご容赦下さい。

本郷和人
さかのぼり日本史
なぜ武士は生まれたのか

「武士」はいかにして「朝廷」と決別し、真の統治者となったのか。歴史を決定づけた四つのターニングポイントから、約六百五十年間続く武家政権の始まりをやさしく解説。

ほ-25-1

宮部みゆき・半藤一利
昭和史の10大事件

歴史探偵と作家の二人は、なんと下町の高校の同窓生（30年違い）。二・二六事件から東京裁判、金閣寺焼失、ゴジラ、宮崎勤事件、日本初のヌードショーまで硬軟とりまぜた傑作対談。

み-17-51

宮城谷昌光
中国古典の言行録

中国の歴史と文化に造詣の深い作家が、論語、詩経、孟子、老子、易経、韓非子などから人生の指針となる名言名句を選び抜き、平明な文章で詳細な解説をほどこした教養と実用の書。

み-19-7

三浦佑之　訳・注釈
口語訳　古事記　神代篇

記紀ブームの先駆けとなった三浦版古事記が文庫に登場。語り部による親しみやすい口語体の現代語訳で、おおらかな神々の物語をお楽しみ下さい。詳細な注釈、解説、神々の系図を併録。

み-32-1

三浦佑之　訳・注釈
口語訳　古事記　人代篇

神代篇に続く三十三代にわたる歴代天皇の事績と皇子や臣下の物語。骨肉の争いや陰謀、英雄譚など「人の代の物語」を御堪能下さい。地名・氏族名解説や天皇の系図、地図、索引を併録。

み-32-2

三浦佑之
古事記神話入門

令和を迎えた日本人必読の「国のはじまり」の物語。ベストセラー『口語訳　古事記』の著者が、古事記のストーリーをあらすじと解説でわかりやすく紹介する。日本書紀との比較表掲載。

み-32-5

本の話

読者と作家を結ぶリボンのようなウェブメディア

文藝春秋の新刊案内と既刊の情報、
ここでしか読めない著者インタビューや書評、
注目のイベントや映像化のお知らせ、
芥川賞・直木賞をはじめ文学賞の話題など、
本好きのためのコンテンツが盛りだくさん！

https://books.bunshun.jp/

文春文庫の最新ニュースも
いち早くお届け♪

文春文庫のぶんこアラ